Kick it, Honey

Jenna Stean

Sports Romance-Roman

Über Jenna Stean

Jenna Stean schreibt mit Leidenschaft ihre Bücher. Sie mag Typen mit Ecke und Kanten, Frauen, die mutig ihren Weg gehen. Sie ist auf ihrer Fanpage auf Facebook erreichbar, antwortet auf jede Mail persönlich und freut sich über Feedback jeglicher Art.

Impressum

ISBN: 9798510077100
Erste Auflage 2021

Irina Grabow,
c/o Thomas Ockert,
Chopinstr. 2,
13088 Berlin

Text: Jenna Stean
Bearbeitung/Korrektorat:
BuchGestalt, Anja Scholten und Sandra Ahrend
Umschlaggestaltung: Thomas Ockert
unter Verwendung eines Motivs von iStock:
Paar, © Renzo79, Foto-ID: 517200393
und unter Verwendung von Motiven Adobe Stock:
Wand, © FrauPixel, Foto-ID: 384222935,
Herz, © pukach2012, Foto-ID: 189460657,
Footballspieler, © sila5775, Foto-ID: 211104971
Footballspieler im Buchinneren, © sila5775, Foto-ID: 362194872
Football im Buchinneren, © Starline, Foto-ID: 362194872

Homepage: www.by-stean.de
Kontakt: irinagrabow@gmx.de

Er ist heiß, verteufelt heiß, aber sie verbrennt sich kein zweites Mal die Finger.

Amy ist eine hervorragende Kickerin. Und das weiß keiner besser als Travis McCants. Weil sein College-Footballteam ihre Hilfe braucht, spricht er sie an. Ziemlich ärgerlich für den sexy Quarterback, dass er eine Absage kassiert.
Doch da gibt es Kyle, der Amys Schmetterlinge im Bauch flattern lässt. Sie hat keinen blassen Schimmer, wie sie sein Herz gewinnen soll, zumal sie noch nie ein romantisches Date hatte.
Amy beschließt, Travis ein Angebot zu machen: Wenn er ihr zeigt, wie man das Interesse der Jungs weckt, kickt sie für sein Team.
Travis glaubt, sich verhört zu haben. Kein Typ verliebt sich in die kratzbürstige und eigensinnige Amy Tolan.
Wird er die Herausforderung trotzdem annehmen, auch wenn er mit eigenen schweren Problemen zu kämpfen hat?

1. Amy

Warmes Bier ist gut für den Magen

»Hey Amy«, rief Henry. Er steuerte mit einem vollbeladenen Tablett auf mich zu und reichte es mir ächzend über den Tresen. »Kannst du mal –«

»Die Gläser spülen?«, antwortete ich für ihn und nahm mit einem tiefen Seufzer das Tablett entgegen. Das gefährliche Klirren ignorierend, balancierte ich es wie ein Zirkusartist zur Spüle. Irgendwann würden mir die Gläser herunterknallen, wenn ich von ihm weiterhin dermaßen überladene Tabletts serviert bekomme.

Ich schloss kurz die Augen, während ich durchatmete. Endlich Samstag. Da es schon zwei Uhr morgens war, musste ich nur noch eine Stunde durchhalten. Ich freute mich riesig auf mein Bett. Ich würde heute ausschlafen und am Nachmittag die warme Septembersonne auf der Wiese genießen.

»Hey, nicht träumen, arbeiten«, rief Henry und schnipste mit den Fingern vor meinem Gesicht herum.

Sklaventreiber.

Ich funkelte ihn an. »Verrate mir lieber, wann du eine zweite Kraft für die Bar einstellst.« Bevor er sich wieder vom Acker machte, um irgendwo in der Kneipe herumzuwuseln, sollte er mir die Frage beantworten.

»Wieso willst du das unbedingt jetzt wissen?«, stöhnte er.

»Wann soll ich denn sonst fragen?«, erwiderte ich.

»Jaja, ich kümmere mich«, wich er aus. Schnell deutete er zu den drei Typen, die gerade gekommen waren. Offensichtlich hielten sie nach einem freien Tisch Ausschau. »Sorry, Kundschaft.« Schon eilte er davon und ließ mich wieder einmal ohne eine richtige Antwort stehen.

Echt toll, Henry. Knurrend sah ich ihm hinterher. Seit Wochen löcherte ich meinen Chef mit der Frage. Keine Ahnung, wie oft ich ihn noch nerven musste, bis er mir endlich eine zufriedenstellende Antwort gab.

Das Herbstsemester hatte frisch angefangen. Bis zum Sommer war Hayden mit mir im Hockey House angestellt. Sie hatte ihre Arbeit wirklich gut gemacht. Dann hatte sie vom Boston College ein Sportstipendium erhalten und war im Eiskunstlaufteam aufgenommen worden. Ich hatte mich für sie gefreut, als sie mir von ihrem Glück erzählt hatte, aber das änderte nichts daran, dass ich die ganze Arbeit jetzt alleine an der Backe hatte.

Ich brauche endlich Unterstützung!

Seit zwei Jahren schmiss ich für Henry Yzerman die Bar. Er hatte für mich eine Sondergenehmigung organisiert, weil ich damals erst neunzehn Jahre alt gewesen war – sein Geheimnis, wie er das hinbekommen hatte. Ich war ihm heute noch dafür dankbar. Aber wenn er sich nicht langsam aufraffte und sich um eine Ausschreibung für die freie Stelle bemühte, konnte er seinen Arsch darauf verwetten, dass ich das für ihn übernehmen würde. Oder ich müsste ihm die Kündigung androhen, damit er sich langsam auch um meine Entlastung kümmerte. Der Laden wurde immer voller.

Als ich angefangen hatte, war das Hockey House eine unbedeutende Sportkneipe gewesen. Eine Handvoll Eishockeyspieler hatten hier ihr Bier getrunken, Billard gespielt oder den Sportkanal geguckt.

Irgendwann waren der Captain des Hockeyteams, Dean Manzano, und seine Kumpels hier aufgetaucht. Kaum hatten die Studenten vom Boston College davon Wind bekommen, schwupp, war sämtliches Mobiliar besetzt gewesen. Das hatte sich seitdem nicht mehr geändert. Wobei ich froh sein konnte, dass nur das halbe College sich in der Kneipe herumtrieb. Die andere Hälfte hing im Corelly's Pub ab, dem Treffpunkt des Footballteams.

Leider war mir zu Ohren gekommen, dass Chip Corelly seine Kneipe aus gesundheitlichen Gründen schließen wollte. Hoffentlich war das nur ein Gerücht, denn wenn die Footballspieler hier auch noch aufschlugen, wäre das der ultimative Albtraum für mich.

Aus zwei Gründen.

Mich würde eine weitere monstergroße Fuhre Stress erwarten und … Ach, drauf geschissen, über den anderen Grund wollte ich mir keine Gedanken machen. Er war für mich im wahrsten Sinne des Wortes ein rotes Tuch. Garantiert würden meine Kopfschmerzen, die ich mittlerweile hatte, zu einer fiesen Migräne mutieren, wenn ich mich nicht sofort ablenkte.

Ich ließ meine Augen einen Moment umherschweifen. Im Hintergrund drang aus dem Woofer *YOU* von Regard, Troye Sivan und Tate McRae.

Trotz der vielen Arbeit und meinen Bedenken liebte ich die Kneipe. Nur wenige Wochen nach meiner Einstellung hatte ich Henry geholfen, den Laden aufzupeppen, damit er nicht mehr so verstaubt wirkte. Die alten Möbel hatten wir beerdigt und alles neu im Vintage-Stil aufpoliert.

Seit nunmehr anderthalb Jahren konnte man in einem gemütlichen Ambiente klassische Cocktails, Longdrinks oder Bier trinken. Wir hatten auch eine kleine, feine Speisekarte. Wenigstens gab es bei uns eine Küche mit einem Koch. Nicht auszudenken, ich müsste außerdem Henrys Küchenfee spielen. Kochen gehörte nicht unbedingt zu meinen Stärken, ich half nur in absoluten Notfällen aus.

Ich ließ sauberes Wasser in die Spüle und spritzte Reinigungsmittel dazu. Dann fing ich an, nacheinander die Biergläsenser über die fest montierte Gläserspülbürste zu ziehen. Keine Fettrückstände durften bleiben, weil sonst die Schaumkronen zusammenfallen würden. Henry achtete mit Adleraugen darauf, dass ich beim Zapfen perfekte weiße Krönchen zauberte.

Am Rande bekam ich Bewegung an der Eingangstür mit.

Jemand schob sich schräg vor mir auf den Barhocker. Eine sinnliche Duftnote nach Rosenholz und einem Hauch Vanille umwehte meine Nase.

»Hi Amy, krieg ich ein Budweiser?«, hörte ich eine tiefe, sexy Stimme fragen.

Nein! Ich war gerade dabei, ein Glas durch das Wasser zu schwenken, und hielt mitten in der Bewegung inne.

Wieso hatte ich nicht mitbekommen, dass *ER* gekommen war?

Oder war es eine Sinnestäuschung, weil ich vorhin an das rote Tuch gedacht hatte?

Bitte, bitte, lass es eine Sinnestäuschung sein.

Vorsichtig äugte ich hoch.

Mist, keine Einbildung, er war es wirklich. Travis McCants.

Verdammt, was macht der Mistkerl hier?

Noch mal verdammt, ich muss antworten.

Amy, schön locker bleiben.

»Budweiser ist aus«, knurrte ich.

Für den Quarterback und Captain des Footballteams war alles aus. Der Arsch würde nicht einmal einen Schluck Spülwasser bekommen.

»Bist du immer so nett zu deinen Gästen?«, witzelte er.

»Kannst ja gehen, wenn dir mein Ton nicht passt.«

Kräftig zog ich das Bierglas über die Bürste, ohne Travis eines zweiten Blickes zu würdigen. Wenn ich Glück hatte, haute er ab.

Was er natürlich nicht tat.

»Dann nehme ich ein frisch Gezapftes.« In sciner Stimme klang ein belustigter Unterton mit. Schon spürte ich Hitze in meinem Gesicht, als würden sich seine blauen Augen wie Laser in meine Haut brennen.

Ich stieß geräuschvoll den Atem aus, dann hob ich den Blick. »Verstehst du die Message nicht?« Mit dem Unterarm fuhr ich mir über die Stirn, als würde ich von der Schufterei am Spülbecken den imaginären Schweiß abwischen. »Wieso bist du nicht im Corelly's Pub? Das ist euer Stammladen.« *Ob doch was am Gerücht dran ist, sonst wäre er doch nicht hier?*

Ich nahm das nächste Glas und stülpte es über die Bürste. Wild stampfte ich los.

Travis grinste. »Bekomme ich in der nächsten Stunde mein Bier«, neckte er mich, »oder willst du das unschuldige Glas noch eine Weile foltern? Ich hoffe mal, du stellst dir nicht vor, dass ich es wäre.«

Wenn du wüsstest, dachte ich bissig. *Waterboarding wäre ein Wellnessprogramm im Vergleich zu dem, was ich mit dir machen würde.*

Ich lächelte zuckersüß. »Wenn du dein Bier getrunken hast, wirst du dann deinen Hintern vom Hocker schwingen und die Kurve kratzen?«

Er grinste breiter. »Lass es doch auf einen Versuch ankommen.« Im Gegensatz zu mir schien ihm meine Gesellschaft zu gefallen.

»O-kay.« Mit einem Seufzer zog ich das Glas aus dem Wasser und stellte es zu den gespülten Gläsern. Schnell schüttelte ich den Schaum von den Händen und schnappte mir das Handtuch, um sie kurz abzutrocknen.

Ein einsames, gefülltes Bierglas stand unter dem Zapfhahn. Eigentlich wollte es Henry schon vor mindestens einer halben Stunde mitnehmen, aber aus einem mir unbekannten Grund hatte er es vergessen.

»Hier, macht fünf Dollar«, sagte ich und schob Travis das abgestandene Bier über den Tresen zu. Für ihn reichte es, zum Wegkippen war es zu schade.

»Äh … Amy?«

»Was?«

Travis verzog den Mund zu einem Lächeln und zeigte dabei weiße, ebenmäßige Zähne.

Und was tat ich? Statt cool zu bleiben, glotzte ich wie hypnotisiert auf sein bescheuertes Grübchen, das mich früher zu oft hatte schwach werden lassen.

Wieso hatten die attraktivsten Typen immer solche süßen Grübchen?

»Also.« Er räusperte sich. »Ich hätte schon gern ein frisch Gezapftes mit einem hübschen Krönchen drauf.«

Alter, echt jetzt. Ich verdrehte die Augen. »Das Fass ist leer, nimm's oder geh.« Der Kerl raubte mir den letzten Nerv. Merkte er nicht, dass ich auf seine Gesellschaft lieber verzichten würde?

Travis McCants war ein arrogantes, selbstgefälliges Arschloch. Leider musste ich ihn als Kommilitonen am College dulden, aber das Hockey House war mein Reich und ich wollte ihn hier nicht haben. Nicht nach dem, wie er mich damals behandelt hatte. Offenbar litt er unter Gedächtnislücken, denn sonst würde er selbst flink das Weite suchen, statt mir seine widerliche Anwesenheit aufzuzwingen.

Wenn er damals nicht so ein rücksichtsloser Mistkerl gewesen wäre, würde ich wahrscheinlich wie die halbe weibliche Studentenschaft in seiner Nähe dahinschmelzen. Ohne zu zögern, hätte ich ihm eine Flasche eisgekühltes Budweiser geöffnet und sie mit einem hinreißenden Lächeln serviert. Ich hätte alleine eins der riesengroßen Fässer aus dem Keller gewuchtet, nur um ihm das perfekte Bier zu zapfen. Er hätte sogar leckere Nüsschen bekommen. Außerdem hätte ich ihm Henrys schottischen Luxuswhiskey spendiert.

Okay, den teuren Whiskey nicht unbedingt, das wäre übertrieben und ich bekäme mächtig Ärger mit Henry, aber sonst hätte ich alles für Travis McCants getan, nur um etwas von seiner Aufmerksamkeit zu erhaschen. Damals hatte er mich sogar dazu gebracht, dass … Schluss damit, es gab kein Uns, das hatte ich mir in meinen dummen Mädchenträumen nur eingebildet.

»Habt ihr wenigstens Cola?« Travis seufzte. »Oder ist die auch nicht mehr im Angebot?«

Seiner Frage schenkte ich keine Beachtung, stattdessen deutete ich fragend zum Glas: »Warum trinkst du das nicht? Lauwarmes Bier ist gut für den Magen.«

»Hab eh keinen Durst.« Er stellte das Glas beiseite und ließ seinen Blick durch den Raum wandern. Dann wandte er sich wieder mir zu. »Nett hier, schicker Laden, gefällt mir.«

»Super, wenn du alles gesehen hast, dann …« Ich rieb die Hände und zeigte zur Tür. »Du weißt ja, wo der Ausgang ist.«

»Amy, ich bin nicht hier, um ein Bier zu trinken.«

»Bist du nicht?«

Travis neigte sich zu mir und deutete mit dem Finger in meine Richtung. »Ich bin deinetwegen hier. Es geht um das Footballteam. Wir brau–«

»Stopp.« Sobald er das Wort Footballteam erwähnt hatte, wusste ich, worum es ihm ging, weshalb ich sofort den Arm hob, um ihm klarzumachen, dass er den Mund halten sollte. »Ich habe ewig nicht mehr gespielt«, reagierte ich scharf.

Travis hob abwehrend die Hände. »Ja, das weiß ich, reg dich nicht gleich auf.« Er musterte mein Gesicht. »Du hast nach der Highschool aufgehört.«

»Genau.«

»Nicht mal so aus Spaß gespielt?« Er klang verwundert.

Ich schnappte nach Luft. Dass er es wagte, mir diese Frage zu stellen und dabei so zu tun, als hätte er keinen blassen Schimmer, wieso mir die Lust vergangen war.

»Ehrlich, Amy, ich kann es nicht verstehen, warum du nach der Highschool aufgehört hast. Weißt du noch, das Endspiel im Championship Game?«

Yeah, wie könnte ich das Finish vergessen? Himmel, war das genial gewesen. Ungewollt kam ich ins Schwärmen, als die Erinnerungen an die Highschool-Meisterschaft in meinem Kopf aufploppten.

»Ein krasser Fight gegen die Hopkinton Highschool.« Schmunzelnd schüttelte ich den Kopf. »Wir hatten nur noch fünfzehn Sekunden Zeit, aber du hast die Nerven behalten und diesen verdammten Touchdown geschafft.«

»Dann kam dein Point after Touchdown.« Travis lachte kopfschüttelnd. »Der Punkt hat uns den Sieg gebracht.«

»Die Mannschaft hat alles gegeben. Es war Teamwork.«

»Du bist eine super Kickerin und gute Fußballspielerin. Ich habe gedacht, du wirst hier in der Frauenfußballmannschaft spielen«, wechselte Travis unerwartet das Thema. »Ich meine, du hast ein Stipendium ergattert. War doch so?«

Ich schluckte angestrengt und starrte Travis an. Ich brauchte ein paar Sekunden, bis ich mich wieder im Griff hatte. »War so geplant«, reagierte ich knapp.

»Du könntest wieder anfangen, wenn du willst.«

»Kein Bedarf«, brummte ich und widmete mich den restlichen Gläsern, wobei ich Travis absichtlich ignorierte. Für mich war das Gespräch beendet.

Wozu mit ihm länger über die Vergangenheit reden?

Er war Quarterback im Collegeteam und bekam ein dickes Stipendium, ich hielt mich mit dem Job im Hockey House über Wasser. Der Coach der Frauenfußballmannschaft hatte damals angefragt und mir das Sportstipendium angeboten. Hätte ich es angenommen, würde ich jetzt auf der anderen Seite des Tresens sitzen.

Herrgott, ich war echt ein naives Ding gewesen.

Wegen Travis hatte ich meine Studienbewerbung ans gleiche College geschickt. Zu der Zeit hatte ich noch keine Ahnung gehabt, dass ich jahrelang einer Illusion hinterhergelaufen war.

Jaja, man konnte sich ruhig über mich lustig machen. Travis war der erste und einzige Kerl, in den ich bis jetzt verliebt gewesen war.

Doch im Gegensatz zu mir hatte es ihn nicht die Bohne interessiert, wo ich studieren wollte.

Jeder an der Highschool hatte gewusst, dass er zu den Playern gehörte.

Er war ein heißer Typ, verdammt attraktiv. Makellose Haut, immer dezent gebräunt. Sein eins-fünfundneunzig-großer Körper verschlug einem die Sprache. Sehnig, mit definierten Muskeln, die Michelangelo nicht hätte schöner meißeln können.

Ich dumme Kuh hatte mich von Travis McCants' Schönheit blenden lassen. Bis zu dem Moment, als er wieder mit Dawn Morgan abgezogen war. Zu dem Zeitpunkt seine Exfreundin und Cheerleaderin an unserer Highschool.

Um mit ihr zusammen zu sein, hatte er mich abserviert und mir außerdem noch als Sahnehäubchen eine widerliche Lüge aufgetischt.

Mit zusammengepressten Lippen starrte ich ins Spülwasser. Mittlerweile wusste ich, dass es ein Fehler gewesen war, das Sportstipendium abzulehnen.

Aber für mein verletztes Ego hatte es keine Alternative gegeben. Irgendwie hatte ich unseren Kontakt auf ein Minimum begrenzen müssen. Ich hatte sogar überlegt, mich an einem anderen College zu bewerben, doch dann hätte ich mindestens ein halbes Jahr wertvolle Zeit verloren.

Meinen Eltern hatte ich nicht länger auf der Tasche liegen wollen, also hatte ich in den sauren Apfel gebissen und den Studienplatz angenommen.

Jetzt saß mir im wahrsten Sinne des Wortes dieser saure Apfel gegenüber, nur verspürte ich eher einen ziemlich bitteren Geschmack im Mund.

»Unsere Kicker sind ausgefallen«, durchbrach Travis mein Schweigen. »Und da habe –«

Mein Kopf ruckte hoch. »Eure … was?«, unterbrach ich ihn. Schnell biss ich mir auf die Zunge, um nichts Unüberlegtes zu sagen. »Sorry, tut mir ja irgendwie leid für euch, aber was geht mich euer Kickerproblem an?«

Sein Gesicht war ernst, als er sich durch das blonde Haar fuhr, das natürlich stylisch geschnitten war. Das Deckhaar wuschelig, die Seiten raspelkurz.

»Du bist eine hervorragende Kickerin, Amy, wenn es nicht so dringend wäre, würde ich nicht hier sein, um dich darum zu bitten, für die Eagles zu spielen.«

»Was ist passiert?«

Ein zerknirschter Ausdruck legte sich auf Travis' Gesicht. »Das war auf einer Verbindungsparty, am Donnerstag.«

»Diese Woche? Also eine Party für die Erstsemester?«

»Mm-hm.« Sein Gesichtsausdruck wurde immer zerknirschter. »Wir waren alle hackevoll und haben einen kleinen Wettkampf gemacht. Wer als Erster den Football hat.«

»Einen Wettkampf, betrunken?« Ich schnaubte kopfschüttelnd. »Was zur Hölle habt ihr euch dabei gedacht?« Warum waren Männer manchmal dermaßen kindisch? »Erzähl weiter«, forderte ich ihn auf.

Travis schenkte mir ein unschuldiges Lächeln. »Ich habe den Football aus dem Fenster geworfen. Colin und Ty wollten vor mir unten sein.«

»Fenstersprung? Echt jetzt?« Das war kein kindisches, sondern ein idiotisches Verhalten gewesen. Ich atmete tief durch. *Solche Vollpfosten.*

»Yep, zum Glück erster Stock. Colin hat sich den Unterarm gebrochen und Ty den Mittelfußknochen mit anderem Scheiß.«

»Autsch, das tut schon beim Zuhören weh.«

»Nichts im Vergleich zum Gebrüll von Coach Gibb. Auf Headcoach O'Neills Anschiss warte ich noch. Der wird vermutlich nicht angenehmer.«

»Ihr habt doch noch Ersatzkicker?« Ich spülte die letzten zwei Gläser, dazwischen warf ich ihm einen prüfenden Blick zu.

Da ich erneut schwieg, fuhr Travis fort. »Du hast einen starken linkes Fuß, gutes Timing, abgesehen von deiner Treffsicherheit und deiner Nervenstärke. Das alles fehlt den Jungs. Schon mit ihren grottenschlechten Kickoffs provozieren sie Punkte für den Gegner.«

»Das sieht schlecht für euch aus. Ich werde nicht für dein Team spielen, egal, wie intensiv du mich beackerst.« Ich lächelte milde. »Suche in der Frauenfußballmannschaft. Wenn du deinen Charme spielen lässt, wirst du dich vor bereitwilligen Kickerinnen kaum retten können.« *Bestimmt nicht nur auf dem Spielfeld.*

»Mich interessiert die Frauenmannschaft nicht.«

Ich stieß ein Schnauben aus. »Natürlich nicht.«

Wer's glaubt.

Travis' blaue Augen funkelten mich herausfordernd an. »Du willst dich tatsächlich lieber hinter deinen Büchern verstecken und massenhaft fucking As in den Prüfungen hamstern?«

Ich stemmte die Hände in die Hüften. »Jeder hat andere Prioritäten. Meine sind gute Studienleistungen.«

»Du hast dich verändert, Amy. Früher war Football die Nummer eins auf deiner Prioritätenliste. Ist schon irritierend, dass du zu einer Streberin mutiert bist.«

Er rutschte vom Hocker.

»Überleg's dir noch mal, das Angebot steht. Das College würde dir für die Saison ein gutes Stipendium zahlen und diesen Job«, er zeigte auf das Spülbecken, »müsstest du nicht mehr machen. Abgesehen davon, dass wir ins Finale um die College-Meisterschaft wollen und du somit die einmalige Chance hast, Stammspielerin zu werden.«

Er kramte einen zerknüllten Zehndollarschein aus der Jeans, warf ihn neben das Bierglas und klopfte mit den Fingerknöcheln auf den Tresen. »Gute Nacht, Amy.« Dann wandte er sich ab.

Ich starrte ihm fassungslos hinterher. »Wofür ist das Geld?«

Travis drehte sich kurz um. »Für das magenfreundliche Bier«, sagte er mit einem spitzbübischen Zwinkern. »Der Rest ist Tip.«

»Sehr witzig, Idiot«, brummte ich.

Zähneknirschend griff ich nach dem Bier und kippte es in den Ausguss.

Warum musste er mir dieses verlockende Angebot machen, das ich niemals annehmen würde?

Und warum hatte er immer noch diese faszinierende Wirkung auf mich?

Ich rieb mir über die Arme, um die Gänsehaut loszuwerden, die mir jäh bewusst wurde.

Hatte ich sie schon die ganze Zeit gehabt?

Mein Herz war genauso ein hinterhältiger Verräter. Da Travis endlich die Kneipe verlassen hatte, konnte es ruhig einen Gang runterschalten.

2. Travis

Keine Bettgeschichte

Curtis kam aus der Dusche, rubbelte sich die Haare trocken und grinste mich an. »Wir sehen uns gleich im Dan's?« Heute war Montag, Steve hatte Geburtstag und für das halbe Team Plätze im chinesischen Restaurant bestellt.

Früher war das Dan's eine alte Fabrikhalle gewesen. Cooler Laden, tolles Ambiente. Nachher war für uns *All you can eat* angesagt. Schon wenn ich an den Abend dachte, lief mir das Wasser im Mund zusammen. Für läppische fünfzehn Dollar konnte man sich grenzenlos vom Buffet bedienen. Wie ich unser Team kannte, würden wir uns hemmungslos die Bäuche mit sämtlichen chinesischen Köstlichkeiten vollschlagen.

Ich ließ mich auf die Bank fallen. »Das Buffet lasse ich mir auf gar keinen Fall entgehen«, sagte ich lachend, beugte mich nach vorn und zog meine Boots hervor. Zuerst streifte ich die Socken über die Füße, dann stieg ich hinein. Das Team war schon gegangen, Curtis und ich waren wie immer die Letzten in der Umkleide. Ich nickte Richtung Gang. »Vorher muss ich noch zum Meeting, danach stoße ich zu euch.«

»Ach ja, das Kickerproblem.« Curtis verzog den Mund.

»Yep«, antwortete ich mit einem Augenrollen. Ächzend hievte ich mich von der Bank hoch.

Nachdem ich meine Jacke übergezogen und den Spind zugeschlagen hatte, griff ich nach dem Schultergurt meiner Sporttasche.

An der Tür wandte ich mich Curtis zu. »Futtert nicht alles weg.«

Er lachte. »Beeile dich lieber, wenn wir dir was übriglassen sollen.«

»Sag das dem Trainerstab«, rief ich ihm beim Herausgehen zu.

Mein Hals fühlte sich trocken an, weshalb ich mir aus dem Getränkeautomaten eine Wasserflasche holte. Ich ließ die Tasche auf den Boden plumpsen. Meine Zunge klebte am Gaumen. Boah, hatte ich Durst. Rasch öffnete ich den Verschluss, legte den Kopf in den Nacken und exte das Wasser ohne abzusetzen.

»Hey Travis.« Mein Quarterback-Coach verließ sein Büro und kam mir entgegen. »Kein Wasser mehr dabei?«, meinte er belustigt.

Ich drehte mich in seine Richtung. »War ein ziemlich krasses Training, alles leer«, sagte ich und wischte mir mit dem Ärmel über den Mund, bevor ich die Flasche im Abfallbehälter entsorgte.

Coach Gibb hatte mich während des Einzeltrainings hart rangenommen. Ein super Gefühl, schon zum Wochenanfang von ihm geschliffen zu werden. Wenn er die nächsten Wochen genauso weitermachte, würde mein Fitnesslevel bald durch die Decke gehen. Aus dem Augenwinkel hatte ich während des Trainings mitbekommen, dass ich nicht der Einzige gewesen war, der bis an seine Grenzen gebracht wurde. Die anderen Spieler hatten genauso intensive Übungseinheiten aufgebrummt bekommen.

Ob es mit unseren verletzten Kickern zusammenhing, sozusagen als Kollektivstrafe?

Immerhin war die ganze Stammmannschaft auf der Verbindungsparty gewesen. Keiner hatte Colin, Ty oder mich aufgefordert, die schwachsinnige Wette abzublasen.

War das verwunderlich? Alle waren hackevoll gewesen.

Schlussendlich trug ich dafür die alleinige Verantwortung, jedenfalls empfand ich es so. Immerhin war ich der Captain unseres Teams. Es war meinerseits keine Glanzleistung gewesen, den Scheiß mitzumachen.

Deshalb war es so wichtig für mich, einen guten Kicker zu finden, um irgendwie meine Schuld am Desaster abzutragen. Erstaunlich, dass das Team mich nach dem ganzen Mist noch immer respektierte, anstatt mich wie den letzten Arsch zu behandeln.

Nach dem Unfall hatte ich mir geschworen, mich nie wieder so danebenzubenehmen und mir auch nie wieder dermaßen heftig die Kante zu geben.

Ob uns die vergangenen gewonnenen Collegemeisterschaften zu Kopf gestiegen waren?

Man könnte es fast glauben und so hatte uns das Karma einen knallharten Tritt verpasst.

»Na komm«, sagte Coach Gibb, als er neben mir stand. »Der Trainerstab wartet bestimmt schon.« Seine Pranke donnerte auf meine Schulter. Der Coach war Mitte vierzig, groß, breit und voller Kraft. Schwarzhaarig mit dichtem Vollbart. Seine braunen Augen funkelten amüsiert, weil beim Aufschlag mein linker Mundwinkel gezuckt hatte.

Verwunderlich?

Mein Körper war ein einziger schmerzender Muskel. Ich erinnerte mich an den Agrarreifen, den ich über das Spielfeld hatte ziehen müssen. Ich war klitschnass gewesen und die Seile hatten mächtig gescheuert.

Ich nahm die Tasche auf. Nebeneinander liefen wir über den Gang. Ich spürte Coach Gibbs Blick auf mir ruhen. Ob gerade mein schlechtes Gewissen der Grund war, dass ich ein komisches Gefühl im Nacken bekam und mir schwindelig wurde?

Wobei das eher ein Selbstbetrug war, wenn ich das glauben würde.

In letzter Zeit hatte ich das öfters. Manchmal wurde mir dabei übel und es kam vor, dass ich dann schnellstmöglich aufs Klo musste, um meinen Mageninhalt in der Kloschüssel zu versenken.

Meistens kämpfte ich dagegen an, versuchte die Symptome zu ignorieren und mir einzureden, dass alles okay wäre.

Aber jetzt war das kribbelnde, steife Gefühl einfach nur widerlich, die Umgebung um mich herum wurde unscharf. Angespannt rieb ich mir den Nacken, dabei kniff ich die Augen immer wieder zu, um wieder klar sehen zu können.

Das Problem war, dass ich schon eine Weile ein flaues Gefühl im Bauch hatte, dass irgendetwas mit meinem Körper nicht stimmte. Ich wusste, dass ich nicht umhinkam, mich durchchecken zu lassen.

Doch bevor ich mich dem Teamarzt anvertrauen würde, wollte ich in Boston einen Spezialisten aufsuchen.

Ehrlich gesagt hatte ich ganz schön Schiss davor.

Aber es könnte auch sein, dass meine innere Stimme viel Lärm um nichts machte und alles halb so wild war.

Trotzdem blieben die Signale verdächtig und ich sollte mich um einen Termin kümmern, am besten gleich morgen.

»Travis, alles okay mit dir?«, hörte ich den Coach fragen. Seine Stimme drang wie durch eine Nebelwand zu mir.

Ich blieb stehen. »Ja, ist gleich vorbei«, presste ich hervor und atmete ein paarmal tief durch, um meinen Körper schnellstmöglich wieder unter Kontrolle zu bekommen.

»War wohl doch ein Tick zu viel heute?«, fragte der Coach besorgt.

»Nein, nein«, widersprach ich. »Ich muss nur meinen Energiespeicher wieder auffüllen, geht schon.«

Ich zwang mich dazu, normal weiterzulaufen, damit der Coach aufhörte, mich argwöhnisch zu mustern.

Mann, warum passiert das gerade in diesem Moment?, dachte ich, schob den Gurt höher über die Schulter und holte aus der Jackentasche ein mit Traubenzucker gefülltes Röhrchen heraus. Ich schüttete mir eine Tablette auf die Handfläche, zitternd warf ich sie mir in den Mund.

»Sie auch?« Ich hielt dem Coach das Röhrchen entgegen.

Er schüttelte den Kopf. »Nein, danke.«

»Okay.« Ich stopfte es in die Jackentasche zurück. Mir ging es erstaunlicherweise schnell besser, als sich der Traubenzucker auf meiner Zunge auflöste.

Vor der Treppe blieb der Coach stehen. Entschlossen packte er meinen Arm.

Ich ahnte, was kam. Nervös spielte ich mit dem Schultergurt.

»Travis, bevor wir zum Meeting gehen, muss ich dich was fragen.«

Ich blinzelte schuldbewusst. »Krieg ich jetzt was übergebraten, wegen Colin und Ty?«

Der Coach strich sich über den Bart. »Ich weiß nicht, ob dir das klar ist, aber der Ausfall unserer Kicker hat uns alle mächtig getroffen.«

Wir stiegen langsam die Treppenstufen hoch.

Ich stieß einen Seufzer aus. »Ich weiß, Coach, wir brauchen dringend mindestens einen neuen Kicker für die Saison.« Ich erinnerte mich an das Gespräch mit Amy im Hockey House. Zu gern würde ich sie für unser Team gewinnen. Doch die freche Wildkatze hatte ihre Krallen ausgefahren und mich auf Abstand gehalten. Mit ihrem abweisenden Verhalten hatte sie mir einen ordentlichen Dämpfer verpasst. Normalerweise gab es keine Frau, die mir widerstehen konnte.

Der Coach atmete schwer aus. »Ja, wir müssen uns um einen guten Ersatz für Ty und Colin kümmern, Travis. Das ist aber nicht deine Sorge, sondern die des Trainerstabs.«

Verdammt, die Worte machten mir noch mehr bewusst, was für einen Bärendienst wir dem Team mit unserem Blödsinn erwiesen hatten.

»Es wird schwer sein, einen Kicker zu finden, der mindestens genauso gut ist wie Colin und Ty, der das Spiel, die Situationen fühlen kann.«

Der Coach wiegte den Kopf. »Es wird tatsächlich schwierig sein, so einen Spieler zu finden. Dass unsere besten Kicker gleichzeitig zum Beginn der Saison ausfallen … Damit konnte keiner rechnen.« Er sah mich von der Seite an. »Blöde Wette und ziemlich respektlos gegenüber dem Team.«

Ich zögerte. »Ja, war eine dumme Wette. Wir haben nicht nachgedacht, tut mir leid, ehrlich.«

Als wir oben angekommen waren, blieben wir am Treppenabsatz stehen. Der Coach fixierte mein Gesicht mit strengem Blick. »Wir sind das beste Team der Liga, seit Jahren führen wir die Division I in der NCAA an. Wir geben alles, opfern Freizeit, Familie, Geld.«

»Weiß ich, Coach.«

»Und du willst in die NFL.« Er drückte mir die Faust gegen die Schulter. »Deshalb darf so ein Mist nie wieder passieren.«

Brant Gibb war zwar ein knallharter Trainer, der mich regelmäßig durch die Knochenmühle jagte, aber er wusste, dass es für mich nur ein Ziel gab: Profi zu werden. Ich liebte Football und ich liebte meine Familie, die mich von Anfang an unterstützte, diesen Traum zu verwirklichen.

Das Gleiche wollte ich für sie tun. Alle hatten zurückgesteckt, auch meine beiden jüngeren Schwestern.

»Travis, hör mir gut zu«, riss mich Coach Gibb aus meinen Gedanken. Sofort schoss mein Blick zu ihm. Seine Miene verriet die Dringlichkeit seiner Worte.

»Ja, Sir.« Ich hielt die Augen fest auf sein Gesicht gerichtet.

Er umklammerte meine Schulter. »Sei dir bewusst, ihr Spieler seid Teil eines Ganzen. Die Offense und die Defense brauchen die Spezialisten. Wenn ihr als Team nicht funktioniert, ist es mit dem Erfolg schneller vorbei, als du dir vorstellen kannst. Verstehst du, worum es geht?«

Ich schluckte schwer. »Natürlich, Coach. Unsere Mannschaft wird alles dafür tun, damit wir Ende Dezember an den Playoffs teilnehmen und im Januar ins Finale einziehen. Das versichere ich Ihnen.«

Der Coach zog seine Hand weg. »Ich nehme dich beim Wort.« Kurz hielt er inne. »Du kennst dich gut aus, bist mit vielen Sportlern befreundet. Gibt es jemanden, der Ty und Colin vorerst ersetzen könnte?«

Ich biss mir auf die Lippe. »Ähm … Vielleicht wüsste ich jemanden.« Amys Gesicht erschien vor meinem inneren Auge.

»Wer?«

Ich hob die Schultern. »Also, ich arbeite bereits daran. Amy Tolan.« Dass sie mir gestern eine Absage erteilt hatte, verkniff ich mir zu sagen.

Amy war eine harte Nuss, aber ich würde sie knacken. Bisher war ein Nein für mich nicht mehr als eine Verzögerungstaktik. Das letzte Wort war noch nicht gesprochen.

Irgendwie war das schon merkwürdig. Früher hatte Amy mir nie etwas abschlagen können. Ich hatte keinen Schimmer, warum sie mir gegenüber so abweisend geworden war. Früher oder später würde ich den Grund dafür herausfinden.

»Hmm, Amy Tolan? Irgendwie klingt das nach einer Frau.« Der Coach stutzte. Mit hochgezogenen Augenbrauen starrte er mich an. »Echt jetzt, Travis, du schlägst mir eine Frau vor?«

»Sie ist gut, wirklich gut. Ihre Kickerqualitäten haben uns während der Highschool mehr als einmal den Arsch gerettet.«

»Eine Kickerin in deinem Highschool-Team?« Der Coach tippte mit dem Zeigefinger energisch gegen meine Brust. »Vergiss es! Niemals kann diese Amy Tolan einen unserer Kicker ersetzen.«

»Aber –«

»Nichts aber.« Aufgebracht warf er die Hände in die Luft. »Frauen bringen nur Unruhe ins Team. Mir reicht schon der Stress mit den Cheerleadern.«

Ein Schmunzeln zuckte in meinen Mundwinkel. »Coach, Amy Tolan bringt keine Unruhe. Kein Junge macht sich an sie ran. Die bekommen nur Angst vor ihr, wenn sie schon den Mund aufmacht.«

Misstrauisch sah er mich an. »Ist sie so hässlich?«

»Nein, das nicht. Sie ist irgendwie«, angestrengt kramte ich in meinem Hirn nach den richtigen Worten, »speziell.«

»Eine Zicke?«

»Hmm.« Ich verzog das Gesicht und machte eine abwägende Geste. »Sie ist nicht so der Typ, auf den Jungs abfahren. Ziemlich eigensinnig.«

»Nein.« Der Coach griff nach meinem Arm und bedeutet mir, weiter zu gehen. »Frauen haben bei uns nichts zu suchen, egal, ob sie hässlich, eigensinnig oder speziell sind.«

Wir bogen in den Gang links ein und folgten dem Stimmengewirr, das durch eine offene Tür zu uns nach draußen gelangte.

Im Raum standen die Tische zur Carréform zusammengeschoben. Wir warfen einen Gruß in die Runde, steuerten zwei freie Stühle an und ließen uns nieder. Ich schob mit dem Fuß meine Sporttasche zwischen die Beine und schaute kurz auf das Handy, bevor ich es ausschaltete, weil Meetings nicht durch Handyklingeln gestört werden durften. Es war fünf Minuten vor sechs Uhr. Meine Kumpels waren vermutlich schon auf dem Parkplatz vor dem Dan's angekommen. Bei dem Gedanken fing mein Magen hörbar an zu grummeln, meine Finger trommelten unruhig auf die polierte Tischplatte.

Der Coach zog ein Notizheft und einen Stift hervor, legte beides vor sich, dann neigte er sich zu mir. »Hoffentlich dauert das Meeting nicht zu lange, ich habe wie du einen Mordshunger.«

Ja, hoffentlich, antwortete ich still.

Meetings gehörten nicht zu meinen Lieblingsaufgaben als Captain. Ich hatte schnell Hummeln im Hintern und war nicht so der Fan vom Stillsitzen. Da waren die Kurse am College schon nervig genug.

Endlich betrat der Headcoach den Raum. »Guten Abend alle zusammen«, rief er uns zu. Dann warf er seinen Ordner auf den Tisch und setzte sich. Ein Gemurmel von kurzen Begrüßungsworten des Trainerstabs erfüllte den Raum. Ich brummte mein »'n Abend Mr. O'Neill« dazu.

Der Headcoach zog sich den Stuhl dichter an den Tisch heran. Während sein Blick über unsere Gesichter schweifte, räusperte er sich und verschränkte die Finger. Die Augen blieben an mir haften. Am liebsten würde ich auf meinem Platz tiefer sinken. Sein strenger Gesichtsausdruck versprach mir eine nächste Standpauke.

»Eine Sauferei auf einer Verbindungsparty und schon sind wir unsere Kicker los«, richtete er seine erste Ansprache an mich.

Ich presste die Lippen zusammen und nickte bloß.

Was sollte ich darauf antworten?

Den Kopf gewaschen hatte er mir bereits heute früh. Gleich morgens um sieben Uhr hatte er mich zu sich ins Büro zitiert, um mir seine Wut entgegenzubrüllen. Verdient hatte ich es.

»Verflucht noch mal, Travis, wie sollen wir gegen die anderen Teams gewinnen, wenn uns kein einziger fähiger Kicker zur Verfügung steht? Die Saison hat bereits begonnen.«

Coach Paterno, der Koordinator des Special-Teams, ergriff das Wort. »Gibt es keine Möglichkeit, einen Spieler zu verpflichten? Die Jungs werden diese Saison wohl nicht mehr auf den Platz marschieren.«

»Warum sehen wir uns nicht am College um, hier könnten wir vielleicht fündig werden?«, wagte ich vorsichtig einen Vorstoß, wobei ich dabei wieder direkt an Amy dachte.

Ich hörte Coach Gibb unwillig brummen, als ahnte er, was ich mit meiner Frage bezweckte.

»Ich habe das Fußballteam beobachtet. Dort gibt es keinen geeigneten Mann«, lehnte er ab.

»Es muss ja kein Mann sein«, warf ich schnell ein und kassierte von ihm einen Ellenbogenkick.

»Travis, nein.«

Ich lehnte mich zu seinem Ohr. »Warum denn Amy Tolan nicht?«

»Amy Tolan?« Der Headcoach sah mich fragend an. Er beugte sich nach vorn. »Wer ist das?«

Alle Augenpaare richteten sich auf mich. Ich hasste es, in solchen Momenten im Mittelpunkt zu stehen, aber wenn ich schon angefangen hatte, ihren Namen ins Spiel zu bringen, sollte ich meinen Vorschlag erläutern. Daher setzte ich mich aufrecht hin und sagte: »Die Frau war in der Highschool als Kickerin in meinem Team. Sie bringt alles mit, was wir brauchen, und sie ist an unserem College.«

»Travis, ich habe vorhin ganz klar nein gesagt. Warum bringst du sie wieder ohne Absprache ins Spiel?«, reagierte Coach Gibb aufgebracht.

»Weil sie gut ist, deshalb, Coach«, gab ich entschlossen zurück. Da ich weiterhin die Aufmerksamkeit des Trainerstabs hatte, fuhr ich fort: »Sie kann uns helfen, mit hartem Training wird sie hervorragend spielen.« Mit festem Blick sah ich in Vince O'Neills Gesicht. »Ich bin mir sicher.«

»Okay, dann werden wir sie zu einem Probetraining einladen. Travis, du kümmerst dich darum«, beschloss der Headcoach und nickte mir zu. Mein Vorschlag schien zumindest bei ihm auf offene Ohren zu stoßen.

Die Mienen der anderen Coachs spiegelten dagegen Skepsis wider. Ich konnte nur hoffen, dass ich mich mit meinem Vorschlag nicht zu weit aus dem Fenster gelehnt hatte. Ich musste Amy dazu bewegen, an dem Probetraining teilzunehmen.

Einfach würde es nicht werden. Wenn sie das nicht freiwillig machte, müsste ich ihr so lange auf die Ketten gehen, bis sie schlussendlich einknickte.

Ein Schmunzeln konnte ich mir nicht verkneifen. Früher hatte ich Amy gern geneckt, damit sie machte, was ich wollte. Und zu meiner eigenen Überraschung freute ich mich auf diese Mission.

Nachdem noch einige Themen besprochen worden waren, entließ uns der Headcoach in den Feierabend.

Ich verabschiedete mich eilig, zerrte meine Sporttasche hervor und warf sie über die Schulter. Mein Magen hing mir inzwischen in den Kniekehlen. Ich wollte endlich mit meinen Kumpels Steves Geburtstag feiern.

Ungeduldig sprang ich aus meinem schwarzen Ford Ranger und lief mit langen Schritten zum Restaurant. Ich hatte kurz an der Zapfsäule einer Tankstelle gehalten, um zu tanken. An der

Kasse hatte ich mich zusammenreißen müssen, die Finger von den Schokoriegeln zu lassen.

Ich ging durch den Eingangsbereich und sah mich um. Das Dan's war echt schön. Die Backsteinwände waren grau und rot gestrichen, das Dekor dezent. Im gedämpften Licht saßen die Gäste an langen Tischen im dunklen Holzton.

Ein Kellner kam auf mich zu. »Haben Sie eine Reservierung?«

Ich deutete quer durch den Raum, als ich hinten die Jungs entdeckte. »Ich gehöre zu dem Tisch«, erklärte ich, nickte kurz, dann steuerte ich auf meine Kumpels zu.

»Hey Travis, da bist du ja endlich«, rief Steve. Er stieß den Stuhl zurück, stand auf und umrundete den Tisch, um mich zu begrüßen.

»Ich hoffe, ihr habt mir was zu futtern übergelassen«, scherzte ich, während ich ihn in eine freundschaftliche Umarmung zog. »Noch mal herzlichen Glückwunsch, Alter«, sagte ich und tätschelte seinen Rücken. Unser Mannschaftsgeschenk, eine Playstation 5 mit Gaming-Headset und Ladestation, hatte er schon vor dem Training bekommen.

Nachdem ich die restlichen Jungs begrüßt hatte, warf ich meine Jacke über die Stuhllehne.

Das Buffet erstreckte sich über die gesamte Länge einer Wand. Schnell bewaffnete ich mich mit einem großen Teller. Ich hatte so einen Kohldampf, dass meine Beine schon ganz wacklig waren.

Vorsichtig balancierte ich meinen mit Gemüse, Fleisch, Fisch und Meeresfrüchten beladenen Teller zum Tisch und ließ mich zwischen Curtis und Steve auf einen Stuhl fallen.

»Hier, gerade bestellt«, sagte Curtis, als er eine Flasche Bier neben meinem Teller platzierte.

»Danke, Kumpel.« Zufrieden nahm ich einen Schluck vom

kühlen Bier, dann schaufelte ich los.

»Hat es noch mal Ärger wegen Ty und Colin während des Meetings gegeben?«, erkundigte sich Curtis.

Ich warf einen Blick zu den beiden Kickern, die am anderen Ende des Tisches saßen.

»Nein«, nuschelte ich, kaute und schluckte, bevor ich ergänzte. »O'Neills Anschiss habe ich ja schon heute früh kassiert, Gibbs gleich am Freitag, nachdem der Mist seine Runde gemacht hat. Wir haben über einen möglichen Ersatz gesprochen.«

»Und?« Mit hochgezogener Augenbraue musterte mich Curtis.

»Sie haben keine Idee, wen sie nehmen sollen, daraufhin habe ich ihnen Amy Tolan vorgeschlagen.«

»Wer ist Amy Tolan?« Ein verwunderter Ausdruck huschte über Curtis' Gesicht.

»Sie spielte früher auf der Highschool in meiner Mannschaft und studiert wie wir am Boston College.«

Er schüttelte den Kopf und nahm einen Schluck aus seiner Flasche. »Von der hast du mir nie erzählt.«

Ich schob mir ein Stück Fisch in den Mund. »Wir reden auch schon seit Jahren nicht mehr miteinander – warum auch immer das so ist. Sie gehört zu den besten Kickern, die ich kenne.«

»Wirklich?«

»Ja, du hättest sie damals erleben sollen. Sie kickt dir den Ball dorthin, wo du ihn haben willst.« Ich rollte schwärmerisch mit den Augen. Meine Aussage war kein bisschen übertrieben.

»Stopp mal«, mischte sich Steve ein. »Hast du gerade von Amy Tolan gesprochen? Die Irre spielt Football?«

»Du kennst sie?« Vor Überraschung klappte mir der Mund auf, schnell schloss ich ihn, bevor mir der Fisch herausfiel.

»Amy Tolan teilt sich das Zimmer mit Ariana, mit der ich mal eine Nacht verbringen wollte. Die hat echt einen an der Klatsche. Wie eine Furie ist die auf mich losgegangen.«

»Warum?« Curtis kam mit seinem Gesicht näher zu meinem Teller. »Rück mir nicht auf die Pelle«, brummte ich, schob ihn zurück, um weiterzuessen.

»Als ich dort übernachten wollte, hat die Irre mich, ohne eine Sekunde zu zögern, aus der Bude geworfen, weil sie lernen müsste und keinen Bock darauf hätte, uns beim«, er malte Gänsefüßchen in die Luft, »*koitieren* zuzuschauen.«

»Die sagt statt vögeln koitieren?«, schnaubte Curtis lachend hervor.

Steve nickte. »Ja, die hat 'nen Knall.«

»Egal wie sie das nennt, aber ihr hättet doch bei dir übernachten können? Wobei koitieren witzig klingt, muss ich mir merken.« Grinsend schüttelte ich den Kopf. Amy war wirklich speziell. Ich hatte sie vor Coach Gibb treffend beschrieben.

»Hallo? Ariana war nicht da und ich saß nackt auf ihrem Bett. Die Tussi kam ins Zimmer, hat mich beschimpft und auf den Flur gezerrt, obwohl ich ihr sagte, dass Ariana gleich zurückkommt. Doch das ist der am Arsch vorbeigegangen. Das Weib hat die Tür zugeschlagen und mir zugerufen, dass ich draußen meine Klamotten finde. Die hat einfach mein Zeug aus dem Fenster gepfeffert.« Steve schnaubte. »Ich habe mit knallroter Birne draußen alles zusammengesammelt, bevor ich den Flitzer gespielt habe. Das war fucking peinlich. Ein Glück war Nacht und keiner in meiner Nähe unterwegs, sonst wäre ich der Lacher des Campus geworden.«

»Du hast dich von einer Frau rauswerfen lassen und deine Ariana hat nichts dazu geäußert?«

»Sie ist nicht meine Ariana. Außerdem habe ich gesagt, dass

sie nicht da war.«

Curtis kicherte. »Kein Wunder, Alter, dass du nie was von der Story erzählt hast.«

Ich wedelte mit einer Garnele vor Steves Gesicht herum. »Du wunderst dich, dass Amy dich aus dem Zimmer geworfen hat? Alter, du warst nackt. Sei froh, dass du nicht noch Ärger wegen was anderem bekommen hast.« Ich sah ihm prüfend ins Gesicht. »Wieso warst du dort allein?«

»Einer von uns beiden musste die Kondome besorgen.«

»Was? Sag bloß.« Curtis fing lauthals zu lachen an und ich stieg in sein Lachen ein.

Ich prostete Steve zu und gluckste in die Flasche, bevor ich einen Schluck trank. »Echt jetzt, vögeln wollen, aber die Kondome vergessen, du bist ja der absolute Superstecher.«

Er zuckte mit den Schultern. »Das passiert mir auch kein zweites Mal. Wenn ich mein bestes Stück nicht hätte mit den Händen verdecken müssen, wäre das alles anders verlaufen. Das Weib hätte null Chance gehabt, mich aus dem Zimmer zu manövrieren.«

»Deine Dummheit wurde bestraft. Bist du wenigstens später noch zum Abschuss gekommen?«, fragte ich immer noch lachend und bekam die Szene nicht mehr aus dem Kopf, wie Amy ihn aus dem Zimmer jagte. Ich hätte zu gern Mäuschen gespielt.

Steve klaute mir ein Stück gebackenes Hähnchenfleisch. »Nope, mir war die Lust vergangen. Ich habe das mit Ariana daraufhin gleich gelassen.« Grinsend stopfte er es in den Mund. »Amy Tolan hat 'ne Vollmeise.«

»Klar«, grunzte Curtis. »So einer Mitbewohnerin willst du nicht noch mal unter die Augen treten.« Belustigt sah er Steve an.

Mein Stichwort, weil mir eine Idee kam, wie ich Amy doch

noch überreden könnte, für unser Team zu kicken, vorausgesetzt, sie machte beim Probetraining einen guten Eindruck.

Sollte sie bei uns spielen und das Team erfuhr, wie Amy drauf war, würden die Jungs sowieso Abstand von ihr halten. Dass Amy Steve kompromisslos aus ihrem Zimmer geworfen hatte, war eine Nummer, die ich ihr ungesehen zutraute.

Amy war schon früher rigoros bei ihren Entscheidungen gewesen. Ich hatte das an ihr gemocht, weil sie genauso auf dem Spielfeld gewesen war.

Ich spürte einen Hauch Wehmut aufkommen.

Irgendwie merkte ich, dass ich sie ein bisschen vermisste. Ich hatte immer gedacht, wir wären Freunde, bis sie dann einfach den Kontakt abgebrochen hatte. Ich würde zu gern wissen, warum.

»In welchem Wohnheim befindet sich Arianas Zimmer?«, erkundigte ich mich, nachdem wir uns von unserem Gegacker erholt hatten.

»Welch Hall, hinter der Rezeption, gleich die zweite Tür links.«

»Gar nicht weit weg von uns.« Seit Semesterbeginn teilte ich mir mit Curtis ein kleines Apartment in der Williams Hall, wo auch ein Teil des Eishockeyteams untergebracht war.

Wir waren froh, dass Mrs. Roenick Mitleid mit uns gehabt hatte.

Die Chefin der Wohnheimverwaltung hatte uns die Bude vermittelt. Zwei Schlafzimmer, ein kleiner Gemeinschaftsraum, Küche, Bad. Die Möbel waren alt, aber jeder hatte einen Schreibtisch mit Stuhl, ein Bett und einen Schrank. Curtis kam wie ich aus einfachen Verhältnissen. Wir mussten beide unser Geld zusammenhalten.

Vorher hatten wir uns ein Zimmer mit zwei Typen teilen müssen. Der Platzmangel war einfach nur stressig gewesen.

»Willst du in die Höhle des Löwen, um mit der Verrückten wegen der Kickersache zu reden?«, wollte Curtis wissen. Rasch kippte er seinen Rest Bier runter und knallte die leere Flasche auf den Tisch. »Ich kann mir keinesfalls vorstellen, dass die Mannschaft von deiner Idee begeistert ist. Sie ist eine Frau und offensichtlich auch noch zickig.«

Steve hob abwehrend die Hände. »Ich will auf keinen Fall mit ihr spielen. Ein Erlebnis mit der Tussi reicht mir.«

Plötzlich landete eine Gurkenscheibe bei mir. »Hey, sagt mal, worüber redet ihr die ganze Zeit?«, erkundigte sich Tito. »Hast du während des Meetings von O'Neill den Arsch versohlt bekommen?«

Ich warf das Gurkenstück zurück. »Nee, wenn überhaupt jemand ein Spanking bekommt, dann eher du. Ich habe«, mein Blick flog zu Ty und Colin, »dem Trainerstab eine Kickerin vorgeschlagen, damit wir trotz des Ausfallens der Jungs eine Chance haben.«

»Habe ich richtig gehört?« Tito legte den Kopf schräg, die Hand hinter dem Ohr. »Kicker-in?« Die letzte Silbe zog er besonders lang. »Du hast nicht wirklich eine Frau vorgeschlagen?«

»Also, diese Frau«, fing ich mit ernster Miene an, »kenne ich schon viele Jahre –«

»Und zweitens versteht sie sich aufs Verprügeln wehrloser Männer«, rief Curtis lachend dazwischen und zwinkerte in Richtung Steve. »Stimmt's, Alter?«

»Mann, halt die Fresse«, motzte Steve daraufhin.

»Jetzt mal im Ernst, Leute«, ging ich dazwischen und schlug das Messer gegen meine Bierflasche, damit ich die Aufmerksamkeit am Tisch hatte. Alle Augenpaare wanderten zu mir, schlagartig war Ruhe.

Wenn schon das Thema angesprochen wurde, dann wollte

ich gleich allen verklickern, über was im Meeting gesprochen worden war.

»Ty und Colin fallen die nächsten Monate aus und wie ihr wisst, benötigen wir dringend Ersatz«, erklärte ich.

»Und da kamst du auf die Idee, bei der Frauenfußballmannschaft Ersatz zu suchen?«, fragte Tito.

»Nein.« Ich schüttelte den Kopf.

»Moment«, kam es von Barry, einem unserer Safeties. »Amy Tolan soll für uns kicken, habe ich das richtig aufgeschnappt?« Amüsiert zog er einen Mundwinkel hoch und fuchtelte mit der Hand in der Luft herum. »Die kennst du woher? Ich habe das alles nicht so genau mitbekommen.«

Ich winkte ab.

»Keine Bettgeschichte, wir spielten während der Highschool in einem Team.«

Misstrauisch sahen mich die Spieler an.

Ich räusperte mich. »Wenn sie nicht gut wäre, würde ich sie nicht ins Spiel bringen, okay?«

»Warum auch nicht«, sagte Tito. »Wenn der Trainerstab keine Vorschläge hat, dann schauen wir uns das Mädel mal an.« Er wandte sich unseren beiden Kickern zu. »Wenn sie euren Platz einnehmen sollte, werdet ihr nie wieder solche bescheuerten Wetten machen.«

»Mann, hau noch einen drauf«, meckerte Ty und sah hilfesuchend zu Colin, der entschuldigend die Schultern hob.

»Dämlich war das schon«, bestätigte er und guckte reumütig in die Gesichter der Jungs. »Sorry, dass wir diesen Blödsinn abgezogen haben.«

»War eine dumme Idee«, sagte ich und ergänzte nicht weniger reumütig: »Ich mach das auch kein zweites Mal.«

»Sprich mit ihr, Travis, ich vertraue deiner Meinung«, erklärte Tito. »Nur ihre Kickerfähigkeiten sind wichtig. Wen hat es zu interessieren, ob sie ein Mann oder eine Frau ist?« Sein Blick schweifte umher. »Ist doch so, Männer?«

Ein zustimmendes Brummen der Jungs war die Antwort, nur Steve schaute mich verkniffen an, weshalb ich entschuldigend die Hände hob. Er musste sich der Mehrheit beugen. Ich sah ihn herausfordernd an. *Du hast es gehört*, bedeutete mein Blick.

Zufrieden über den Ausgang des Gesprächs stand ich auf, um mir eine neue Fuhre vom Buffet zu holen. Ich war nicht der Einzige, der sich Nachschlag holte, bald waren die Schüsseln und Platten leer, neue Gerichte wurden aufgefahren. Die Stimmung war super, wir aßen und tranken, bis der Inhaber des Dan's zu Steve kam und mit ernster Miene demonstrativ auf seine Armbanduhr tippte. Freundlicher sagte er, dass seine Mitarbeiter schon längst Feierabend hätten.

Als ich mitten in der Nacht vor dem Wohnheim parkte, hatte ich nur einen Gedanken. Ich wollte am Dienstag gleich nach den Kursen Amy aufsuchen.

Dafür würde ich etwas von früher mitnehmen, das sie eventuell doch noch überzeugen könnte, sich unserem Team anzuschließen.

3. Amy

Du verschwendest meine Zeit

»Jemand zu Hause?«, rief ich durch den Spalt unserer Zimmertür und biss mir auf die Lippe, als sich ein Schmunzeln in mein Gesicht stahl, bevor ich ergänzte: »Muss ich mir die Augen zuhalten?« Es wäre nicht das erste Mal gewesen, dass ich meine Mitbewohnerin mit einem Kerl beim Rummachen erwischte. Ich war lieber vorgewarnt. Doch Ariana schien unterwegs zu sein. Alles blieb still, weshalb ich schwungvoll die Tür öffnete und eintrat.

Wir hatten ein helles Zimmer. Ich hatte die rechte Seite bezogen. Mir reichten das Bett, der Schreibtisch und der Kleiderschrank. Luxus gab es nicht. Dafür war das College außergewöhnlich schön. Der Campus war weitläufig, die sandfarbenen Gebäude mit den hohen Fenstern beeindruckten mich beim Betrachten immer wieder. Wenn ich meine Augen an dem Glockenturm der Gassan Hall hoch schweifen ließ, hatte ich das Gefühl, die gotischen Türmchen würden den Himmel berühren.

Ich holte aus dem Rucksack meinen Studienplaner und legte ihn auf den Schreibtisch. Nachher wollte ich meine Studienaufgaben in der Bapst Library erledigen. Im Lesesaal hatte ich Ruhe. Weil sich unser Zimmer in der Nähe der Rezeption befand, war es ziemlich laut. Ein ständiges Kommen und Gehen.

Träge plumpste ich auf den Stuhl. Heute hatte ich viele Kurse gehabt. Inzwischen spürte ich die Erschöpfung des langen Tages in meinen Knochen. Ich schlug den Studienplaner auf und blätterte ihn durch, als mich ein Klopfen aufhorchen ließ.

Einer von Arianas Verehrern?

Für mich gab es keine Besuche, ich war eher der Eremit unter den tausenden Studenten. Mit meiner Mitbewohnerin hatte ich mich angefreundet, gegenüber dem Rest hielt ich mich zurück.

Ich war jetzt nicht schüchtern oder so, sondern mir fehlte die Zeit, Freundschaften zu schließen. Das Philosophie- und Soziologiestudium, dazu der Job im Hockey House füllten meinen Tag aus. Hätte ich ein Stipendium, würde ich vermutlich öfters mit Ariana und ihren Freundinnen um die Häuser ziehen, doch in meiner finanziellen Situation konnte ich es mir leider nicht leisten. Nicht jeder wurde mit einem goldenen Löffel im Mund geboren.

Als ein zweites Mal geklopft wurde, stöhnte ich auf.

»Mann, Ariana ist nicht da«, rief ich Richtung Tür. Ich dachte, wenn kein Geräusch aus dem Zimmer drang, würde sich der Klopfer verkrümeln.

Falsch gedacht.

Wer zur Hölle ... Die Lippen zusammengepresst, schwang ich mich auf, stampfte zur Tür und riss sie auf.

»Ari–« Ich blinzelte überrascht. *Das kann doch echt nicht wahr sein.* »Was willst du denn hier?« *Und woher weißt du, wo ich wohne?*

»Hi Amy, danke für die freundliche Begrüßung, wusste ich's doch, dass ich ein gern gesehener Gast bin.«

Travis grinste mich mit seinem verflixten Grübchenlächeln an. Typisch für diesen selbstverliebten Idioten.

Ich war sofort auf Abwehr gepolt, weil mir sein hinreißendes Lächeln weiche Knie bescherte. Ich konnte mich immer noch nicht seinem Zauber entziehen. *Mist.*

Ich wich zurück, atmete tief durch und verschränkte die Arme vor der Brust. »Falls dein Besuch Ariana gilt«, ich deutete mit einer Kopfbewegung zur linken Seite des Zimmers, »sie ist leider nicht anwesend.« Ich schenkte ihm ein grimmiges Lächeln, das ihm hoffentlich suggerierte, dass er verschwinden sollte. Meinetwegen war er hier bestimmt nicht aufgetaucht.

Travis wäre nicht der Erste aus dem Footballteam, mit dem meine Mitbewohnerin etwas am Laufen hätte.

Ariana war Cheerleaderin, weshalb solche Kontakte nicht verwunderlich waren. Dass Travis und ich uns von früher kannten, hatte ich ihr nie erzählt. Wenn sie es wüsste, würde sie mir vermutlich viele Fragen stellen, auf deren Beantwortung ich keine Lust hatte.

Oder hatte er vor, mir erneut wegen dieser Kickersache auf den Keks zu gehen?

Ihm war alles zuzutrauen.

Wenn Travis sich etwas in den Kopf setzte, ließ er nicht locker.

So war er zumindest früher gewesen.

Warum sollte er sich dahingehend geändert haben?

Travis schloss unbekümmert die Tür. »Ich wollte dich besuchen«, sagte er und lächelte mich weiterhin an.

Haha, mich besuchen. Dumme Ausrede, ich hab's doch geahnt.

Aus schmalen Augen sah ich ihn an. »Travis, ich will weder von dir besucht werden noch wirst du mich dazu bringen, für dein Footballteam zu kicken. Also sei so lieb und mach einen Flickflack nach draußen. Du verschwendest nur meine kostbare Zeit.«

Abwehrend hob er die Hände.

»Nun bleib mal entspannt. Ich habe dir ein wirklich gutes Angebot zu machen.« Er kam einen Schritt auf mich zu. »Bitte, hör mir kurz zu.«

»Na gut«, sagte ich und ließ mich auf das Bett fallen. »Eine Minute gebe ich dir, dann haust du ab.« Es war sinnlos zu versuchen, ihn aus dem Zimmer zu werfen. Er würde erst verschwinden, wenn ich ihm zugehört hatte.

Einen Augenblick betrachtete er schweigend mein Gesicht. Ich konnte nichts dagegen tun, sein direkter Blick aus blauen Augen machte mich nervös, sodass ich verlegen eine meiner langen blonden Strähnen hinter das Ohr strich. Mit ihm allein im Zimmer zu sein, fühlte sich komisch an. Wenn ich unter Leuten war, wie im Hockey House, konnte ich mit seiner Nähe einigermaßen umgehen. Aber so …

Schließlich starrte ich auf meine Finger, die ich angespannt im Schoß knetete.

Nun rede endlich.

»Es geht noch mal um das Footballteam.«

Ruckartig hob ich den Kopf und sah ihn an. »Ich habe dir gesagt –«

»Mein Gott, Amy, nun lass mich doch erstmal ausreden und geh nicht gleich in die Luft«, unterbrach er mich. Schnell räusperte er sich. »Sorry, ich wollte dich nicht anmotzen. Hör mir einfach nur zu, okay?«

Ich stieß einen Stoßseufzer aus. »Jaja, schieß los.« *Danach machst du husch, husch 'ne Fliege.*

»Darf ich?«, fragte er mit einem Fingerzeig zum Stuhl.

Ohne auf eine Antwort zu warten, zog er seinen Rucksack von den Schultern, drehte den Stuhl in meine Richtung und plumpste auf den Sitz, derweil ich innerlich sarkastisch *Klar doch, setz dich ruhig* antwortete.

Nachdem er den Rucksack zwischen die Füße gestellt hatte, beugte er sich zu mir. Unbewusst kam ich ihm entgegen, sein Körper zog mich magisch an. Als ich es bemerkte, bewegte ich mich hastig zurück.

»Wenn wir uns mal treffen, dann ist es in der Bibliothek, oder du arbeitest im Hockey House, keine Ahnung, ob du noch mehr Jobs hast. Aber nie sehe ich dich Spaß haben. Dir scheint dafür die Zeit zu fehlen.« Er lächelte wissend. »Wir kommen beide nicht aus finanziellen Verhältnissen, die uns erlauben, auf ein Stipendium zu verzichten. Ich meine damit, dass du das jetzt ändern kannst, wenn du willst.«

Travis kam mir mit seinem Oberkörper noch ein Stück näher, die Unterarme auf den Oberschenkeln abgelegt. Ich hatte keine Möglichkeit zu fliehen, weil ich zwischen ihm und dem Bett eingekeilt war. Schlagartig schlug mein Herz schneller und ich atmete flach.

Mir blieb nichts anderes übrig, als mich aufrecht hinzusetzen, um wenigstens ein bisschen Abstand zu behalten. Außerdem befahl ich meinen Wangen, sich keinesfalls rot zu färben, was sie jedoch nicht davon abhielt, es dennoch zu tun. Verdammt, ich merkte die Hitze in meinem Gesicht. Travis sollte nicht erkennen, was er in mir auslöste.

Ich würgte die Nervosität mit meiner angesammelten Spucke hinunter.

»Ganz schön heiß hier, findest du nicht?«, krächzte ich und versuchte, meinen verwirrten Zustand zu überspielen. »Ich sollte die Heizung runterdrehen.« Um überzeugender zu wirken, fuchtelte ich wild mit der Hand in der Luft herum. Was natürlich Quatsch war.

Travis lehnte sich zurück. Skeptisch guckte er sich um, als würde er etwas suchen. »Echt?«, meinte er, hob kurz eine Augenbraue, doch schon im nächsten Moment wandte er sich mir wieder zu. Unbeirrt fuhr er fort, mich von seinem Angebot zu überzeugen: »Wie ich dir bereits gesagt habe, hast du die Chance auf ein Stipendium, wenn du für unser Team spielst, und vielleicht wird es was Längerfristiges. Warum willst du es nicht wenigstens versuchen und kommst zum Probetraining, hm? Headcoach O'Neill hat den Vorschlag gemacht.« Sein

Grübchen blitzte wieder auf. »Mannomann, du bist härter als alle Nüsse, die ich bislang knacken musste.« Sanft strich er mir über den Arm, was mir natürlich einen heftigen Schauer bescherte. »Komm, sag das klitzekleine Wörtchen, zwei Buchstaben, und ich bin weg.« Abwartend sah er mir in die Augen.

Wenn nicht so viele schöne und gleichzeitig traurige Erinnerungen in meinem Herzen lagern würden, wäre mir vermutlich sofort ein Ja aus dem Mund geflutscht. Doch leider waren sie zu schwer, um ihm seine Bitte zu erfüllen.

Ich entschied mich, ihm trotz unserer Vergangenheit eine freundliche Absage zu geben. Es war blödsinnig, mich ihm gegenüber aggressiv zu verhalten. Travis war in einer Notlage, das war mir inzwischen bewusst geworden, sonst wäre er nicht so hartnäckig hinter mir her.

Ich holte tief Luft. »Pass auf, Travis. Ich habe ewig nicht mehr gespielt, mache wenig Sport und bin deshalb völlig untrainiert.« Ich nahm allen Mut zusammen und griff nach seiner Hand. »Lass es gut sein, suche woanders nach einem Kicker. Ich stehe euch nicht zur Verfügung.«

»Aber warum, Amy? Ich versteh dich nicht.« Er entzog mir seine Hand. »Das ist doch bloß eine Ausrede.«

»Es ist besser so.« Ich atmete zittrig aus. »Für mich.«

Travis runzelte die Stirn. »Das Beste für dich war immer Football. Er war das Beste für uns alle, Amy. Damals.«

Ich nickte langsam. »Genau, Travis, du sagst es. Damals.«

»Hast du wirklich alles vergessen?« Ein wenig Ratlosigkeit klang in seiner Stimme mit.

»Nein, habe ich nicht, lass mich einfach damit in Ruhe.«

Travis' sanfter Miene wich einer genervten.

»Es reicht, Amy, wir müssen darüber reden, warum du dich weigerst, Football zu spielen.«

»Nein, darauf habe ich keinen Bock. Verschwinde einfach.«

Ich sprang auf, drängte mich an ihm vorbei, weil die Luft zwischen uns unerträglich dick wurde und ich dringend Abstand brauchte.

Travis fuhr sich durchs Haar und drehte sein Gesicht zum Schreibtisch. Ich wollte nicht, dass er einen Blick in meinen Studienplaner warf. Mein Kram ging ihn einen Scheiß an. Rasch sprang ich zu ihm und klappte den Planer zu. Dann trat ich einige Schritte zurück.

Travis rieb sich nachdenklich das Kinn. »Amy, Amy, Amy«, murmelte er.

Plötzlich funkelten seine Augen und sein Mund verzog sich zu einem geheimnisvollen Lächeln.

Er nestelte an seinem Rucksack, griff hinein und präsentierte mir einen Football.

Misstrauisch kniff ich die Augen zusammen. »Warum hast du einen Football mitgenommen?«

»Das ist nicht *irgendein* Football. Das ist *der* Football, mit dem wir die Meisterschaft gewonnen haben.«

Verdammt. Mein Hals wurde eng, ich hatte das Gefühl, jemand drückte schwere Gewichte auf meinen Brustkorb.

Sofort schossen die Bilder in meinen Schädel, die dazu geführt hatten, dass alles zwischen uns zerstört worden war.

An jenem Tag. Finale der Highschool-Meisterschaft.

Himmel, waren wir happy gewesen, die Meisterschaft gewonnen zu haben.

Ich hatte mich an Travis Brust geworfen und ihn jubelnd umarmt. Daraufhin hatte er mich so intensiv angesehen, dass mir ganz komisch geworden war. Bevor ich hatte realisieren können, was geschehen war, hatte er mein Gesicht mit seinen rauen, warmen Händen umfasst und seine Lippen auf meinen Mund gepresst.

Ohne Übertreibung: Für mich war es der schönste Kuss gewesen, den ich jemals bekommen hatte.

Ich war seit Beginn der Highschool in Travis verliebt gewesen. Chancen hatte ich mir keine ausgerechnet, weshalb ich mir ihm gegenüber nie etwas hatte anmerken lassen. Kein Wunder, alle Mädchen unserer Schule waren hinter ihm her gewesen, weil er schon damals umwerfend gut aussah.

Ständig hatte ich Zettelchen mit Handynummern bekommen, die ich ihm zustecken sollte, was ich auch immer getan hatte. Sogar den Zettel von Dawn, obwohl es mir irre schwergefallen war.

Hatte ich eine andere Wahl gehabt?

Jeder hätte geglaubt, dass ich aus eigennützigen Gründen die Avancen der Mitschülerinnen vor ihm verbarg. Am Ende war es sowieso Travis' Entscheidung gewesen.

Dawn hatte schlussendlich seinen begehrten Anruf bekommen. Furchtbar für mich.

Vier Monate waren sie zusammen gewesen. Drei Wochen vor dem Finalspiel hatten sie sich getrennt. Für Travis' Verhältnisse hatte er mit Dawn lange was am Laufen gehabt. Vor ihr hatte er seine Freundinnen öfters gewechselt als die meisten Jungs ihre Unterhosen.

Oh Gott, ich war wirklich eine total naive Kuh gewesen.

In dem Augenblick, als ich von ihm geküsst worden war, hatte ich tatsächlich geglaubt, er würde meine Gefühle erwidern. Dabei war der Kuss ohne Zunge gewesen.

Ohne Zunge!

Hallo? Küsste man einen Menschen ohne Zunge, wenn man verliebt war oder ihn sexuell anziehend fand?

Travis hatte ständig rumgeknutscht und auch mit Mädchen vor aller Augen schamlos rumgemacht. Und das hatte sich auf dem College nicht geändert.

Ich war offenkundig die Einzige, die für ihn reizlos und langweilig war. Darum hatte er sich nicht einmal überwinden können, mir in diesem Moment die Zunge in den Hals zu stecken.

Gab es noch mehr Signale, die mich hätten darauf stoßen lassen müssen, dass der Kuss kein Ich-steh-auf-dich-Kuss gewesen war?

Doch als sein Mund auf meinem gelegen hatte, hatte mein dummes Herz meinem Verstand einen knallharten Knockout verpasst, sodass ich vor Liebe besoffen dieses wichtige Detail ausgeblendet hatte.

Das war ein bekloppter Freundschaftskuss gewesen, einer von der Sorte, den kein Mädchen von einem Typen haben wollte, wenn es in ihn verliebt war. Oder?

Jedenfalls war der Aufschlag wahnsinnig hart gewesen, nachdem ich dann noch am Abend die Realität auf dem Tablett serviert bekommen hatte.

Travis hatte mich zur Feier des Sieges ins Kino und auf eine Pizza eingeladen. Ich hatte ihn fassungslos angestarrt, weil er mich noch nie zu irgendetwas eingeladen hatte.

Ich war davon ausgegangen, dass er damit ein richtiges Date gemeint hatte. Als Antwort hatte ich ihn mit dem Kopf nickend angestrahlt.

Ich war überpünktlich gewesen und hatte auf der anderen Straßenseite gewartet. Vor dem Kino hatte sich bereits unser Team eingefunden, worüber ich schon mächtig enttäuscht gewesen war. Travis hatte gar nicht vorgehabt, mit mir allein zu feiern. Das war mir blitzschnell klargeworden.

Tja, dann war Dawn aufgetaucht und meine kleine, glückliche Welt war in tausend Stücke zerbrochen.

Sie hatte Travis umarmt und er hatte sie fest an sich gedrückt und ihren Rücken gestreichelt.

Die beiden so zu sehen, hatte mir hart zugesetzt.

Was aber danach geschehen war, hatte mir den Rest gegeben. Sie waren beide eng umschlungen gegangen. Einfach so. Travis hatte mir nur eine kurze WhatsApp-Nachricht geschickt. Angeblich war ihm was Wichtiges dazwischengekommen. Er hatte echt den Nerv gehabt, mir einen schönen Abend mit den Jungs zu wünschen.

Noch nie in meinem Leben hatte ich mich dermaßen gedemütigt gefühlt.

Aber ganz ehrlich, was zur Hölle hatte ich erwartet?

Logisch hatte er die Meisterschaft lieber mit Dawn gefeiert. Vermutlich mit einer Menge Schampus, leckeren Snacks und ganz viel Sex.

Ich hatte nicht gefeiert. Stattdessen war ich nach Hause gefahren, hatte mich in meinem Zimmer eingeschlossen und Rotz und Wasser geheult.

Ende der Geschichte. Schluss. Aus. Vorbei.

Zugegebenermaßen war Travis schuldlos an meinem Liebeskummer gewesen. Er hatte mir nie bewusst Hoffnungen gemacht.

Trotzdem hatte ich gelitten.

Diese bittere Erfahrung hatte meiner Gefühlswelt das Genick gebrochen. Seitdem war ich Vollzeit-Single. Ab und zu ein schneller Fick, ohne Gefühle und das ganze Drumherum.

Mein Herz war für jeden Kerl tabu, so lebte es sich für mich angenehmer. Liebeskummer war nun mal scheiße. Den wollte keiner, brauchte keiner, so wenig wie einen ekligen Pickel am Arsch.

Travis ging ich seitdem aus dem Weg. Ich konnte mich gegen die ambivalenten Gefühle, die ich weiterhin in mir trug, nicht wehren. Irgendwie war da etwas, was ich nicht greifen konnte, besser gesagt, nicht begreifen wollte. Also redete ich mir ein, dass ich ihn verabscheute, um irgendwie mit der Vergangenheit umzugehen.

Jäh wurde ich von Travis aus meinen Gedanken gerissen. »Herrgott, Amy, nicht einmal der Football überzeugt dich«, rief er verständnislos.

Irritiert blinzelte ich ihn an. »Sorry, Travis«, murmelte ich, während ich mir fahrig über die Stirn strich. »Deine Überredungsversuche wirken bei mir nicht. Nimm den Football und geh einfach.«

Vorsichtig sah ich Travis ins Gesicht.

»Verstehe«, presste er hervor, sein Kiefer mahlte. Wortlos stopfte er den Football in den Rucksack.

Schließlich nickte er mir zu, verließ das Zimmer, ohne sich umzudrehen.

Als die Tür zuschlug, zuckte ich zusammen. Ich setzte mich an den Schreibtisch, öffnete den Studienplaner und starrte darauf, ohne zu wissen, warum. Ich brauchte einige Minuten, bis ich mich von Travis' Besuch erholt hatte und wieder zur Tagesordnung übergehen konnte.

4. Travis

Wahre Liebe und Tinder-Wahnsinn

Nach der ersten Mathevorlesung machte ich mich auf den Weg zum Büro der Sekretärin des Dekans. Nachdem ich gestern in Amys Studienplan gelesen hatte, dass sie heute Nachmittag um drei Uhr ein Soziologieseminar besuchen würde, war ich auf die Idee gekommen, mich dort ebenfalls einschreiben zu lassen. Sie brauchte sich keine Hoffnungen zu machen, dass ich die zweite Abfuhr als endgültiges Nein akzeptierte.

Schade, dass sie so schnell ihren Studienplaner vor mir zugeschlagen hatte. Soziologie war kein Studiengang, den ich freiwillig gewählt hätte. Ich studierte Betriebswirtschaft. Keinesfalls war ich der Typ, der zwischenmenschliche Beziehungen analysieren wollte, aber für meine Amy-Mission würde ich das Opfer erbringen, es war immerhin für einen guten Zweck.

Sie wusste es zwar noch nicht, doch ich war mir ziemlich sicher, dass sie nur noch ein bisschen Zeit brauchte. Und eine Prise Penetranz meinerseits. Dann würde sie früher oder später nachgeben und für mein Footballteam kicken. Eventuell müsste ich noch mehr von meinem Charme um sie herum versprühen. Ich war davon überzeugt, sie bald zu knacken.

Ich stieg die Stufen hinauf. Das Büro von Mrs. Burns befand sich im zweiten Stock. Ich sah mich auf dem Gang um. Letzte Tür links war das Büro, also steuerte ich darauf zu.

Nachdem ich geklopft hatte und eingetreten war, lächelte mich Mrs. Burns an. »Travis McCants, was führt dich zu mir?«

»Hallo Mrs. Burns.«

Ich zog den Zettel hervor, auf den ich mir Zeit, Ort und Name des Dozenten für das Soziologieseminar notiert hatte.

Mrs. Burns zog erwartungsvoll eine ihrer schmal gezupften Augenbrauen hoch.

»Könnten Sie mich bitte in diesen Kurs eintragen, Mrs. Burns?« Ich schob ihr den auseinandergefalteten Zettel über die Empfangstheke aus Ahornholz. Im Gegensatz zu den alten Gebäuden war die Einrichtung des Büros modern.

»Du kommst dafür eine Woche zu spät, Travis«, wimmelte mich die Sekretärin ab.

Ich hatte schon vorher gewusst, dass sie so reagieren würde, aber wenn sie glaubte, mich mit dem Spruch loszuwerden, hatte sie sich geirrt.

»Mrs. Burns, Sie können mich doch nachtragen, falls der Kurs nicht ganz voll ist.« Davon ging ich zumindest aus. Wer interessierte sich schon für einen Kurs, in dem über wahre Liebe, Tinder-Wahnsinn und anderen Scheiß gesprochen wurde?

Ich zumindest nicht, im Gegensatz zu Amy Tolan.

Ob das ein Dreier-Seminar werden würde, Professor Jones, Amy und ich? Bei der Vorstellung gluckste ich in die Faust. Amy und zwei Kerle. Sie wäre mit der Konstellation vermutlich überfordert. Wenn sich der Professor andererseits als eine attraktive Frau entpuppte, wäre ich wiederum keineswegs abgeneigt, Soziologie praktisch zu studieren. Ich gluckste ein zweites Mal und biss mir auf die Innenseite der Wange, um nicht loszuprusten.

Mrs. Burns sah mir prüfend ins Gesicht.

Ob sie meine schmutzige Fantasie an meinem Blick abzulesen vermochte?

Na ja, wir könnten auch einen Vierer versuchen, hässlich war Mrs. Burns nicht. Braunhaarig, schmale Nase, scharfer Blick. Eine strenge Lady. Das wäre mal …

Stopp, stopp, stopp, Travis, das wird jetzt dreckig.

Schnell ließ ich die Mundwinkel sinken, weil mein Grinsen keineswegs jugendfrei war. Ich hatte wirklich eine sehr, sehr schmutzige Rollenspielfantasie entwickelt. Mannomann, eine Studentin wäre auch dabei. Das wäre dann eine Professorin-Sekretärin …

Jesus, ich fing schon wieder an. Und das auch noch mit Amy Tolan. Dabei wollte ich sie eigentlich nicht in meine Sexfantasie integrieren.

Wir hatten eine gemeinsame Vergangenheit. Ich hatte Amy gemocht, bis sie so merkwürdig geworden war und angefangen hatte, mich zu ignorieren. Ihr Verhalten hatte mich geschmerzt, aber sie verdiente es nicht, eine versaute Rolle in meiner Fantasie zu spielen. Obwohl. Gerade stellte ich mir vor, ihr einen Klaps auf den Hintern zu verpassen. Na ja, ein böses Mädchen war sie schon irgendwie, weil sie sich weigerte, für mein Team zu kicken.

Himmel, mein Schwanz zuckte. Er schien verrückte Signale an mein Hirn zu schicken. Offenbar wollte er sich in Erinnerung bringen, weil ich seit einer Woche keinen Sex mehr gehabt hatte und er sich demzufolge vernachlässigt fühlte.

»Wie gesagt, du kommst zu spät. Kann ich sonst was für dich tun?«, fragte Mrs. Burns ungeduldig. »Ich habe den Tisch voll Arbeit, Travis.« Demonstrativ zeigte sie auf einen Stapel Akten neben dem Computer. »Komm schnell zum Punkt und hör auf, Löcher in die Luft zu starren und dabei so seltsam zu grinsen.«

Ich atmete tief durch, um mich wieder auf mein Anliegen zu konzentrieren.

»Mrs. Burns, werfen Sie bitte einen Blick auf den Seminarplan. Könnte doch sein, jemand hat abgesagt.«

»Wenn du mir versprichst, danach zu gehen, werde ich dir den Gefallen tun.« Mrs. Burns hämmerte auf der Tastatur herum und machte ein paar Klicks mit der Mouse. Sie schüttelte den Kopf. »Schau selbst, die zwanzig Plätze sind vergeben. Du kannst Professor Jones' Seminar nicht belegen.«

Alter, wer zum Teufel besuchte so ein schwachsinniges Seminar?

Ich verdrehte die Augen und umrundete die Theke, um mich selbst davon zu überzeugen.

Ich beugte mich nach vorn, reckte das Kinn und blinzelte irritiert. Niemals hätte ich erwartet, dass es zwanzig Idioten gab, die sich so was freiwillig reinzogen. Warum hatte ich in Amys Studienplaner nicht auf einen anderen Kurs geguckt?

»Mist«, knurrte ich, die Augen auf die Matrikelnummern gerichtet, und grübelte im gleichen Atemzug: *Wie komme ich da rein?* Wenigstens war Mrs. Burns so freundlich, mich ein Auge auf die Leute werfen zu lassen, die sich dafür angemeldet hatten. Wenn dort die Studenten namentlich gestanden hätten, hätte Mrs. Burns mir verboten, einen Blick auf ihren Bildschirm zu werfen. Das College legte Wert auf Datenschutz.

»Ich kann für dich gern einen anderen Kurs heraussuchen, wenn du es wünschst, aber erst am Nachmittag«, schlug Mrs. Burns vor.

»Mir ist dieser Kurs wichtig«, murmelte ich.

Enttäuscht richtete ich mich auf und trat von ihrem Schreibtisch zurück, als plötzlich ihr Telefon klingelte.

»Mr. Kinnick, was kann ich für Sie tun?«, hörte ich sie sagen. Sie tippte sich auf den Mund, gab mir auf diese Weise zu verstehen, dass ich keinen Ton von mir geben sollte. Am anderen Ende der Leitung war der Dekan. »Jaja, die Akte ist fertig, ich werde sie Ihnen sofort bringen.«

Mrs. Burns legte auf, griff eine Akte aus dem Stapel und sprang auf. »Also, kommst du nachher vorbei? Ich muss jetzt los, der Dekan erwartet mich.«

»Nein, nein, ich lass das mal mit den Kursen, hab genug mit dem Footballtraining zu tun«, sagte ich, sank in die Hocke und tat so, als wäre ein Schnürsenkel offen. Mir war ein genialer Plan in den Kopf geschossen. Mit aufgesetzter Unschuldsmiene lächelte ich zu ihr hoch. »Ich bringe nur den Schuh in Ordnung, gleich bin ich weg.«

»Gut, ich kann nicht warten.« In Mrs. Burns' Stimme klang ein Hauch Misstrauen mit, während ihre Augen mich fixierten.

Doch da der Dekan die Akte anscheinend schnellstmöglich benötigte, öffnete sie die Tür, nickte mir zu und schlüpfte hinaus.

Kaum war ich allein, ließ ich mich auf ihren Schreibtischstuhl plumpsen. Ich trug mich in die Liste ein, speicherte die Daten ab und schloss die Seite. *Wunderbar.* Zufrieden rieb ich mir die Hände und schwang mich hoch.

An der Tür drehte ich mich zum Stuhl um. »Vielen Dank für Ihre ungewollte Unterstützung, Mrs. Burns«, flüsterte ich, tippte mir mit dem Finger zum Abschied gegen die Stirn, dann verschwand ich aus ihrem Büro.

5. Amy

Traumprinz auf dem weißen Pferd

Im kleinen Seminarraum hatte man je zwei Tische aneinandergereiht, sodass vier Studenten nebeneinandersitzen konnten. Kein Vergleich zu den großen Hörsälen, in die hunderte Leute hineinpassten.

Ich war fast zum Schluss gekommen und fand den einzigen noch freien Doppeltisch in der letzten Reihe. Ich hoffte, dass niemand auf die Idee käme, sich zu mir zu setzen. Ich gehörte nicht zu der Sorte Studentin, die erpicht darauf war, mit anderen zusammenzuarbeiten.

Nachdem ich mein Schreibzeug und einen Block ausgepackt hatte, warf ich einen Blick auf mein Handy. Fast drei Uhr. Der Dozent sollte langsam eintrudeln, damit wir pünktlich anfangen konnten.

Es war mein letzter Kurs für heute, ich war müde und hatte einen freien Abend mit Netflix in meinem Bett geplant.

Ariana hatte mit den Cheerleadern Training, danach hingen die Mädels meist noch mit dem Footballteam im Corelly's Pub ab. Endlich hatte ich mal wieder das Zimmer für mich allein.

Ungeduldig trommelte ich mit zwei Fingern auf den Tisch und wartete auf Professor Jones.

»Hi Amy.«

Überrascht klappte mir der Mund auf, als ich in Travis' blauen Augen starrte. Was sollte denn das jetzt werden?

Das ist ja wohl ein Scherz von der ganz üblen Sorte.

»Was zur Hölle suchst du hier?«, fuhr ich ihn an, als er sich den Stuhl links neben mir zurückzog.

»Ich interessiere mich für die wahre Liebe«, sagte er und grinste mich mit seinem blöden Grübchenlächeln an. Vergnügt wackelte er mit den dichten Augenbrauen, plumpste auf den Sitz und schob hinterher: »Du offensichtlich auch.«

Ich drehte ihm verächtlich schnaubend meinen Oberkörper zu. Eindeutig machte er sich über mich lustig. »Du interessierst dich doch nur für One-Night-Stands«, gab ich verärgert zurück.

»Auch das, und für *friends with benefits*. Darum geht es doch hier?« Er zwinkerte mir zu. »Du teilst mit mir die gleichen Interessen, wenn du wie ich dieses Seminar besuchst.«

»Du warst letzte Woche nicht hier. Wie bist du überhaupt in den Kurs gekommen?«

»Ich habe mich angemeldet.« Travis verpasste mir einen Nasenstüber und lachte. »Weil ich an die große Liebe glaube.«

»Und ich an den Traumprinzen auf dem weißen Pferd, haha.«

»Der würde ich für dich sein, wenn du für unser Team kickst.«

»Ach, Travis, halt die Klappe«, murmelte ich und wandte meinen Oberkörper nach vorn.

Eine Bewegung ließ mich den Kopf zur rechten Seite drehen. Jemand hatte sich auf den anderen Platz neben mir plumpsen lassen. Der frische Duft eines Aftershaves wehte mir um die Nase.

Es duftete nicht ganz so lecker wie das von Travis, aber alles roch besser als Schweiß oder anderer unangenehmer Körpergeruch.

Ich hatte keinen blassen Dunst, warum ich heute Männer anlockte wie der Honig die Fliegen.

Blinkte über mir ein Schild, das behauptete, ich würde auf Teamwork stehen?

Ich überlegte, dem Typen gegenüber eine abweisende Bemerkung zu machen.

Warum sollte ich höflich sein, wenn ich keine Lust auf Gesellschaft hatte? Immerhin hatte ich schon Travis an der Backe.

Aber die Worte blieben mir im Hals stecken. Ich starrte ihn an. *Leck mich fett*, der Kerl war hübsch. Groß, athletisch gebaut, ein hammermäßiger Anblick.

Er hatte dunkelbraunes gelocktes Haar und freundliche grüne Augen. Ehrlich, Leute, er war verdammt attraktiv, fast so attraktiv wie Travis, wobei der eingebildete Trottel sowieso außerhalb einer Schönheitsskala rangierte. Meine Grandma pflegte zu so einem schnuckligen Typen zu sagen: »Was für eine Augenweide!«

»Hi, ich bin Kyle Marpet«, sagte die Sahneschnitte mit einer wohlklingenden, tiefen Stimme. Er neigte sich nach vorn, streckte den Arm aus und Travis kam ihm entgegen. Kumpelhaft gaben sie sich die Faust.

»Hi Kyle«, gab Travis zurück. Frech stupste er mich mit seiner Schulter an und sagte mit neckendem Unterton: »Die Lady in der Mitte ist unsere bezaubernde Amy.«

Ich hob den Blick zur Decke. Der Typ legte es darauf an, mich mal wieder auf die Palme zu bringen. *Bezaubernde Amy, der hat doch echt einen an der Waffel.*

Überhaupt … Wieso stellte er mich so bescheuert vor? Er tat fast so, als wären wir Freunde. Manchmal könnte ich ihn killen, am nächsten Ast aufhängen oder ihn versehentlich in ein tiefes, wirklich tiefes Loch schubsen.

Ich bedachte Travis mit einem finsteren Blick, dann wandte ich mich dem hübschen Typen zu und lächelte zuckersüß. »Hi, ich bin Amy.«

»Freut mich, dich kennenzulernen.« Kyle schenkte mir ein süßes Lächeln, doch dann, komischerweise, streckte er mir auch seine Faust entgegen.

Hallo, seine Faust?

Bin ich ein Kerl?

Perplex stieß ich mit meiner dagegen.

Wieso griffen Männer nicht sanft meine Hand, wenn sie mich begrüßten? Ein Umstand, der mir schon manches Mal schwer im Magen gelegen hatte.

»Hey Kyle, bist du auch kurzfristig in den Kurs gerutscht?«, wollte Travis wissen.

»Ich habe den Kurs mit einem Kommilitonen getauscht«, antwortete Kyle mit einem Schulterzucken. »Er mochte das Thema nicht, dafür bin ich hier.«

»Hey«, sagte ich mit bewusst gut gelauntem Tonfall. »Vielleicht hast du noch einen Kumpel, der liebend gern mit Travis tauschen will?«

»Hör nicht auf Amy, mir gefällt der Kurs«, warf Travis ein. »Brauchst dich also nicht zu bemühen, Kyle.«

Ich stieß ein Schnauben aus. »Kann ich dich irgendwie bestechen, dass du die Fliege machst?« Herausfordernd sah ich ihn an.

»Weißt du doch«, sagte er und neigte sich dicht zu mir. »Wenn du für uns kickst, bin ich weg.«

»Vergiss es«, zischte ich, rückte ein Stück ab und schnappte mir meinen Stift.

Bis zum Beginn des Seminars malte ich Kringel auf meinen Block. Dabei ignorierte ich angestrengt, dass ich immer noch Travis' warmen Atem auf meiner Haut spürte.

Dass mein Körper dermaßen intensiv auf seine Nähe reagierte, könnte sich zu einem Problem entwickeln. Ich wollte kein zweites Mal das Kapitel Travis öffnen und in alte Muster verfallen.

Früher hatte ich ihm hinterhergeschmachtet, jede Berührung, jedes Lächeln wie ein Schwamm aufgesaugt.

Wenige Minuten später kam Professor Jones in den Raum gerauscht. »Augen nach vorn.« Rums, die Tür knallte zu.

Ich zuckte zusammen, ließ den Stift fallen und löste meine Augen vom Block. Wie alle anderen wandte ich mein Gesicht dem jungen Mann zu, der seine Tasche auf den Tisch pfefferte und die Hände rieb. Dass er auf Zack war, hatte ich schon vergangene Woche bemerkt. Er trug einen ultrakurzen Militärhaarschnitt, aber sein nettes Lächeln nahm seinem Gesicht die Strenge. Ich schätzte ihn Mitte zwanzig. In seiner blauen Jeans und dem schwarzen T-Shirt könnte er glatt als Student durchgehen.

»Hi zusammen«, rief er in die Runde. »Für diejenigen, die letzte Woche gefehlt haben: Ich bin Dr. Jones, aber auf den Titel lege ich keinen Wert. Es reicht, wenn Sie mich mit Mr. Jones oder Professor ansprechen.« Er lächelte eine Spur breiter und nickte uns zu. »Letzte Woche haben wir uns kennengelernt und das übliche Obligatorische besprochen, heute starten wir direkt mit unserem Thema. Ich freue mich auf einen regen Austausch, der uns alle bereichert.«

Sobald er das sagte, landete sein Gesicht bei mir. Ich konnte nicht anders reagieren, als zurückzulächeln.

Warum Travis genau in diesem Moment in die Faust gluckste, verstand ich nicht.

Kaum hatte der Professor seine Augen von mir genommen, landete mein Blick bei Travis. *Was?*, fragte ich stumm und hob gleichzeitig die Schultern.

Travis wölbte die Hand neben seinem linken Mundwinkel und neigte sich ein Stück zu mir. »Ich dachte an einen heißen Vierer«, flüsterte er mir zu.

Woran dachte er, an einen Vierer?

Darüber konnte ich nur mit den Augen rollen. So ein Spinner, dem Kerl war nicht mehr zu helfen. Während eines

Soziologiekurses eine Sexfantasie zu haben, schaffte nur ein Travis McCants.

Professor Jones holte aus seiner Tasche eine Mappe und gab einen Stapel Blätter einem Mädel aus der ersten Reihe. »Austeilen«, sagte er knapp. Ein Rascheln erfüllte den Raum, als die Blätter durchgereicht wurden.

»Wir bilden Zweierteams und jedes Team wird im Laufe der Veranstaltung ein Referat mit abschließender Hausarbeit zu einem der Themen auf den Listen vorbereiten. Die Gruppe wird sich außerdem eine spezielle Performance überlegen und sie hier vorstellen.« Schnell zählte er uns durch. »Oh, wir sind einundzwanzig? Auf dem Anmeldeformular standen gestern noch zwanzig.« Er runzelte die Stirn. »Ist jemand dazugekommen?«

Ich hob die Augenbraue und schaute Travis herausfordernd an. *Na, dann hau mal ab, wir sind einer zu viel.* Doch bevor ich meinen Gedanken laut werden lassen konnte, winkte der Professor schon ab. »Egal, ein Team arbeitet –«

»Ich kann auch gern allein ein Thema übernehmen«, rief ich eilig dem Dozenten zu. Über meinen eigenen Vorschlag entzückt, strahlte ich ihn an. Vielleicht war es gar nicht mal verkehrt, Travis im Kurs zu haben, weil ich dann allein arbeiten konnte, vorausgesetzt …

»Sehr gern machen wir ein Dreierteam, stimmt's, Kyle? Siehst du auch so«, fuhr Travis dazwischen, lehnte sich vor und zwinkerte Kyle zu.

Zähneknirschend drehte ich mich zu Travis. Blitzartig war er wieder ein nervender Störfaktor geworden. *Du bist so ein hinterhältiger Arsch,* suggerierte mein Blick, den ich ihm erneut zuwarf. Einen Satz giftige Pfeile schoss ich hinterher.

»Ja, sehe ich genauso«, hörte ich Kyle unerwartet sagen. »Wir machen das zu dritt.«

Wie bitte? Hatten die beiden gegen mich eine Allianz geschlossen? Das gab's doch wohl nicht.

Meine Augen schossen nun in Kyles Richtung Pfeile ab. *Du bist genauso ein Arsch.*

Ich schnappte nach Luft, bevor ich mich wieder an den Dozenten wandte. »Professor … Äh … Dr. Jones.«

»Ohne Titel.«

Er lächelte, ich knurrte, Travis kicherte.

Boah, ich werde hier verrückt.

»Mr. Jones –«

»Stopp … Wie ist Ihr Name, Miss?«

Mann, ich werde hier wirklich, wirklich verrückt.

»Tolan, Amy Tolan.«

Der Professor betrachtete mich. Dann hob er die Hand, sein Finger wanderte zwischen uns hin und her, während er anordnete: »Miss Tolan, Sie werden mit den beiden Herren ein Team bilden.«

»Na super«, zischte ich. Mit zu Schlitzen zusammengekniffenen Augen schoss ich eine neue Ladung Pfeile in Travis' Richtung, die er mit seinem selbstgefälligen Grinsen einfach abblockte.

»Du bist echt das Letzte, mir so in den Rücken zu fallen«, zischte ich. Wütend verzog ich den Mund und erinnerte mich daran, auf wie viele Arten ich ihn mir vom Hals schaffen wollte.

Nun, mein Freund, der Ast ist schon reserviert, an dem ich dich aufhängen werde, und dann lass ich dich dort als abschreckendes Beispiel baumeln, bis nur noch ein Skelett von dir übrig ist. Niemand legt sich mit Amy Tolan an.

Dachte Travis ernsthaft, er könnte mich so lange im Kurs mit seiner Anwesenheit nerven, bis ich einknickte und ihn schlussendlich auf Knien anflehte, für sein Team zu kicken?

War das etwa sein Plan?

Den konnte er ganz flink schreddern.

Nie im Leben würde ich mich darauf einlassen, trotz dieser üblen Psychofolter, die er hier abzog.

»Du weißt, was ich von dir will«, raunte er mir zu. »Gib mir dein Ja und ich mach mich davon.«

Bingo. War ja klar, dass er mir damit kam.

»Du willst mein Ja?«, presste ich durch zusammengebissene Zähne hervor. »Darauf kannst du warten, bis du Moos ansetzt.«

Ich warf einen Blick zu Kyle. Eigentlich schade, hätte ich mit ihm allein zusammenarbeiten müssen, wäre es okay gewesen, weil er eigentlich ganz sympathisch wirkte, obwohl er sich mit Travis gegen mich verbündet hatte. Aber das würde Professor Jones genauso wenig erlauben.

Nachdem alle Blätter ausgeteilt waren, forderte uns der Dozent auf, unsere Themen auszuwählen.

Ich hielt das Blatt in den Händen, damit wir gemeinsam die Liste durchgehen konnten.

»Welches Thema gefällt dir, Amy?«, fragte mich Kyle. Ich fand es nett von ihm, dass er mich in die Auswahl mit einbezog.

»*Ist Liebe ein Gefühl oder ein Produkt*, das ist ein spannendes Thema, so aus soziologischer Sicht.«

Ich hatte erwartet, Travis würde meinen Vorschlag blockieren. Überraschenderweise tat er das nicht, sondern nickte zustimmend. »Ich schließe mich an.«

Nach einigen Minuten unterbrach der Dozent das Gemurmel. Alle Teams waren intensiv bei der Themenfindung im Gespräch gewesen.

Professor Jones hatte sich mit einer Pobacke auf die Kante seines Schreibtischs gesetzt.

Rasch notierte er sich auf seiner Liste, wer welches Thema bearbeiten wollte.

Nachdem er fertig war, packte er seinen Kram zusammen und eilte zur Tür.

»Okay«, rief er uns zu, die Tasche unterm Arm geklemmt, eine Hand auf der Klinke. »Nächstes Mal werden wir mit der Ausarbeitung der Referate beginnen. Nutzen Sie heute die übriggebliebene Zeit, um sich miteinander vertraut zu machen, erste Aufgaben zu besprechen … Na, Sie wissen schon, was ich meine. Wo Sie es tun, ist Ihnen überlassen. Wir sehen uns kommende Woche.«

Schwups fiel die Tür ins Schloss und er war weg.

»Wollen wir ins Mac gehen?«, fragte Kyle. »Ich habe einen Mordshunger.«

»Einverstanden«, antwortete Travis. »Was ist mit dir, Amy?«, erkundigte er sich.

Ich verspürte selbst ein flaues Gefühl im Magen, weshalb ich mich dem Vorschlag anschloss.

Es machte keinen Sinn, mich gegen die Jungs zu stellen. Für den Rest des Semesters waren wir ein Team. Notgedrungen musste ich mich damit abfinden.

6. Amy

Doppelter Ansporn

Nachdem wir unsere Handynummer ausgetauscht hatten, verließen wir den Seminarraum.

Zwanzig Minuten später waren wir im Speisesaal eingetroffen und mussten uns mit belegten Bagels, Sandwichs und Muffins zufriedengeben. Warme Küche gab es erst wieder in einer Stunde. Die Jungs motzten rum, weil ihnen Steaks lieber gewesen wären, aber ich war froh, etwas Essbares zwischen die Zähne zu bekommen.

»Wand- oder Fensterplatz?«, fragte Kyle. Er benahm sich wie ein Gentleman und trug meinen Tunfischbagel und die Coladose auf seinem Tablett. Er hatte sich für zwei Clubsandwichs und ein großes Glas Orangensaft entschieden.

»Ich würde lieber hinten an der Wand sitzen, da scheint es ruhiger zu sein.«

Travis' Augen folgten meiner Hand zu einem der Holztische. »Ja, der Platz ist gut«, sagte er und lief voran.

Ich rutschte auf die lange Bank, zog den Rucksack von den Schultern und stellte ihn neben mich. Die Jungs schoben die Tabletts auf den Tisch und ließen sich mir gegenüber auf die Stühle fallen.

Ich holte die Liste mit meinem Schreibkram heraus, damit wir beim Essen erste Absprachen treffen konnten.

»Okay, fangen wir an«, sagte ich, griff meinen Bagel und biss herzhaft hinein, dabei überflog ich das Thema.

»Wenn wir über die Liebe als Produkt referieren und später was darüber schreiben wollen, sollten wir überlegen, in welchen Bereichen das so ist«, schlug ich vor, nachdem ich mit Cola den zerkauten Bissen hinuntergespült hatte. Erwartungsvoll ließ ich meine Augen über die Gesichter der mampfenden Jungs schweifen.

Kyle schnappte sich eine Serviette und rieb sie über den Mund. »Dating-Portale, Agenturen, so was halt.«

»Wo wir wieder bei Tinder sind«, warf Travis ein. »Du schaust dir die Mädels an, zack, mit einem Wisch entscheidest du, ob du eins von ihnen treffen willst.«

»Oder umgekehrt«, platzte ich dazwischen. Seit wann hatten Jungs das Vorrecht, eine Entscheidung zu fällen?

»Oder so.« Travis' Augen funkelten. »Was ist mit dir, Amy, hast du schon einmal Tinder ausprobiert?« Die kleine Provokation, die er versuchte, konnte ich heraushören.

»Nein, ist nicht mein Ding«, grummelte ich.

Kyle rümpfte kopfschüttelnd die Nase. »Meins auch nicht.«

Seine Bemerkung überraschte mich. »Du stehst nicht auf Tinder?«

»Nein, ich mag es lieber, die Frau persönlich kennenzulernen und sie ganz normal zu daten.« Kyle schenkte mir ein Lächeln, das meinen Puls hochschnellen ließ. Er war so hübsch und schien kein Typ zu sein, der von Blüte zu Blüte flatterte, wie ein gewisser Kerl, der mit uns am Tisch saß.

Meine Augen blieben bei Travis hängen, der auf seinen Teller starrte und genüsslich sein Sandwich verdrückte. Klar, er hatte kein Interesse an Dates, wie er es mir damals schon bewiesen hatte.

»Was denkst du über Tinder, Travis?«, erkundigte sich Kyle.

Travis stopfte den Rest seines Sandwichs in den Mund und zuckte mit den breiten Schultern. »Dazu kann ich nichts sagen, hab darüber noch nie nachgedacht.«

»Nein?«, rutschte mir die Frage aus dem Mund.

Travis hob den Blick. »Ich spreche die Frauen an, von denen ich was will. Wozu soll ich lange eine Dating-App durchforsten?« Aufmerksam sah er mich an. »Und Dates gegenüber bin ich nicht abgeneigt.«

»Na klar«, brummte ich und schob still nach: *Solange sie nicht Amy Tolan heißen.* Irgendwie kam der Frust wieder hoch. Vermutlich würde ich ihm das nie verzeihen, dass er mich damals erst angelogen und dann für Dawn versetzt hatte. Ich nahm meine Cola, spülte eilig die Erinnerungen hinunter. Still ließ ich die Augen umherschweifen.

Als Travis bewusst wurde, dass ich seinem Blick auswich, sagte er: »Ich mag Gefühle genauso wenig konsumieren wie ihr. Nur weil ich noch nie eine längerfristige Beziehung hatte, heißt das nicht, dass ich es mir nicht vorstellen könnte.«

»So eine Dating-App gibt Menschen keine Chance, sich näher kennenzulernen. Sie beschränkt alles auf das Äußere.« Kyle schenkte mir erneut sein süßes Lächeln, das noch mehr in mir auslöste. Jetzt schlug nicht nur mein Puls schneller, sondern ein Schwarm Schmetterlinge flatterte in meinem Bauch herum. Es war ein angenehmes Kribbeln, das ich schon ewig nicht mehr gespürt hatte.

»Was meinst du damit? Glaubst du nicht an die Liebe auf den ersten Blick?« Rasch biss ich vom Bagel ab. Hoffentlich fand Kyle meine Frage nicht zu persönlich.

»Natürlich glaube ich daran, aber manchmal braucht es zwei oder drei Blicke, findest du nicht?«

Ich leerte meine Cola. »Ja, manchmal schon.«

Während Kyle an seinem Orangensaft nippte, schaute er auf sein Handy. Erschrocken knallte er das Glas auf den Tisch.

»Fuck, sorry, Leute, ich habe nicht mehr viel Zeit. Gleich beginnt mein Training.«

»Dann sollten wir rasch die ersten Aufgaben verteilen«, schlug Travis vor. »Ich werde mich ein bisschen über Tinder schlaumachen.«

»Ich schau mir die Algorithmen von Dating-Apps an«, erklärte Kyle.

»Gut, dann werde ich mich über das Rollenbild von Mann und Frau vor dem Zeitalter der Dating-Apps informieren«, sagte ich und riss gleichzeitig die Augen auf. »Hey, wartet mal.« Mir war plötzlich eine Idee in den Kopf geschossen. »Was haltet ihr von einem sokratischen Gespräch zu unserem Thema? Wir sollen doch eine Performance abliefern.«

Kyle hob den Daumen. »Finde ich gut«, warf er ein.

Travis verzog das Gesicht, als hätte er in eine Zitrone gebissen. »So ein philosophisches Gelaber ist nichts für mich.«

Ich reagierte mit einem Achselzucken. »Kein Ding«, sagte ich an Travis gewandt. »Wenn du keine Lust hast, machen wir das ohne dich.«

Er winkte ab. »Meinetwegen, eure Entscheidung.«

Nachdem ich alles aufgeschrieben hatte, packte ich flink meinen Kram zusammen.

Travis legte die Stirn in Falten. »Du willst los, Amy?«

»Yep, ich hab's eilig.« Er brauchte nicht wissen, dass ich einige Minuten mit Kyle allein sein wollte. Ich hoffte, mehr über ihn zu erfahren.

Ich stand auf und lächelte unverbindlich Travis an. Er betrachtete nachdenklich mein Gesicht, blieb jedoch glücklicherweise sitzen. Offenbar schien er zu überlegen, warum ich es so eilig hatte.

Travis deutete auf den Tisch. »Ja, dann haut mal beide ab. Ich bringe die Tabletts weg.«

»Danke«, sagten Kyle und ich wie aus einem Mund. Damit ließen wir ihn allein zurück.

Vor dem Ausgang blieben wir stehen.

»Welchen Sport machst du?«, wollte ich von Kyle wissen.

Überrascht richtete er seine Augen auf mich und ich spürte, wie sich meine Wangen röteten. Verlegen biss ich mir auf die Lippe und hoffte, dass mein Interesse, das ich für ihn hatte, nicht zu aufdringlich rüberkam.

»Gehen.«

»Gehen?« Ich blinzelte verblüfft. »Das ist Sport?«

»Ja, du unterschätzt das«, sagte er und hob abwehrend die Hände, weil sich ein Grinsen in mein Gesicht stahl. »Das ist eine olympische Disziplin und ziemlich anspruchsvoll.«

»Jaja, ich weiß«, sagte ich, nickte hastig und schob hinterher: »Ich walke morgens.« Was natürlich gelogen war.

»Tatsächlich?« Kyles Blick wurde eindringlicher, als er sich durch das lockige Haar fuhr. »Ich trainiere fast jeden Morgen, aber dich habe ich bisher nie gesehen.«

Ich winkte ab. »Du hast vermutlich nie auf mich geachtet. Wann bist du üblicherweise unterwegs?«

»Ich wohne im Walsh, von dort starte ich immer morgens um halb sieben.«

»Das ist auf dem unteren Campus, interessant. Dann ist es wirklich erstaunlich, dass wir uns nie begegnet sind.« *Das wird sich ab morgen ändern.*

Hinsichtlich meiner eigenen sportlichen Vergangenheit wäre es keinesfalls verkehrt, wieder mehr für meine Gesundheit zu tun. Wenn ich dabei Kyle näherkäme, wäre es ein doppelter Ansporn.

Ich drehte mich um, als ich die Tür klappen hörte. Travis war aus dem Mac gekommen. Er nickte uns zu, seine Mundwinkel zuckten amüsiert. Ich fühlte mich ertappt. Mein Herz hämmerte los und ich versuchte, meine Unsicherheit zu überspielen.

»Alles klar?« Auffordernd sah ich ihn an.

Travis kratzte sich an seinem markanten Kind, den Mund

zu einem wissenden Lächeln verzogen. »Bei mir schon.«

Einen kurzen Moment schloss ich die Augen, bevor ich mich von ihm abwandte, um Kyle erneut meine Aufmerksamkeit zu schenken.

Trotzdem blieb mir eine Frage im Kopf hängen: War mein Interesse für Kyle so leicht durchschaubar? Aus dem Augenwinkel verfolgte ich Travis. Die Antwort konnte ich von seinem Gesicht nicht mehr ablesen. Er hatte uns den Rücken zugekehrt und lief quer über die Straße Richtung Parkplatz.

Später wühlte ich in meinem Schrank nach Sportklamotten, die einigermaßen passabel aussahen. Ich lachte über mich selbst, als ich die dunkelblaue Jogginghose und den fliederfarbenen Hoodie auf das Bett warf.

Was war auf einmal passiert?

Ich hatte lange gebraucht, um mich von dem Schlag zu erholen, den mir Travis damals verpasst hatte. Ich wollte mich nie mehr verlieben, doch nun gingen dahingehend alle Vorsätze flöten.

Was für ein Typ Mann war Kyle?

Bisher fand ich ihn freundlich und charmant. Er schien nicht so ein blöder Aufreißertyp wie Travis zu sein.

Ich betrachtete grübelnd meine Sportklamotten.

Kyle hatte mir vor Beginn des Seminars bei der Begrüßung die Faust gegeben.

War ich für ihn so was wie ein Kumpeltyp?

Keine Ahnung, ob ich bei ihm eine Chance hatte. Wenn ich aber zu feige war, es herauszufinden, würde ich sie definitiv nicht bekommen. Ich musste was tun.

7. Travis

Das nennst du einen Hit?

Warum mir Amys Worte nicht aus dem Kopf gingen, war mir unerklärlich. Ich versuchte, mich auf das Training zu konzentrieren, aber egal, was trainiert wurde, ich benahm mich wie ein blutiger Anfänger. Dabei hätte es mir egal sein sollen, was Amy über mich dachte.

»Du interessierst dich doch nur für One-Night-Stands.« Während wir auf Professor Jones gewartet hatten, hatte ich den Satz von ihr um die Ohren gehauen bekommen.

Okay, es machte keinen Sinn, zu leugnen, dass Amy mich dazu reizte, dumme Kommentare auf alles, was sie sagte, abzugeben. Jedoch hatte sie die Worte mit einem verächtlichen Unterton gesagt. Das wiederum hatte mir gezeigt, wie wenig sie für mich übrighatte.

Klar, hatte sie mit dem Gesagten recht.

Ich stand auf unverbindlichen Sex. Aber wenn ich die richtige Frau kennenlernen würde, sie in mich genauso verliebt wäre wie ich in sie, dann wäre es was anderes. Nur gab es noch keine, die diese Kriterien erfüllte. Könnte natürlich sein, dass ich sie bisher nicht bemerkt hatte. Oder sie war mir noch nicht über den Weg gelaufen.

Wie hatte Kyle reagiert, als er von Amy gefragt worden war, ob er an die Liebe auf den ersten Blick glaubte?

Manchmal bedarf es sogar zwei oder drei Blicke.

Es gab mal eine Zeit, da hatte ich ähnlich über Amy gedacht und überlegt, ob ich sie auf ein Date einladen würde.

Es war während unseres letzten Highschool-Jahres gewesen. Ich hatte vorgehabt, sie endlich zu fragen, ob sie mit mir ausgehen wollte. Aber sie war mir zuvorgekommen. Sie hatte mir Dawns Handynummer in die Hand gedrückt und gemeint, dass Dawn scharf auf mich wäre. Alle Jungs hatten auf Dawn gestanden und ich hatte mich geehrt gefühlt. Oft hatte ich mit Mädels rumgemacht. An Dawn hatte ich meine Unschuld verloren.

Dabei hätte ich mein erstes Mal lieber mit Amy gehabt, doch sie war das einzige Mädel gewesen, das keinen Bock auf mich gehabt hatte.

Nun gut, vermutlich war ich auch der einzige Typ, der mal auf Amy gestanden hatte. Das war wiederum kein Wunder, weil sie schon immer anders gewesen war … Also, anders als die Mädels, auf die Jungs sonst so standen.

Amy hatte einen ganz eigenen, trockenen Humor. Sie war nie eins von den auffallend hübschen Mädchen gewesen. Mich faszinierten ihr wildes Wesen, ihre glänzenden blauen Augen, das seidig blonde Haar. Sie war natürlich, echt … einfach Amy. Klug, eine Kämpferin, unbequem für den Gegner. Auf dem Spielfeld hatten wir uns ohne Worte verstanden.

Amy hatte ich nicht zweimal ansehen müssen.

Ein Blick, ein Schlag hatten genügt.

Es war in der neunten Klasse gewesen und sie hatte mir nach unserem ersten gemeinsamen Spiel einen Seitwärtshaken verpasst.

Amy hatte zu den Ersatzspielern gehört. Im Training waren ihre Leistungen gut gewesen, aber sie war ein Mädchen.

Nachdem sich unser Stammkicker eine üble Darminfektion zugezogen hatte, hatte der Coach ihr überraschenderweise sein Vertrauen geschenkt – im Gegensatz zu mir und dem Team.

Wieso war er auf Amy gekommen?

Keiner hatte sie ernstgenommen. Wir hätten lieber einen anderen Kicker aus dem Ersatzteam gewählt.

Vor dem Kickoff hatte ich ihr großspurig zugerufen: »Kick

it, Honey«, und alle hatten gelacht. Als Antwort hatte ich dann in der Umkleide den knallharten Schlag kassiert. »Niemand nennt mich Honey«, hatte sie mich angemotzt. Ich war auf den Boden aufgeschlagen und prompt in sie verknallt gewesen. Während ich meinen anschwellenden Kiefer gerieben hatte, waren lauter Herzchen vor meinen Augen aufgeploppt.

Als ich im Mac zu Amy gesagt hatte, dass ich mir eine ernsthafte Beziehung vorstellen könnte, hatte ich in dem Moment an sie gedacht. Damals war das mit ihr mein geheimer Wunsch gewesen.

Tja, von ihrer Seite aus hatte es keinen ersten, zweiten, dritten oder sonst einen Blick gegeben. Sie hatte mir lediglich die kalte Schulter gezeigt.

Mittlerweile war ich über sie hinweg … Na ja, ich war fast über sie hinweg. Ganz versteckt waren irgendwo Gefühle für sie, die ich aber mit aller Kraft zurückhielt. Sie durften keinesfalls an die Oberfläche gelangen und mich verraten.

Umso merkwürdiger fand ich es immer noch, dass Amy den Kontakt zu mir abgebrochen hatte.

Hing ihre Ablehnung vielleicht mit unserem einzigen Kuss zusammen?

Ich war so glücklich gewesen, dass wir die Highschool-Meisterschaft gewonnen hatten. Ohne nachzudenken, hatte ich meine Lippen auf ihren Mund gedrückt.

Ich schwör's, die Zunge war definitiv nicht dabei!

Ich hatte mich bewusst zurückgehalten, weil Amy in mir nie mehr als einen Freund gesehen hatte. *Friends with benefits* wäre auch nie infrage gekommen. Dafür war Amy nicht der Typ gewesen, jedenfalls hatte ich das nie in Betracht gezogen. Hätte es damals ein Uns gegeben, dann mit Liebe, Treue und all dem ganzen Scheiß.

Mannomann, die Grübeleien hörten nicht auf. Die Rädchen

in meinem Hirn ratterten und ratterten. Ich bekam nur nebenbei mit, dass der Coach mir irgendetwas zurief, weil sich alles in meinem Kopf nur um Amy drehte.

Ob sie so abweisend war, weil ich damals die Teamfeier abgesagt hatte?

Ich hatte Amy gefragt, ob sie Lust auf Kino hätte und mich danach ins Diner begleiten würde. Die Idee war von den Jungs gekommen. Wir alle hatten Amy dabeihaben wollen. Sonst hatte sie sich vor jeder Feier gedrückt. Immerhin war der Gewinn der Highschool-Meisterschaft unser größter Erfolg gewesen. Amy hatte daran einen Bombenanteil gehabt.

Leider hatte ich unser Treffen absagen müssen. Das war ich Dawn schuldig gewesen.

Rums.

»Au.«

What the fuck?

Jäh waren meine Gedanken wieder auf das Hier und Jetzt konzentriert.

Ich taumelte zurück, mein Hirn fuhr Karussell.

Fuck, fuck, fuck.

Ich kniff die Augen zusammen, riss den Helm vom Kopf und verzog das Gesicht. Boah, dieser widerliche Kopfschmerz trieb mich irgendwann in den Wahnsinn.

Schlagartig war er gekommen und ich sah für einen Augenblick alles verschwommen.

Ich brauchte Klarheit, was mit mir los war. Deshalb hatte ich richtig gehandelt und einen Spezialisten in Boston angerufen: Dr. Hernandez. Für Freitag hatte er einen Termin mit mir vereinbart. Wir kannten uns und er hatte mir zugesagt, die Untersuchung vertraulich zu behandeln. Hoffentlich waren diese scheiß Symptome harmlos. Ich hatte echt eine Heidenangst vor der Untersuchung.

»Heb dir deine Träume für später auf, wenn du im Bett liegst, aber schau nicht dumm in der Gegend herum, wenn wir Training haben«, fuhr mich Coach Gibb an, bückte sich und hob den Football auf, den ich nicht hatte kommen sehen.

»Schluss mit den Wurfübungen, ab zu den Hütchen«, rief er den anderen Quarterbacks zu, dann sah er mich wieder streng an. »Helm auf, McCants, Pendellauf steht an.«

»Sorry, Coach«, murmelte ich, hob den Helm auf und zog ihn über den Schädel. Dann trabte ich mit den anderen los. Dabei biss ich die Zähne zusammen, um ein Stöhnen zu unterdrücken. Der widerliche Schmerz blieb. Ich litt wie ein Hund und brauchte dringend mein Ibuprofen.

Kurz warf ich einen Blick zum Spielertunnel. Am liebsten würde ich mich davonschleichen, um mir aus dem Spind einen Blister zu holen. Zukünftig würde ich ihn mit meinem Wasser mitnehmen, um mir notfalls ein paar Tabletten in den Rachen zu werfen.

Im Laufe des Trainings nahm das Hämmern im Schädel zu. Der Coach merkte mir an, dass ich nur einen Teil meiner Leistung abrief. Während der Pendelläufe hatte ich mir ständig anhören müssen, dass ich zu lahm wäre. Ich hatte seine Bemerkungen kommentarlos geschluckt, aber wenn er nicht aufhörte, würde ich mir einen Spruch nicht verkneifen können. Langsam wurde ich dünnhäutig.

Zum Abschluss des Trainings wollte er harte Tackle sehen.

Bevor jeder Spieler das Feld verließ, sollte er ihn umhauen. Der Coach war ein Kerl wie ein Berg – keine leichte Übung.

Bisher war es keinem aus unserem Team gelungen. Wenn man ihn wegschieben konnte, glich das schon einem Ritterschlag.

Als Letzter war ich an der Reihe.

Wir standen uns gegenüber.

Er gab ein Zeichen und wir stürmten aufeinander zu. Ungebremst rannte der Coach in mich hinein. Ich ging zu Boden und sah überall Sternchen.

»Was soll denn das schon wieder, McCants?«, brüllte er mich an und schwang sich hoch. »Wir sind Profis, keine Amateure. Das war doch kein Hit. Du benimmst dich heute wie ein verfluchtes Weichei.«

»Es ist nicht mein Tag, Coach«, brüllte ich zurück. Schnaubend schlug ich die Faust auf den Boden, bevor ich mich aufrappelte.

»Hast du vergessen, was ein Hit ist?«

»Ich weiß genau, was das ist. Seit ich fünf bin, spiele ich Football.« Von Wut, Schmerz und Hilflosigkeit erfüllt, riss ich erneut den Helm vom Kopf und schleuderte ihn auf den Boden. Ich war wütend und verdrängte für einen Moment den Schmerz. Ein Glück waren wir allein, dass keiner meiner Mispieler den Ausraster mitbekam. Ich war heute wahrhaftig kein Vorbild für unser Team.

Schnaubend kam der Coach auf mich zu. Mit vorgeschobenen Kinn stach er mir den Finger in die Brust. »Dann mach einen verfickten Hit, spiel nicht wie eine Pussy!«

»Ist ja gut, ich reiß mich zusammen.« Schweratmend starrte ich ihn an.

»Hör zu, Travis.« Der Coach schnappte sich meinen Helm, der vor seinen Füßen lag, und drückte ihn mir gegen die Brust. »In einer halben Stunde treffen wir uns in meinem Büro. Du wirst mir erklären, was mit dir los ist.« Seine Gesichtszüge wurden milder. »Du bist mental und körperlich angeschlagen. Ich beobachte schon länger, dass dich irgendwas beschäftigt. Wir müssen darüber reden.«

Ich senkte das Gesicht und nickte. »Okay.« Ich nahm ihm den Helm ab, drehte mich um und trottete vom Spielfeld.

Was wollte der Coach von mir? Mich nächstes Spiel auf die Ersatzbank setzen, weil ich ein einziges Mal kein gutes Training abgeliefert hatte?

Ich ging in die Umkleide, öffnete den Spind und holte das Päckchen Ibuprofen hervor. Hastig schluckte ich zwei Tabletten mit Wasser. Nachdem ich mich aus den Sportklamotten und der Ausrüstung geschält hatte, schnappte ich mir mein Handtuch und das Duschgel.

Ich stellte mich unter die Dusche, drehte das Wasser auf und legte den Kopf in den Nacken. Der Wasserstrahl traf mein Gesicht. Ich massierte mir die Schläfen, den Hals, rollte die Schultern, atmete auf, als das Hämmern im Schädel nachließ, das warme Wasser meinen Körper entspannte.

Ich drehte das Wasser zu, stieg aus der Dusche und schlang das Handtuch um die Hüften.

Meine Gedanken wanderten zum Coach.

Er konnte mich doch wegen eines verkackten Trainings nicht auf die Bank setzen? Ich brauchte jedes Spiel. Ich wollte gedraftet werden.

Scheißkopfschmerz.

Scheißmagen.

Scheißkörper, der meine Leistung hemmt.

Ich musste dagegen ankämpfen, damit mir kein zweites Mal dieser Schmerz in meine Ziele grätschte.

Ich trocknete mich ab, streifte meine Klamotten über und schnappte mir die Sporttasche.

Mein Herz wummerte, mein Mund war trocken, als ich vor dem Büro des Coachs stand. Kurz klopfte ich und er rief mich herein.

Coach Gibb schaute auf, als ich sein Büro betrat. »Warte«, sagte er, nachdem er eine Akte geschlossen hatte. Er deutete zum Fenster. »Wir sollten nicht im Büro sitzen. An der frischen Luft redet es sich leichter.«

Ich nickte. »Okay.« Mein Herz wummerte schneller. Ich trat auf den Gang, der Coach verschloss hinter mir die Tür.

Draußen setzten wir uns auf die oberste Treppenstufe vor dem Eingang.

Wir schwiegen. Der Coach räusperte sich und starrte nach vorn. Meine Nervosität stieg.

»Was wird das hier, wer zuerst spricht, verliert?« Er sollte mir endlich sagen, was er von mir wollte.

»Ich habe überlegt, was der Grund dafür ist, dass du manchmal wie erstarrt auf dem Platz stehst«, fing der Coach an. Er hielt einen Augenblick inne. »Ich kenne den Gesichtsausdruck und habe darüber nachgedacht, woher.«

»O-kay?« Mehr fiel mir nicht ein, was ich zu der Eröffnung sagen sollte.

Der Coach nickte. »Weißt du, woher ich ihn kenne?«

»Nein.«

»Du bist einundzwanzig, noch so jung, das ganze Leben liegt vor dir.«

»Ja, und?« Ich sah ihn verwundert an. »Wird das hier ein Sinnkrise-Gespräch?« Wenn der Coach ein Problem hatte, dann war ich der falsche Ansprechpartner. »Ich dachte, es geht um mich, aber was Sie raushauen, klingt ziemlich merkwürdig.« Ich stieß ein freudloses Lachen aus, aber der Coach reagierte nicht darauf, sondern redete unbeirrt weiter.

»Football ist nicht alles im Leben, Travis. Es gibt mehr, was die Zukunft für dich bereithält. Du hast keine Vorstellung, wie viel.«

Ich schüttelte den Kopf. »Football ist mein Leben. Es gibt nichts anderes, was mich interessiert.«

»Hast du überhaupt schon mal über eine Alternative nachgedacht, wenn das College vorbei ist?«

»Nein.«

»Dachte ich's mir.« Der Coach seufzte, senkte das Gesicht und starrte auf seine Hände, die gefaltet zwischen den Knien hingen. »Ich wette, wenn ich wissen will, was dein größtes Ziel im Leben ist, dann wirst du mir vom Super Bowl vorschwärmen. Wenn ich dich frage, wo du in zehn Jahren stehen willst, dann wirst du sagen, dass du den Höhepunkt deiner Footballkarriere erreicht hast. Ist doch so, Travis?«

»Ja.« Ich nickte. »Alles andere stelle ich hinten an.«

»Genau.« Der Coach presste die Luft zwischen den Zähnen aus und hob den Blick. »Alles dreht sich bei dir um Football und darum verdrängst du was Entscheidendes.« Er wandte seinen Oberkörper zu mir und tippte mir mit dem Zeigefinger gegen meine Stirn. »Was da drinnen los ist.«

Ich ruckte mit dem Kopf weg. »Was soll das?«

»Du ignorierst alles, was das Leben dir an Möglichkeiten bereitstellt. Wenn du Pech hast, wirst du später keine Familie haben, die Welt nicht kennenlernen, weil das Schicksal hart zugeschlagen hat. Travis, ich habe dir gesagt, dass ich deinen Gesichtsausdruck kenne. Von meinem Bruder.« Seine Stimme war leise, als er ergänzte: »Er war Footballspieler, wie wir, auch ein Quarterback.«

Ich spürte, wie mein Hals eng wurde. »War?«, krächzte ich.

»Ja, er lebt seit Jahren im Pflegeheim. Er hat die Notbremse nicht rechtzeitig gezogen. So wie du hat er Talent gehabt, war hochmotiviert, voller Ehrgeiz. Er gab seinem Körper nicht genug Zeit, alle Verletzungen ausheilen zu lassen. Sei ehrlich, Travis.« Der Coach klang mitfühlend. »Wie viele Gehirnerschütterungen hast du dem Teamarzt verschwiegen?«

Ich schluckte hart. »Weiß nicht, Coach«, log ich, dabei hatte ich während der letzten Saison vier kassiert, von denen ich niemandem erzählt hatte.

Selten meldete ich Verletzungen, verheimlichte sie, um weiterspielen zu können. Ich war nicht der Einzige, der das machte. Niemand wollte seinen Stammplatz freiwillig aufgeben, auf Prämien verzichten. Der Konkurrenzkampf war hart. *Einmal weg, immer weg,* war die größte Angst, die viele Spieler hatten. Ich gehörte dazu.

Der Coach schnaubte. Ich sah es an seinem Kopfschütteln, dass er mir keinen Glauben schenkte.

»Also, Travis, wenn du mir etwas zu sagen hast oder Hilfe brauchst, dann bin ich für dich da. Als Freund. Es ist keine leere Phrase, wenn ich das sage. Ich kann dir wirklich helfen. Der Sport muss nicht gänzlich aus deinem Leben verschwinden. Die Entscheidung liegt bei dir.«

Ich presste einen Augenblick die Lippen zusammen. »Danke, Coach, ich weiß das zu schätzen.«

»Travis, sieh mich an.«

Ich kam der Aufforderung nach und schaute dem Coach ins Gesicht, dabei spürte ich, wie sich Nässe ihren Weg in meine Augen bahnte. Mit größter Kraftanstrengung hielt ich sie zurück.

Coach Gibbs Worte hatten mich aufgewühlt, meine Ängste verstärkt. Darüber reden würde ich trotzdem nicht.

Dreimal nickte der Coach, bevor er ansetzte. »Deine Familie hat alles dafür getan, dass du Football spielen kannst, stimmt's?«

»Ja, sie haben ihre Wünsche hintangestellt.«

»Und du hast zwei Schwestern.«

»Zwillinge. Ella und Rose, sie sind fünfzehn und besuchen die Highschool.«

»Du willst sie unterstützen, wenn sie auf ein College oder eine Universität kommen.«

»Ja.« Ich schaute nach vorn und blinzelte. Scheißtränen, die hervordrangen. Schnell rieb ich sie weg. Ich benahm mich gerade wie ein Jammerlappen. Ich nahm zwei tiefe Atemzüge und bekam mich wieder unter Kontrolle.

Obwohl der Coach merkte, dass er mich mit seiner Fragerei an die Grenzen brachte, ließ er nicht locker. »Meinst du, sie wollen, dass du bei einem Profiverein einen Millionenvertrag abschließt und deine Gesundheit als Einsatz gibst?«

»Coach«, sagte ich gequält, »darum geht es nicht.«

»Doch, Travis, genau darum geht es. Ich kann dich nicht zwingen, mit dem Teamarzt zu reden, außerdem habe ich eine Verschwiegenheitsklausel in meinem Vertrag stehen.« Er sah mir direkt in die Augen. »Junge, tu das dir, deinen Eltern und deinen Schwestern nicht an. Kein Cent wird sie glücklich machen, wenn sie irgendwann erfahren, welchen Preis du dafür bezahlt hast.«

Ich hob die Hand, um dem Coach zu verstehen zu geben, dass ich das Gespräch beenden wollte.

Er begriff und schwang sich hoch, ich folgte ihm.

Lächelnd gab er mir einen Klaps auf den Oberarm. »Das Angebot steht. Wenn du reden willst, ich bin für dich da, okay?«

»Ja, weiß ich.«

Ich griff nach meiner Sporttasche. Gemeinsam stiegen wir die Treppe hinunter.

Der Coach stieg in seinen SUV und fuhr weg. Ich verharrte auf dem Parkplatz und holte mein Handy hervor. Die nächsten Stunden wollte ich nicht allein sein, weshalb ich nach Kates Nummer scrollte. Manchmal trafen wir uns, wenn wir Lust auf Sex hatten.

Ich dachte an Amy und stellte mir vor, wie sie mich in diesem Moment mit einer hochgezogenen Augenbraue kritisch mustern würde. Ein müdes Lächeln stahl sich in mein Gesicht. *Ich geb's zu, Amy, ich habe friends with benefits.*

Manchmal brauchte man sie, jetzt war so ein Moment.

8. Travis

Du bist ein leckerer Anblick

Curtis saß mit Steve auf dem Sofa. Starr waren ihre Augen auf den Flatscreen gerichtet. Sie spielten Madden 21. Ich war nicht so der Gamer, Football machte mir nur auf dem echten Spielfeld Spaß.

Einen Augenblick schaute ich zu. »Wer gewinnt?«, wollte ich wissen.

»Ich«, rief Steve.

»Ha, vergiss es, du Loser«, brüllte Curtis, kickte Steve seinen Ellenbogen in die Seite und beide lachten, während sie sich einen wilden Fight mit ihren Fingern auf den Controllern lieferten.

Ich schüttelte den Kopf.

»Du, Travis«, rief Curtis und stoppte das Spiel, woraufhin Steve ihn anfuhr: »Alter, was soll das?«

»Hör auf zu meckern«, blaffte Curtis und nickte mir zu. »Kate war hier, sie sagt, du sollst zu ihr kommen.« Er grinste mich mit wackelnden Augenbrauen an. »Unsere Anwesenheit hat ihr wohl nicht gefallen.«

»Theoretisch wärt ihr auch nicht hier«, antwortete ich mit einem Stöhnen. »Wieso spielt ihr nicht mit Steves neuer PS5? Ist die Bude voll?«

»Kann man so sagen«, seufzte Steve. »Tito hat eine Lerngruppe eröffnet.«

»Tito hat was?« Unser Kumpel stand auf alles, aber Lernen gehörte nicht unbedingt zu seinen Lieblingsbeschäftigungen.

»Er weist zwei Mädels in die Anatomie seines Körpers ein.« Steve rollte mit den Augen. »Dafür hat er unser Wohnzimmer in Beschlag genommen.«

»Ah, verstehe.« Lachend schüttelte ich den Kopf. Kein Wunder, dass sich Steve verdrückt hatte und nun bei uns rumhing.

»Ja, dann lasst euch nicht stören«, sagte ich und ging in mein Zimmer.

Ich fischte aus dem Schubfach meines Nachttischs drei Kondompäckchen, danach holte ich die verschwitzten Sportklamotten und das Handtuch heraus.

Nach einem kurzen Abstecher ins Bad, um das nasse Handtuch aufzuhängen und die verdreckten Klamotten in den Wäschekorb zu schmeißen, verließ ich das Apartment.

»Komm rein«, wisperte Kate verführerisch und zog mich in ihre kleine Bude. Ich hätte ihr gleich den Vorschlag machen sollen, uns bei ihr zu treffen. Sie hatte glücklicherweise ein Zimmer für sich allein, dafür fehlten die eigene Küche und das Bad.

»Wie kommt es, dass du Sehnsucht nach mir hast?« Sie schloss die Tür.

»Ich habe an dich gedacht und … Na ja, ich habe dich angerufen.«

»Gut, dann wärme schon mal das Bett vor«, sagte sie, hauchte mir einen Kuss auf die Lippen und deutete zum Schreibtisch. »Ich habe noch die Flasche Rotwein, ich hole uns zwei Gläser.«

Während sie auf dem Weg zur Gemeinschaftsküche war, zog ich mir das Sweatshirt über den Kopf und pfefferte es auf den Stuhl. Flink zerrte ich den Rest der Klamotten runter, legte die Kondompäckchen neben das Kopfkissen und streckte mich auf ihrem Bett aus.

Die Hände im Nacken verschränkt glotzte ich Löcher in die Decke.

Ich dachte darüber nach, dass es schon komisch war, dass ich hier nackt bei Kate lag. Echt verrückt.

Wäre es nicht besser, mit einem vertrauten Menschen zu reden, anstatt meine Panik wegzuvögeln? Wenn der Rausch vorbei war, würde sich der ganze Scheiß wieder in meinem Hirn breitmachen.

Mir fiel auf, dass ich viele Kumpels hatte, und ich konnte Frauen anrufen, die es mir besorgten. Aber es gab niemanden, mit dem ich über meine Ängste sprechen konnte, besser gesagt, dem ich sie anvertrauen wollte.

Während der Highschool hatte ich mit Amy darüber gesprochen.

Nie hatte sie etwas ausgeplaudert. Sie hatte gewusst, dass ich vor jedem Spiel kotzend über dem Klo gehangen hatte. Diese Versagensängste waren ein Scheißgefühl gewesen. Doch die Gespräche hatten geholfen, dass mich das Ganze nicht zu sehr runtergezogen hatte.

Die Kotzerei bekam ich immer noch nicht in Griff, aber dann dachte ich manchmal an Amy und erinnerte mich an ihre beruhigenden Worte. Das half, mich besser zu fühlen. Dafür war ich ihr heute noch dankbar.

Verflucht, Amy, warum haben wir uns verloren?

»Hmm, du bist ein leckerer Anblick.« Mit dem Hintern drückte Kate die Tür zu. Sie schlenderte zum Schreibtisch und stellte die Gläser zum Wein.

Langsam ließ sie ihre Augen über meinen Körper wandern, an meinem Schwanz blieb ihr lüsterner Blick hängen.

»Na, da wartet wohl jemand sehnsüchtig auf mich«, wisperte sie und streifte sich das Top und die Sportleggings ab. Wow, Unterwäsche trug sie nicht.

Wie eine Katze schlich sie sich an mich heran. Sie ließ ihre Finger sinnlich durch ihre dunklen Locken gleiten, benetzte mit der Zungenspitze ihre kirschroten Lippen und kletterte auf das Bett.

Nachdem sie sich zwischen meine Beine gekniet hatte, fing sie an, mich zu streicheln. Ich schloss die Augen und genoss die sanften Berührungen.

Ich wollte nicht mehr an Amy denken. Für eine Weile meine Probleme vergessen. Wenigstens die nächsten Stunden wollte ich das Gefühl haben, von jemandem geliebt zu werden. Dieser Soziologiekurs mit dem Scheiß über wahre Liebe machte mich schon ganz kirre.

»Cheers.« Kate lächelte mich mitfühlend an.

Mannomann, ist das alles peinlich.

Unsere Gläser klirrten leise, nachdem sie ihres gegen meins gestoßen hatte. Hastig trank ich einen Schluck Wein. Zum Teufel noch mal, ich fühlte mich mies.

»Hey, ist doch kein Drama«, versuchte Kate, mir die Blamage zu nehmen. Dabei machte sie das mit ihrem Kommentar schlimmer.

Ich stieß einen Seufzer aus und exte den Wein.

»Travis, ehrlich, es war schön mit dir, auch wenn du …«

»Komm, Kate, erspar's mir«, sagte ich trocken.

Dass ich versagt hatte, beschämte mich, daran änderten Kates Worte nichts. Sie hatte alles versucht, um mich scharf zu machen, aber ich hatte keine Erektion bekommen, stattdessen hatte mein Schwanz lediglich auf halbmast gestanden. Dabei ragte er sonst wie ein Leuchtturm in die Höhe. Immer.

Das ist wirklich so fucking, fucking peinlich.

Dabei war Kate heiß. Sie hatte perfekte Kurven, einen hübschen Schmollmund und große karamellbraune Augen. Es war für mich unbegreiflich, warum bei mir keine Lust auf Sex aufgekommen war.

Kate hatte mich so traurig angesehen, woraufhin ich sie intensiv geleckt und gefingert hatte, um meine Schuldgefühle ihr gegenüber loszuwerden. Wenn ich Kate nicht die drei Orgasmen geschenkt hätte, wäre ich mir wie der letzte Arsch vorgekommen.

Nun saßen wir hier und spülten das Desaster mit billigem Wein runter.

Was zur Hölle ist nur los mit mir?

Ich schwang mich aus dem Bett, stellte das leere Glas auf den Tisch. Dann zählte ich bis drei und holte tief Luft. »Wenn du nichts dagegen hast, hau ich jetzt ab.«

»Du kannst hier schlafen.« Sie biss sich auf die Lippe. »Wenn du willst.«

Ich griff nach meiner Boxershorts, stieg hinein und schnappte mir die Socken. »Nee, lass mal, ich gehe lieber.«

Nachdem ich die Jeans und das Sweatshirt übergestreift hatte, beugte ich mich zu Kate und drückte ihr einen Kuss auf den Mund. »Wir holen das nach. Wir vögeln, bis wir wund sind.«

Sie lächelte. »Ich werde dich daran erinnern.«

Ich warf einen Blick auf die Kondome. Auf gar keinen Fall würde ich die Dinger einstecken. Sie erinnerten mich nur an das, was hier schiefgelaufen war.

Plötzlich sah ich Amys Gesicht vor meinem inneren Auge, nachdem ich die Tür hinter mir geschlossen hatte. Sie hatte eine Augenbraue süffisant hochgezogen und ich hörte sie sagen: »Tja, wenn wir miteinander geschlafen hätten, wäre dir das nicht passiert.«

Verflucht …

Mein Puls beschleunigte sich, Hitze schoss mir in den Unterleib, mein Schwanz schwoll an.

Das kann doch nicht wahr sein?

Echt jetzt, McCants, ihr klugscheißerisches Gequatsche macht dich an?

Da kam ich von einer wunderschönen Frau, hatte keinen hochbekommen, doch kaum hatte sich Amy Tolan in mein Hirn geschlichen, wurde ich hart. Ich presste die Lippen zusammen, meine Erektion stemmte sich gegen den Reißverschluss.

Jesus, ist das normal?

9. Amy

Mach mir die Ente

»Ach, Amy, ich bin müde. Muss ich wirklich mitkommen?«, nuschelte Ariana und zog die Bettdecke über den Kopf.

»Du hast es mir gestern Abend versprochen«, erinnerte ich sie in strengem Ton.

»Da war ich nicht ganz nüchtern.«

»Nicht meine Schuld, dass du mit deinen Mädels im Pub warst.«

Ariana musste mich begleiten. Sie war mein Alibi. Darum hatte sie keine Chance, dass ich sie aus meinen Klauen lassen würde, nur weil sie ein Morgenmuffel war.

Mal unter uns …

Kyle würde niemals an Zufall glauben, wenn ich ihm auf dem Campus entgegengehüpft kam und das als *Zufall* deklarierte. »Kyle, das gibt's doch nicht, du hier? Wollen wir zusammen eine Runde … äh … gehen?« Vielleicht noch wie ein dummes Huhn hinter vorgehaltener Hand gackern und dazu noch blöd mit dem Kopf hin und her wackeln?

Ihr könnt euch denken, was ich meine?

Mal im Ernst, das würde doch echt total bekloppt rüberkommen, oder?

Vor allem, nachdem er mir erzählt hatte, dass er morgens seinen *Sport* machte. Das Wort Gehen in Verbindung mit einer sportlichen Betätigung in den Mund zu nehmen, fiel mir irgendwie schwer.

Natürlich würde ich lieber walken – definitiv nicht gehen –, aber Ariana hatte nach meiner Bitte gesagt, dass sie sich keinesfalls zum Gespött des Campus machen wollte. Immerhin hätte sie einen Ruf zu verlieren.

Sie war eine heiße Cheerleaderin, die absolute Sportskanone. Deshalb joggte sie und machte kein Walking.

Ich könnte wetten, wenn ich gesagt hätte, wir würden gehen, dann hätte sie sich an die Stirn getippt und rausgehauen: »Du hast ja ’ne Meise.« Ich hätte sie zu dieser Aktion auf keinen Fall überreden können.

Jedenfalls war ich nicht auf Streit aus gewesen, weshalb ich dann zähneknirschend zugestimmt hatte, dass wir joggen würden.

Leider war mein Problem, da ich die letzten Monate nicht viel Sport getrieben hatte, dass ich absolut aus dem Tritt war.

Wusste ich, wie lange wir auf dem Campus umherirrten, bis wir Kyle über den Weg liefen?

Außerdem könnte es sein, dass wir uns gar nicht begegneten und der ganze Aufwand im wahrsten Sinne des Wortes für den Arsch wäre.

Oh Mann, hoffentlich ist er heute unterwegs.

»Ariana, stehst du jetzt auf?« Entschlossen trat ich an ihr Bett, krallte meine Finger in die Bettdecke und zog sie mit einem Ruck weg.

»Du bist aber auch hartnäckig«, maulte sie und kletterte schmollend aus dem Bett.

Gähnend schlurfte sie zu ihrem Schrank, zerrte ihre Sportklamotten hervor und fluchte vor sich hin. Selbst wenn sie mir die Pest an den Hals wünschen würde, wäre mir das egal.

Eilig schlüpfte ich in meine Turnschuhe, schnappte mir ihre und warf sie ihr vor die Füße. Sie hatte verdächtig intensiv zu ihrem Bett geschielt. »Los, rein in die Botten«, befahl ich ihr.

Murrend, mit einem Schwall weiterer Flüche, kam sie meiner Aufforderung nach.

Dann nahmen wir uns die Schlüsselkarten und die Handys.

Bevor Ariana noch auf die Idee käme, den Rückwärtsgang einzulegen, zerrte ich sie am Arm aus dem Zimmer und knallte die Tür hinter uns zu.

Uff, geschafft, die erste Herausforderung war gemeistert.

Mit zusammengekniffenen Augen betrachtete ich Ariana von der Seite. Sie trug eine tiefsitzende, enge Trainingshose und einen bauchnabelfreien Hoodie. Die Septembertemperaturen waren mild, sodass ich mich ärgerte, dass es kein kalter Wintertag war, denn dann hätte sie die gleichen Sportklamotten an wie ich und würde nicht wie ein heißer Feger neben mir joggen.

Ob es wohl doch besser gewesen wäre, wenn ich allein losgegangen wäre?

Was wäre, wenn Kyle sofort ein Auge auf Ariana werfen würde und ich wäre das langweilige Anhängsel, das sie loswerden wollten?

Ariana sah mich von der Seite an. »Was?« Sie klang ein wenig angepisst.

»Nichts.«

»Wie nichts?«

»Nichts.«

»Dann sagst du es mir eben nicht.«

Schweigend joggten wir nebeneinander weiter, ich hinge einen Schritt hinterher. Sozusagen lief ich in Arianas Windschatten. Das sollte leichter sein, hatte ich mal irgendwo aufgeschnappt.

»Okay«, unterbrach ich unser Keuchen. Na ja, eher mein Keuchen, Ariana atmete gleichmäßig. Sie flog wie eine Gazelle den hellen, von Büschen gesäumten Kiesweg entlang, ich dagegen war der Stampfer.

Wir waren bereits am Walsh vorbeigekommen. Einige Jogger kamen uns entgegen, aber Kyle hatte ich nicht entdeckt.

Ein Blick auf mein Handy verriet, dass es bereits nach sieben Uhr war. Ich war schon über den Umstand missmutig, dass ich mich umsonst quälte, als ein großer Kerl uns überholte. Obwohl er die Kapuze seines weißen Sweatshirts über den Kopf gezogen hatte, wusste ich, dass es Kyle war. Er ging. Aber das war kein normales Gehen.

Gütiger Himmel, das war … schnell?

Die Füße schienen den Kontakt keine Sekunde vom Boden zu verlieren, die Arme hatte er angewinkelt, sein Hintern schwang übertrieben hin und her.

»Was macht der Typ für schräge Bewegungen?« Ariana schlug sich kichernd die Hand vor den Mund.

»Hör auf zu lachen, das ist er«, zischte ich, nahm ultraschnell allen Mut zusammen und rief: »Kyle?« Ich musste mich bei seinem Tempo beeilen, sonst wäre er weg, bevor meine Stimme zu ihm gedrungen war.

Ariana sah mich schockiert an, die Augen so groß wie Wagenräder, als ich anfing, Kyle nachzumachen. »Was soll der Scheiß, das sieht lächerlich aus«, schimpfte sie.

»Muss sein«, stieß ich hervor und schenkte Kyle mein schönstes, verkrampftes Lächeln – ich war echt platt –, denn schon hatte er sich umgedreht und zog die Kapuze vom Kopf.

»Hey Amy«, rief er überrascht.

Schmunzelnd kam er auf mich zugewatschelt. Schweiß glänzte auf seiner Stirn, die Wangen waren leicht gerötet.

Er sah süß aus, der Gang gewöhnungsbedürftig.

Ich biss mir fest auf die Lippe, weil es wirklich schräg aussah.

Meine Assoziation war eine Ente. Eine Flugente, weil er so flott auf den Füßen war.

Er blieb vor Ariana und mir stehen. »Das ist ja ein Zufall.«

»Ja, nicht wahr?« Ich klimperte unschuldig mit den Wimpern.

Glaubt er das wirklich?

»Ich muss noch eine Viertelstunde trainieren, wenn ihr wollt –« Er deutete mit dem Daumen über die Schulter zum Weg.

»Nope, sorry, Leute, ich muss zurück«, wurde er von Ariana unterbrochen, gestikulierend fuchtelte sie mit der Hand in der Luft herum, dafür könnte ich sie knutschen.

Sie zeigte kein Interesse an Kyle, was mich erleichterte. So gut waren wir nicht befreundet, dass ich für sie dahingehend die Hand ins Feuer legen würde. Aber ihre Reaktion ließ mich lächeln.

»Ich habe noch Zeit«, antwortete ich fröhlich, nickte Ariana zu und fragte sie: »Wir sehen uns nachher im Stuart?«

»Wer zuerst im Speisesaal ist, hält einen Platz frei.«

Sie gab mir einen Kuss auf die Wange, nickte Kyle zu und wir sahen ihr hinterher, bis sie in einen Seitenweg einbog und aus unserem Sichtfeld verschwand.

»Wollen wir?«, erkundigte sich Kyle und watschelte los.

»Ja, gern.« Ich wackelte hinterher.

Kyle beschleunigte das Tempo. Ich kämpfte um Luft, mühsam holte ich auf. Wenn er noch flinker unterwegs sein wollte, müsste ich kapitulieren.

»Bin ich dir zu schnell?«, fragte er, sein Seitenblick war besorgt.

»Was? Nein, überhaupt nicht.« Gespielt entrüstet winkte ich ab. *Bitte, watschle langsamer, ich verfalle gleich in Schnappatmung.*

Kyle betrachtete mich schmunzelnd. »Wenn du versuchst, wie ich zu gehen, dann sollte ich dir die Bewegungsabläufe erklären.«

Bedeutet das, wir machen eine Pause?

»Ja, klar.« Ich blieb stehen, doch meine Euphorie wich Resignation, als er ebenso stehenblieb und mich mit einem Riesenseufzer musterte.

»Leider habe ich keine Zeit mehr, vielleicht ein anderes Mal.«

Ich schluckte mit dem Rest Spucke, den ich in meinem fast ausgetrockneten Mund hatte, die Enttäuschung hinunter.

»Macht nichts, du hast ja meine Nummer. Oder wir sehen uns im Seminar. Ich würde mich jedenfalls freuen.«

Mühevoll kämpfte ich ein Lächeln in mein Gesicht. Es wäre peinlich, er würde meine Enttäuschung erkennen und daraus den Schluss ziehen, dass ich ihm heute wie eine Stalkerin aufgelauert hatte.

»Okay.« Er tätschelte meinen Arm. »Wir sehen uns.« Die nächste Sekunde watschelte er los. Seufzend sah ich ihm hinterher, mein vor Anstrengung pochendes Herz hatte sich eine Etage tiefer verkrümelt und hämmerte dort weiter.

Zu traurig brauchte ich aber nicht sein. Zumindest hatte ich ihn getroffen.

Wer weiß, vielleicht ruft er mich tatsächlich an und ich bekomme eine Art Watschel-Date mit meiner Flugente.

Eigentlich war ich ziemlich geschafft, aber da um mich herum Jogger liefen, wollte ich mir die Blöße nicht geben und gemütlich laufen. Immerhin hatte ich Sportklamotten an. Das wäre sonst wie ein Radfahrer, der sein Rad schob.

Der Typ auf der Bank, der geschätzte fünfzehn Meter von der Stelle entfernt saß, wo Kyle und ich uns verabschiedet hatten, fiel mir erst in dem Moment bewusst auf, als ich an ihm vorbeikam und er sich lachend auf den Schenkel schlug. »Mann, Amy«, stieß er hervor.

Mein Kopf flog in seine Richtung.

Nein, das durfte nicht wahr sein.

Es war Travis McCants.

Mit einem Schlag war mir klar, warum er mich auslachte. Er hatte mitbekommen, wie ich mich an Kyle rangehängt hatte.

Oh nein, ich würde vor Scham am liebsten im Boden versinken.

Als ob das nicht schon peinlich genug war, schwang sich Travis hoch. Lässig joggte er neben mir her.

Er stieß die nächste Lachsalve aus und prustete: »Komm, Amy, mach mir noch mal die Ente.« Dann ließ der Mistkerl sich zurückfallen, lief hinter mir und ich spürte seine Augen, die an meinem ausladenden Po klebten. Er war zwar stramm, aber glich eher einem prallen Kürbis als einem Äpfelchen.

Wütend blieb ich stehen und fuhr herum. »Stalkst du mich?«

»Nope, wer hier der Stalker ist, können wir gern ausdiskutieren.« Er zwinkerte mir zu. »Warst du nicht während der Highschool in einem Debattierclub?«

Ich schnaufte. »Halt die Klappe.«

Stur lief ich weiter, aber der Idiot joggte frech hinter mir her und begaffte schamlos meine Kehrseite. »Hör auf, meinen Hintern zu begaffen, ich spüre das«, fauchte ich.

Suchend sah ich mich um. *Ich häng dich auf, ich finde schon einen passenden Ast.* Langsam sollte ich meinen Wünschen Taten folgen lassen.

Ich wusste, dass ich keine Chance hatte, Travis loszuwerden. Deshalb glotzte ich stur auf meine Füße, um nicht irgendwie mit meinem Blick auf seine blauen Augen zu treffen. Ab und zu schielte ich hoch, denn bei meinem Talent würde ich es hinbekommen, mit dem Schädel gegen die nächste Straßenleuchte zu knallen. Dann hätte der Idiot womöglich einen Grund, erste Hilfe mit einer Mund-zu-Mund-Beatmung bei mir zu machen. Seine Lippen konnte er schön bei sich behalten.

»Hey Amy, schau nach vorn, sonst bringst du noch dein stures Köpfchen in Gefahr und dann müsste ich …« Der Kerl hatte aufgeholt. Er joggte neben mir und besaß den Nerv, schmatzende Geräusche zu machen.

Mein Blick schoss zu ihm, wütend funkelte ich ihn an. »Wusste ich's doch, dass du ein Perverser bist.«

Travis lachte. »Also wer hier pervers ist, steht auf einem anderen Blatt geschrieben. Du bist die Stalkerin, Honey, ich laufe jeden Morgen diese Strecke.«

»Nenn mich nicht Honey!«

Ich hatte Travis bereits in der neunten Klasse gezeigt, was ich davon hielt, wenn er mich so abwertend betitelte. Er hatte mir einmal bei einem Footballspiel »Kick it, Honey« zugerufen. Das ganze Team hatte gelacht und dafür hatte er nach dem Spiel in der Umkleide meine knallharte Antwort erhalten. Ich hasste es, wenn mir Typen niedliche Namen verpassten, um sich über mich lustig zu machen. Danach hatte er mich kein einziges Mal mehr Honey genannt, auch nicht der Rest des Teams.

Warum fing er jetzt wieder damit an?

»Sorry, Amy, ist mir so rausgerutscht«, sagte Travis. Ich schielte zu ihm, sein Blick war reumütig.

»Okay.« Ich atmete ein und aus und steuerte auf eine Bank zu, meine Oberschenkel brannten und meine Lunge machte komische Geräusche.

»Darf ich mich dazusetzen?«, fragte Travis vorsichtig.

»Die Bank gehört dem College«, gab ich zurück und blinzelte zu ihm hoch, weil er wahrhaftig zögerte. »Na, nun setz dich schon.« Ich rollte mit den Augen.

Travis lachte leise. »Du bist die sturste und sprödeste Frau, die ich kenne.«

»Ich will ja auch nicht zu dir charmant sein.«

»Nein, das willst du nicht«, hörte ich ihn murmeln.

»Was hast du gesagt?« Ich war mir nicht sicher, ob ich mich verhört hatte. Seine Worte klangen … enttäuscht?

»Ich?« Er schüttelte den Kopf. »Alles gut, ich habe nichts gesagt.«

Schweigend saßen wir auf der Bank, jeder hing seinen Gedanken nach.

»Kyle gefällt dir«, bemerkte Travis.

Seine Feststellung traf mich wie ein Schlag. Ich zuckte zurück. »Äh, was?«

»Du bist früher nie morgens joggen gegangen. Wenn du das jetzt tust und dann dieses Arschgewackel mitmachst, dann magst du den Kerl.«

Ich räusperte mich. »Ja, vielleicht.«

»Ungewohnt.« Travis lächelte. »Ich kann mich nicht erinnern, dass du mal einen Kerl gemocht hast.«

Ich lächelte zurück. *Doch, dich, du Blödmann, nur hast du es nie bemerkt.*

Das Gespräch wurde mir immer unbehaglicher. Ich stand auf. »Sorry, hab gleich einen Kurs.«

»Ja, ich auch.« Travis schwang sich ebenfalls hoch.

Langsam trabten wir los. Travis bestand darauf, mich zu meinem Wohnheim zu bringen. Ich wollte keinen Stress mit ihm, außerdem war es seinerseits eine nette Geste.

Vor der Eingangstür verlagerte ich das Gewicht von einem Fuß auf den anderen und nestelte am Saum meines Hoodies herum. »Danke fürs Bringen.«

Travis zeigte mir sein Grübchenlächeln. »War mir ein Vergnügen.«

Ich stöhnte. »Na klar.«

»Hey.« Er piekte mir gegen den Bauch. »Roll nicht gleich mit den Augen. Es war schön, mal normal miteinander zu reden. Vielleicht …« Sein Grinsen wurde breiter.

Jetzt verdrehte ich übertrieben die Augen. »Vergiss es, Travis.«

Er nickte. »Jaja, schon gut, ich hab's kapiert. Kein Löchern mehr.«

Warnend wackelte ich mit dem Finger vor seinem Gesicht herum. »Genau.«

Travis hielt mir die Tür auf und ich schmunzelte, als ich das Wohnheim betrat. Das war so klar gewesen, dass er es noch einmal versuchen würde. Nur eins war anders. Ich hatte merkwürdigerweise nicht mehr das Gefühl, sein Anliegen vehement ablehnen zu wollen. Könnte sein, ich würde darüber nachdenken.

Travis

Wer hätte das für möglich gehalten?

Amy stand auf Kyle Marpet und seinen wackelnden Arsch.

Keine Frage, Gehen war ein anspruchsvoller Sport, den ich trotzdem komisch fand. Wobei Amys wackelnder Hintern ziemlich heiß war.

Wenn es nach mir gegangen wäre, hätte sie die ganze Strecke vor mir laufen können. Ich hatte den Anblick auf ihr scharfes Gestell genossen. Vermutlich war ich es, der von uns beiden der perverse Stalker war.

Ich hatte ein bisschen geflunkert, als ich gesagt hatte, dass ich jeden Morgen diese Strecke joggte.

Dass ich den Tag mit einem Lauf begann, stimmte, dass ich aber jedes Mal in dieser Gegend unterwegs war, war geflunkert.

Ich hatte Amy und Ariana gesehen und mich gewundert, was sie um diese Zeit auf dem unteren Campus trieben. Schon ab dem Moment hatte ich die beiden Frauen verfolgt. Ich hatte die Gelegenheit wahrgenommen und meinen Blick über Amys Körper schweifen lassen.

Kurzum, Amy hatte eine gute Figur und ein süßes Lächeln, das sie mir leider zu selten zeigte.

Vor allem hatte es mir ihr sexy Hintern angetan. Beim intensiven Betrachten war mir das Gleiche passiert wie gestern, nachdem ich Kate verlassen und an Amy gedacht hatte. Unter meiner Jogginghose hatte sich vorn ein Zelt aufgerichtet, das aber ultraschnell wieder verschwunden war, als mir der Grund für Amys morgendliche Laufrunde präsentiert worden war.

Die Erkenntnis hatte mir einen Stich versetzt, und zack war das Zelt zusammengefallen. Amy himmelte einen Typen an. Das frustrierte mich.

Aber was hatte ich erwartet?

Irgendwann kam ihr Prinz auf dem weißen Pferd. Ich war es offenkundig nicht. Das brauchte ich nicht erst zu analysieren, weil sie es mir vor Beginn des Soziologiekurses ins Gesicht gesagt hatte. Zwar waren mir ein paar dumme Bemerkungen aus dem Mund gerutscht, aber hey: *In allem, was man sagt, steckt ein Körnchen Wahrheit.* So oder so ähnlich lautete die Redensart, wenn ich mich richtig erinnerte.

Abgesehen davon bewies sie es mir mit ihrem abweisenden Verhalten. Amy mied meine Nähe. Wenn sie vorhin nicht erschöpft gewesen wäre, hätte ich sie keinesfalls zu ihrem Wohnheim begleiten dürfen.

Es war nun mal nicht zu ändern, dass sie auf Kyle stand.

Gegen den Typen gab es nichts einzuwenden, er war okay.

Außerdem war ich selbst ständig am rumvögeln, also sollte ich es mir verkneifen, auf Amy sauer zu sein.

Er gefiel ihr. Aus. Basta. Vorbei. Bekannterweise hatte ich nie auf ihrer Agenda gestanden.

Und eigene Probleme hatte ich sowieso genug, da brauchte ich keine neuen dazu. Morgen war Freitag. Dann würde ich die ungeschönte Wahrheit auf einem Tablett präsentiert bekommen. Ich hatte jetzt schon ein flaues Gefühl im Magen.

10. Travis

Dein Limit ist erreicht

Wer Football professionell spielen wollte, wusste, dass er mit schweren Verletzungen im Laufe seiner Karriere konfrontiert werden würde. Ob Knochenbrüche, Bänderrisse oder Gehirnerschütterungen, man war vor nichts gefeit.

Unruhig rutschte ich auf dem Stuhl hin und her, seit zwanzig Minuten wartete ich auf Dr. Hernandez. Er wollte die Ergebnisse der Untersuchung mit mir besprechen. Zwei Stunden war ich von ihm mit allen möglichen Tests gepiesackt worden, zumindest hatte ich das so empfunden. Es war einfach nur nervend gewesen.

Der Neurologe kannte mich schon einige Jahre. Er hatte mich während meiner ersten zwei Highschool-Jahre behandelt, weil ich einige harte Schläge zu viel auf den Schädel bekommen hatte.

Moms Sorge war gewesen, ich könnte mein Gehirn verletzt haben, weshalb sie mich zum Doc geschleppt hatte. Um ihr die Angst zu nehmen, hatte ich später nichts mehr erzählt und ihr vorgegaukelt, dass ich meinen Kopf besser schützen würde, was ich auch immer versuchte.

Aber wenn der Gegner einen auf dem Kieker hatte, dann wurde man knallhart weggerammt oder brutal zu Boden gezogen. Am Ende ging es immer darum, egal was passierte, nie den Football zu verlieren. Und ich ließ ihn nur selten fallen, völlig egal, wie hart der Hit war, den ich kassierte.

Ich schaute mich um. Die Wände des Untersuchungsraums waren beige gestrichen. Der Doc schien mittlerweile eine Schwäche für kitschige Sonnenuntergänge zu haben. An den Wänden hingen eine Menge Bilder: Sonnenuntergang am

Meer, in der Stadt, am See. Früher war alles mit Wäldern vollgepflastert gewesen. Vielleicht wollte er ein bisschen Abwechslung haben. Immerzu das Gleiche anstarren, war auch irgendwie langweilig. Ewig war ich nicht mehr bei ihm gewesen. Früher hatte mich meine Mom begleitet, heute war ich ohne Beistand hier und ich fühlte mich gerade verdammt allein.

Mein Handy brummte. Ich holte es hervor.

Kommst du nicht zum Training?, fragte Curtis. Ich hatte mir ganz kurzfristig freigenommen, damit keine neugierigen Fragen gestellt wurden. Könnte sein, man hätte mir meine Nervosität angesehen.

Hab privaten Scheiß zu klären, schrieb ich zurück.

Heute Abend Corelly's Pub?

Klar, bin dabei.

Wenn wir Sonntag kein Spiel gegen die Clemson Tigers hätten, würde ich mir vermutlich die Kante geben. Aber ich hatte am Samstag ein Meeting mit dem Offensive Coordinator Ely und Headcoach O'Neill. Sie wollten mit mir ein letztes Mal die Spielzüge durchgehen.

Morgen Abend würde ich mir zusätzlich das Playbook vornehmen, Skizzen anfertigen und mir die Codes in den Schädel hämmern. Während des Spiels durfte ich mir keine fehlerhaften Ansagen erlauben.

Einmal hatte ich einen Spielzug missverstanden und das Team hatte mich irritiert angesehen.

»Blue left, 90 auf 2? Was ist denn das für ein Schwachsinn?«, hatte Curtis mich angebrüllt. Es wäre ein völlig idiotischer Spielzug gewesen und er hätte uns den Sieg kosten können. Der Fehler war mir in meinem ersten Jahr am College passiert. Zum Glück hatte ich ihn durch Curtis' Einwand rechtzeitig korrigieren können.

Als die Tür geöffnet wurde, ließ ich das Handy schnell verschwinden.

O-oh, kein gutes Zeichen, wenn ich Dr. Hernandez' Miene richtig deutete.

»Entschuldige, dass du so lange warten musstest, ich habe ein wichtiges Telefonat geführt.«

»Kein Problem, Doc.« Ich zuckte mit den Achseln.

»Hm.« Der Doc runzelte die Stirn und zeigte zu seinem Schreibtisch, vor dem ich saß. »Hat dir Mrs. Carr kein Wasser angeboten?«

Ich winkte ab. »Sie hat, aber ich habe dankend abgelehnt.«

»Gut, Travis, dann reden wir über die ersten Untersuchungsergebnisse.« Er umrundete den Tisch. Auf dem Drehstuhl ließ er sich nieder.

Seine Augen hatte er konzentriert auf mein Gesicht geheftet. Einen Augenblick schwieg er. Mein Mund wurde schlagartig staubtrocken, mein Herz legte einen Gang zu. Jetzt hätte ich doch gern ein Glas Wasser.

Der Doc klappte meine Patientenakte auf und überflog die Ergebnisse. »Du bist jetzt am Boston College, drittes Jahr, und planst eine Karriere in der NFL?« Die Stirn in Falten gelegt sah er mich an.

»Ja, ich spiele für die Eagles.«

»Ich bin überrascht, dass du nach so vielen Jahren zu mir gekommen bist. Immerhin habt ihr einen Teamarzt mit gutem Ruf.« Er schloss die Akte, legte die Arme darauf und verschränkte die Hände. Aufmerksam hielt er meinen Blick gefangen und beugte sich nach vorn. »Warum lässt du dich von ihm nicht untersuchen?«

Er stellte mir eine Frage, deren Antwort er längst wusste. Ich hatte meine eigenen Interessen im Blick und würde sie nicht gefährden. Mittlerweile war ich mir sicher, dass meine

Entscheidung richtig war, einen unabhängigen Neurologen aufzusuchen.

»Sie wissen ganz genau, warum ich zu Ihnen gekommen bin. Hier geht es um meine Zukunft in der NFL.«

Der Doc lehnte sich zurück. »Seit wann hast du die Übelkeit und die Kopfschmerzen?«

»Ein paar Wochen, warum?«

»Und die verschwommenen Bilder?«

Ich verzog den Mund. »Die zweite oder dritte Woche, weiß nicht genau, wann es angefangen hat.«

»Schlafstörungen, Nervosität?«

Die Fragerei jagte mir einen Schauer über das Rückgrat. Ich warf die Arme in die Luft. »Meine Güte, seit ein paar Wochen? Was ist denn nun los mit mir? Ihre Fragerei macht mich verrückt.«

»Ich will es dir erklären, Travis.« Ernst war sein Blick auf mich gerichtet. »Wenn die Natur, Gott oder wer auch immer gewollt hätte, dass wir uns die Köpfe einschlagen, dann würde unser Hirn nicht im Schädel schwimmen. Es hätte rundherum einen effektiven Schutz, ähnlich wie Autos Stoßdämpfer haben.«

»Worauf wollen Sie hinaus?«

»Dein Gehirn hat eine Menge Stöße und Schläge aushalten müssen. Das sind Kollisionen, die schwerwiegende Folgen haben können.«

»Wollen Sie damit sagen, ich bin krank?«

Ich sprang auf, stützte die Hände auf der Tischplatte ab und beugte mich über den Tisch. Aufgebracht funkelte ich den Doktor an. »Wollen Sie mir ernsthaft weismachen, ich bin krank?«, wiederholte ich meine Frage, meine Stimme überschlug sich.

»Setz dich wieder, Travis«, reagierte der Arzt ruhig.

Ich richtete mich auf, warf den Kopf in den Nacken und fuhr mir wild durchs Haar. Ich konzentrierte mich auf meinen Atem, um mich zu beruhigen.

Schwer ließ ich mich auf den Stuhl fallen und richtete meinen Blick auf den Doc.

»Die Symptome weisen darauf hin, dass dein Gehirn in Gefahr ist, an CTE zu erkranken.«

»CTE?«

»Chronische Traumatische Enzephalopathie. Diese Erkrankung kann man nur schwer diagnostizieren. Es gibt keine Medikamente, die dich heilen. Wenn du CTE hast, dann ist es regenerativ. Tau-Proteine und Amyloid-Plaque lagern sich in deinem Gehirn ab. Sie verstopfen die Gehirnzellen, ähnlich wie bei Alzheimerpatienten.«

»Wow, das habe ich?« Kopfschüttelnd rieb ich mir über den Mund. *Was für gruseligen Mist will er mir verklickern?*

»Nein, nein, Travis.« Der Doc hob und senkte beschwichtigend die Hände. »Das muss es nicht heißen. Verstehe die Signale, die dir dein Körper sendet, als Warnschuss. Um andere Erkrankungen auszuschließen, brauchen wir mehr Ergebnisse.« Er kratzte sich das Kinn, sein Blick fiel auf die Akte, bevor er mich wieder ansah. »Soll ich einen Bericht an den Headcoach schreiben, damit die Kosten vom College übernommen werden?«

»Nein.« Ich räusperte mich. »Was kommt auf mich zu?« Ich krallte meine Finger in meine Oberschenkel und wartete angespannt auf die Antwort.

»Wir werden weitere Tests machen, uns intensiv dein Gehirn vornehmen. Dazu gehören Magnetresonanz-Aufnahmen. Also rechne mit mindestens zehntausend Dollar. Ich werde dich für drei oder vier Tage in meiner Klinik stationär aufnehmen.«

»Wow.« *Zehntausend Dollar! Holy Crap, das wird heftig.* Ich schluckte, als vor meinem inneren Auge ein Film aufploppte. Ich sah mich bei einem schmierigen Autohändler, dem ich meinen Pick-up verkaufte. Ich hatte keine zehntausend Dollar gespart, also hatte ich keine andere Möglichkeit, das Geld aufzutreiben. Denn eins war klar, ich brauchte Klarheit.

»Travis, du solltest mit Football aufhören. Lieber heute als morgen. Das war schon damals meine Warnung.«

»Wie bitte?« Ich lachte freudlos. »Aufhören? Ich kann nicht aufhören. Ich brauche einen NFL-Vertrag, was danach passiert, ist mir egal.«

»Dein Limit an Gehirnerschütterungen ist erreicht. Willst du wissen, was CTE bedeutet?« Er hielt kurz inne. »Deine geistige Leistungsfähigkeit lässt nach, du wirst depressiv, bekommst motorische Schwierigkeiten, Suizidgedanken. Du wirst aggressiv, einsam, ein Pflegefall. Und Travis …« Der Doc stieß einen Schwall Luft aus. »Du wärst einer von vielen, die an CTE erkrankt sind. Schau dich bei den ehemaligen Footballprofis um. Es hat eine Menge Spieler erwischt, die nicht rechtzeitig aufgehört haben.«

»Ich kann nicht während des Semesters für mehrere Tage hierbleiben.«

»Travis, ganz ehrlich, ich würde dich lieber heute als morgen stationär aufnehmen.«

»Und ich würde lieber vergessen, dass ich hier bin.«

»Okay, ich verstehe.« Der Doktor rieb sich den Nacken. »Der Termin ist viel zu spät, aber bevor du ihn ganz cancelst … Was ist mit Thanksgiving, das verlängerte Wochenende? Wir könnten eine Ausnahme machen und die notwendigen Untersuchungen an diesen Tagen durchführen. Dann bleibst du von Donnerstag bis Sonntag hier, wenn du willst, dass keiner etwas mitbekommt. Wäre das eine Option?«

Ich presste die Lippen zusammen. Meine Familie würde enttäuscht sein, wenn ich sie nicht besuchen käme, aber es wären die einzigen Tage, die ich mir dafür freinehmen könnte.

Ich nickte. »Ich denke darüber nach.«

Angespannt starrte ich auf meine Hände, die ich ruhelos zu Fäusten ballte. Öffnete und ballte. Das Gesagte drang langsam in meinen Kopf. Die Tragweite wurde mir bewusst. Wenn ich Pech hatte, würde ich irgendwann verrückt werden. Ich dachte an Coach Gibb und was er mir über seinen Bruder erzählt hatte.

»Danke Doc, aber ich muss los.« Ich sprang auf und reichte ihm die Hand. »Ich melde mich.«

»Es tut mir leid, Travis, sehr, sehr leid.« Dr. Hernandez' Worte hörten sich aufrichtig an.

Ich starrte zur Tür, damit ich ihm nicht ins Gesicht blicken musste. Das war ein harter Schlag, den ich schwer wegstecken konnte.

Im Moment mochte ich mit niemandem reden, niemanden sehen. Ich hatte geahnt, dass mit meinem Kopf etwas nicht stimmte, doch die Wahrheit zerstörte alles, was ich mir gewünscht hatte.

Innerhalb weniger Minuten waren meine Zukunftsträume in einen riesigen Trümmerhaufen verwandelt worden.

Im Pick-up holte ich mein Handy hervor und schrieb Curtis, dass ich den Abend in der Bapst Library verbringen würde, weil ich zu viel Studienkram zu erledigen hätte.

11. Amy

Das ist ja 'ne Frau

Ich besaß noch meine alten Footballklamotten – sogar die Footballschuhe, ein gefülltes Netz mit Trainingsfootbällen und ein Kicking Tee. Alles lagerte in einer geräumigen Kiste auf dem Kleiderschrank. Gelegentlich kickte ich ein paar Bälle. Ich konnte es nicht ganz lassen. Football bedeutete mir zu viel.

In der Nähe meines Wohnheims gab es eine Wiese, die für diese Zwecke geeignet war. Ich konnte den Bällen keinen krassen Tritt verpassen, aber für ein paar Schüsse reichten die dreißig Yards aus.

Wenn ich Bälle kickte, kamen Erinnerungen an meine Highschoolzeit hoch. Football war mehr als ein Spiel. Football war Glauben, Religion. Es gab nichts, was Amerikaner mehr mochten, was ich mehr mochte. Wenn ich inmitten meines Teams auf dem Spielfeld gestanden hatte, dann hatte meine Haut am ganzen Körper gekribbelt. Die Begeisterung der Zuschauer, der brodelnde Lärm, der das Stadion erfüllte, waren für mich das Schönste gewesen.

Und Travis?

Mit ihm in unserem Team zu spielen, hatte mich glücklich, stolz und berauscht gemacht. Er war meine Droge gewesen, von der ich nicht hatte genug bekommen können.

Aber bekannterweise waren Drogen schädlich und ich hatte mit der Beendigung meiner Sportkarriere, die auf dem College weitergegangen wäre, einen kalten Entzug gemacht. Das war die Hölle gewesen, ähnlich wie eine Depression. Vermutlich hatte ich eine gehabt. Ich war zwar bei keinem Seelenklempner gewesen, aber es hatte sich so angefühlt. Drei verflucht harte Monate hatte ich gedacht, innerlich zu sterben. Das Gefühl der

Ohnmacht und des Schmerzes, das mich immer wieder innerlich zerrissen hatte, brauchte ich kein zweites Mal.

Es war ein wolkenloser Samstagmorgen, ein sanfter Wind umwehte mich. Um mich herum war alles still, weil die meisten Studenten in ihren Betten lagen, um sich von einer der vielen Partys zu erholen. Freitag bis Sonntag war Feiern angesagt. Na ja, eigentlich die ganze Woche.

Der Football thronte auf dem Kicking Tee. Ein Auto näherte sich. Die Geschwindigkeit wurde gedrosselt und es hielt. Zwei Typen stiegen aus. Aus dem Augenwinkel bekam ich mit, dass es Travis mit einem Kumpel war. Wenn er dachte, mich würde seine Anwesenheit nervös machen, irrte er sich. Heute war ich gut drauf und konzentriert.

Travis

»Halt an«, forderte mich Curtis auf. »Schau dir mal den Typen an.« Er zeigte in Richtung der Wiese hinter der Welch Hall. Wir wollten zum Stuart, um mit Steve und Tito zu frühstücken. Danach hatte ich das Meeting wegen des morgigen Spiels gegen Clemson.

Wir stiegen aus und setzten uns auf ein Mäuerchen.

»Der Typ ist gut, schau dir mal seine Technik an«, sagte Curtis, nachdem wir uns sechs Schüsse angesehen hatten.

»Yep.« Ich schmunzelte. Schon überraschend, dass Amy das Kicken nicht ganz aufgegeben hatte. Ihre Haare versteckte sie unter einer Mütze, dazu trug sie graue Sportklamotten, die ich von früher kannte. Daher war es keinesfalls verwunderlich, dass Curtis sie mit einem Jungen verwechselte.

Als sie sich auf den Weg machte, um die Bälle einzusammeln, riss sie die Mütze vom Kopf. Eine Flut langer blonder Haare kam zum Vorschein.

»Alter, das ist ja ’ne Frau.« Curtis Blick schoss zu mir.

Ich nickte. »Ich weiß. Das ist Amy Tolan.«

»Amy Tolan, echt jetzt?« Curtis verpasste mir einen Schlag auf die Schulter. »Komm, wir müssen sie ansprechen.«

Ich hatte Amy versprochen, sie mit unserem Kickerproblem in Ruhe zu lassen. Wenn Curtis das tat … Nicht meine Schuld.

Er preschte vor, ich schlenderte hinterher.

»Hey, was machst du denn hier am frühen Morgen?«, laberte Curtis Amy an, und ich rollte mit den Augen. Der perfekte Start, sie auf diese Weise anzuquatschen. »Kann ich dir beim Einsammeln helfen?« Er lächelte sie freudig an.

Amy warf uns einen kurzen Blick zu. Ich bemerkte keine Regung in ihrem Gesicht.

»Nur zu, Boy«, sagte sie trocken. Das Footballnetz, das sie in der Hand hielt, fiel zu Boden. Ohne uns länger anzusehen, ließ sie uns stehen und spazierte zu ihrer Schussposition zurück.

Ich seufzte kopfschüttelnd. Sie degradierte uns zu ihren Laufburschen.

Curtis sah ihr hinterher. »Sag mal«, murmelte er. »Verarscht sie uns gerade?«

»Das tut sie.«

»Ich wurde noch nie von einer Frau verarscht.«

»Es gibt für alles ein erstes Mal.«

Nachdem wir die Bälle eingesammelt hatten, schleppte Curtis das Netz zu Amy. Ich folgte ihm, die Hände tief in den Taschen meiner Jeans vergraben.

»Du kannst froh sein, dass wir zufällig in der Nähe sind und dir beim Tragen der Bälle helfen«, sagte Curtis zu Amy. Ich schlug mir gedanklich die flache Hand gegen die Stirn.

»Ja, ich bin auch verdammt froh darüber. Was wäre ich nur

ohne euch.« Der sarkastische Unterton in ihrer Stimme war schwer zu überhören.

Curtis holte die Bälle aus dem Netz, platzierte sie neben Amy und wartete.

Ich grinste in mich hinein. Erhoffte er sich ein Dankeschön aus ihrem Mund?

Sie sah ihn gelangweilt an. »Noch was?«

»Noch was?«, echote Curtis. Überraschung machte sich auf seinem Gesicht breit. »Kein nettes Wort aus deinem Mund? Du nimmst unsere Hilfe an und dann sollen wir uns wieder verpissen?«

»Habe ich euch um eure Hilfe gebeten? Macht 'ne Fliege, ihr lenkt mich nur ab.«

Amy steckte ihr Haar unter die Mütze. Es wurde Zeit, dass ich eingriff, egal wie abweisend sie war.

Es war die Gelegenheit, einen weiteren Überredungsversuch zu starten, damit sie sich entschloss, zu einem Probetraining zu kommen.

Ich räusperte mich. »Amy, ich mach dir einen Vorschlag.«

Sie sah mich an. »Welchen?«

»Du kickst noch eine Runde, wir sammeln die Bälle ein und danach begleitest du uns ins Stuart zum Frühstück.«

Curtis riss den Mund auf, aber mein warnender Blick verriet ihm, dass er lieber die Klappe halten sollte, woraufhin er ihn wieder schloss.

»Keine Lust.« Breitbeinig stand sie vor uns.

»Heute ist Pancake-Tag. Du bist unser Gast.« Ich wackelte mit den Augenbrauen. Es war ein teures Vergnügen, das extra bezahlt werden musste.

»Keine Lust.«

»Hey, nun sei mal etwas freundlicher, oder besteht dein Wortschatz nur noch aus diesen beiden Worten?« Offenbar kamen wir so nicht weiter. Ich linste nach unten und sah neben ihrer Wasserflasche ihre Geldbörse liegen.

Bevor sie reagieren konnte, sprang ich dorthin. Ich bückte mich, schnappte ihre Geldbörse und stopfte sie in die Jeans.

»Travis, spinnst du?« Auffordernd streckte sie die Hand aus. »Gib sie mir zurück.«

»Nope.« Ich schüttelte den Kopf. »Begleite uns ins Stuart und du bekommst sie.«

»Du erpresst mich!« Amy stützte die Fäuste in die Taille.

»Nein, ich lade dich zu Pancakes mit meinen Kumpels ein. Alles sympathische Footballspieler.«

»Vergiss es«, schimpfte Amy. Ihre blauen Augen funkelten. »Ich habe keinen Bedarf auf dich, deine blöden Kumpels und auf bescheuerte Pancakes.«

Sie wirkte so süß in ihrer Wut, dass ich lachen musste. Curtis sah mich verständnislos an. Kein Wunder, ich mochte ihre Sturheit, die mich irgendwie herausforderte.

»Sieh es doch mal von der logischen Seite. Du hast deine Laufburschen, die dir die Bälle holen, und dich erwartet eine super Unterhaltung und die besten Pancakes, die es in ganz Massachusetts gibt.«

»Du –«

Ich hob den Zeigefinger. »Du kannst auch auf alles verzichten, aber dann siehst du erst am Nachmittag deine Geldbörse wieder. Ich habe mittags ein Meeting.«

»In der Geldbörse steckt meine Zimmerkarte.«

»Tja.« Ich zuckte mit den Achseln. »Wenn deine Mitbewohnerin nicht anwesend ist, dann bist du wohl die nächsten Stunden obdachlos.« Ich schien den Dartpfeil ins Bullseye geworfen zu haben. Amys Kiefer arbeiteten.

»Okay«, zischte sie und deutete nach hinten »Passt auf, dass ihr keinen Football an den Kopf geknallt bekommt.«

»Werden wir«, sagte ich fröhlich.

Als wir losliefen, zog Curtis die Augenbrauen zusammen. Er sah mich von der Seite an. »Das war doch ein Joke?«

»Darauf würde ich mich an deiner Stelle lieber nicht verlassen.«

»Sie würde uns absichtlich abschießen?«

»Ich würde keine Garantie darauf geben, dass sie es nicht tut.«

»Wir sitzen hinten bei Steve und Tito«, sagte ich Amy.

Als wir uns dem Tisch näherten, starrte uns Steve mit einem zum O geformten Mund an, wie ein Fisch.

»O-oh«, hörte ich Amy passend flüstern.

Ich leckte mir über die Lippen. »Ihr kennt euch?«, fragte ich grinsend.

Curtis kicherte. »Du hast aus ihm einen Flitzer gemacht.«

»Er saß nackt in meinem Zimmer«, konterte Amy.

»Jedenfalls hast du bleibende Erinnerungen bei ihm hinterlassen«, warf ich ein.

Steve stand auf, umrundete den Tisch und trat uns entgegen. »Das ist ja eine Überraschung. Amy Tolan, wir haben wohl noch was miteinander zu klären.«

Amy schob das Kinn vor. »Wir haben gar nichts zu klären«, schoss sie scharf zurück.

»Ruhe, Leute.« Ich machte eine abwinkende Handbewegung. »Nicht jetzt, sonst werden die Pancakes kalt.« Streit war das Letzte, was wir gebrauchen konnten.

Wenn wir eine Chance haben wollten, Amy zu unserem Team zu lotsen, war das oberste Gebot, bei ihr einen guten Eindruck zu hinterlassen.

Nachdem wir die Stühle zurückgezogen und uns gesetzt hatten, reichte ich Amy ihren dampfenden Teller. »Wird Zeit, dass sich die Jungs bei dir vorstellen.«

Sie nickte. Der Duft der Pancakes schien sie zu besänftigen. Schnuppernd ließ sie ihre Nase über den Teller kreisen. »Dann fangt mal an.« Sie äugte hoch.

»Ich bin Curtis, Runningback.«

»Steve, Lineman.«

»Tito, Center.«

»Mich kennst du, immer noch Quarterback«, sagte ich mit einem Zwinkern.

»Okay, dann bin ich dran.« Amy räusperte sich. »Mein Name ist bekannt. Ich bin Ex-Kickerin und war auf der Highschool mit Travis in einem Team.«

»Wir haben gehört, dass du eine gute Kickerin bist«, bemerkte Tito zwischen zwei Bissen.

Curtis hob den Daumen. »Kann ich nur bestätigen, das habe ich vorhin mit eigenen Augen gesehen.« Er sah sie direkt an und deutete mit dem Zeigefinger auf sie. »Wäre echt super, du würdest unser Team unterstützen.«

Amy schüttelte den Kopf. »Pech für euch, ich kicke nicht mehr«, reagierte sie barsch und stopfte sich eine volle Gabel in den Mund.

Ich hob die Schultern. »Die Entscheidung kann nur Amy treffen.« Meine Augen wanderten zu ihr.

Sie schluckte. »Du sagst es.«

»Warum hast du aufgehört«, wollte Curtis wissen.

»Frauen im Football ist doch ein Witz«, kam es aus Steves Mund. Er schien immer noch einen Groll gegen Amy zu haben.

»Was bist du denn für ein Hinterwäldler?«, blaffte sie zurück. Ohne eine Sekunde nachzudenken, nahm sie den Rest ihres Pancakes vom Teller und warf ihn zu Steve. Klatsch. Mitten auf der Stirn hatte sie ihn getroffen. Die Jungs grölten, außer Steve, der sie verdattert anstarrte.

»Hast du mir Essen an den Kopf geworfen?«, rief er fassungslos.

»Bin ich ein Witz?«, entgegnete sie.

»Mädel …« Er schnappte sich eine zerknüllte Serviette. Sie landete an Amys Kinn. »Du bist so was von bekloppt.«

»Hey Steve, es reicht«, mischte ich mich ein, bevor die Situation noch eskalierte, doch plötzlich brachen er und Amy in Gelächter aus.

»Tolan, du bist echt krass drauf«, polterte Steve und lehnte sich über den Tisch. Amy kam ihm entgegen, beide klatschten sich ab. Ich atmete auf, das Eis schien gebrochen. Glücklicherweise war keiner der Jungs lange nachtragend.

Nachdem wir unsere Bäuche bis zum Anschlag gefüllt hatten, zog ich die Geldbörse hervor und schob sie zu Amy über den Tisch. Ich sah sie an und verstand, dass ich auch mit diesem Versuch gescheitert war. Resigniert hob ich die Hände. »Hat nicht funktioniert?«

»Nein.«

»Dann lass uns abhauen. Ich bringe dich mit deinem Zeugs zur Welch Hall zurück.«

Wir verabschiedeten uns von den Jungs, die noch sitzen blieben. Amy räumte das Geschirr auf das Tablett und ich nahm es vom Tisch.

Als sie den Weg zum Ausgang einschlug, machte ich einen Abstecher zum Geschirrwagen. Dort entsorgte ich den Müll, dann stellte ich das Tablett ab. Tito kam zu mir gesprintet. »Alter, sie spielt nicht für uns?«

Ich seufzte. »Ich bleibe dran, aber sie ist ein harter Brocken.« *Ein verdammt harter Brocken.*

»Wir brauchen sie.« Er verpasste mir einen Schlag auf den Rücken.

»Ich weiß.« Ich sah ihn zuversichtlicher an, als ich mich fühlte.

Tito gab mir die Faust. »Lass nicht locker.«

»Definitiv nicht, sag es den anderen.«

»Okay.« Er sprintete zum Tisch zurück und ich folgte Amy zum Pick-up.

»Deine Kumpels sind okay«, sagte sie, als wir vor ihrem Wohnheim hielten.

»Sind sie.« Ich schwang mich aus dem Pick-up, Amy stieg ebenfalls aus. »Warum hast du damals aufgehört?«, wagte ich einen erneuten Vorstoß. Wir gingen zum Eingang.

Sie mied meinen Blick. »Ich hatte Gründe.«

»Welche?«

»Geht dich einen Scheiß an.« Sie wandte mir ihr Gesicht zu, ihre Miene war abweisend. »Hör auf mit der Fragerei.«

»Verstehe.«

Ich hätte ihr die Bälle bis zur Tür getragen, aber sie hielt mich am Eingang zurück.

»Danke für das Frühstück, aber es ändert nichts.« Amys Blick war eindringlich.

»Okay, war nett mit dir.«

»Ging mir genauso.« Und damit ließ sie mich stehen.

Wirklich schade, dass sie so hart bleibt, fand ich mit einem beklemmenden Gefühl in der Brust.

Als ich den Motor startete, wurde mir schmerzhaft bewusst, dass es so viele Worte gab, die wir uns nie gesagt hatten und eventuell nie sagen würden.

Und außerdem wurde mir bewusst, dass Amy und die Jungs mich davon abgelenkt hatten, an den gestrigen Besuch bei Dr.

Hernandez zu denken.

Ich schaute auf die Uhr. Gleich war es halb eins. In dreißig Minuten begann das Meeting. Zum Glück würde ich weiterhin keine Zeit haben, an unangenehme Wahrheiten zu denken.

12. Amy

Mach dich rar, dann klappt's mit dem Kerl

Kyle hatte sich nicht gemeldet.

Ich saß überpünktlich im Soziologieseminar auf meinem Stuhl und warf verstohlene Blicke zur Tür. Ich war allein im Raum und hoffte, er würde wie ich früher hier sein. Dann könnten wir darüber reden, warum er sich nicht gemeldet hatte. Wäre doch möglich, dass er keine Zeit gehabt hatte? Oder sich nicht traute, mich anzurufen?

Er hat keine Zeit, sich nicht getraut, echt jetzt, Amy?

Von meinen eigenen Ausredeversuchen genervt, verdrehte ich die Augen. Mir war klar, dass ich mir dummes Zeug einredete.

Typen wie Kyle oder Travis waren keine schüchternen Jungs.

Wenn sie ein Mädel uninteressant fanden, dann riefen sie nicht an. Basta. Das war die einzige logische Erklärung, auch wenn sie gleichzeitig schmerzhaft war.

Ich wurde nicht gedatet. Anscheinend war ich kein ansprechendes Datingmaterial, obwohl ich nach meinem subjektiven Empfinden keineswegs hässlich war. Objektiv konnte ich keine Antwort darauf geben.

Der einzige Junge, der mal was Nettes zu mir gesagt hatte, war tatsächlich Travis gewesen. Damals, als er mich Honey genannt und ich mich dafür revanchiert hatte.

»Amy, du bist cool«, war aus seinem Mund geflutscht, nachdem er meinen Faustschlag kassiert hatte. Vor meinen Füßen hatte er gesessen, dämlich hochgegrinst und sein Kinn gerieben. Und ich Trottel hatte genauso bescheuert zurückgegrinst.

Ja, das war mein erstes und einziges Kompliment gewesen, soweit ich mich erinnerte.

Dagegen gab es nichts zu machen. Die hübschen Jungs verabredeten sich nur mit Mädels, wenn sie vorzeigbares Material waren. Travis musste noch nicht einmal danach fragen. Während der Highschool hatte ich ihm zähneknirschend die Handynummern der Mädels zugesteckt, heute himmelten sie ihn öffentlich an. Er brauchte nur mal kurz zu zwinkern, schwupp, kamen sie angehechelt.

Mir würde niemand zuzwinkern.

Wenn ein Kerl mich ansprach, dann nur für einen schnellen Fick. Bisher war das für mich okay gewesen, ich hatte nie mehr gewollt.

Doch jetzt war es etwas anderes. Kyle gefiel mir und ich wünschte mir mehr.

Die ganze Highschool-Zeit hatte ich Travis angeschmachtet. Nach drei Jahren gab es endlich einen neuen Kerl, dem mein Herz eine Chance geben wollte. Kyle hatte meine Schmetterlinge aus der Mottenkiste geholt und abgestaubt. Jetzt flatterten sie wieder in meinem Bauch herum.

Es fühlte sich gut an.

Wenn wir uns näherkämen, könnte ich das Kapitel Travis endgültig abschließen. Das war eine verlockende Vorstellung.

Man merkte es mir nicht an, aber hinter meinem Sarkasmus verbarg ich mein verwundbares Herz. Bisher ein gut funktionierender Schutz.

Während ich so vor mich hin sinnierte, öffnete sich die Tür.

»Hi Amy. Du bist schon da?«

Ohmeingott. Ohmeingott. Ohmeingott.

Ich bekam Hitzewallungen, meine Hände wurden schlagartig feucht, als Kyle die Tür hinter sich schloss.

Lächelnd steuerte er auf mich zu und nahm neben mir Platz, sein Rucksack plumpste auf den Boden.

Unsicher äugte ich zu ihm. »Hi Kyle.«

Er schenkte mir ein Lächeln, dass mir gleich noch wärmer wurde. Ich riss mich zusammen, um meine Augen unter Kontrolle zu behalten. Sie wollten gerade zu Glupschern mutieren, weil ich fassungslos war, wie schön und verlockend sein Mund mich anlächelte.

Kyle räusperte sich. »Du, Amy, da wir allein sind … Können wir reden?«

Kyles Stimme klang dermaßen belegt, dass eine zweite Welle Hitze durch meinen Körper preschte. Doch diesmal nicht, weil ich von ihm überwältigt war, sondern weil sich Panik in mir breitmachte. Kam jetzt die Ich-steh-nicht-auf-dich-aber-lass-uns-Freunde-sein-Nummer?

Bitte, verschone mich mit so was Demütigendem! Ich senkte den Blick.

Bevor ich nickte und Kyle den Mund aufmachte, schwor ich mir, ihm nie wieder meinen Entengang zu präsentieren, um ihm mein Interesse für das Gehen vorzuspielen. Es zeigte sich gerade, dass –

»Ich würde dich gern treffen.« Mein Blick flog zu Kyle. Er nickte mir zu. »Aber nicht, um mit dir die Bewegungsabläufe beim Gehen zu üben.«

Ich kam nicht dazu, meine selbstzerfleischenden Gedanken zu Ende zu bringen, weil Kyles Worte in meinem Gehirn einschlugen und ich sie erst mal begreifen musste.

Ich kräuselte die Nase. »Äh … na ja.«

»Hast du diesen Samstag Zeit?« Kyles Lächeln wurde immer süßer. Wenn ich nicht aufpasste, verklebte es wie Honig meine Gehirnzellen und dann bekäme ich keinen klaren Gedanken hin.

»Äh … Nein.«

Was zur Hölle … Bin ich denn total bescheuert? Warum redete ich denn solchen Blödsinn? Ich habe eindeutig zu viel Honig im Hirn. Bitte, Kyle, hör auf, so süß zu lächeln.

»Warum nicht?« Kyle sah mich fragend an. Mein Nein schien ihn null zu verunsichern.

»Äh … Ja, doch.« Mannomann, das wurde mit mir immer schlimmer.

Kyle grinste. »Also wollen wir uns treffen?«

So, nun musste eine logische Erklärung folgen. Ich redete wie ein hin und her schwankendes Schiff.

Plötzlich fiel mir ein, warum ich so ein wirres Gerede vom Stapel ließ. Erst kürzlich hatte ich in Arianas Zeitschrift gelesen: *Mach dich rar, dann klappt's mit dem Kerl.* So oder so ähnlich.

Also sollte ich das jetzt so machen, obwohl mein Mund am liebsten hinausposaunen würde: *Klar, Kyle, hast du heute Zeit? Müssen wir überhaupt das blöde Seminar besuchen? Date mich doch gleich.*

Da ich aber eine Frau von Welt war und mich rar machen sollte, sagte ich: »Ich würde schon gern, aber dieses Wochenende habe ich keine Zeit.«

Ich kniff gedanklich die Augen zusammen. *Was laberst du für einen Mist, Amy?* War ich noch ganz bei Trost? Dieses Wochenende hätte ich keine Zeit?

Warum hatte ich nicht sagen können, ich habe *heute* keine Zeit, aber morgen?

Ich merkte, wie mir die Röte ins Gesicht schoss. Ich bräuchte mich keineswegs wundern, wenn Kyle nach dem ganzen hirnlosen Gequassel einen Rückzieher machte.

Bestimmt hatte ich es verbockt. Ich wappnete mich gegen die Abfuhr.

Doch Kyle winkte ab. »Kein Ding, Amy, ich fahre von Sonntag bis Mittwoch zu einem Wettkampf. Wir werden uns nicht sehen, weil ich bis dahin viel trainieren muss.« Er behielt sein zum Dahinschmelzen schönes Lächeln im Gesicht. »Was hältst du vom Samstag darauf? Würde es besser passen?«

Zuerst fühlte ich ein Ziehen in meiner Brust, weil wir uns eine Weile nicht sehen würden, aber nur für einen Augenblick.

Ich ließ seine Worte auf mich wirken und mir wurde bewusst, dass Kyle genauso wie ich das Date wollte.

»Ja, klar, der Samstag passt perfekt.« Ich nickte hastig und grinste, als wäre der Honig im Kopf in meine Mundwinkel geflossen. Was aber viel besser war, als wenn das süße Zeug weiterhin meine überstrapazierten Gehirnzellen verklebte.

»Toll, ich freue mich.« Kyle biss sich auf die Lippe, fragend sah er mich an. »Ähm, Amy?«

»Hm?« Mehr als die eine Silbe bekam ich in diesem Moment nicht herausgepresst. Ich war glücklich und noch vollkommen gedanklich mit der unglaublichen Tatsache beschäftigt, dass Kyle ein Date mit mir wollte.

»Wie heißt deine Freundin, mit der ich dich getroffen habe?«

»Ariana.« Ich hob die Schultern. »Sie ist meine Mitbewohnerin.« Ich schwebte ganz oben auf der höchsten rosaroten Wolke, sodass mich Kyles Frage kein bisschen misstrauisch stimmte.

Halleluja, ich habe ein Date.

Wenige Minuten später füllte sich der Raum.

Kyle war damit beschäftigt, Trainingstermine abzuklären, und ich blätterte in meinen Seminarnotizen.

»Na, fleißig das Rollenbild der Geschlechter studiert, neue Erkenntnisse gewonnen?« Travis stand vor unserem Tisch und warf einen Blick auf eins meiner vollgeschriebenen Blätter, bevor er mich wieder ansah.

Der Kerl hatte offensichtlich vor, mich weiter zu nerven.

»Und, hast du dich bei Tinder angemeldet, um als Versuchskaninchen Leibesstudien zu unserem Thema zu machen, inklusive Austausch von Körperflüssigkeiten?«, schoss ich bissig zurück.

»Theoretisch, Amy, nicht praktisch«, sagte Travis ruhig. Einen Augenblick fixierten mich seine blauen Augen, schließlich ließ er von mir ab und wandte sich Kyle zu. »Hi Alter.«

Sie gaben sich wie üblich zur Begrüßung die Faust. Dann rumste es neben mir. Ich schloss seufzend die Augen. Travis hatte sich auf den Stuhl fallenlassen. Man könnte meinen, er trug eine schwere Last auf seinen Schultern.

Ich zog die Augenbrauen zusammen. »Alles gut bei dir?« Misstrauisch musterte ich sein Gesicht.

»Mir geht's fantastisch.«

»Na, dann ist ja gut.« Überzeugend war anders, dafür hatte seine Stimme zu übertrieben gut gelaunt geklungen. »Wie lief am Sonntag euer Spiel? Ihr hattet doch eins?«

Travis kickte den Rucksack unter den Stuhl, verschränkte die Arme vor der Brust und glotzte stur nach vorn. Wenn ich seine abweisende Miene richtig deutete, war das keine gute Frage.

Travis drehte mir langsam sein Gesicht zu. Er zog gelangweilt den linken Mundwinkel hoch. »Kannst dich freuen, 31:33, wir haben einen Scheißkicker.«

»Gegen Clemson, oder? Tut mir leid, harter Gegner.« Zerknirscht sah ich ihn an.

»Amy, du bist unglaublich.« Travis schnaubte ein Lachen hervor. Er musterte mich. »Wie ich schon sagte, wir haben einen Scheißkicker. Also erspar mir dein Mitleid. Schlimm genug, dass wir auch nächsten Sonntag gegen Virginia Tech verlieren werden.« Sarkastisch fügte er hinzu: »Schau dir ruhig das Debakel an, bist herzlich eingeladen.«

Autsch. Travis hatte recht, dass meine Mitleidsbekundung unecht rüberkam.

Trotzdem taten mir seine harten Worte weh und ich erwartete diesmal keine Anspielungen darauf, dass er mich in seinem Team haben wollte.

Aber dass sie das erste Mal nach Jahren ein Spiel verloren hatten und er sich sorgte, dass sie wieder verlieren würden, zeigte mir, dass das Team wirklich Hilfe brauchte. Dass seine Kumpels wie er auf mich hofften, war mir beim Samstagsfrühstück im Stuart nicht entgangen.

Nur war ich nach unserer gemeinsamen Vergangenheit die falsche Ansprechpartnerin.

Als der Dozent in den Raum gestürzt kam, entschied ich mich, meine Aufmerksamkeit ihm zu schenken.

»Gibt es Fragen zur letzten Woche?«, rief Professor Jones. Kurz schaute er umher. »Anscheinend nicht«, sagte er, zog flink seinen Laptop aus der Tasche und machte sich am Beamer zu schaffen.

Nach dem Seminar verabschiedete sich Kyle bereits an der Tür und wir wünschten ihm Erfolg für den Wettkampf. Ich war ein bisschen enttäuscht, dass er es eilig hatte.

Wenn er Zeit gehabt hätte, hätte ich ihn gefragt, ob wir gemeinsam einen Kaffee trinken wollten, ganz unverbindlich.

Wie auch immer, immerhin würden wir bald ein Date haben.

Während ich schweigend neben Travis über den Gang lief, überlegte ich, wie ich mich bei einem Date verhalten müsste.

Immerhin erhoffte ich mir, dass Kyle mich danach zu vielen weiteren Dates einladen würde. Ich wünschte, ich hätte früher schon welche gehabt, um alles darüber genau zu wissen. Ich hatte keine Vorstellung, was Jungs erwarteten.

Die Aufregung ließ mein Gesicht glühen und ich atmete tief durch. *Amy, du hast nur diese eine verfickte Chance. Hoffentlich vermasselst du sie nicht.*

Nachdenklich schaute ich zu Travis.

Verwundert sah er zu mir. »Was ist?«

Zögerlich schüttelte ich den Kopf. »Nichts.« Er hatte keine Ahnung, welches Problem sich in meinem Kopf zusammenballte. Und er wäre der Letzte auf diesem Planeten, den ich fragen würde, was für ihn das perfekte Date wäre.

Vermutlich bekäme ich als Antwort nur ein spöttisches Grinsen.

Ob ich Ariana fragen sollte?

Nope, mit Mädels mochte ich erst recht nicht darüber reden. Meine Unwissenheit war mir peinlich.

Hmm, wollte ich überhaupt das Date, wenn ich nicht wusste, was richtig und was falsch war?

Natürlich, das stand ganz oben auf meiner Wunschliste. Gleichzeitig hatte ich wahnsinnig Schiss, kein Fettnäpfchen auszulassen und mich in etlichen Fangnetzen zu verheddern.

Was soll's. Es war mein Problem, und irgendwie würde ich es bewältigt bekommen. Im Nachhinein konnte ich froh sein dass mir eine Galgenfrist blieb, um mich darauf vorzubereiten.

13. Travis

Unter Zeitdruck

Die Woche war kein Vergnügen gewesen. Jeden Tag hatten uns die Coachs hart rangenommen, damit wir kein zweites Mal in dieser Saison ein Spiel verloren. Unser Ziel waren die Playoffs, deshalb durften wir uns kein zweites Debakel erlauben. Es war wieder Sonntag, zweifelsfrei erwartete uns ein schweres Spiel. Die Gegner würden alles von uns abverlangen. Jeder wollte den anderen verdreschen und als Sieger vom Spielfeld gehen.

Als ich als Letzter aus dem Spielertunnel kam, packte der Headcoach meinen Arm.

»Travis, es geht nicht nur um den Sieg, ich erwarte von euch zweihundertprozentigen Einsatz.«

»Den bekommen Sie, wir geben alles«, versicherte ich und glaubte felsenfest an meine Worte.

Der Headcoach ballte die Fäuste, er vertraute mir.

Doch dann zeigte die Realität ein anderes Ergebnis.

Im ersten Viertel hatte der gegnerische Kicker den Ball durch die Torstangen gedroschen und seine Mannschaft mit dem Field Goal in Führung gebracht. Es stand 0:3. Von solchen Punkten konnten wir nur träumen.

Das letzte Viertel lief, uns blieben noch elf Minuten Spielzeit. Inzwischen stand es 0:10 gegen uns. Virginia Tech hielt uns in Schach. Die Atmosphäre war aufgeheizt, die Geräuschkulisse mit Sprechchören, Jubel, Anfeuerungen und Pfiffen ohrenbetäubend.

Was hatten wir erwartet? Auf dem Spielfeld herrschten geballte Aggressionen. Alle Teams in der Division I wussten von unserem Problem.

Wir hatten eine Null als Kicker, die weder weite noch präzise Schüsse ablieferte. Eigentlich könnten wir jeden auf dieser Position einsetzen und unsere Situation würde keinesfalls schlechter sein. Wir waren seit Beginn des Spiels nur damit beschäftigt, weitere Punkte abzuwehren.

Der Gegner schien sich heute auf die Fahnen geschrieben zu haben, unserer Mannschaft die Nässe in die Augen zu treiben.

Wir wurden monsterhart attackiert, zu Boden gerissen, festgehalten und weggerammt.

Einschüchtern ließen wir uns nicht und gingen nicht weniger brutal vor, um Lücken zu finden und Raum zu gewinnen. Wenn wir nicht langsam selbst Punkte machten, konnten wir unsere Träume, ins Finale der College-Meisterschaft zu gelangen, nach diesem Spiel begraben.

Im Huddle hatten wir einen engen Kreis gebildet. Wir standen unter Zeitdruck, gleichzeitig mussten wir die gegnerische Defense unter Druck setzen.

Ich erklärte den nächsten Spielzug. »Reißt euch den Arsch auf, Männer. Blue 17, 4, okay? Deckt 5 und 2 auf 3. Ready, go!«

Nachdem wir uns abgeklatscht hatten, positionierten wir uns an der Line of Scrimmage.

Wildes Geschimpfe flog mir um die Ohren und ich brüllte mitten hinein: »Down – Set – Hut!«

Einen Atemzug später, wir explodierten.

Nach dem Snap lief ich mich frei. Ich passte zu Curtis, der preschte mit dem Ball davon. Unsere Offensive Line rammte die Gegner weg, ungehindert lief er zur Endzone, setzte an und sprang über die Goalline.

Touchdown.

Endlich schien der Knoten geplatzt.

»Travis, Travis!«, rief der Headcoach und winkte mich zu sich heran. Der Offensive Coordinator kam angerannt.

»Noch fünf Minuten, ihr seid dran. Achtet auf Raumgewinn, jeder Zentimeter zählt. Noch einen Touchdown und der Drops ist gelutscht.«

Ich nickte. »Jaja, alles klar, ich hab's im Kopf.«

Eilig diskutierte O'Neill mit Ely. Er krakelte irgendwas auf das Blatt auf seinem Klemmbrett. Keine zwei Sekunden später bekam ich den nächsten Playcall zugewiesen.

»Los, Junge«, rief der Headcoach und stieß mich Richtung Spielfeld, wo mich die Mannschaft mit erwartungsvollen Mienen erwartete.

»Red 72, 5 auf 3. Ready, go!« Damit führte ich die Eagles aufs Feld.

An der Line of Scrimmage holte ich tief Luft. »Down – Set – Hut!«

Wir stürmten los.

Das Team kämpfte, als wären wir vom Teufel besessen, sodass wir der Endzone immer näher kamen und in den letzten Sekunden den Touchdown schafften.

Wir hatten das Unheil abwenden können und führten wieder die Tabelle an.

Die Frage war: Für wie lange?

14. Travis

Mit Speck fängt man Mäuse

Heute hatte das Team einen Grund zu feiern. Das Corelly's Pub war bis auf den letzten Platz mit Footballspielern gefüllt. Mehr Gäste passten nicht rein. Chips beide Kellnerinnen hatten alle Hände voll zu tun und waren Balancierkünstlerinnen mit ihren Tabletts, die sie über die Köpfe hielten. Mit den Pitchern zeigten sie wiederum enorme Armkraft, wenn sie diese wie Hanteln stemmten. Das Team hatte einen riesengroßen Durst nach Bier mitgebracht.

Ich liebte den Laden mit den dunklen, polierten Dielenböden, dem rustikalen Barbereich und den dekadenten Kristallleuchtern an der Decke.

Auf dem gemütlichen, samtbezogenen Sofa, das an der Wand stand, saß ich am liebsten. Ich hatte meist gute Laune, wenn ich den Laden betrat, aber heute war ich mies drauf, weshalb ich mich am Tresen eingefunden hatte. Mir war nicht nach Gesellschaft.

Verwunderlich?

CTE hing wie ein Damoklesschwert über mir. Ich musste mich in Geduld üben, bis ich die endgültigen Ergebnisse in den Händen hielt.

Außerdem war mir nach dem Spiel gegen Virginia Tech doppelt klargeworden, dass unser Kickerproblem dringend gelöst werden musste. Man konnte nicht nur mit Touchdowns gewinnen, man brauchte auch die Punkte, die nur einem guten Kicker gelangen.

Ich rieb mir das Gesicht. Mir fiel ein, dass ich vor viel mehr Schwierigkeiten stand. Wenn ich vor dem Draft als Footballspieler ausfiel und herauskam, dass ich tatsächlich CTE hatte, dann gab es keinen Plan, was ich zukünftig jobmäßig machen wollte.

Und wer bezahlte später die Studiengebühren für meine Schwestern?

Es gab für mich keine andere Zukunftsoption als das Footballspielen. Ich steckte in einem verzwickten Dilemma.

Es war bereits nach ein Uhr, der Laden leerte sich.

»Hey Chip, gibst du mir noch ein Bier?« Ich schob die leere Flasche zu ihm über den Tresen. Er griff sie und ließ sie zu den anderen leeren Flaschen im Kasten plumpsen.

»Willst du dich nicht langsam vom Acker machen und dir nach dem anstrengenden Spiel etwas Schlaf gönnen?«, wollte er wissen.

Ich stieß ein bitteres Lachen aus. »Hast du schon mal von CTE gehört?« Ich hatte keine Ahnung, weswegen ich Chip das fragte.

Ob es am Alkohol lag, der meine Zunge löste?

»Warum fragst du?«

»Weil …« Ich schluckte. »Weiß auch nicht.«

»Du weißt es nicht?« Ich hatte das Gefühl, als würde Chip eine halbe Ewigkeit schweigen.

Wortlos bückte er sich, holte zwei Flaschen Budweiser aus dem Unterschrank und öffnete sie.

»Geht auf's Haus«, murmelte er.

»Cheers.« Ich stieß einen frustrierten Seufzer aus.

Unsere Flaschen schlugen gegeneinander, langsam führte ich das Bier an die Lippen und trank einen Schluck.

»CTE«, hörte ich Chip sagen. Ich riskierte einen Blick und sah ihn mit verkniffenem Mund den Kopf schütteln. »Fuck, Travis, nicht du.«

Wegen des vielen Trainings in dieser Woche hatte ich mich mit der Krankheit kaum beschäftigt, aber während ich hier einsam auf dem Barhocker saß, brüllte eine Stimme in meinem Kopf: *Du wirst irgendwann verrückt werden.*

»Vergiss es einfach«, sagte ich und nahm einen zweiten Schluck.

Chip nickte. Mitfühlend sah er mich an. »Als Junge war ich ein Fan von Mike Webster. Alle nannten ihn Iron-Mike. Er war Center bei den Pittsburgh Steelers und den Kansas City Cheefs.«

»Ich erinnere mich. Er war berühmt für seine Physis und Kondition.«

»Und er war der Offensive-Captain, gewann viermal den Super Bowl.«

»Warum erzählst du mir von ihm?« Ich stellte die Flasche auf den Tresen.

»Er ist mit fünfzig gestorben. Man hatte bei ihm CTE diagnostiziert.«

Ich fühlte meinen Hals enger werden. »Mit fünfzig?«, würgte ich hervor. Zweifellos musste Chip mir mein Entsetzen ansehen.

»Travis, wenn die Krankheit bei dir diagnostiziert wird, musst du aufhören. Du willst kein hilfloses Wrack werden, wie es am Ende Iron-Mike war.« Eindringlich musterte er mich. »Junge, das hast du nicht verdient. Kein Spieler verdient so ein demütigendes Ende.«

Ich klammerte meine Finger um die Flasche, um mich an irgendetwas festzuhalten. »Warum bist du aus der NFL ausgeschieden? Du warst einunddreißig Jahre alt.«

»Langweilige Geschichte.« Chip ging zu Curtis, der seine Rechnung bezahlen wollte.

Mein Kumpel kam danach zu mir. »Wir hauen ab.«

Ich wandte mich ihm zu. »Okay, ich bleibe noch. Dann bis morgen.« Einen Moment schaute ich ihm hinterher.

Chip räumte saubere Gläser hinter sich ins Regal, ab und zu warf er mir einen verstohlen Blick zu. Mir war klar, dass es unangenehm war, über Krankheiten und so 'nen Scheiß zu reden.

Ich nuckelte an der halbvollen Flasche, meine Augen klebten auf dem Tresen und ich schlug gedankenversunken den Takt des Songs, der gerade spielte, *Go crazy* von Chris Brown und Young Thug.

Was sollte ich bloß tun, wenn ich CTE hatte?

Anstatt hier herumzusitzen, wäre es besser, ich würde mir lieber darüber den Kopf zerbrechen, was ich machen wollte, wenn Dr. Hernandez mir das ganze Übel nach Thanksgiving in seiner Klinik eröffnete.

»Hi Travis.«

Überrascht hob ich den Blick. »Amy?« Was wollte sie hier?

Sie schob ihren Hintern auf den Hocker. »Deine Kumpels waren im Hockey House hängengeblieben. Ich habe gefragt, wo du steckst. Curtis sagte, dass du noch hier abhängst.«

»Und weil Kyle dich für ein paar Tage alleingelassen hat, dachtest du: Hey, ich mach ein bisschen mit Travis rum.« Ich schnaubte in meine Flasche und sah Amy grinsend an. »Sorry, bin heute ein bisschen schräg drauf.« Ich hatte keine Idee, woher das kam, aber Amy lenkte mich von meinen dunklen Gedanken ab.

Sie verzog den Mund. »Du redest wieder nur gequirlte Kacke. Ich habe Schichtende und bin hergekommen, um dir ein Angebot zu machen.« Sie winkte Chip zu sich heran.

Schmunzelnd kam er angeschlendert. »Na, sollst du die Konkurrenz ausspionieren?«, neckte er sie.

»Wenn du mich schon danach fragst.« Amy zuckte mit den Achseln. »Ist was an dem Gerücht dran, dass du deinen Laden schließen willst?«

»Yep, will er«, antwortete ich für Chip und winkte mit meinem Bier. »Gib der Lady auch eins.«

»Woher willst du wissen –«

Ich unterbrach sie mit einem genervten Stöhnen. »Amy, du hast früher gern Budweiser getrunken.« Auch wenn nur heimlich.

Sie nickte. »Dass du das noch weißt.«

»Natürlich.« *Mein Gedächtnis funktioniert noch fantastisch.* Ich räusperte mich, weil ich keinen Bock auf miese Gedanken hatte.

Amy war hier, das war irgendwie erfrischend. Ich mochte unsere verbalen Schlagabtausche. Und ich war leicht angetrunken, weshalb sie mich Sachen sagen ließ, die ich mir sonst in ihrer Gegenwart verkneifen würde.

Nette Sachen, nichts Gemeines.

Amy stieß mit mir an. »Auf euren Sieg. Du hast gut gespielt.«

»Du hast es gesehen?«

Sie gluckste in ihre Flasche. Herausfordernd sah sie mich an. »Du hast eine Eintrittskarte für das heutige Footballspiel unter der Tür meines Zimmers durchgeschoben.«

»Erstens habe ich dir nach dem Soziologiekurs eine Karte zugesagt und zweitens war es ein Bestechungsversuch.« Ich grinste und hob abwehrend die Hände. »Ich spreche es nicht mehr an.«

»Ich habe mir das Spiel angesehen und kann nur bestätigen, dass ihr dringend einen Kicker braucht. Ich bin bereit dazu.«

»Verarsch mich nicht«, brummte ich. *Das tut sie doch?*

»Ich meine es ernst, Travis. Ich will dir einen Vorschlag machen.« Ihre blauen Augen ruhten auf meinem Gesicht. Offenbar handelte es sich um keinen Scherz.

»O-kay.« Ich nickte ihr zu. »Schieß los.«

»Also, ich bin in so einer verflixten Notsituation.«

»Mm-hm.«

»Kyle will mich nächsten Samstag daten und ich habe keine Erfahrungen, wie man sich bei einem Date verhält.«

Keine Ahnung, wie ich den Moment beschreiben sollte, als mir bewusst wurde, was Amy mir eröffnete.

Ich blinzelte. Amy haute mir das locker um die Ohren und ich spürte einen Stoß gegen meine Rippen, als würde mein Herz vor Schreck herausspringen wollen.

Warum brachten mich ihre Worte dermaßen durcheinander?

Ich zwang mich zu einem Lächeln.

»Hey, das ist … toll für dich.« Was es definitiv nicht für mich war.

Amy packte meinen Arm. »Wenn du mir bei meinem Date hilfst, kicke ich die Saison für dein Team.«

»Ich kann dir doch bei deinem Date nicht helfen. Wie soll das funktionieren?«

»Sorge dafür, dass Kyle sich in mich verliebt.«

»Was?« Mir klappte der Mund auf. »Wie soll denn das gehen? Noch nie hat sich ein Junge in dich verliebt.«

»Eben, und du hast haufenweise Frauen am Start, du weißt, wie sie sein müssen, damit du dich verliebst.«

»Ich würde dir helfen, Amy, aber du bist nicht gerade der Typ Frau, in den sich ein Kerl verliebt.«

»Du erzählst mir nichts Neues«, knurrte sie und trank hastig vom Bier. »Hör zu, Travis.« Intensiv sah sie mich an. »Ich werde euch einen riesengroßen Berg Punkte zusammenkicken, wenn du mit mir übst.«

»Für dein Date?« Ich legte den Kopf schräg und studierte ihr Gesicht. »Sicher, dass du während deiner Schicht keinen Tropfen getrunken hast?« Ich tippte mit meinem Finger gegen ihren Brustkorb. »Wenn doch, vergessen wir den Vorschlag und als Dankeschön kickst du für mein Team.«

»Lass das Gequatsche. Entweder du nimmst meinen Vorschlag an oder ich hau ab.«

Ich konnte mir ein freches Grinsen nicht verkneifen. »Kannst du überhaupt küssen?«, provozierte ich sie. »Denn das muss man bei einem Date können. Wenn nicht, da–«

Weiter kam ich nicht.

Verblüfft riss ich die Augen auf. Amy hatte blitzschnell mein Gesicht gegriffen, schon die nächste Sekunde presste sie ihren Mund auf meinen. Gänsehaut überlief mich, als sie drängend meine Lippen teilte.

Sobald ich raffte, was geschah, grub ich meine Finger in ihre Hüften, zog sie enger an mich heran. Ich stöhnte auf. Wow, die Frau konnte verdammt gut küssen. Mein Puls legte den Turbo ein.

Amys weiche Lippen waren fordernd, zügellos eroberte sie meinen Mund. Unsere Zungen umschlangen sich, rangen, tanzten, spielten miteinander. Ein raues Stöhnen entwich meinem Mund, ein Schauer prickelte über mein Rückgrat. Ich wollte mehr von diesem Gefühl. Mehr Amy, mehr von ihrem Geschmack, mehr von den sexy Lauten, die sie beim Küssen von sich gab.

»Okay, okay«, keuchte Amy. Sie strich mit der Zunge über meine Lippen, dann wich sie zurück und beendete den Kuss.

Ich zog die Augenbrauen zusammen, packte fordernd ihr Kinn und sah sie schwer atmend an. »Zur Hölle, Amy, was war das?«

Verwirrt ließ ich sie los, fuhr mir mit den Fingern über meine heißen Lippen, ihre sahen geschwollen und einladend gerötet aus.

»Verrat's mir, Travis.« Frech grinste sie mich an. »Habe ich deine Frage zufriedenstellend beantwortet?«

Ich, der Typ, der cool über den Dingen stand, überlegte mir krampfhaft eine Antwort. »Amy … das war … gar nicht mal so übel«, quetschte ich die Untertreibung des Jahrhunderts hervor.

»Gar nicht mal so übel, du bist ja witzig.« Amy kicherte und gab mir einen Klaps auf den Oberschenkel.

Erstaunlich, wie locker sie mit unserem Kuss umging.

Ich biss mir in die Wange, um ihr nicht zu gestehen, wie phänomenal das mit ihr gerade gewesen war. Lieber würde ich mir die Zunge herausreißen lassen, als meine Empfindungen zuzugeben.

Amy ließ ihre Hand auf meinem Oberschenkel liegen. »Was ist, Travis, hilfst du mir? Bitte, du musst das für mich tun.« Amys glänzenden Augen hielten mich gefangen, ihr Gesichtsausdruck hätte nicht entschlossener sein können.

»O-okay.« Ich nickte langsam, von der Kussattacke noch etwas überrumpelt. »Wir machen es, ich versuch's.«

»Super.« Amy streckte mir ihre Hand entgegen. »Dann schlag ein.«

Ich war mir in diesem Moment nicht sicher, ob es ein Fehler war, den ich am Ende bereute, aber ich griff nach ihrer Hand und wir besiegelten den Deal.

Amy

Wie musste das perfekte Date sein?

Haufenweise Fragen kreisten in meinem Kopf.

Seit Dienstag war ich am grübeln, weil ich auf keine Erfahrungen zurückgreifen konnte.

Worüber sollte ich mit einem Kerl reden, wann sollte ich lieber schweigen?

Durfte ich Witze machen?

Wie und worüber durfte ich lachen?

Trank man Cocktails oder Bier?

In einer Bar oder in einem Club?

Durfte ich überhaupt ausgelassen tanzen oder musste ich mit einem Stock im Arsch herumlaufen?

Was zur Hölle zog man auf einem Date an, ohne nuttig zu wirken, aber genauso wenig verklemmt?

Verflixt, welche Schuhe? Sneakers oder High Heels?

Mörderabsätze gingen ohnedies nicht. Damit stöckelte ich nur wie ein Storch im Salat herum. Bei meinem Talent blieb ich in irgendeiner Ritze hängen, verlor das Gleichgewicht und schmiss mich vor versammeltem Publikum der Länge nach hin.

Mannomann, bloß keine unangenehmen Gedanken daran verschwenden, sonst wurde mir übel. Meine Füße waren jungfräulich, was hochhackige Schuhe betraf. Zu welchen Klamotten sollte ich sie auch tragen, wenn ich nur langweilige Jeans besaß?

Ich war auf dem Homecoming-Ball und auf dem Senior Prom im Smoking aufgeschlagen. Um Kleider machte ich einen großen Bogen.

Für jede datingerfahrene Frau klangen meine Sorgen banal.

Aber verdammt noch mal, für mich war das alles Neuland.

Ich stellte diese für mich ultrawichtigen Fragen, weil ich es mir mit Kyle nicht vermasseln wollte.

Seit ich wusste, dass Jungs nicht nur zum Footballspielen, sondern auch zum Händchenhalten und Rummachen da waren, gab es bisher nur zwei Typen, mit denen ich das wollte.

Travis und Kyle.

Für Travis kam ich sowieso nie in Betracht, der hatte von mir nie mehr als eine platonische Freundschaft gewollt.

Kyle musste ich noch davon überzeugen, dass ich Qualitäten hatte, die ein Mann zwar erst ausbuddeln musste, aber die definitiv in mir schlummerten.

Und dann war die Idee wie ein Blitz eingeschlagen, wer mir dabei helfen konnte.

Genaugenommen war mir die Idee gekommen, als ich im Stadion gesessen hatte. Der Kicker der Eagles hatte ein jämmerliches Bild abgegeben.

Herrjemine, der Typ war eine Katastrophe auf zwei Beinen. Wenn Travis die Jungs nicht so gut geführt hätte, hätten sie das zweite Saisonspiel verloren.

Mir eine Karte für das Sonntagsspiel zu schenken, war ein cleverer Schachzug von ihm gewesen. Da passte das Sprichwort: *Mit Speck fängt man Mäuse.*

Travis hatte mir gesagt, dass er mich einladen würde, und er hatte Wort gehalten.

Wenn ich leugnete, dass ich mich darüber gefreut hatte, dann machte ich mir etwas vor.

Die Lust, regelmäßig Footbälle zu kicken, war wieder erwacht. Sie kribbelte in meinem linken Fuß und ich hatte mir nach dem Spiel gesagt: Hey, warum nicht das eine, was ich liebte, mit dem anderen, was ich wollte, verbinden?

Für Travis und mich wäre das eine Win-Win-Situation.

Er wollte, dass ich für sein Team spielte.

Okay, kein Ding.

Ich brauchte Hilfe, um Kyle davon zu überzeugen, dass ich eine Frau war, in die man sich verlieben konnte.

Das hinzubekommen, dürfte für Travis wiederum ein Kinderspiel sein.

Er hatte dermaßen viele Frauen gedatet, dass er mir verraten konnte, welche von denen es bei ihm richtig angestellt hatte, damit er sie mehr als einmal treffen wollte.

Zum Glück hatte ich heute eine Abendschicht im Hockey House gehabt und seine Kumpels waren mit ein paar weiteren Footballspieler gekommen, um einen Absacker zu trinken. Unauffällig hatte ich nach Travis gefragt und erfahren, dass er an der Bar im Corelly's Pub saß.

Henry hatte mir erlaubt, früher Schluss zu machen, daher hatte mich mein Weg direkt zum Pub geführt.

Nachdem ich eingetreten war, hatte ich Travis vom Eingang aus eine Minute beobachtet. Er hatte ziemlich unglücklich ausgesehen. Am liebsten hätte ich ihn in meine Arme genommen und ihm mit den Fingern tröstend durch sein dichtes blondes Haar gestrichen.

Irre, dass ich solche Gedanken hatte. Was aber gleichzeitig bedeutete, dass ich meine Gefühle für ihn langsam in den Griff bekam.

Was hatte er für Probleme, die solche Traurigkeit in ihm auslösten?

Ich tappte im Dunkeln. Früher hatte er mir erzählt, was ihn unglücklich machte, und ich hatte ihn getröstet. Aber um gerecht zu sein, ich hatte ihm genauso alles erzählt. Fast alles.

»Hi Travis«, hatte ich ihn angesprochen und mich neben ihn auf den Barhocker gehievt.

Wir hatten mit unserem üblichen Geplänkel angefangen und sein Kummer war aus seinem Gesicht verschwunden. Ich hatte ihn früher schon schnell aufheitern können.

Tja, keine zehn Minuten später war etwas passiert, was ich weder planen noch hätte vorhersehen können …

Ich hatte ihm den hammermäßig besten Deal vorgeschlagen, der für uns beide die letzte Rettung war.

Als Travis rausgehauen hatte, dass er mir nicht helfen könnte, weil sich kein Typ in mich verlieben würde, waren seine Worte schmerzhaft gewesen. Mein Herz hatte sich zusammengezogen. Leider hatte er mir die Wahrheit wie einen Spiegel vors Gesicht gehalten. Für Kerle war ich so interessant wie ein Brot. Er war der lebende Beweis.

Als er aber die Frechheit besessen hatte, mich mit seinem verteufelten Grübchenlächeln anzugrinsen und mir zu unterstellen, dass ich nicht küssen konnte, waren sämtliche Sicherungen in meinem Kopf durchgeknallt.

Warum wohl wollten Jungs mit mir vögeln und das nicht nur einmal? Meistens kamen die Kerle mit solchen dämlichen Vorschlägen wie diesem *friends with benefits*. Doch dafür war ich mir zu schade.

Hallo, für eine Beziehung war ich ihnen nicht gut genug, aber zum Rumvögeln reichte ich aus?

Mann, das traf mein Selbstwertgefühl. Ich hatte meinen Stolz, auch wenn der den Kerlen egal war.

Nichtsdestotrotz. Wenn ich etwas außer kicken richtig gut konnte, dann jemandem den Verstand aus dem Hirn knutschen.

Ich war eine verdammt gute Küsserin, nur dieses bescheuerte Datingding bekam ich nicht hin.

Irgendwie fühlte ich mich herausgefordert und musste Travis beweisen, dass ich eine hervorragende Küsserin war.

Und das tat ich, ohne eine Sekunde darüber nachzudenken, ob mein Kussangriff richtig oder falsch war.

Immerhin kratzte seine Frage an meinem Ego.

Also schlich ich nicht wie eine Katze um den heißen Brei herum und benahm mich nicht wie ein Schisser, sondern krallte mir Travis und donnerte meine Lippen auf seinen Mund. Schwupp, ehe er nach Luft schnappen konnte, startete ich meinen Angriff mit der Zunge.

Oh Mann, wenn Feuer und Benzin aufeinandertrafen, war das definitiv kein Vergleich zu der Explosion, die wir mit unseren Lippen und Zungen auslösten.

Unser Kuss war unglaublich. Wir wollten nicht aufhören. Ein Wunder, dass wir nicht von unseren Hockern kippten. Vermutlich würden wir uns auf dem Boden wälzen, anstatt den Kuss zu unterbrechen.

Travis presste mich an sich und ich rieb schamlos meine Brüste an seinem Oberkörper, woraufhin er ein sexy tiefes Grollen ausstieß.

Unsere Zungen lieferten sich einen heißen, feuchten Kampf, unsere Lippen waren miteinander verschmolzen. Wir stöhnten, keuchten und ich musste den Kuss abbrechen, weil eine Lust in mir wuchs, die mich auf keinen Fall von dem ablenken durfte, weshalb wir uns gerade schamlos küssten.

Ich tat das nur für den Deal, für die Chance, Kyles Herz zu erobern, keinesfalls, um mich wieder hoffnungslos in Travis zu verlieben. Deshalb war es wichtig, über meine Gefühle die Kontrolle zu behalten.

Travis küsste wahnsinnig gut und wenn ich nicht aufpasste, würden mich seine Küsse süchtig machen. Ich könnte nicht aufhören, vom verbotenen Nektar zu naschen, obwohl er für mein Herz und meinen inneren Frieden Gift war.

Deshalb nahm ich mir vor, den Kuss nicht noch ein zweites Mal zu wiederholen. Ich würde sonst wieder in ein tiefes Loch fallen, den ganzen Liebeskummerscheiß erneut durchmachen.

Offensichtlich schien Travis ebenso von der Rolle zu sein. Mein Kuss überzeugte ihn, das bemerkte ich an seinen glasigen Augen und seinem Gestammel, auch wenn er so tat, als hätte der Kuss ihn nicht beeindruckt.

Typisch Mann, immer schön die Oberhand behalten.

Über so ein Machogehabe konnte ich nur träge grinsen.

Unbeirrt hielt ich an meinem Vorhaben fest.

Ich streckte ihm die Hand entgegen und er schlug ein.

»Wann starten wir?«, fragte ich Travis, griff nach dem Budweiser und trank mit einem langen Zug die Flasche leer. Ich war nervös, der Kuss zeigte plötzlich seine Nachwirkungen.

Travis mied meinen Blick.

»Wann hast du dein Date?«, fragte er, seine Stimme klang kratzig. Er räusperte sich.

»Nächsten Samstag.«

»Okay, dann rufe ich dich morgen an und wir besprechen die Einzelheiten.«

»Ich habe viele Kurse, aber ab sieben bin ich abends erreichbar.«

»Gut.«

»Gut.« Ich grub die Schneidezähne in die Unterlippe, rutschte vom Hocker und angelte nach meinem Rucksack.

Als ich meine Geldbörse zückte und auf den Tresen legte, hob Travis den Arm, seine warme, große Hand ruhte auf meiner. »Ich habe dich eingeladen, vergessen?«

»Ja … Nein … Danke.« Ich zog die Hand weg, als hätte ich mich verbrannt. »Bis morgen«, stieß ich hervor und stürzte zum Ausgang.

Ich spürte Travis brennenden Blick im Nacken. *Augen bleiben vorn,* befahl ich mir. Ich zerrte mir den Rucksack auf den Rücken, stemmte mich gegen die Tür und drückte sie auf.

Draußen blieb ich stehen. Ich schnappte nach Luft. Vorsichtig berührte ich mit den Fingerspitzen meine prickelnden, heißen Lippen, mein Herz raste in meiner Brust.

Was hatte ich nur getan?

Der Kuss ließ mich nicht los.

Travis zu küssen war ein Fehler gewesen. Ein riesengroßer Fehler, den ich nicht mehr rückgängig machen konnte.

Mir war klar, dass ich in Schwierigkeiten steckte und der Deal vor dem Handschlag bereits angefangen hatte, aus dem Ruder zu laufen.

Und das wegen eines einzigen Kusses.

15. Travis

Darauf fahren die Frauen ab

Um sieben Uhr morgens hatten wir uns im Konferenzraum eingefunden. Wir waren den Gameplan für die Woche durchgegangen, hatten uns Videos vom Spiel gegen Virginia Tech angesehen und die Fehler analysiert. Das am Nachmittag stattfindende Montagstraining fiel aus, weil der Trainerstab auswärtig war.

Deshalb hatte der Fitnesscoach Übungsblätter ausgeteilt und angeordnet, dass unser Team im Kraftraum Konditions- und Muskelaufbau trainieren sollte. Das Zauberwort dafür hieß Sling-Training. Angeschlagene Spieler sollten stattdessen den Teamarzt aufsuchen, um herauszufinden, wer beim nächsten Einsatz ausfallen würde.

Ich ging in die Umkleide, stellte meine Sporttasche auf die Bank und holte meine Sportklamotten heraus. Curtis hatte links neben mir den Spind. Er warf sich sein Handtuch über die Schulter und tippte mich an. »Ich will nach dem Training in die Sauna, kommst du mit?«

Ich überlegte kurz. Ich war eine Weile nicht in unserem kleinen Wellnesstempel gewesen. Könnte ich mal wieder machen. »Gute Idee, ich bin dabei.«

Als er den Spind zuschlug und Anstalten machte, die Umkleide zu verlassen, hielt ich ihn am Arm zurück. »Du hast doch mal eine feste Freundin gehabt?«

»Yo, nicht nur eine.« Er grinste. »Warum?«

Ich gab ihm einen Klaps auf die Schulter. »Erkläre ich dir später.«

»Trainieren wir zusammen?«, erkundigte sich Curtis.

Ich nickte. »Machen wir.«

»Bis gleich.« Curtis griff seine Wasserflasche, drehte mir den Rücken zu und verließ den Raum.

Nachdem ich mich umgezogen hatte, folgte ich ihm.

Wir liefen uns eine Viertelstunde auf dem Laufband warm, anschließend war Dehnung angesagt, danach gingen wir zu den Schlingen und sprachen die Reihenfolge der Übungen ab. Jeweils drei Durchgänge waren geplant. Wir wollten vorrangig Bizeps, Trizeps, die Brust- und Bauchmuskeln trainieren.

»Weißt du, wer am Sonntag nach dir gefragt hat?«, ächzte Curtis. »Kleiner Tipp, sie arbeitet im Hockey House.« Wir machten freihängende Dips.

»Amy, sie kam in den Pub«, presste ich hervor. Der Schweiß lief mir über das Gesicht, ich schnaufte vor Anstrengung, während ich meinen Körper hochwuchtete und wieder absinken ließ.

»Dann hast du sie endlich weichgeklopft?«

Ich beendete die Übung und trank einen Schluck Wasser. »Könnte sein. Darüber wollte ich mit dir reden, aber erst in der Sauna.«

»Ja, reden strengt unnötig an.« Curtis wischte sich seine klitschnasse Brust mit dem Handtuch ab.

Wir trainierten eine Stunde, dann begaben wir uns zu den Duschen.

Meine Muskeln brannten höllisch. Ich freute mich auf die Sauna. Sie war ein gefliester Raum, so ein Ding, was die alten Griechen hatten. Das Raumklima war trocken, nicht zu heiß, sodass wir dort eine längere Weile entspannen konnten. Ich sollte das zukünftig öfters tun.

Wir hatten unsere Handtücher um die Hüften geschlungen und setzten uns auf die Marmorbank.

»Was wolltest du mich fragen?«

Ich zögerte, suchte nach Worten. Ich brauchte einen speziellen Rat und hätte nie erwartet, dass ich so was irgendwann jemanden fragen müsste. Immerhin war ich mit vielen Frauen zusammen gewesen und mir war nie aufgefallen, dass es eine Sache gab, die ich bis heute noch nie gemacht hatte. Die Amy und ich nie gemacht hatten. Wir waren in derselben schwierigen Lage, ohne dass sie es ahnte.

Ich sah mich im hellblau und beige gefliesten Raum um. Wir waren allein. Ich vertraute Curtis, dass er unser Gespräch für sich behielt.

»Amy Tolan ist bereit für uns zu kicken, dafür verlangt sie eine Gegenleistung.«

Curtis drehte mir den Oberkörper zu.

Obwohl das Licht gedämpft war, sah ich sein freches Grinsen. »Du sollst sie entjungfern?«

»Wie kommst du denn darauf?« So, wie Amy mich geküsst hatte, war sie erfahrener als mancher Kerl in unserem Team.

Ob mich das überrascht hatte?

Ja, und wie.

Wenn ich geahnt hätte, dass sie so eine hervorragende –

Nein, den Gedanken brauchte ich keineswegs zu Ende spinnen.

Ich war früher mehr damit beschäftigt gewesen, mein Ego nach oben schießen zu lassen, als mir von ihr eine Abfuhr einzuhandeln.

Kurz gefasst, ich hatte mich damals nicht getraut, Amy zu fragen, ob sie mit mir ausgehen würde, weil es einfacher war, sich vom weiblichen Geschlecht ansprechen zu lassen, als umgekehrt. Das wiederum hatte dazu geführt, dass ich hier mit meinem Kumpel saß und ihm gleich peinliche Fragen stellen würde.

»Wie jetzt?« Überrascht sah mich Curtis an. »Willst du mir

weismachen, es gibt Typen, die auf sie stehen? Erinnere dich, wie frech sie zu uns gewesen ist. Dann Steves Erlebnisse mit ihr. Sogar mit Pancakes hat sie ihn beworfen.«

»Ich saß mit am Tisch«, sagte ich abwinkend. »Ich weiß, wie sie ist und dass sie kein Blatt vor den Mund nimmt.« Mein Blick fixierte ihn. »Du schweigst, worüber wir reden?«

»Klar, Alter.« Er machte mit Daumen und Zeigefinger das allgemeingültige Zeichen, dass sein Mund verschlossen blieb.

Ich lehnte mich zu ihm und dämpfte die Stimme. »Sie will, dass ich mit ihr ausgehe.«

»Du sollst sie daten?« Curtis lachte kopfschüttelnd. »Das ist ja verrückt.«

Die Ellenbogen auf die Knie gestützt neigte ich mich nach vorn und legte mein Kinn auf die gefalteten Hände. »Das ist meine kleinste Sorge.«

Curtis lehnte sich ebenfalls nach vorn. »Dann geh mit ihr aus, Hauptsache sie kickt für uns.«

»Dave kann man nicht mehr aufs Feld lassen«, sinnierte ich.

»Unfähiger kann kein Kicker sein.«

Wir lachten beide.

»Du wolltest mich was fragen«, erinnerte mich Curtis.

Ich warf ihm einen unbeholfenen Blick zu. »Es gibt wegen der Datingsache ein Problem.« Ich richtete meinen Oberkörper auf. »Sie will, dass ich ihr zeige, worauf Jungs bei Dates stehen.«

»Das kann doch kein Problem für dich sein?«

»Doch.« Nervös fuhr ich mir durchs feuchte Haar. »Ich habe noch nie eine Frau gedatet«, bekannte ich.

»Du hast …« Curtis machte Stielaugen. »Blödsinn.«

»Auf Partys werde ich angegraben, die Cheerleader warten vor der Umkleide, manche Frauen quatschen mich auf dem Campus an. Ich brauchte mich nie anstrengen.«

»Und auf der Highschool?«

Bekam ich von Amy Handynummern von diversen Mädels zugesteckt, aber das sagte ich Curtis nicht. »Ich hatte eine Freundin, aber mit der ging ich feiern oder wir trafen uns mit anderen. Ich hatte noch nie ein Date.« Ich musterte Curtis' Gesicht. »Was hast du gemacht, um eine Frau von dir zu überzeugen?«

Curtis' Hilfe war mir wichtig, weil mir was an Amy lag. Ich wollte ihre Forderung erfüllen, aber genauso wollte ich, dass wir schöne Stunden miteinander verbrachten.

Neben meiner Nervosität machte sich ein anderes Gefühl breit. Vorfreude. Amys erstes Date sollte ihr lange in Erinnerung bleiben.

Ich hoffte, ihr den perfekten Abend zu schenken. Sie verdiente das, weil ich ihr früher nie für ihre Freundschaft gedankt hatte. Außerdem war sie eine tolle Mannschaftskameradin gewesen. Es war an der Zeit, ihr das zurückzugeben, was sie für unser Highschool-Team und mich getan hatte.

»Was willst du wissen?«, erkundigte sich Curtis.

»Wo soll ich mit ihr hingehen, was kann ich mit ihr an so einem Abend unternehmen?« Aufmerksam sah ich Curtis an. Wenn ich alles richtig machte, dann würde Amy wissen, wie sie sich bei Kyle verhalten musste. Jedenfalls nahm ich das an.

»Ich habe das alles organisiert, wie man es in Filmen sieht.« Curtis hob die Hände. »In ein teures Restaurant gehen, am besten dort, wo es französische Küche gibt, um sie zu beeindrucken. Später landet man in einer exquisite Bar, schlürft leckere Cocktails, darauf stehen die Frauen. Und ganz wichtig …« Curtis wackelte mit den Augenbrauen. »Kauf ihr eine rote Rose, mach ihr ohne Ende Komplimente.«

»Den ganzen Quatsch hast du gemacht, darauf stehen die Frauen?«

»Klar, Alter, darauf fahren die Frauen ab und danach fressen sie dir aus der Hand.«

»Aha.« Mir vorzustellen, wie Amy Kyle aus der Hand fraß, war ein unangenehmer Gedanke. Mir wäre es lieber, wir würden wieder …

Nein, niemals würden wir uns ein zweites Mal küssen.

Ich hatte mit ihr einen Deal. Wir zogen diese Datesache durch und sie kickte für uns. Ein ganz anderes Ding stand auf meiner Scheißagenda. Dafür brauchte ich einen klaren Kopf und keine Amy, die mir im Schädel herumspukte.

»Was ist klamottentechnisch zu beachten?«, fragte ich weiter. »Komm mir jetzt nicht mit einem Anzug, denn so einen Mist würde ich nie zu einem Date anziehen.«

Curtis reagierte achselzuckend. »Jeans, Jackett, das passt.«

»Okay.« Solche Klamotten hatte ich im Schrank, wobei meine Gedanken wieder zu Amy schweiften. Besaß sie überhaupt ein Kleid? Sie lief heute noch wie ein Kerl herum. Ich hatte keine Erinnerung daran, sie jemals in einem Kleid und hohen Schuhen gesehen zu haben.

Meine Gedanken führten mich zum Prom zurück. Dawn und ich waren zwar kein Paar mehr gewesen, aber wir waren zusammen hingegangen. Meine Ex wurde zur Prom-Queen, ich zum Prom-King gekürt.

Amy hatte einen Smoking getragen. Außer ihr hatten alle Mädchen wunderschöne Ballkleider angehabt. Aber mir hatte sie am besten gefallen. Solche Klamotten standen ihr und ich hatte sie unglaublich sexy gefunden.

Curtis klatschte mir seine Hand auf den Rücken. »Ich muss raus.« Er stand auf und sah zu mir herunter. »Noch Fragen?«

»Nein.« Ich schüttelte den Kopf. »Danke, du hast mir geholfen.«

»Dann sehen wir uns halb acht im Mac beim Abendessen?«

»Ich muss noch telefonieren, ich komme später nach.«

Nachdem Curtis gegangen war, stellte ich im Kopf eine Liste zusammen: Ich musste den schicksten Laden mit dem teuersten Essen finden, eine Schickimicki-Bar aussuchen und herausfinden, wo ich Amy während des Dates eine Rose kaufen konnte.

Obwohl … Echt jetzt, Amy eine rote Rose kaufen?

Darüber musste ich intuitiv entscheiden. Zumindest hatte ich einen Plan. Heute Abend würde ich Amy anrufen.

16. Amy

Du zweifelst

»Bei Harper und Isa machen wir einen Netflixabend, kommst du mit?«, erkundigte sich Ariana. Sie stopfte Wein und Chips in ihre Umhängetasche.

Ich schüttelte den Kopf. »Keine Zeit.«

»Sicher?«

Ariana löste ihren Blick von ihrer Tasche, die auf ihrem Bett stand. Sie schaute über die Schulter zu mir. Ich räumte meinen Schreibtisch auf. Er war der Inbegriff von Chaos. Stifte, zerknülltes Papier, Bücher und mein Laptop belagerten ihn.

»Ich überleg's mir, einverstanden?«

Ariana nahm die Tasche vom Bett, kam auf mich zu und griff meine Hand. »Das Studentenleben besteht aus mehr als Job und Studium.«

Ich lächelte. »Okay, überredet, aber ich will noch duschen, dann komme ich nach.« Ich erfand eine Ausrede. Dass ich Travis' Anruf erwartete, war mein Geheimnis. Ein Blick auf mein Handy verriet mir, dass es gleich sieben Uhr war. In meinen Bauch kribbelte es. *Travis ruft wegen des Dates an. Es geht mir nur um Kyle*, redete ich mir ein. Niemals war er der Grund, dass ich dieses aufregende Gefühl hatte.

Fünf Minuten später klingelte mein Handy. Ich las Travis' Namen auf dem Display.

Zitternd nahm ich den Anruf entgegen.

»Hi Amy, hast du schon sehnsüchtig darauf gewartet, meine Stimme zu hören?«, witzelte er.

»Mann, Travis.« Ich verdrehte die Augen. Diese arroganten Sprüche.

Travis lachte leise. »Ich wette, du verdrehst die Augen«, ertappte er mich. *Blödmann.*

»Ich habe die Nacht nicht schlafen können, weil ich nur an dich gedacht habe.« Einen übertriebenen Seufzer schickte ich hinterher.

»Nur nachts?«

»Ich habe seit heute früh an dich gedacht.«

»Lügnerin.«

Ich schluckte, weil er das Wort sanft ausgesprochen hatte. Er sollte locker mit mir reden, weil er sonst gefährliche Wünsche heraufbeschwor.

Ob das eine gute Idee gewesen war, ihn um das Date zu bitten?

Ich fing an, meine Entscheidung zu bereuen. Aber ich hatte niemanden außer ihn.

»Du zweifelst«, sagte Travis.

»Merkt man das?«, gab ich zurück.

»Ich brauche dich im Team, Amy.«

»Ich habe dir meine Hilfe zugesagt. Wenn du willst, schlage ich morgen bei euch auf.«

»Von vier bis sieben haben wir Training. Was ist mit deinem Job?«

»Ich habe morgen frei, das passt.«

»Wird das nicht zu viel für dich, Job und Training jede Woche?«

Ich seufzte, diese Frage stellte er mir eindeutig einen Tag zu spät.

»Nein, alles gut.«

»Wenn du dich an deinen Teil des Deals hältst, will ich, dass wir es gemeinsam durchziehen. Also bleibt es beim Date?«

»Ja, klar.«

Ich hörte ihn wieder lachen und verspürte den Drang, mir die Ohren zuzuhalten. Travis hatte ein tiefes, raues Lachen.

Und sein entzückendes Grübchenlächeln erst …

Ich blinzelte und warnte mich: *Amy, hör auf, etwas an ihm entzückend zu finden. Kyles Lächeln ist viel, viel schöner. Und überhaupt, Kyle ist süß, viel, viel süßer als Travis. Hämmer dir das in deinen Schädel ein.*

»Amy, du bist zu verkopft.«

»W-was?« Jäh war ich aus meinen Gedanken gerissen.

»Ich kann dein Hirn durch das Handy arbeiten hören, wie sich die Rädchen drehen und du daran zweifelst, das Richtige zu tun.«

»Stimmt, sorry, ich lasse das Denken und höre dir zu.« Ich gab mir einen Ruck und konzentrierte mich auf unser Gespräch. »Wie gehen wir an die Sache ran?«

Erneut dieses sexy Lachen. *Junge, lass es in deiner Kehle stecken.*

»Ich arrangiere dir ein Date, wovon du eine Menge Input mitnehmen wirst. Du kaufst dir was Nettes zum Anziehen.«

Hä? Ich zuckte. »Was soll ich denn deiner Meinung nach anziehen?«

»Was Frauen tragen. High Heels, Minikleid.«

»Nein!«

»Wenn du ein Date willst, dann mach dich hübsch.« Aus Travis' Tonfall hörte ich heraus, dass er über meine Klamottenwahl keine Diskussion führen würde.

»Mann, Travis, was für ein Kleid? Ich habe keins.«

Er atmete geräuschvoll aus. »Ich habe schon geahnt, dass du keins hast. Aber mich bekommst du in keinen Klamottenladen. Mit Frauen shoppen gehen, das ist so ein uncooles –«

»Paarding«, unterbrach ich ihn genervt, »brauchst es nicht herausposaunen.« Als ob *ich* mit meinem Freund shoppen ge hen würde. Ich fand das anstrengend und kaufte sonst mein Zeug online.

»Und wenn du Ariana fragst?«

»Das werde ich wohl tun müssen, du bist ja in diesem Punkt keine Hilfe.«

»Ach komm, Amy, du kennst mich.«

»Eben, dann gehe ich ohne dich Klamotten kaufen. Aber du«, ich stach den Finger in die Luft, »hast dann das Fiasko zu ertragen.«

Travis stöhnte. »Denk du lieber an deinen Kyle, du willst *ihm* gefallen.«

»Jaja, ich hab's kapiert, um die Kleiderwahl kümmere ich mich allein. Wann treffen wir uns?«

»Ich sage dir rechtzeitig Bescheid.«

»Gut, dann sehen wir uns morgen. Bye.«

»Bis morgen, Amy.« Travis legte zuerst auf.

Wunderbar, ich darf mich allein mit dem Shoppingproblem herumschlagen. Der Kerl hat Nerven, dachte ich grollend.

Doch weil Ariana wartete, würgte ich meinen Ärger mit Spucke herunter, schlüpfte in meine Sneaker und zerrte die Jacke vom Stuhl. Als ich zur Tür eilte, brummte mein Handy.

War es Ariana, die mich an den Netflixabend erinnern wollte?

Die Nachricht kam von Travis. *Es wird ein gutes Date, versprochen*, hatte er mir geschrieben.

Ich lächelte in mich hinein und schrieb zurück: *Wir sehen uns beim Training.*

Dass Travis einlenkte, war im Nachhinein nicht verwunderlich. Wenn wir uns früher in den Haaren hatten, hatte immer einer von uns beiden die Friedenspfeife herausgeholt.

17. Amy

Kleid und Schokoladeneis

Meine Finger umklammerten den Schulterriemen der Sporttasche, die ich über der Schulter trug.

Heute früh und während der Mittagspause hatte ich auf der Wiese hinter dem Wohnheim ein paar Bälle gekickt. Ich konnte zufrieden sein, mein linker, starker Fuß war vorzeigbar. Trotzdem hatte ich Lampenfieber und weiche Knie.

Was erwartete man von mir?

Wie würde ich empfangen werden?

Ich stellte die Tasche ab, atmete mehrmals tief durch, um mein hämmerndes Herz zu beruhigen.

Ein Blick auf mein Handy verriet, dass es zehn Minuten nach vier war. Ich kam ungern zu spät, aber ich wollte niemandem aus der Mannschaft begegnen. Wenn die Spieler trainierten, hatten sie keine Zeit, unangenehme Fragen zu stellen oder Witze zu machen.

Es war keineswegs normal, als Frau in einem Footballteam zu spielen. Die ersten Monate im Highschool-Team hatte ich auf der Ersatzbank verbracht, bis ich endlich meine Chance bekommen hatte.

Anders schien es in diesem Team auch nicht zu sein. Wenn die Kicker einsatzfähig wären, hätte Travis nie um meine Hilfe gebeten. Okay, mein abweisendes Verhalten war nicht unbedingt einladend gewesen.

Wer ohne Vorurteile ist, werfe den ersten Stein, dachte ich und blinzelte zum Eingang.

Ich zählte bis drei, dann marschierte ich die Stufen hoch und trat ein.

Ich lief über den Gang. Kurz blieb ich stehen und horchte

nach draußen. Im Gebäude war es still, auf dem Spielfeld herrschte ein lautes Treiben. Gänsehaut machte sich überall auf meinem Körper breit, im Bauch kribbelte es. Neben der Aufregung spürte ich eine Welle Endorphine mein Inneres fluten. Ich hatte das alles mehr vermisst, als ich zugeben wollte. Ganz ehrlich, ich freute mich wahnsinnig auf das Training.

Als ich nach der Umkleide suchte, kam mir Curtis entgegen. Er erkannte mich und verzog den Mund zu einem freudigen Grinsen.

»Hey, wir hatten Sorge, du versetzt uns.« Er streckte die Faust aus – was auch sonst –, um mich zu begrüßen. Ich drückte meine Faust dagegen.

»Hi Curtis.«

Er deutete hinter sich. »Soll ich dir zeigen, wo die Umkleide für die Frauen ist?«

Aha, Curtis schickte mich in die Frauenumkleide.

Eine neue Erfahrung für mich.

Meine Mundwinkel zuckten nach oben, weil ich mir während der Highschool mit den Jungs eine Umkleide geteilt hatte.

Ob ich damals in den Genuss des Anblicks nackter, durchtrainierter Footballspieler gekommen war?

Theoretisch ja, ich hätte es provozieren können, aber ich hatte mir das Geglotze verkniffen.

Unglaubwürdig?

Okay, okay, ich sollte bei der Wahrheit bleiben.

Einmal hatte ich aus dem Augenwinkel zu Travis geschielt und sein Körper hatte mich beeindruckt. Wir waren beide siebzehn gewesen.

Was ich erhaschen konnte, waren goldbraune Haut, ein Sixpack, der trainierte V-Muskel mit der feinen Spur Härchen, die den Fokus zu seiner Körpermitte lenkte und …

Nein, nichts und, denn dann war Schluss gewesen. Mir war die Röte ins Gesicht geschossen. Ich hatte blitzschnell die Augen zusammengekniffen und mich nicht getraut, meinen Blick tiefer gleiten zu lassen.

Liebe machte blind?

Nope, in meinem Fall hatte sie mich gegenüber Travis zum Schisser gemacht. Einen Typen zu begaffen, in den ich bis über beide Ohren verliebt war, fand ich …

Unpassend?

Schmutzig?

Selbstquälend?

Irgendwie alles zusammen.

Was ich manchmal gesehen hatte, war die ziemlich ausgeprägte Wölbung unter seiner Boxershorts, und die hatte mir schon das Wasser im Mund zusammenlaufen lassen.

Ja, wenn ich kein schlechtes Gewissen gehabt hätte, hätte ich einen heimlichen Blick auf sein unverhülltes bestes Stück gewagt.

Vermutlich stellten sich einige jetzt die Frage, ob mich damals die Jungs nackt gesehen hatten.

Mir war das egal gewesen. Manchmal war ein Blick bei mir gelandet, wenn ich mich ausgezogen hatte, aber echtes Interesse an meinem Körper war dabei nie erkennbar gewesen.

Die Coachs hatten mir zwar die Mädchenumkleide zugewiesen, aber die hatte ich nicht benutzt. Ich hatte nach Siegen und Niederlagen bei der Mannschaft sein wollen, weil die schönsten und schwersten Momente nach einem Spiel ein Team zusammenschweißten, nur geduscht hatten wir getrennt, denn mit den Jungs zu duschen, hätte sogar ich crazy gefunden.

Einfach mal das Kopfkino anschmeißen: »Amy, seifst du mir den Rücken ein, kannst auch vorn weitermachen.«

»Klar doch, wenn du mich dafür überall einseifst.«

Das wäre doch echt schräg gewesen, oder?

Ab dem College änderte sich das.

Wegen meiner Zeit im Highschool-Footballteam gab es für mich keine Berührungsängste mit Jungs, daher auch keinerlei Hemmungen, wenn es um Sex und schmutzige Wasserspielchen ging.

Während ich darüber nachdachte, brachte mich Curtis zur Frauenumkleide.

Dort zog ich mich rasch um.

Als ich herauskam, war ich überrascht, dass er noch davor stand.

»Du hast gewartet?«

Lächelnd rieb er sich den Nacken. »Ich denke, es wäre unhöflich, wenn ich dich nicht zum Team bringe.«

»Da ist was dran, danke schön.« Ich fand das echt nett von ihm und fühlte mich gleich willkommener.

Plötzlich hörte ich eine mir bekannte Stimme.

»Habe ich mich nicht geirrt, es ist dein Auto auf dem Parkplatz. Du fährst immer noch die alte, grüne Karre.«

Schmunzelnd drehte ich mich um. »Mein Ford fährt. Wenn ich will, hänge ich dich und deinen Protzschlitten ab.«

Travis kam angeschlendert. Sein erfreutes Gesicht erwärmte mein Herz. Dass Curtis trotz unseres ersten holprigen Zusammentreffens genauso freundlich war, gab mir ein doppelt gutes Gefühl.

Als er bei uns war, schlug Curtis ihm seine Hand auf die Schulter. »Unser Captain war ständig am gucken. Wir dachten schon, er erwartet den Weihnachtsmann.«

Travis gab seinem Kumpel einen spielerischen Faustschlag gegen die Schulter. »Spinner«, sagte er, dann wandte er sich an mich. »Warum kommst du erst jetzt?« Wir liefen los.

Ich hob die Schultern. »Hab was erledigen müssen. Bin zukünftig pünktlich.«

Travis nickte. »Deine Ausrüstung bekommst du später, zuerst stellen wir dich dem Team vor.«

»Kein Problem.« Ich machte eine ausschweifende Geste. »Tolles Haus, alles sieht neu aus, kein Vergleich zur Highschool.«

»Das College hat eine Menge Kohle investiert«, erklärte Travis. »Den Wellnessbereich solltest du dir auf keinen Fall entgehen lassen, unsere Trockensauna ist der Hit.«

»Und wir haben einen genialen Whirlpool«, ergänzte Curtis.

Wir durchquerten den Spielertunnel, am Ende blieb ich abrupt stehen.

Ich legte die Hand wie einen Schirm an die Stirn, als plötzliche das Tageslicht mich blendete. Ich blinzelte. Von hier aus konnte ich das Spielfeld überblicken und die Spieler und Coachs in Aktion sehen.

Wow. Die Atmosphäre war beeindruckend.

»Bist du bereit?«, fragte mich Travis, fürsorglich drückte er meine Hand.

»Yep, bin bereit.«

»Ab aufs Spielfeld mit dir.« Er gab mir einen freundschaftlichen Schlag auf den Rücken.

Ich schloss einen Augenblick die Augen, spannte die Schultern an und reckte das Kinn, um mich auf das, was im nächsten Moment kommen würde, mental vorzubereiten. Ich ging zwischen den Jungs, hörte überdeutlich unsere Schritte. Die wenigen Sekunden rieselten für mich langsam durch die Sanduhr in meinem Kopf.

»Hey, Leute, alle mal herhören«, rief Travis und führte mich auf den Rasen.

Die Spieler drehten sich uns zu, nahmen ihre Helme ab und

kamen mit den Coachs und deren Assistenten näher. Neugierig wurde ich beäugt, ein Raunen erfüllt das Spielfeld.

Dass plötzlich das Interesse auf mich gelenkt wurde, war mir unangenehm. Ich stand ungern im Mittelpunkt. Die mich erfassende Beklommenheit versuchte ich mit einem Lächeln zu überspielen.

»Hi, ich bin Amy, Amy Tolan«, rief ich in die Runde und hob kurz die Hand.

»Hi Amy«, empfing mich ein Gemurmel.

Ich kämpfte mit meinen Mundwinkeln, die sich nach unten verdrücken wollten. *Ist das gerade unangenehm.*

»Echt cool, dass Amy hier ist. Wir kennen uns von früher, sie ist eine klasse Kickerin«, begann Travis zu schwärmen und berichtete von meinen Kicker-Fähigkeiten, die ich damals gehabt hatte – und hoffentlich bald wieder vollständig haben würde.

Curtis mischte sich ein. »Ich hab's mit eigenen Augen gesehen, sie ist gut«, bestätigte er.

»Was ihr erzählt, klingt spannend, aber ich würde mich gern persönlich von Amys Können überzeugen«, sagte ein schwarzgelockter Mann.

Er trat auf mich zu und reichte mir die Hand. »Ich bin Coach Paterno, der Chefcoach vom Special Team.« Er verengte die Augen und legte den Kopf schräg. »Bist du bereit, uns eine Kostprobe von deinen Fähigkeiten zu geben?«

»Barry, warum denn sofort?«, ging ein anderer Coach dazwischen.

Er gesellte sich zu uns, schüttelte ebenso meine Hand und nickte mir zu. »Ich bin Brant Gibb und für die Quarterbacks verantwortlich.« Er tätschelte Travis' Brust. »Ich vertraue auf sein Urteil. Travis hat sich für dich eingesetzt. Er denkt, du wärst eine Unterstützung fürs Team.«

»Ich werde mein Bestes geben«, sagte ich und hoffte, meine Worte würden schlussendlich keine Sprachhülsen sein. Andererseits hatte ich beim Üben heute früh gemerkt, dass meine Schüsse präzise waren.

Coach Paterno musterte mich von Kopf bis Fuß. »Mach dich kurz warm, dann zeig ein paar deiner Schüsse.«

Während er das sagte, zeigte er zum Tor, dabei lächelte er mich unterkühlt an.

Ich nickte und atmete tief durch. »Okay.« Ich verstand, dass er mich vor versammelter Mannschaft prüfen wollte, weil er nicht zu den Leuten gehörte, die Travis' Worten vertrauten.

Die nächsten Minuten würden darüber entscheiden, ob mein Aufschlag hier ein kurzes Intermezzo sein würde oder eine lange Saison.

Ich hatte meinen Mut aus jedem Winkel meines Körpers zusammengekratzt, um meine Nerven im Zaum zu halten und konzentriert abzuliefern.

Vor jedem Schuss wartete ich, bis Coach Paterno mir den Ball vor den Füßen platziert hatte. Wenn der Football auf dem Kicking Tee thronte, verpasste ich ihm einen harten Tritt. Alles lief fast gleichzeitig ab.

Einige Spieler bemühten sich, mich zu beeinflussen. Ich vermutete, dass sie vom Coach dazu angestachelt worden waren, während ich mich abseits kurz aufgewärmt und gedehnt hatte.

Aber das war für mich keine unbekannte Situation. Wenn man ein echtes Spiel hatte, störten meist die Gegner den Ablauf, damit der Kicker den Schuss versemmelte.

Fehler waren verpönt und Kicker wurden sofort zu den Buhmännern der Fans degradiert. Wie beim Quarterback verlangte man von ihnen Perfektion, kein Punkt durfte liegenbleiben. Dahingehend saßen Travis und ich im selben Boot.

Ich bemerkte aus dem Augenwinkel, dass sich ein Kerl in den Schritt griff. Ungeniert knetete er seine Eier, andere lachten hinter vorgehaltener Hand.

Ich verkniff mir ein Augenrollen, behielt die Kontrolle über die Situation und schoss. Hart, weit, auf den anvisierten Punkt konzentriert. Jeder Ball ging sauber durch die Querstangen über die Latte.

Als der Coach die Hand hob und mir signalisierte, dass er genug gesehen hatte, war ich verdammt stolz auf mich.

Yeah, ich hatte einen Flow gehabt, mich nur auf die Schüsse fokussiert. Sogar die Mannschaft verzog anerkennend den Mund.

»Nicht schlecht, *Miss* Tolan, nicht schlecht«, sagte Coach Paterno, jedoch bekam er den Spott nicht gänzlich aus seinem Tonfall heraus. Den kleinen Wink, dass er kein Freund von Frauen in einem Footballteam war, hatte ich herausgehört. Es wäre doch ziemlich verwunderlich, wenn er zu seinen Spielern Mister sagen würde.

Ich drehte mein Gesicht weg und schmunzelte. Solch ein Verhalten verunsicherte mich nicht. Die Highschool war nicht mit dem College zu vergleichen. Es gab Feinheiten, an denen ich noch gezielt arbeiten musste, aber ich war optimistisch, es hinzubekommen.

Coach Paterno zog sich mit dem Coachteam zurück. Sie redeten leise miteinander, aus ihren Mienen konnte ich nichts ablesen.

»Okay, Amy.« Gelassen steuerte der Coach auf mich zu. Eine Weile studierte er mein Gesicht.

Oh fuck, meine Unterlippe zitterte leicht. War meine Leistung doch unzureichend?

Nervös wartete ich auf die gefällte Entscheidung.

»Du scheinst tatsächlich ein brauchbarer Ersatz für Colin und Ty zu sein«, sagte er, dann gab er mir einen Klaps auf den Oberarm. »Okay, ich nehme dich in mein Team auf.«

»Danke, Coach Paterno«, sagte ich und bemühte mich, meine Freude zurückzuhalten. Es war ein Anfang, am Ende musste ich während der Spiele meine Fähigkeiten abrufen können. Hartes Training würde auf mich zukommen.

Als ich mich dem Special-Team anschließen wollte, hielt mich Travis zurück.

»Ist noch was?« Meine Augen wanderten zwischen ihm, Curtis, Steve und Tito hin und her.

Travis' Grübchen blitze auf, seine funkelnden Augen verrieten, dass er irgendein Attentat auf mich vorhatte.

Das Dumme war, dass sein Lächeln Überredung genug war, bevor ich überhaupt wusste, worum es ging.

Dieses perfekte Grübchen war irgendwann mein Untergang.

»Bist du bereit, uns mehr von deinen Zauberkünsten vorzuführen?«

»Wie meinst du das?« Misstrauisch kniff ich das rechte Auge zu, was sein Grübchen nur vertiefte. *Herrgott, ich klebe dir gleich ein Pflaster drauf.* »Sag mal, Travis, erst überredest du das Team, mich aufzunehmen, weil ich ja angeblich eine«, ich machte Gänsefüßchen in der Luft, »so *tolle* Kickerin bin, und dann soll ich extra Kunststückchen vorführen?«

»Du denkst, ich will dich in irgendwas Unanständiges hineinziehen?« Er lachte und zwinkerte seinen Kumpels zu.

Was wollten die Jungs von mir?

Ich deutete zu den anderen Spielern. »Wir haben Training, keine Zeit für Spielchen.«

Travis zeigte zum Tor. »Lust auf eine Wette, Amy?«

»Wette?« Mir klappte der Kiefer runter. Mein Kopf schnellte Richtung Tor. »Worum willst du wetten, ich habe perfekte Torschüsse abgeliefert?«

»Also, wie sieht's aus?«, hakte er nach.

»Du willst mich reinlegen, oder?« Kritisch sah ich ihm in die Augen.

»Nein, aber ich würde gern sehen, wie gut dein linker Fuß tatsächlich ist.«

»Und worum willst du wetten?«

»Du wäschst bis zum Ende der Saison unsere Sportklamotten.«

»Eure?«

Travis ließ seinen Finger vor seinen Kumpels entlang wandern, die nicht weniger frech grinsten. »Mm-hm, die von Curtis, Steve, Tito und mir.«

»Eure stinkenden Drecksklamotten?« Angewidert verzog ich das Gesicht. »Bäh, was für eine abartige Wette.«

Ich fand mein verschwitztes Zeug eklig genug und der Gedanke, die Sachen der Jungs zu waschen, verursachte bei mir Lippenherpes. Ich spürte schon ein verräterisches Kribbeln in der Oberlippe.

Die Nummer hatte Travis schon früher einmal mit mir abgezogen und ich hatte als Sechzehnjährige unter hässlichen Bläschen gelitten, weil ich einen ganzen Sommer seine Sportklamotten waschen musste. Wenn er solche Wetten mit mir und seinem bösen Grübchenlächeln abzog, verflüssigte sich mein Hirn und schwamm als nutzlose Pampe im Schädel herum.

Man konnte mir glauben, es gab nichts, was ekelhafter stank als Travis' qualmende Käsesocken. Das war pure Folter für die Nase. Das Wort für diesen Gestank musste noch erfunden werden.

Das Schlimmste aber war, dass er rumgeknutscht hatte, während ich nicht mal in der Lage gewesen war, meinen Mund verärgert zu verziehen. Schon beim kleinsten Mundwinkelzucken hatte ich aufgejault.

Außerdem hätte ich zumindest gern die Chance auf eine eigene heiße Knutschsession gehabt. Aber mit meiner Monsterlippe war ich für jeden Kerl nur abtörnend gewesen.

»Um was geht es konkret?«, fragte ich lauernd.

»Das Werbeschild einige Meter hinter dem Tor.« Travis streckte die Hand aus.

»Aha, was ist damit?« Ich ließ meine Augen über das Bild wandern. Es war ein Werbeschild einer Versicherung. Ein Typ in einem maßgeschneiderten Anzug grinste uns mit unnatürlich weißen Zähnen entgegen.

Wer fiel auf solchen Werbescheiß rein?

»Ich wette, du schaffst es nicht, den Typen zu treffen.«

»Ich soll ihm ein paar auf die Nase geben?«, neckte ich Travis. »Hat dir der echte Kerl eine Frau ausgespannt?«

Er schmunzelte, dabei wackelte er warnend mit dem Zeigefinger vor meinem Gesicht. »Amy, Amy, sei bloß nicht so frech.«

»Und was springt für mich dabei raus?«

»Ich wasche die restliche Saison deine Klamotten.«

»Ah, ah, ah.« Ich fuchtelte ebenso mit dem Finger vor seinem Gesicht herum. »Das ist ein schlechter Deal für mich, dein Einsatz muss mich überzeugen.«

»Sag an, Honey.«

Ich schnaubte. »Nenn mich nicht –«

»Jaja«, unterbrach mich Travis. »Ich hebe mir Honey für die nächste Wette auf.« Er winkte lachend ab, ich presste die Lippen zusammen. *Dieses blöde Honey werde ich nie los.*

»Also, Amy«, sagte Travis. »Was verlangst du?«

»Eigentlich müsstest du wissen, was ich von dir will.« Ich rieb mir grinsend die Hände. »Wir gehen zusammen für mich ein Kleid kaufen und danach lädst du mich ein. Ich will einen riesengroßen Eisbecher. Beim Shoppen verbrauche ich massig Kalorien, es ist immer furchtbar anstrengend, stundenlang Kleider anzuprobieren.« Meine Augenbrauen hüpften herausfordernd.

»Shoppen?« Travis stieß einen angewiderten Laut aus. »Vergiss es.«

»Ach, kneifst du?« Ich grinste böse.

»Ja, Travis, was ist?«, stimmte Curtis ein. »Du hast doch gesagt, sie hat schon mal verloren.«

»Ah, schau an, du hast an die Wette von damals gedacht, als ich dir deine stinkenden Klamotten waschen musste.«

Travis gluckste. »Du warst ein hübscher Anblick.« Er ließ seinen Finger vor meinem Mund kreisen. »Deine Lippen, wunderschön golden verkrustet.« Er lachte wieder, ich knurrte. *Idiot.*

»Bist du einverstanden?«, hakte ich nach.

Ich war heiß auf die Wette, weil ich beim Test bemerkt hatte, dass ich locker vierzig Yards schießen konnte. Außerdem besaß ich ein scharfes Auge. Bei unserer damaligen Wette hatte ich meine Schussqualitäten leider überschätzt und das Ziel verfehlt.

»Los, schlag ein, Alter, wir laden euch beide zum Eisessen ein«, neckte Tito und brach mit Steve und Curtis in Gelächter aus.

»Eure Lache nervt, ihr klingt wie Hyänen«, motzte Travis, sein Hirn begann erkennbar zu arbeiten, fast sah es aus, als würde vor Anstrengung Rauch aus seinen Ohren dampfen.

Offenkundig war er sich unsicher, ob er die Wette gewinnen würde. Shoppen musste für ihn ein Albtraum sein.

Ob er ein persönliches Trauma hatte, eine schlechte Shoppingerinnerung mit Dawn?

Na ja, was wusste ich, ob sie ihn damals mit stundenlangen Shoppingtouren gequält hatte?

Zumindest wäre ich in diesem Fall so was wie seine Therapeutin, wenn wir zusammen loszogen.

»Okay, Amy, aber …«

»Aber was?« Ich sah ihn misstrauisch an.

»Wenn du hinterher Eis essen willst, dann musst du deinen Einsatz erhöhen.«

»Womit?«

»Ich darf Honey zu dir sagen, sooft ich Bock darauf habe.«

Och nee, nicht Honey. Travis vertrat eine eiserne Verhandlungsposition und verlangte einen doppeltharten Einsatz. Ich kratzte mir das Kinn. Eindeutig wollte er mich provozieren.

Schreckte mich das ab?

»Okay«, erwiderte ich, Kneifen kam definitiv nicht in Betracht. »Wir ziehen die Wette durch.«

»Prima, Amy. Wir geben dir nachher die Klamotten vom heutigen Training mit.« Der belustigte Unterton in Travis' Stimme war deutlich herauszuhören.

»Ich liebe Schokoladeneis«, gab ich im gleichen Tonfall zurück und schielte zu Coach Paterno. Er hatte von seinem Platz aus unser Gespräch verfolgt, stand breitbeinig da, die Arme vor der Brust verschränkt. »Habt ihr's?«, rief er herüber.

»Wir kommen gleich«, gab Travis zurück. Er wandte sich mir zu. »Okay, Amy, bist du bereit?«

Ich lächelte ihn gekünstelt an. »Na, was denkst du denn?«

Bevor wir uns noch einen zweiten Rüffel einfingen, wollte ich keine Zeit hinauszögern. Ich kreiste die Schultern und schüttelte Arme und Beine aus. Den Blick zum Himmel gerichtet, betete ich: *Kleid und Schokoladeneis, bloß keine stinkenden Socken.*

Curtis, Steve und Tito traten zur Seite. Travis war mein Holder. Er stellte den Ball mit der Spitze auf das Feld und hielt ihn am oberen Ende fest. Ich positionierte mich.

»Kannst, Amy.« Sein Blick blieb auf den Ball geheftet.

Ich hielt einen Augenblick inne, nahm Anlauf und schoss.

18. Travis

C'est la vie

»Wartest du hier und ich bringe dir meine Klamotten, Amy?«, witzelte Curtis.

»Das wollte ich auch gerade fragen«, stimmte Tito ein.

Die beiden fingen mit Steve erneut ihr Hyänengeheul an. Sie hatten sich während des Trainings kaum beruhigen können. Wenn man im Zoo wäre, würde man sie mit den echten Tieren verwechseln.

»Ihr müsst Travis fragen, ob er eure Dreckwäsche mitnimmt«, antwortete Amy und stimmte in das grauenhafte Gelächter ein. Jetzt waren es vier Hyänen.

War das alberne Geheul ansteckend?

Amys Lachen hatte sonst einen schönen, hellen Klang, aber in Gegenwart der Jungs hörte es sich ziemlich bescheuert an. Die vier machten sich eindeutig über mich lustig.

Haha, wenn ich gewonnen hätte, wäre ich die vierte Hyäne, die über Amy lachte.

Verdammt, ich hatte verloren, gegen Amy Tolan. Das erste Mal.

Das war ein gewaltiger Bums gewesen, schätzungsweise fünfundvierzig Yards. Ich hatte gedacht, bei vierzig wäre Schluss, aber Amy war über sich hinausgewachsen und hatte dem Football mit Schmackes einen Arschtritt verpasst. Das Ei war gegen das Schild gedonnert. Ich hätte eine viel schwierigere Aufgabe stellen sollen. Das arrogant grinsende Gesicht des Typen auf dem Werbebild war zum Draufdreschen einfach zu einladend gewesen.

Danach hatte ich Amy beim Training beobachtet. Sie war eine verteufelt gute Kickerin. Jeder hatte sehen können, welche

Fähigkeiten in ihr steckten. Sie hatte sich problemlos eingefügt und Coach Paterno würde bald mehr aus ihr herauskitzeln. Ich kannte Amy als Teamplayerin und das war sie weiterhin.

Coach Paterno war während des Trainings bei mir gewesen und hatte mir gesagt, dass es richtig gewesen war, sie uns vorzustellen.

Ich lächelte in mich hinein. Der Coach hatte sonst gegenüber Frauen Vorurteile, was den Footballsport betraf.

Doch Amy war Amy. Cool, lustig, kämpferisch. Sie passte in unser Team.

»Amy an Travis.«

Ich zuckte. »Äh, was?«

»Deine Augen wollten wohl ein Loch in mein Gesicht bohren.«

»Nope, Travis hat daran gedacht, wie sehr er sich auf die Shoppingtour freut«, spottete Curtis.

»Mann, Alter.« Ich riss die Tür zur Umkleide auf und schob die Jungs nacheinander hinein. Dann zwinkerte ich Amy zu. »Sorry, du musst jetzt in der Frauenumkleide allein herumfrotzeln.«

Amys Gesichtsausdruck wurde ernst. »Bist du sauer?«

»Ich? Nein.« Abwehrend schüttelte ich den Kopf. »C'est la vie. Du hast gewonnen. Wettschulden sind Ehrenschulden.«

»Dann treffen wir uns auf dem Parkplatz?«

»Tun wir.« Ich trat dicht an sie heran und flüsterte ihr zu: »Aber quäle mich nicht zu lange. Bitte, Amy.«

Sie lächelte. »Keine Sorge. Am meisten freue ich mich auf den Eisbecher.«

Curtis steckte seinen Kopf in den Gang. »Ein Pärchenbecher mit Kirschen, Schokoherzchen und viel Sahne.«

Ich warf ihm einen genervten Blick zu. »Kumpel, geh duschen«, stöhnte ich. Hatte er hinter der Tür gestanden, um uns zu belauschen? *Spinner.*

Ich wandte mich Amy zu. »Und du verschwindest jetzt auch, sonst unterkühlst du dich.«

»Oh, bestimmst du über mich?«

»Amy, hau ab.«

Sie grinste, aber bewegte sich keinen Millimeter.

»Amy!«

»Huhu, du klingst so streng.« Ihre Augen blitzten belustigt. »Du bist so furchteinflößend, wenn du Befehle erteilst.« Sie wedelte mit den Händen herum, als wäre sie ein Geist, dann lachte sie und kehrte mir den Rücken zu.

Ich sah ihr schmunzelnd hinterher. Sie blödelte weiter herum und machte komische Verrenkungen, während sie den Gang zu ihrer Umkleide hinunterging.

Vielleicht war Shopping weniger schlimm, als ich vermutete. Zumindest, wenn sie dabei war.

Ich drehte mich um und betrat die Umkleide. Außer mir waren alle duschen.

Schwerfällig ließ ich mich auf die Bank fallen und schälte mich aus den Klamotten und der Ausrüstung. Kopfschüttelnd dachte ich an sie.

Sie hatte die Wette gewonnen. Sie hatte alles auf eine Karte gesetzt, obwohl der Einsatz ziemlich hoch gewesen war. Ich holte aus dem Spind Duschgel, Shampoo und ein Handtuch. In meinem Bauch hatte ich ein merkwürdiges Kribbeln.

Woran lag das?

Freute ich mich darauf, mit Amy Zeit zu verbringen?

Ich warf mir das Handtuch über die Schulter und rieb mir den Nacken.

Während ich grübelnd zu der Gemeinschaftsdusche lief, nickte ich den Jungs zu, die mir entgegenkamen.

»Viel Spaß nachher«, rief mir Curtis zu.

»Danke«, murmelte ich halb abwesend.

Ich hing das Handtuch an einen Haken, trat unter die Dusche und drehte das Wasser auf, meine Gedanken rotierten.

Was war nur los mit mir?

Krochen Gefühle aus der dunkelsten Ecke meines Herzens hervor, die ich eigentlich nicht mehr herauslassen wollte?

Ich war gern in Amys Nähe, ich genoss jede Sekunde mit ihr.

Seltsam, dass ich das im Gegensatz zu anderen Jungs so empfand. Ich konnte mich nicht erinnern, dass Amy jemals mit einem Kerl zusammengewesen war. Mir war auch nie aufgefallen, dass sie auf dem College mit einem Typen über längere Zeit abgehangen hatte. Deshalb war es keinesfalls verwunderlich, dass sie mich wegen der Datingsache um Hilfe gebeten hatte.

Amy war die einzige Frau, die ich wirklich gernhatte.

In ihrer Gegenwart fühlte ich mich wohl.

Ich mochte unsere gegenseitigen Neckereien.

Und der Kuss erst.

Er hatte mir gefallen, Amys Geschmack, ihr weicher Körper, der sanfte Duft ihrer Haut. Alles an ihr hatte mir gefallen.

Leider wollte sie nur ein Date mit mir, weil sie hinter Kyle her war.

Warum hatte ich nicht die Initiative ergriffen?

Ich wusste die Antwort.

Weil eine Frau nicht in mein Leben passte. Ich strebte in die NFL und ich hatte gesundheitliche Schwierigkeiten. Eine Freundin zu haben, bedeutete Verantwortung.

Ich wollte unverbindlichen Sex, aber den nur mit Frauen, die mir nichts bedeuteten.

Amy war mir wichtig. Aber sie hatte sich in Kyle verliebt.

Ich war kein Kerl, der sich dazwischendrängte.

Ich trocknete mich ab. Mit dem Handtuch um die Hüften schlenderte ich zum Spind. Dann zog ich mich an und räumte meinen Kram zusammen.

Als Letzter verließ ich die Umkleide.

Ich lief über den Parkplatz zu meinem Pick-up. Die Sporttasche landete auf der Rückbank. Ich sah mich um. Die Autos der Spieler und Coachs waren weg. Nur noch Amys und meins standen auf dem Parkplatz.

Meine Augen schweiften zum Ausgang. Amy war nicht in Sicht.

Ich nahm aus dem Pick-up eine Wasserflasche, trank und wartete.

Na endlich, Sie trat heraus.

Als sie mich sah, verzog sich ihr Mund zu einem Lächeln. Ich sah sie gern lächeln und saugte es mit meinen Augen von ihren rosa Lippen.

Amy hatte ihre blonden, langen Haare frisch gewaschen, die glänzenden Strähnen wehten im Wind.

Meine Augen wanderten über ihren Körper, bewusster als sonst. Amys Haut war sanft gebräunt, die Wangen leicht gerötet. Komisch, was mir alles in diesem Moment an ihr auffiel. Sie trug enge Jeans, Sneakers und ein gestreiftes Shirt. Ich blieb an ihrem glatten, ungeschminkten Gesicht hängen. Alles an Amy wirkte natürlich. Ich hatte ihren Look früher gemocht und sie öfters heimlich betrachtet.

Lag es am Wetter, dass ich es nach so langer Zeit wieder tat?

Der September ging zur Neige, aber es war trotzdem angenehm warm. Wir könnten uns nach der Shoppingtour ein hübsches Café suchen, draußen sitzen, die Sonne genießen, leckeres Eis löffeln. Ich lächelte und freute mich darauf.

Hä, warum freute ich mich darauf?

Travis, du Trottel, behalte einen klaren Kopf.

Ich setzte eine gleichmütige Miene auf. »Fährst du vor?«

»Wenn du mir vorher verrätst, warum du mich so angestarrt hast.«

»Habe ich nicht.«

»Klar, hast du.« Amy trat neben mich und berührte meinen Arm. »Du willst shoppen.«

»Ich hasse shoppen.«

»Klar.« Sie warf mir einen amüsierten Blick zu und ging zu ihrem Auto.

»Hast du keine Angst, dass deine Schrottkarre liegenbleibt?«, stänkerte ich.

Amy funkelte mich an, während sie den Kofferraum öffnete. »Der Ford hält, weil kein elektronischer Mist eingebaut ist. Wenn einer liegen bleibt, dann du«, rief sie herüber.

»Dann sollte ich vor dir fahren.«

»Ich fahre vor dir, steig endlich ein.«

Sie knallte die Kofferraumklappe runter und fuchtelte mit den Armen herum, weil ich sie weiterhin beobachtete. »Nun los, glotz mich nicht so an.«

»Ich glotze nicht.«

»Tust du.« Sie lachte und stieg ein.

Ich schwang mich ebenfalls hinter das Lenkrad.

Amy fuhr los. Ich startete den Motor.

Sie gab Gas und preschte davon. Lachend schoss ich mit meinem Pick-up hinterher.

Was für eine Verrückte in dieser potthässlichen, grünen Schüssel.

Wir waren zum Faneuil Hall Marketplace gefahren. Amy erkundigte sich bei einem Mädel, das mit Einkaufstüten vollbeladen war, wo es hübsche und preiswerte Kleider gäbe.

»Schaut euch im Loft um«, schlug sie vor und erklärte uns den Weg.

Fünf Minuten später betraten wir den Laden. Er hatte Stil. Ein hoher, großer lichtdurchfluteter Raum, Naturholzboden, weiße Wände, überall Spiegel, und für mich ein bequemer, schwarzer Ledersessel.

Ich zog mein Handy aus der Hosentasche, surfte im Internet herum, während Amy sich auf die Klamotten stürzte.

»Travis«, keuchte sie.

Ich linste hoch und schüttelte den Kopf. Amy kam angestapft, einen Stapel Kleider gegen ihre Brust gedrückt. *Meine Güte, will sie den Laden leerkaufen?* Ich setzte eine beschäftigte Miene auf und tippte weiter auf meinem Handy herum.

»Kannst du wenigstens so tun, als würdest du mir bei der Auswahl helfen?«, murrte sie.

Seufzend hob ich den Blick und deutete auf den Klamottenberg. »Eng und schwarz, darauf steht jeder Kerl.«

»Kein Blaues?«

»Schwarz.«

»Kein Rotes?«

»Amy, nimm ein schwarzes Kleid, dann lass uns abhauen.«

»Danke für deine Unterstützung«, zischte sie und stapfte davon.

Wunderbar, sie hatte kapiert, dass ich keinen Bock auf die Beraterrolle hatte.

Wieso sollte ich mir darüber Gedanken machen, welches Kleid sie zu dem Date tragen wollte?

Wenn sie sich Gedanken darüber machen würde, was mir gefiel, dann hätte sie meine Aufmerksamkeit. Aber sie wollte Kyle gefallen.

Ein aufgeregtes Geplapper lenkte mich ab.

Ich ließ das Handy sinken und schaute zu Amy. Eine Verkäuferin hatte Mitleid. Eifrig wühlte sie in Amys Klamottenwirrwarr herum.

Ob ich ihr doch meine Hilfe anbieten sollte?

Ich könnte Amy ein überdimensionales, sackartiges Kleid aufschwatzen, damit Kyle auf keine falschen Gedanken käme.

Was wäre, wenn er Sex von ihr wollte?

Was wäre, wenn sie sich für ihn heiße Dessous aussuchte? Und High Heels?

Das konnte sie vergessen.

»Amy!« Ich sprang auf und stopfte das Handy in die Jeans. »Warte, ich helfe dir.«

Eine halbe Stunde später waren wir aus dem Laden.

Natürlich hatte Amy mich zum Sessel zurückgeschickt, als ich ihr bei der Auswahl mit fachmännischem Rat hatte beiseitestehen wollen. Die Verkäuferin hatte sich wie eine Klette aufgeführt, sich einfach Amy gekrallt.

Angepisst hatte ich mich ausschließlich meinem Handy gewidmet und mich über Amy und die Klette geärgert. Verschwörerisch hatten sie zusammengehangen. Typisch Frauen.

Ich schielte zu den beiden roten Lacktragetaschen. Amy machte ein Geheimnis daraus, für welches Kleid sie sich entschieden hatte, ein Umstand, der mir keineswegs schmeckte. Sie hatte sogar Schuhe gekauft, die ich nicht sehen durfte.

Warum musste ich überhaupt mitkommen, wenn ich kein Mitspracherecht hatte?

»Wohin wollen wir gehen?«, fragte Amy und sah sich draußen nach einem Café um.

Ich deutete nach vorn. »Dort vorn sind zwei Plätze frei.«

Amy sah mich mit glänzenden Augen an, ihre Wangen waren erhitzt. »Komm, bevor sie uns jemand wegschnappt.«

Lachend liefen wir los.

Wir setzten uns an den kleinen runden Tisch.

»War es bis jetzt schlimm für dich?« Sie stellte die Tragetaschen auf den Boden.

»Ich hätte schon gern mitentschieden.«

»Du warst beschäftigt.«

»Nur am Anfang, dann kam diese Nervensäge von Verkäuferin.«

»Hi, habt ihr schon einen Getränkewunsch?« Die Kellnerin war an unseren Tisch getreten und reichte uns die Karte.

»Ich nehme einen Earl Grey, bitte«, sagte Amy.

Die Kellnerin lächelte mich an. »Und du?«

»Für mich bitte einen Kaffee.«

»Okay.« Mit einem weiteren Lächeln verschwand sie.

Amy sah sich um. »Nett hier.«

»Hm, angenehme Atmosphäre.« Ich reichte Amy die Karte. »Such dir ein Eis aus.«

»Du nicht?«

»Nein, ich bin kein Fan von Süßkram.« *Jedenfalls nicht den von der kalorienreichen Sorte.*

»Bist du nicht?« Amy schien meine Gedanken lesen zu können. Ein wissendes Lächeln huschte über ihr Gesicht, als sie die Karte studierte und dabei wie beiläufig sagte: »Kuchen magst du.« Kurz sah sie hoch. »Und auch andere süße Sachen.«

Ich gab ihr darauf keine Antwort, sondern überlegte, ob ihr tatsächlich bewusst war, welche Süßigkeit mir in diesem Moment gefallen würde. Ich leckte mir über die Lippen und dachte an unseren Kuss.

Die Kellnerin kam zurück. Nachdem sie die Getränke auf den Tisch gestellt hatte, drückte Amy ihr die Karte in die Hand. »Ich nehme den Obstbecher.«

»Welche Eissorten?«

»Vanille und Schokolade.«

Die Kellnerin nickte und drehte sich um. Das ältere Paar links neben uns bat um die Rechnung.

Nachdem Amy ihr Eis serviert bekommen hatte, beobachtete ich sie.

»Probieren?« Amy schob mir die Dessertschale über den Tisch zu.

Ich schüttelte den Kopf.

»Du hast einen Blick drauf, als wolltest du etwas abbekommen.«

»Blödsinn.«

»Warum schaust du dann die ganze Zeit auf meinen Mund?«

O-oh. »Ertappt«, wich ich aus, nahm grinsend meinen Löffel vom Unterteller und stibitzte etwas vom Schokoladeneis. Ich konnte Amy schlecht sagen, dass ich mich in ihrer Gesellschaft wohlfühlte und den Drang verspürte, sie die ganze Zeit anzustarren, weil ich unseren Kuss nicht aus dem Schädel bekam. Das behielt ich lieber für mich, stattdessen stahl ich mir eine Weintraube. Und noch eine, und noch etwas Eis. Amy sagte nichts, wir löffelten gemeinsam. Es war schön, ich war entspannt.

Als das Eis verputzt, die Tassen leer waren, winkte ich die Kellnerin heran.

»Achtzehn Dollar.«

Bevor ich dazu kam, meine Brieftasche zu öffnen, hatte Amy ihre Geldbörse in der Hand und reichte der Kellnerin einen Zwanzig-Dollar-Schein.

»Was wird das?« Ich sah Amy verwundert an.

»Ich zahle.«

»Moment, ich habe dich eingeladen, ich zahle.«

Die Kellnerin verabschiedete sich hastig, wünschte uns einen schönen Abend und räumte den Tisch ab. Amy sah ihr hinterher.

Ich hob verständnislos die Hände. »Warum tust du das?«

Amy wandte ihr Gesicht mir zu. »Du wolltest nicht mit mir shoppen und Eis essen, ich habe dich mit der Wette genötigt.«

»Die Wette war meine Idee, und außerdem sind Wettschulden –«

Amy machte eine abwehrende Geste. »Ehrenschulden, ich weiß, komm jetzt.« Sie nickte mir zu, angelte nach den Tragetaschen und stand auf.

»Du weißt, wozu du mich wieder nötigst?« Ich schob den Stuhl zurück, um aufzustehen.

Sie lächelte. »Nein?«

»Ich muss das nächste Mal die Brieftasche zücken, ausgleichende Gerechtigkeit und so.« Misstrauisch hob ich eine Augenbraue. »Zu unserem Date lade ich dich ein. Ich komme mir wie der größte Trottel vor, weil du gezahlt hast.«

»Du hast mich am Sonntag auf ein Bier eingeladen.«

»Das zählt nicht.«

Amy stöhnte. »Meinetwegen, wenn dein Ego damit ein Problem hat.«

»Hat es.«

Ich ließ Amy den Vortritt, wenigstens ein bisschen Gentleman wollte ich sein. Ihr zwanzig Dollar aufzudrängen, war keine Option. Amy würde sie sowieso ablehnen.

Als wir das Café verließen, erinnerte ich mich, dass ich ihr bei unserer Ankunft nicht einmal den Stuhl zurückgezogen hatte.

Was war mit ihren Einkäufe, war es nicht meine Aufgabe, sie zu tragen?

Eindeutig musste ich an meinen Datefähigkeiten arbeiten.

»Äh, gib mal deinen Kram her.«

»Wieso?«

»Ich trage die Taschen.«

Sie reichte mir ihre Einkäufe. Drohend hob sie die Finger. »Wehe, du guckst.«

»Bin nicht neugierig«, sagte ich, was glatt gelogen war.

Amy

Travis reichte mir meine Einkäufe. Ich dachte, er würde sich eilig verabschieden und das Weite suchen, aber er blieb stehen, vergrub die Hände in die vorderen Taschen seiner Jeans und wippte auf den Fußballen.

»Donnerstag hole ich dich Punkt sieben Uhr abends ab«, sagte er. Ein kleines Lächeln legte sich auf seine Lippen. »Ich hoffe, das Date wird dir gefallen.«

»Das wird es.« Unschlüssig kaute ich auf der Unterlippe. »Was planst du?«

Travis deutete auf den Beifahrersitz. »Wenn du mich einen Blick in die Taschen werfen lässt, gebe ich dir einen Tipp.«

»Vergiss es.«

Er lachte. »Ich hätte es dir sowieso nicht verraten.«

»Ich habe keine Millisekunde überlegt, dir meine Einkäufe zu zeigen.«

Travis sah mich mit seinen blauen Augen wieder intensiv an. Es war der gleiche hungrige Blick, mit dem er mich im Café bedacht hatte, als er mir sagte, er würde angeblich nicht auf Süßkram stehen.

Er atmete geräuschvoll aus, seine Augen schweiften zu meinen Lippen. »Amy?«

»Ja?«

»Wir dürfen uns kein zweites Mal küssen.«

Ich hielt einen Augenblick die Luft an. »Ich weiß.«

Travis stand vor mir, ich klebte mit dem Rücken am Auto. Meine Gedanken schweiften zum Sonntag zurück. Ich hatte ihn geküsst, ohne nachzudenken. Es war ein unfassbar schöner Kuss gewesen und ich wusste, dass wir ihn keinesfalls wiederholen durften.

Unsicher hob ich den Blick zu Travis' Gesicht. Ich war mit meinen eins siebzig groß, aber er überragte mich.

Travis leckte sich über die Lippen. Das sah hot und sexy aus, genauso hatte er das im Café gemacht. Ich versuchte, mich von seinen Lippen abzulenken und auf den kommenden Samstag zu konzentrieren.

Kyle hatte mich zu einem Date eingeladen.

Wenn ich an ihn dachte, sollte es in meinem Unterleib kribbeln. Doch das Kribbeln spürte ich, wenn ich Travis ansah.

Verdammt, ich durfte das nicht spüren, wenn wir zusammen waren.

Sogleich fiel mir auf, dass Kyle mir nur einmal eine Nachricht geschickt hatte. Einen langweiligen Zwischenbericht vom Wettkampf: Die Stimmung unter den Teilnehmern und die Atmosphäre seien cool. Das war alles. Kein Hinweis, ob er sich auf das Date freute. Kein Anruf, keine SMS, wann morgen der Mannschaftsbus auf dem Campus eintreffen würde. Komischerweise störte mich das nicht, dabei sollte es mich stören.

Und während ich darüber nachdachte, passierte es.

Man hätte die Situation filmen müssen, um zu wissen, wer von uns beiden die imaginäre Linie überschritten hatte.

Unsere Lippen prallten aufeinander.

Wir hatten über uns die Kontrolle verloren. Travis' Hände umfassten mein Gesicht, als wollte er vermeiden, dass ich mich ihm entzog.

Aber anstatt ich mich gegen den Kuss wehrte, grub ich meine Finger in seine weichen Haare und zog sein Gesicht dichter an mich heran. Ich seufzte und Travis stöhnte in meinen Mund.

Plötzlich schob er eine Hand auf meinen Hintern und knetete eine Pobacke, die Finger der anderen Hand bohrte er in meine Hüfte.

Die nächsten Minuten war mein Kopf wie leergefegt, während wir stöhnten, ächzten, uns aneinander rieben, unser nicht enden wollender Kuss ungestümer wurde. Diese Knutschsession machte mich fertig. Kyle verschwamm vor meinem inneren Auge. Er war weit weg, Travis war bei mir.

Langsam kehrte die Realität in meinen Kopf zurück. Ich schnappte nach Luft, Sauerstoff flutete mein Hirn und half mir, die diffusen Gedanken zu ordnen.

Travis knabberte an meiner Unterlippe, dabei flüsterte er: »Gott, Amy, was tun wir hier?«

Er ließ mich abrupt los und trat einen Schritt zurück.

Ich fröstelte, obwohl es ein milder Abend war. Ich betrachtete Travis, sehnte mich nach seinen Berührungen. Er fuhr sich durchs Haar und legte den Kopf in den Nacken. »Das ist doch falsch, was wir tun, unfair gegenüber Kyle.«

Ich spürte einen Kloß im Hals wachsen. »Ja«, stieß ich hervor.

Travis' Augen waren dunkel vor Verlangen, er hob die Hand und strich mit den Fingerspitzen über meine prickelnden Lippen.

»Donnerstag. Wir ziehen das Date durch, danach brauchen wir Abstand.«

»Okay.« Ich legte meine ganze Kraft in dieses eine Wort.

Travis presste die Lippen zusammen. Schweigend sahen wir uns an.

Ich sah seinen Adamsapfel hüpfen, als er schwer schluckte. »Amy, es tut mir leid … Ich …« Er zeigte erst auf mich, dann auf sich. »Ich kann das nicht.«

Ich atmete zitternd aus. »Verstehe.«

Nachdem er weggefahren war, stand ich regungslos auf dem menschenleeren Parkplatz.

Warum sagte er, dass er das mit uns nicht könne?

Ich zwang mich, ruhig zu atmen. Travis' zurückweisende Worte lagen schwer auf meinem Herzen.

Zwei Mal hatten wir uns geküsst. Ich hatte gedacht, dass ich ihm vielleicht doch etwas bedeutete.

War ich doch nur die Frau, mit der er lediglich befreundet sein wollte?

Es schien so zu sein. Mein Magen zog sich zusammen. Offenbar hatte sich zwischen uns nichts geändert.

19. Amy

Ein bisschen Schminke gehört dazu

Ich riss mich zusammen und ignorierte das unangenehme Ende des Dienstagabends. Während des Soziologieseminars am Mittwoch waren Travis und ich miteinander umgegangen, als wäre zwischen uns nichts vorgefallen, als hätte es den zweiten Kuss nicht gegeben. Zum Glück war Kyle noch unterwegs gewesen. Ich hätte ihm keine Sekunde in die Augen sehen können.

Aber heute war Donnerstag. Ich stand unter der Dusche und bereitete mich auf das Date vor. Ich fuhr auf Kyle ab, trotzdem schwirrte Travis in meinem Kopf herum. Ziemlich penetrant.

Er beobachtete mich, wie ich mich überall rasierte, streckte die Hand aus und zeigte vorwurfsvoll nach unten. *Vergiss bloß die Schienbeine nicht, oder willst du dort Zöpfe flechten? Das ist ja der reinste Wollteppich.* In meinem Schädel war er nur am Meckern.

Das kann dir doch egal sein, blaffte ich zurück, *du wirst sowieso nichts zu sehen bekommen, also verschwinde aus meinem Kopf.*

Was dachte er denn, für wen ich mich aufmotze?

Für ihn? Definitiv nicht.

Ich machte diese nervige Prozedur nur für Kyle, damit ich in Übung war, wenn ich mich das zweite Mal über sämtliche Härchen hermachte. Am Samstag wollte ich Eindruck schinden.

Zufällig hatte ich Kyle heute zwischen zwei Kursen getroffen. Ich hatte ihn gefragt, ob er erfolgreich gewesen war. Er hatte sich einen Platz unter den ersten drei erhofft. Weil es nicht geklappt hatte, war er etwas enttäuscht gewesen. Meinen Glückwunsch hatte ich ausgesprochen, aber nicht weiter nachgebohrt, was schiefgelaufen war. Auch Sprüche wie *Dabeisein ist alles* hatte ich mir verkniffen.

Während ich etwas hibbelig wegen Samstag war, schien Kyle keine Spur nervös zu sein. Anstatt über uns und das Date zu reden, hatte er mich gefragt, wie meine Woche bisher verlaufen war, was Ariana und ich alles gemacht hatten. Dann hatte er noch wissen wollen, ob ich Freitag Zeit hätte, um mit ihm am sokratischen Gespräch für unser Soziologieprojekt zu arbeiten. Ich war einverstanden und wir hatten uns zum Frühstück im Stuart verabredet.

Ehrlich gesagt, war ich ganz froh, dass Kyle und ich zu zweit sein würden. Travis durfte in meinem zukünftigen Leben keine Rolle mehr spielen. Ich hatte die letzten beiden Nächte analysiert, warum wir uns geküsst hatten. Auf die Idee war er früher nie gekommen und mein Verstand weigerte sich zu verstehen, warum er das gemacht hatte, wenn ich ihm nichts bedeutete.

Dass wir uns geküsst hatten, war ein monstergroßer Fehler gewesen. Das hatten mir sein Abgang und seine Worte bewiesen. Doch obwohl mich das Ganze unsagbar schmerzte, brauchte ich ihn.

Wenn ich nicht Schiss hätte, das Date mit Kyle zu vermasseln, würde ich auf den heutigen Abend verzichten. Ich musste wieder eine Mauer zwischen uns hochfahren.

Nachdem ich das Studium am Boston College aufgenommen hatte, war das eine hilfreiche Strategie gewesen. Ich hatte mich nur noch auf Dinge konzentriert, die nichts mit Travis zu tun hatten.

Kicken würde ich für das Footballteam. Schließlich hatte es meine Zusage bekommen. Aber nach der Saison würde Schluss sein. Nicht einmal ein dickes Stipendiumangebot könnte mich von meiner Entscheidung abbringen.

Ich trocknete mich ab, wickelte mich in mein Handtuch und wischte über den beschlagenen Spiegel. Ich forschte in meinem Gesicht.

Sah so eine Frau aus, die sich auf den Abend freute? Irgendwie war seit Travis' Abfuhr alles kompliziert geworden.

Egal, den Abend durchziehen, dachte ich, schaltete den Föhn an und kümmerte mich um meine Haare. Ich öffnete die Badtür, den Blick gesenkt. Irgendwie zogen mich die Erinnerungen von Dienstagabend runter.

»Hey, hast du was vor?«

Ich fuhr zusammen und stieß einen Schreckenslaut aus.

»Himmel, Ariana, du hast mich erschreckt.« Ich runzelte die Stirn. »Was machst du überhaupt hier? Du bist doch auf einer Pyjamaparty?«

»Und den Pyjama habe ich vergessen. Sorry, Amy.« Sie wühlte in ihrem Kleiderschrank und zog ein dunkelblaues Satin-Set heraus, das sie in ihre Tasche stopfte.

Arianas Augen blitzten teuflisch auf, als sie die Klamotten auf meinem Bett entdeckte.

Sie grinste spitzbübisch. »Hey, was hast du denn heute noch vor?« Ihre Augenbrauen tanzten hoch und runter. »Planst du eine heiße Nacht, ohne mir zu sagen, wer der Glückliche ist?«

Ertappt schnappte ich nach Luft. »Es ist nicht das, wonach es aussieht.«

»Nach was sieht es denn aus?« Ariana legte den Kopf schräg. »Amy, ich hau erst ab, wenn du mir seinen Namen verrätst.«

»Ich habe Samstag ein Date mit Kyle.«

»Kyle?« Ariana tippte sich gegen die Lippen. Sie johlte auf. »Den hübschen Kerl, den wir gestalkt haben?«

Ich verdrehte die Augen. »Wir haben niemanden gestalkt.«

»Niemanden?«

»Okay, wir haben ihn gestalkt, egal, er ist mein Date.«

»Am Samstag«, berichtigte mich Ariana. »Und wer ist es heute?«

Ich holte tief Luft. »Travis.«

Ariana klappte der Mund auf. Einen Augenblick schwieg sie, bevor sie angestrengt schluckte und ungläubig fragte: »Travis McCants?«

Wieder Schweigen.

Ich presste die Lippen zusammen, bevor ich schließlich antwortete. »Er ist nur mein … mein Probedate.«

»Was ist er?« Ihr skeptischer Blick war eindringlich. »Wieso Probedate? Das klingt schräg.«

Ich starrte auf meine Füße. Irgendwie konnte ich ihr in diesem Moment nicht in die Augen sehen. »Wir haben einen Deal. Er hilft mir, am Samstag keinen Fehler zu machen, dafür habe ich im Footballteam die Kickerposition übernommen.«

»Travis ist ziemlich heiß.«

Schulterzuckend sah ich sie an. »Was nichts daran ändert, dass ich nur mit ihm heute ausgehe, damit das mit Kyle klappt.«

»Aber ich verstehe nicht, warum du Travis' Hilfe brauchst. Ich hätte dir ein paar Tipps geben können.« Ihre Stimme klang unterschwellig vorwurfsvoll.

»Es geht nicht um ein paar simple Schminktipps«, wand ich mich und atmete einmal tief durch, bevor ich ihr gestand: »Ich habe keine Erfahrung auf dem Gebiet, deshalb brauche ich ihn.«

»Aber ein bisschen Schminke gehört dazu. Oder willst du mit nackigem Gesicht auf dein Date gehen?«

Ich warf ihr einen genervten Blick zu. »Ich sehe wie ein Clown aus, wenn ich mich bemale.«

»Los, Amy, setzt dich auf mein Bett. Ich sorge dafür, dass Travis die Hose eng wird.«

Ich lachte kopfschüttelnd. »Wenn, dann soll Kyle bei meinem Anblick sabbern.«

»Travis soll nicht in Schnappatmung verfallen?«

»Nein.«

Mehr Infos gab ich Ariana nicht. Wenn sie wüsste, in welches Gefühlschaos ich mich bereits mit ihm gestürzt hatte, würde sie mich vermutlich mit Fragen bombardieren. Nein, danke, darauf hatte ich keine Lust.

Ariana nickte mir lächelnd zu. »Ich zeige dir morgen ein paar Tricks, damit dein Gesicht trotz Schminke natürlich wirkt, okay?« Sie zog die Schublade von ihrem Nachtisch auf. »Jetzt mache ich dich für dein«, sie deutete Gänsefüßchen in der Luft an, »*Probedate* hübsch.«

Misstrauisch schielte ich zu den Utensilien, die Ariana aus ihrem Schminktäschchen holte und auf ihrem Bett verteilte. Da sie eher ein auffälliges Make-up bevorzugte, sah ich der Prozedur mit einem flauen Gefühl im Bauch entgegen.

»Mal schauen, woran wir bei dir arbeiten müssen.«

Oh Gott, wenn sie schon so anfängt. Ich lächelte gequält, während Ariana mich musterte.

Sie rieb sich die Hände und legte los. Die nächsten zehn Minuten hatte ich Hitzewallungen, Schüttelfrost und einen rasenden Puls. Es war das erste Mal, dass mir künstliche Farbe auf die Haut geklatscht wurde.

»Perfekt.« Sie reichte mir ihren Spiegel.

Ich betrachtete mich.

»Wow.« Anerkennend verzog ich den Mund. Ariana hatte mich nicht in eine Gruselfigur verwandelt, sondern alles aus meinem Gesicht herausgeholt, was möglich war. Die Augen wurden sanft betont, die Lippen glänzten in einem aprikosenfarbenen Ton, die Haare hatte sie mir zu einem Messy Bun zusammengefasst. Der lässige Dutt passt zu dem soften Look.

»Du solltest dich öfters schminken, das steht dir super.«

»Das hast du toll hinbekommen, danke«, sagte ich, drehte meinen Kopf hin und her, um mich weiter zu begutachten.

»Kann ich verschwinden?«, erkundigte sich Ariana. Sie sammelte Eyeliner, Lipgloss und den Rest zusammen, dann verschwand alles wieder in ihrem Nachttisch.

»Anziehen schaffe ich allein«, witzelte ich.

Ariana strich über meinen Arm. Ihre Augen wanderten erneut zu meinen Klamotten auf dem Bett. »Schickes Outfit hast du dir geholt.«

»Ich wurde von einer Verkäuferin beraten.«

Sie zog eine Augenbraue hoch. »Normalerweise wäre auch das mein Job gewesen.«

»Tut mir leid.« Ich kräuselte betreten die Nase. »Kommt nicht wieder vor.«

Ich fühlte mich mies, doch Ariana erlöste mich schnell von meinem Schuldgefühl.

»Mach dir keine unnötigen Vorwürfe, Amy.« Sie winkte lässig ab. »Hab viel Spaß heute Abend.«

»Den wünsche ich dir auch.«

An der Tür drehte sie sich um. Lächelnd blickte sie zu mir herüber.

»Du wirst mir alles erzählen, verstanden? Jedes Detail von deinem Probedate.«

»Das werde ich«, sagte ich und streckte Zeige- und Mittelfinger zum Schwur.

Nachdem Ariana das Zimmer verlassen hatte, zog ich das Handtuch von meinem Körper.

Mein Herz raste los und meine Finger zitterten, als ich anfing, mich anzuziehen.

Es fühlte sich komisch an, gleich die Klamotten zu tragen, die für Kyle bestimmt waren. Außerdem hofft ich, mich den ganzen Abend in Travis' Nähe gelassen zu präsentieren.

20. Travis

Machst du das immer so?

Es ist nur ein Date, ein einfaches Date, nichts, was meine Welt erschüttern wird, redete ich mir ein. Ich parkte den Wagen, zog den Schlüssel ab und stieg aus.

Ich war pünktlich, es war gleich sieben Uhr.

Ein letztes Mal fuhr ich mir durchs Haar. Mein Blick wanderte an mir herab.

Ich hatte ein entspanntes Outfit gewählt, nicht zu overdressed. Blaue Jeans, schwarzer Gürtel, schwarze Lederschuhe, weißes T-Shirt und ein dunkelgraues Jackett.

Ich zwickte mir in den Nasenrücken und schüttelte lachend den Kopf. Ich konnte es immer noch nicht glauben, dass ich mein erstes Date hatte. Und das mit der Frau, die ich als junger Knilch bereits auf der Highschool hatte daten wollen.

Nur war diese Verabredung ein Probedurchlauf.

Merkwürdig, dass mein Herz hart gegen meine Rippen hämmerte. Ich wollte heute cool und locker sein, aber meine Coolness flog davon und ich hatte das Gefühl, auf Eiern zu laufen.

Ich näherte mich der Welch Hall. Bewegung war am Eingang, jemand öffnete die Tür. Mir verschlug es für einen Augenblick den Atem.

Wo war meine verdammte Spucke abgeblieben? Meine Mundhöhle war schlagartig staubtrocken.

Amy schaute beim Hinaustreten auf ihr Handy. Vermutlich wollte sie wie ich pünktlich sein, oder …

Mist, wollte sie nicht, dass Ariana mitbekam, dass wir verabredet waren?

Versuchte sie, mich abzufangen?

Mein Herzschlag legte einen höheren Gang ein, meine Zunge klebte mir am Gaumen. Ich blinzelte, weil mein Kopf wie leergefegt war, als ich meine Augen über Amy schweifen ließ. Amy war schön, unfassbar schön.

Das Haar hatte sie lässig zu einem Dutt zusammengefasst. Ich biss mir schmunzelnd auf die Lippe, denn sie trug ein enges, schwarzes Kleid, das nur zur Hälfte ihre Oberschenkel bedeckte, darüber eine stylische Lederjacke.

Meine Augen glitten über ihre Beine. Ich wusste, dass sie lang, schlank und durchtrainiert waren, aber in den schwarzen High Heels wirkten sie noch länger. Für solche hammermäßig schönen Beine bräuchte sie eigentlich einen Waffenschein.

Und ihr Gesicht. Amy schminkte sich sonst nie, was ich gut fand, aber heute Abend hatte sie es in Szene gesetzt. Ihre blauen Augen leuchteten, ihre glänzenden Lippen wirkten wie eine Aprikose und riefen danach, geküsst zu werden.

Geküsst?

Bloß nicht!

Ich durfte Amy auf keinen Fall küssen.

Ich musste es mir verbieten. Dringend.

Mit Gefühlen spielte man nicht, deshalb sollte ich Amy gegenüber fair bleiben. Ich hatte ihr gesagt, dass zwischen uns nichts laufen würde. Außerdem war sie am Samstag mit Kyle verabredet. Shit. Wenn sie diese Wirkung auf mich hatte, dann würde sie Kyle ebenso beeindrucken.

Amy blieb vor mir stehen. »Tada.« Sie zeigte an sich herab. »Und, habe ich den ersten Test bestanden?«

Ich nickte, kratzte den letzten Rest Spucke irgendwie zusammen, damit sich meine Zunge löste. »Mm-hm, mit dir kann man ausgehen.«

Amy riss die Augen auf. »Das ist alles?« Zuerst präsentierte sie mir ihre linke, dann ihre rechte Seite. »Na?«

Ich trat einen Schritt zurück, verschränkte die Arme und legte den Kopf schräg, als wäre ich der bekannte Modedesigner Marc Jacobs.

Kritisch betrachtete ich sie. »Noch einmal eine komplette Drehung, Miss Tolan.«

Amys Augen blitzten auf. Sie drehte sich um die eigene Achse, zeigte mir einen vollendet lasziven Augenaufschlag und hauchte: »Also, *Mister* McCants, sind Sie mit meinem Aussehen zufrieden?«

Ich verzog gönnerhaft das Gesicht. »Ja, ganz okay.«

»Okay?« Amy lachte, dann liefen wir zu meinem Auto.

Ich öffnete ihr die Beifahrertür. Amys Parfüm stieg mir in die Nase. Ein Mix aus Orange und Zedernholz. Lächelnd flüsterte ich an ihr Ohr. »Tolles Kleid, du siehst höllisch sexy aus.«

»Danke.« Amy sah mich an, ihre Wangen röteten sich. »Du siehst auch sehr gut aus.« Ich könnte schwören, dass sie leise »Wie immer« hinzugefügt hatte. Schnell stieg sie ein. Ihre letzten Worte waren offensichtlich nicht für meine Ohren bestimmt gewesen. Ich registrierte ihren verlegenen Blick. Dazu sagte ich nichts, sondern schlug die Tür zu, umrundete den Wagen und stieg ein.

»Verrätst du mir jetzt, wohin wir fahren?« Amy sah mich erwartungsvoll an.

»Warte ab«, sagte ich und startete den Motor.

Wir verließen den Campus, bogen wenige Minuten später in die Straße ein, die nach Boston führte.

»Willst du mich die ganze Fahrt über auf die Folter spannen?«, fragte sie und sah mich lachend von der Seite an.

Ich bedachte Amy mit einem vergnügten Blick.

»Bleib geschmeidig neben mir sitzen, Honey, und genieße die Fahrt.«

»Honey, Travis?« Amy boxte mir verspielt gegen den Arm. »Der Abend fängt ja gut an.«

Ja, das tut er. Grinsend schaute ich nach vorn.

»Ähm, ganz nett hier«, sagte ich hilflos grinsend und rutschte auf meinem Stuhl herum. Da Amy genauso verkrampft lächelte, anstatt dass sie mir eine Antwort gab, steckte ich mir schnell ein paar Nüsse in den Mund, die in einem silbernen Schälchen vor uns standen. So brauchte ich erst mal nichts weiter zu sagen.

Ich verzog irritiert den Mund. *Sind das überhaupt Nüsse?*

Die Dinger hatten einen komischen Kräutergeschmack. Schnell spülte ich mit Wein nach, der ganz passabel schmeckte. Wenigstens war der kein Fehlgriff. Auch der Laden hatte Stil, weshalb ich ihn ausgewählt hatte. Mir gefielen die moosgrünen, samtbezogenen Sitzflächen, der anthrazitfarbene Estrischboden und die von der Decke baumelnde Kupferleuchten. Klavierklänge erfüllten den Raum. Es war eine ruhige, leider auch langweilige Atmosphäre.

Amy sah sich um, ihre Hände spielten mit ihrer Serviette. Diese weißen, kupfergeränderten Stofffetzen auf unserem Tisch, die eigentlich den sterbenden Schwan spielen sollten, waren mit den Gläsern und dem Besteck vermutlich teurer als unser gesamtes Outfit.

Irgendwie fühlte ich mich deplatziert. Das *Le Clement* war ein Gourmettempel, eher was für Yuppies, aber kein Laden für Leute wie mich und vermutlich auch nicht für Amy. Sie machte ein Gesicht, als würde sie ähnlich fühlen. Ich fing zu zweifeln an, ob Mädels wirklich in solche Edelschuppen ausgeführt werden wollten.

Ich hatte nicht einmal verstanden, was ich uns beiden bestellt hatte. Ich konnte kein Französisch – jedenfalls nicht auf diesem Gebiet – und Amy hatte gesagt, ich sollte für uns beide auswählen.

Tja, da hatte sie mir schön den schwarzen Peter zugeschoben.

Also hatte ich geguckt, was sich einigermaßen essbar anhörte, und betete gen Himmel, dass ich keine den Tierschutz auf die Matte rufende Entenstopfleber, schlabbrige Muscheln oder anderen Scheiß bestellt hatte.

Klar, ich hätte den piekfeinen Pinkel von Kellner fragen können, was sich hinter den Namen der Gerichte verbarg. Doch der Schnösel hatte bei der Bestellung dermaßen dämlich gegrinst, als könnte er mir an der Nase ablesen, dass ich mit dem ganzen Mist überfordert war.

Amy seufzte und schob sich gedankenverloren eine dieser undefinierbaren Nüsse in den Mund.

»Bäh!« Sie verzog nicht weniger angewidert als ich das Gesicht. »Haben sie die Dinger in Basilikum gewälzt?«

Ich lachte. »Keine Ahnung, aber sie schmecken komisch.« Ich forschte in Amys Gesicht. »Woran denkst du?«

Sie nippte am Wein. »Dass ich einen Mordshunger habe und wenn ich mehr von dem teuren Gesöff trinke, mir noch ganz übel wird.« Schmunzelnd stellte sie das Glas zurück.

Es vergingen weitere Minuten, die wir uns unwohl ansahen. Ein Gespräch wollte nicht aufkommen. Wenn der Abend so weiter verlief, würde er in einem Desaster enden.

»Das Essen für die Herrschaften.« Schwungvoll landeten zwei riesengroße Teller auf unserem Tisch. »Voilà, bon Appétit.« Der arrogante Pisser grinste mich wieder von der Seite an, während Amy und ich perplex auf unsere Teller starrten. Ich schien unser Date regelrecht an die Wand zu fahren, wenn ich das Etwas genauer betrachtete, das einsam zwischen zwei Blümchen auf unserem Teller lag.

»Gebackenes Ei, darauf geeistes Trüffelpüree mit Kaviar garniert, alles exquisit mit Goldstaub abgerundet.« Die Hand des Kellners tänzelte über unsere Teller, das Kerzenlicht flackerte auf. Wenn der Bursche nicht aufpasste, fing sein Hemd Feuer. Bei der Vorstellung kämpfte ich gegen das Lachen an und zwang mich zu einem freundlichen Gesicht.

Zumindest hatte er uns verraten, was für eine einsame Kreation auf unseren Tellern lag, wobei ich außer dem Kartoffelzeug alles andere beim Auftragen erkannt hatte.

Mannomann, was für ein Witz hier ablief.

Jetzt sah ich den Karren, der sich Date nannte, in tausend Teile an der Wand zerschellen.

Ein fürchterliches Fiasko!

Als der Kellner gegangen war, neigte sich Amy nach vorn und zupfte an meinem Ärmel.

»Ist es wirklich die richtige Umgebung für ein Date?« Misstrauen lag in ihrem Gesicht, als sie ergänzte: »Machst du das immer so?«

»Frauen stehen drauf.« Ich hob die Schultern. Ich konnte Amy schlecht sagen, dass ich keinen blassen Schimmer hatte und mir keinesfalls vorstellen konnte, so einen Quatsch ein zweites Mal durchzuziehen. Außerdem knurrte mir der Magen, was Amy ein Grinsen ins Gesicht zauberte.

»Burger und Pommes.« Sie leckte sich über die Lippen, ich stöhnte leise. »Steak und Backkartoffel.«

»Und du willst Stein auf Bein behaupten, dass du mit deinen Dates hierher gehst?«

Amy ließ meinen Arm los, ein teuflisches Grinsen breitete sich in ihrem Gesicht aus. »Ich mach ein Foto … Das glaubt mir sonst keiner.« Bevor ich protestieren konnte, hatte sie ihr Handy aus ihrer Clutch gezogen. »Gold auf einem Ei, das muss ich auf Insta posten. So was sieht man sonst nur im Film.«

»Aber du verrätst niemandem, dass das hier dein Date ist.« Das wäre mir zu peinlich.

Lachend winkte sie ab. »Nein, ich werde deinen Ruf nicht ruinieren.«

»Okay, ich will ehrlich sein. Du bist die Erste, die ich in so einen Laden ausführe.« Ich schlug mir die Hand auf die Brust. »Steinige mich.«

Sie runzelte die Stirn.

»Warum hast du überhaupt diesen Edelschuppen ausgesucht?«

»Ich wollte dir etwas Besonderes bieten. Was weiß ich, wohin Kyle dich ausführen will?«

Amy packte ihr Handy weg. »Ich weiß deinen Eifer zu schätzen und die Idee ist auch irgendwie süß.« Sie runzelte die Stirn und suchte nach Worten, den Moment nutzte ich aus.

»Oh, du weißt meine Idee zu schätzen«, zog ich sie auf.

Amy nickte. »Ehrlich, Travis, das tue ich.« Sie senkte verschwörerisch die Stimme und winkte mich zu sich heran, und ich neigte mich über den Tisch. »Gegenüber von diesem Laden gibt es ein Diner. Da kann man normal essen, denke ich«, flüsterte sie mir zu.

Ich lehnte mich zurück. »Soso, du willst abhauen?«

»Willst du dich mit Metall vergiften?« Sie deutete auf das Ei. Nachdenklich tippte sie sich auf die Lippen. »Wer weiß, was uns noch für verrücktes Zeug aufgetischt wird. Am Ende bist du ein Monatsstipendium los und hast immer noch ein Loch im Bauch.«

Wo sie recht hatte …

Ich zog meine Kreditkarte aus der Brieftasche. »Diner gegenüber?«, vergewisserte ich mich.

»Unbedingt. Und wehe, du kaufst mir irgendwo eine lächerliche Blume.«

Bestimmt nicht. Mit einer Rose hätte ich mich bei ihr glatt zum Oberhorst gemacht.

Nachdem ich die Rechnung beglichen hatte, flüchteten wir aus dem *Le Clement.*

Ohne nachzudenken, packte ich Amy, hob sie hoch und rannte mit ihr über die Straße.

»Was soll denn das«, rief sie lachend. »Ich kann allein laufen.«

»Mit den Mörderschuhen stöckelst du wie ein ungelenker Storch, da trag ich dich lieber, bevor du es dir anders überlegst und doch noch ein paar überteuerte Goldeier futtern willst.«

»Jaja, ich verstehe deine Sorge.« Sie schlug mir auf die Schulter. »Nun lass mich aber runter.«

Wir betraten das Diner, ein schicker Laden im Fünfzigerjahre-Retrolook. Aus dem Lautsprecher drang Doja Cats Stimme und Amy bewegte im Rhythmus von *Kiss me more* ihre Schultern mit, als ich sie durch den Raum führte.

Wir setzten uns ans Fenster. Eine rundliche Frau in blauer Uniform brachte uns zwei Karten. »Ich bin gleich bei euch«, sagte sie, bevor sie sich entfernte.

Amy studierte das Angebot.

»Und, was soll ich dir bestellen?«

Amys blaue Augen funkelten. »Einen Vanille-Milchshake, eine Cola, zwei Chickenburger und Pommes, mit viel Mayo.«

Ich musterte sie amüsiert. »Bist du noch im Wachstum?«

»Ich habe den ganzen Tag gehungert, weil ich mich auf das Essen gefreut habe.«

»Dann hol dir alles, worauf du Lust hast.« Ich warf zufrieden einen Blick in die Karte. Schön, dass Amy eine Frau war, die sich natürlich gab und Spaß am Essen hatte. Schlagartig hatte ich das Gefühl, Amy war die Frau, die perfekt zu mir passte. Der passende Deckel, ich war ihr Topf.

Bald standen Burger, Steak und alles, was wir sonst noch bestellt hatten, auf dem Tisch.

Als würden wir weiterhin teuren Wein trinken, stießen wir an. »Auf den Abend!« Mein an die Wand gefahrener Karren schien doch keinen großen Schaden genommen zu haben.

»Auf was wollen wir trinken?«, fragte ich. »Dass uns die Bäuche nicht platzen?«

Amy sah mich schweigend an. Sie räusperte sich. »Auf das, was wir uns am sehnlichsten wünschen.«

Ich lächelte. »Gute Idee. Cheers.«

Unsere Gläser klirrten beim Aneinanderstoßen. Wir hielten unsere Wünsche vor dem anderen verborgen.

Dann stürzten wir uns auf das Essen. Ich hatte lange nicht mehr so viel Spaß gehabt.

Wir aßen, tranken, redeten über dies und das. Ich konnte von diesem Abend nicht genug bekommen, ich bekam von Amy nicht genug.

Zum Abschluss gab es Kuchen. Amy verputze ein Stück Cranberrycake. Ich hatte mich für einen Brownie entschieden, wobei Amy sich freudig an meiner Leckerei zu schaffen machte. Dabei zeigte sie kein schlechtes Gewissen.

»Wollen wir tanzen gehen?« Sie klaute mir die letzten Krümel vom Teller.

Überrascht schluckte ich die Cola hinunter und stellte das Glas ab.

»Ich dachte, wir gehen in eine chillige Bar.«

»Cocktails schlürfen?«

»Äh, ja?«

»Also, wenn du das nächste Debakel erleben willst«, Amy breitete die Arme aus, »okay, ich bin dabei.«

Wir sahen uns an, unsere Mundwinkel zuckten und wir brachen in Gelächter aus.

»Keine Cocktails in einer öden Bar?«, vergewisserte ich mich spaßeshalber.

»Nein, lieber in einem Club die Nacht durchtanzen.«

»Wenn das dein Wunsch ist, werde ich ihn dir erfüllen.«

»Und wohin gehen wir?«

»In Bostons besten Club.« Und so brachen wir zum nächsten Abenteuer auf.

21. Amy

Wir sind nur Freunde

Das Blue Knights war ein großes, zweistöckiges Haus, das unzählige Gäste anlockte, obwohl die härtesten Türsteher der Stadt den Eingang bewachten. Es gab keine Garantie, eingelassen zu werden, egal, wie viele Stunden man in der meterlangen Schlange gewartet hatte.

Diese Informationen hatte ich von Ariana. Zweimal hatte sie sich umsonst die Beine in den Bauch gestanden. Offenbar waren ein hübsches Gesicht und eine sexy Figur kein Freifahrtschein für diesen Club. Super, dass Travis mit mir unbedingt hierher wollte.

Ich tanzte gern, keine Frage, aber mich irgendwo anzustellen, um schlussendlich dann doch noch an der Tür zu scheitern, war für mein Ego keineswegs schmeichelhaft. Lieber hing ich vor dem Laptop ab, kümmerte mich um meinen Studienkram oder las ein Buch.

Ich war halt keine Frau, die ihr Selbstbewusstsein wie eine Trophäe vor sich hertrug. Im Gegensatz zu Travis, dessen Ego überdimensional groß war.

Er steuerte direkt auf die beiden Türsteher zu, meine Hand hielt er dabei fest umschlossen. Es schien ihm egal zu sein, dass ich mich unwohl fühlte und er mich hinter sich herziehen musste.

»Du kannst doch nicht vordrängeln«, zischte ich, bemüht, meinen Tonfall einigermaßen im Zaum zu halten. Zu laut wollte ich Travis nicht anmachen. Die Leute in der Schlange guckten irgendwie komisch zu uns herüber, jedenfalls empfand ich es so

Travis schaute belustigt über die Schulter zu mir. »Glaubst, du, ich marschiere mit dir nach vorn, wenn ich eine Abfuhr riskiere?«

»Kennst du die Türsteher?«

»Ich bin einer der Eagles, mir steht jede Clubtür offen.«

»Na klar.« Ich verdrehte die Augen. *Meine Güte, wie kann man so von sich eingenommen sein?*

Die beiden Türsteher nickten Travis zu, mich behandelten sie wie Luft. Ich presste die Lippen zusammen, damit mir keine dumme Bemerkung herausrutschte. Bloß keine Gedanken darüber machen, wie viele Mädels von ihm hierher mitgeschleppt wurden. Ich war sowieso nur heute hier.

»Hey Alter, was geht ab?« Einer der Türsteher zog Travis in eine Umarmung. Die beiden schlugen sich gegenseitig auf die Schulter, als wären sie die besten Bros. Ich fand den Kerl gruselig. Er erinnerte mich an einen Gangster. Seine Nase war breit und schief geschlagen. Ein glatzköpfiger Koloss im schwarzen Anzug. Der andere sah nicht minder gefährlich aus. Kein Wunder, dass sie die Herrscher über die Tür waren.

Nachdem Travis den anderen Türsteher begrüßt hatte, zog der Glatzkopf die schwere Eisentür auf und ließ uns hinein.

Ich riss den Mund auf. *Wow, was für ein genialer Club.*

Die Musik schallte aus Lautsprechern, der Boden vibrierte. Eingelassene Spots in der Decke und eine Bar mit zwei Lichtsäulen und abgerundetem Tresen verliehen dem Club einen besonderen Charme. Es gab einen riesengroßen Dancefloor und einladende Sitznischen.

Männer und Frauen tanzten, standen zusammen und schlürften Getränke, jeder hier war gut drauf.

»Amy!« Ich drehte mich um und schlug mir überrascht die Hand vor dem Mund.

»Hayden, was machst du denn hier?«

Wir mussten schreien, um uns zu verstehen.

Seit Hayden das Hockey House verlassen hatte, trafen wir uns manchmal auf dem Campus, aber meist war eine von uns beiden in Eile. Zeit für ein längeres Gespräch hatten wir dadurch nie.

»Dean feiert mit ein paar Eishockeykumpels hier.«

»Unter der Woche?« Ich nickte ihr zu. »Ich habe dich im Hockey House schon ewig nicht mehr gesehen. Nur manchmal deinen Freund.«

»Ist eine Ausnahme. Studium, Training, ist einfach zu stressig. Und was machst du hier?«

Ich zeigte zur Bar. »Travis hat mich mitgenommen.«

Hayden sah mich bedeutungsvoll an. »Du und Travis?« Verschwörerisch neigte sie sich zu meinem Ohr. »Ich wusste gar nicht –«

Ich wedelte abwehrend mit der Hand. »Nein, nein, wir sind nur heute hier, eine Ausnahme … Äh, als Freunde.« Ich versuchte, harmlos zu umschreiben, warum wir im Blue Knights gelandet waren.

»Freunde seid ihr? Aha.« Hayden winkte ab und zeigte nach oben. »Kommt zu uns hoch, oder sind noch mehr Leute von euch hier?«

Ich schüttelte den Kopf. »Nein, ich sag Travis Bescheid. Wenn er will, dann kommen wir.«

Während ich zusah, wie Hayden die Treppe hochstieg, kam Travis. Er reichte mir das Wasser, um das ich ihn gebeten hatte.

»War das Hayden?«, fragte er und trank einen Schluck Bier aus seiner Flasche.

»Ja, sie, Dean und ein paar Eishockeyspieler sind hier. Sie fragt, ob wir zu ihnen kommen wollen.«

Travis nickte. »Wenn du willst, ich habe nichts dagegen.«

Lächelnd nahm er meine Hand. Es war eine Geste, so vertraut und schön, dass meine Schmetterlinge im Bauch endgültig die Seiten wechselten. Unerwartet tauchte eine Frage in meinem Kopf auf, die ich erst zu ignorieren versuchte, die aber immer lauter wurde: *Will ich Kyle am Samstag wirklich treffen?*

An der Treppe blieb Travis stehen. Er ließ mir den Vortritt, seine Hand spürte ich federleicht an meinem Rücken.

»Travis, Amy, ihr hier?«, rief Dean und winkte uns zu.

Nachdem wir uns zu ihm und seinen Freunden durch gekämpft hatten, begrüßten wir uns. Die Männer gaben sich einen flüchtigen Handschlag, ich wurde kurz umarmt.

Travis

Dean und ich hatten uns in eine Ecke zurückgezogen, wo man sich ohne Gebrüll unterhalten konnte. Nachdem wir unser Bier gelehrt hatte, bestellte er zwei neue Flaschen am Tresen. Er kam zu mir geschlendert und reichte mir meins.

»Ich bin neugierig.« Er musterte mich. »Amy, ja? Läuft da was?«

Ich stand an der Wand gelehnt und warf ihr einen Blick zu, eigentlich warf ich ständig Blicke in ihre Richtung. Etwas zwang mich, sie heimlich anzustarren. Amy und Hayden standen an der Bar und unterhielten sich.

Ich schüttelte den Kopf. »Nein, wir sind zufällig hier gelandet. Wir haben ein Soziologieprojekt zusammen.« Eine andere Ausrede fiel mir nicht ein.

Dean zog die Stirn in Falten. »Sozio, was?« Er tippte glucksend seine Bierflasche gegen meine Brust. »Ich bin nicht blind, Mann. Du beobachtest sie, seit wir hier stehen. Gehört das etwa zu eurem Sozio–« Er drückte die Flasche an seine Lippen und schnaubte hinein. »Was auch immer das für ein Projekt ist.«

»Nein, wir sind nur Freunde«, wiegelte ich ab. Dean hatte mich zwar durchschaut, aber ich würde ihm gegenüber nie zugeben, dass Amy mehr als eine Freundin für mich war. Ich kämpfte gegen meine Gefühle an, schlimm genug, dass ich Dean nichts vormachen konnte.

»Amy wirkt nach außen spröde, aber ich kenne sie aus dem Hockey House. Sie ist echt nett und hat Hayden geholfen, den Job hinter der Bar hinzubekommen.«

»Sie kickt für unser Footballteam.« Ich wechselte das Thema, um Dean von seinen Gedanken abzubringen. Er brauchte mir Amy nicht anpreisen. Ich wusste, dass sie hinter ihrer Kratzbürstigkeit ihre sensible Seite verbarg. Amy und ich waren uns ähnlich. Wir beide versuchten, unser verletzbares Inneres zu verbergen.

Dean hob die Augenbrauen. »Ach, tatsächlich?« Er grinste. »Die irre Aktion von dir, Ty und Colin hat sich herumgesprochen.«

»Dumm gelaufen.«

»Wie seid ihr auf Amy gekommen?«, fragte Dean. Er legte den Kopf schräg. »Ich wusste gar nicht, dass sie kicken kann.«

Angesichts der Tatsache, dass Dean keine Ahnung hatte, dass Amy früher intensiv Football gespielt hatte, erzählte ich ihm von unserer gemeinsamen Zeit auf der Highschool.

»Ihr habt Glück, dass Amy euch unterstützt.«

»Wie damals Hayden euer Team.«

Die Geschichte hatte für ein großes Hallo gesorgt. Carter Rice hatte seinen Platz im Eishockeyteam verletzungsbedingt nicht einnehmen können und seine Schwester war für ihn eingesprungen. Außer dem Headcoach und einem Mitspieler hatte es niemand gewusst. Umso größer war die Überraschung, dass das Team mit Haydens Hilfe letzte Saison die Eishockey-College-Meisterschaft gewonnen hatte. Einer der Gründe, dass ich auf die Möglichkeit gekommen war, Amy zu fragen, ob sie für unser Footballteam kicken wollte.

Meiner Meinung nach wurden Frauen zu oft unterschätzt. Es gab genügend Positionen, die man in einem Eishockey- oder Footballteam mit Frauen besetzen konnte.

Dean hielt mir seine Flasche entgegen. Wir stießen an. »Ich schätze Amy als Kämpferin ein. Sie wird für euch gute Spiele machen.«

Ich nickte beim Trinken. »Sie ist eine Granate auf dem Spielfeld.« Sofort sah ich den Schuss gegen das Werbebild vor Augen. »Mordsmäßig stark.«

Inzwischen waren Amy und Hayden zu uns gekommen.

»Alles klar, ihr Schönen?« Dean schnappte sich Haydens Hand und zog sie zu sich heran. Sie küssten sich. Die beiden schienen nicht voneinander ablassen zu können. Und da war er wieder, der verflixte Wunsch, Amy zu küssen. Es war sinnlos, länger daran zu denken. Vielleicht steckte auch ein Masochist in mir, wenn meine Gedanken ständig in diese Richtung drängten.

Hayden machte sich los. »Wir gehen tanzen«, rief sie fröhlich.

»Aber sauber bleiben, keine Kerle anmachen«, witzelte Dean und küsste seine Freundin ein zweites Mal auf den Mund. Ich biss die Zähne zusammen. Meine Augen suchten Amy, sie lächelte. »Okay für dich?«, fragte sie sanft.

»Ja, klar.« Ich zwinkerte ihr zu.

Während die Mädels auf der Tanzfläche ihren Spaß hatten, redeten wir über nichts anderes als Eishockey und Football, dabei tranken wir unser Bier.

Irgendwann machte sich Dean auf den Weg zu den Klos und ich stellte mich an die Glasbrüstung, nippte am Bier und schaute hinunter.

Es herrschte unten eine fantastische Stimmung, Pitbulls Song *International Love* dröhnte bis nach oben.

Im wilden Gewühl erhaschten meine Augen Amy, die ihre Arme lachend nach oben warf und ausgelassen tanzte. Ihr Dutt wippte im Takt der Musik. Sie wirkte glücklich und es versetzte mir einen Stich, dass ich am Geländer stand und sie nur aus der Ferne beobachtete, anstatt bei ihr zu sein.

Scheiß drauf. Ich leerte die Flasche. Entschlossen lief ich zum Tresen. Ich sah mich nach Dean um. Er saß in einer der Nischen. Hayden war wieder bei ihm. Sie saß auf seinem Schoß und hatte die Arme um seinen Hals gelegt. Die beiden waren in einen heißen Kuss vertieft. Ich kannte Dean schon eine Weile. Hayden war seine erste feste Freundin. Die beiden passten perfekt zusammen, insgeheim beneidete ich sie.

Ich rieb mir das Kinn. Wenn Hayden bei Dean war, dann tanzte Amy allein.

Entschlossen stieg ich die Treppe hinunter. Ich wollte Amy keine Sekunde mehr allein lassen. Wir waren zusammen hier, wir sollten zusammen feiern.

Ich drängte mich zu ihr durch. Sie blieb stehen und sah mich lachend an. »Tanzt du mit mir?«, rief sie über die Musik hinweg.

»Klar, dafür sind wir hier.« Amy zog mich dichter an sich heran, ihre Wangen waren gerötet, ihre Augen glänzten. Ich griff nach ihrer Hand, entließ sie nicht aus meinem Blick. Das Knistern zwischen uns übertönte alles um uns herum.

Es war nach Mitternacht. Wir waren von der Musik und der Stimmung berauscht.

»Mir ist von dem Krach und der Luft da drinnen ganz schwindelig«, gluckste Amy und tätschelte mit ihrer Clutch meine Brust. »Du musst mich halten, sonst falle ich um.«

»Das sollst du natürlich nicht«, antwortete ich, schlang meinen Arm um ihre Taille und drückte sie an mich. Ihr Hals war nur eine Handbreite von mir entfernt, sodass ich ihr Parfüm einatmen konnte. Sie duftete auch nach Stunden noch unwiderstehlich.

»Moment.« Unerwartet machte sie sich von mir los.

»Was ist?«

»Diese Schuhe sind furchtbar«, quengelte sie. »Ich hätte sie nicht kaufen dürfen.«

»Und warum hast du sie dir geholt?«, fragte ich belustigt.

»Weil«, ächzte Amy und hielt inne. Sie drückte mir ihre Clutch in die Hand. Dann klammerte sie sich an mir fest. Wankend streifte sie die High Heels von den Füßen. »Ich wollte mich wenigstens einmal herausputzen.«

»Du solltest das öfters tun.«

»Mir die Füße ruinieren?« Sie fuchtelte mit den High Heels vor meiner Nase herum.

»Kurze Kleider tragen oder Röcke. Du hast hammermäßig schöne Beine.«

»Das sagst du doch zu jeder«, murmelte Amy.

»Nein, du bist die Erste, zu der ich das sage.« Und das war nicht gelogen. Ich machte Komplimente, aber es gab keine Frau, die ich kannte, die nur annähernd Amys Beine hatte.

»Und trotzdem.« Amy biss ihre Zähne in die Unterlippe.

»Und trotzdem?« Prüfend sah ich sie von der Seite an.

»Nichts. Ich werde mir das nächste Mal genauer überlegen, wie hoch die Absätze sein sollen.«

»Aha.« Ich war mir sicher, dass Amy etwas anderes sagen wollte, aber ich würde nicht nachhaken.

Ich schaute mich um. Es war still, der Mond schien, Romantik war in der Luft. Schade, dass Amy die Füße wehtaten. Ich wäre mit ihr diese Nacht quer durch Boston gelaufen, nur damit wir zusammen sein konnten, doch stattdessen führte ich sie zum Pick-up.

Ich öffnete ihr die Tür, warf die Clutch auf die Rückbank und half ihr beim Einsteigen.

Sie sagte nichts, als ich mich bückte und ihr die Schuhe anzog. Langsam richtete ich mich auf. Es war weniger anstrengend, einhundert Liegestütze zu machen, als direkt vor Amys Körper zu sein. Aus Sorge, die Kontrolle über mich zu verlieren, griff ich den Sicherheitsgurt, beugte mich über sie, um sie anzuschnallen.

Der nächste innere Kampf, den ich mit mir führte. Ich spürte die Wärme ihrer Haut, Amys Duft brachte mich fast um.

Als mir bewusst wurde, dass ihr Atem schneller ging, hob ich den Blick. Amys Gesicht war ganz nah, ihre Lippen leicht geöffnet. Sie sah mich direkt an und ich schluckte den unbändigen Wunsch hinunter, sie zu küssen.

»Alles okay?«, fragte ich rau.

Amys Zungenspitze huschte über ihre Lippen. »Ja.« Ihre Stimme war ein Hauch.

Holy Crap. Ihre blauen Augen nagelten mich fest. Der Drang, sie zu küssen, rammte sich rücksichtslos in mein Herz. Wenn ich nicht aufpasste, würde ich das gleich tun.

Hastig wich ich zurück.

»Lass uns losfahren«, presste ich hervor. Mein Lächeln war gezwungen.

Ich schnallte mich an, stieß den Schlüssel ins Zündschloss und raste mit quietschenden Reifen los.

Es gelang mir, mich auf die Fahrbahn zu konzentrieren, nur kurz schaute ich zu Amy. Sie hatte ihr Gesicht dem Fenster zugewandt, ihre Brust hob und senkte sich schwer, als ein frustriert klingender Seufzer aus ihrem Mund entwich. Am liebsten würde ich anhalten und ihr sagen, dass sie Kyle eine Abfuhr erteilen sollte.

Aber das wäre zu viel verlangt. Ich durfte Amy keine falschen Hoffnungen machen, ihr nichts zusichern.

Wenn sich herausstellte, dass ich an CTE erkrankt war, dann gab es keine Zukunft für uns beide.

Amy sollte einen gesunden Mann als Freund haben, keinen kaputten Kerl, der ich mit hoher Wahrscheinlichkeit war.

Amy

Die Stille zwischen uns löste in mir ein beklommenes Gefühl aus. Ich knibbelte gedankenverloren am Hautfetzen an der Nagelhautfalte meines Daumens herum. Zuerst hatte ich gedacht, das Date war eine gute Entscheidung gewesen. Wir hatten uns im Diner die Bäuche vollgeschlagen und einen tollen Abend im Blue Nights verbracht. Außerdem hatte ich mich gefreut, dass ich Hayden außerhalb des Campus getroffen hatte. Wir wollten nächste Woche zusammen im Mac Mittagessen.

Schweigend aus dem Fenster zu starren, war keine Lösung, um die Stimmung zwischen uns zu verbessern. Also gab ich mir einen Ruck und wandte Travis mein Gesicht zu. »Du hast dich lange mit Dean unterhalten. Mir war gar nicht klar, dass ihr Freunde seid.«

Travis verzog den Mund. »Sind wir auch nicht.«

»Tatsächlich nicht?«

Travis sah mich kurz an. Sich auf aufgezwungene Gespräche einzulassen, schien nicht seine Stärke zu sein. Er atmete geräuschvoll aus. »Sagen wir mal so.« Er hielt eine Sekunde inne, als sortierte er die Worte für seine Antwort im Kopf. »Dean ist kein enger Kumpel von mir, aber ich finde ihn okay. Soweit ich es beurteilen kann, ist er der richtige Captain für das Eishockeyteam. Seine Mannschaft respektiert ihn, jedenfalls habe ich nichts Gegenteiliges gehört.«

»Ja, das merkt man«, sagte ich und nickte leicht, »wenn er mit dem Team im Hockey House ist.« Dean hatte dann eine Traube Kumpels um sich herum, meistens seine Pokerfreunde.

»Du und Hayden, seid ihr Freundinnen?«

Ich schüttelte den Kopf. »Nein. Wir hatten während ihrer Zeit im Hockey House ein gutes Verhältnis.« Ein Lächeln stahl sich in mein Gesicht. »Wir wollen uns treffen.«

»Das ist gut, Amy.« Travis zögerte. »Früher hast du viel mehr unternommen, wenn ich es richtig in Erinnerung habe.«

»Ja, früher«, sagte ich abwinkend. »Da gab es kein College, keine hohen Studiengebühren. Der Lernstoff war weniger umfassend und ich brauchte keinen Job.« Ich sah ihn herausfordernd an. »Muss ich mehr aufzählen, Mister Der-ein-Sportstipendium-hat?«

Travis fuhr sich durchs Haar. »Du nimmst das Studium ernster als ich.«

»Du wirst Profi, musst dich mit dem ganzen Studienkram nicht verrückt machen. Dein Weg ist geebnet.« Ich hob die Schultern. »Wir haben verschiedene Prioritäten, also können wir uns nicht vergleichen.«

Travis nickte. »Touché. Da kann ich dir nichts entgegensetzen.«

Er bog auf den Campus ein, überrascht sah ich mich um. »Was, wir sind schon zurück?«

»Ja, das ging ziemlich schnell.« Er hielt den Wagen vor der Welch Hall und stellte den Motor ab. »Komm, Amy, ich bringe dich noch zur Tür.«

Ich runzelte die Stirn. »Warum?«

»Du stellst mir eine komische Frage.« Er löste leise lachend den Gurt. Dann drehte er sich um, streckte sich nach hinten aus, um nach der Clutch zu angeln.

Er war mir wie vorhin sehr nah und ich krallte die Finger in das Sitzleder, weil es für mich schwierig war, meine Hände bei mir zu behalten. Wie gern würde ich ihn berühren, meine Nase über seine Haut fahren lassen, seinen holzigen Duft tief in mich aufnehmen.

Travis übergab mir die Clutch. »Alles, was wir machen, gehört zum Date. Du solltest dir solche Frage Kyle gegenüber verkneifen.«

»Vermutlich hast du recht.«

Einen Moment schloss ich die Augen, ich stellte mich aber auch dämlich an. Natürlich gehörte das zum Date. Aber das zwischen uns war eine etwas anders gelagerte Situation. Ich sollte Travis und den wundervollen Abend vergessen, mich generell nur auf die wesentlichen Aspekte eines Dates konzentrieren, damit ich bei Kyle alles richtig machte.

»Hast du vielleicht noch andere Fragen?« Travis' Augen funkelten spitzbübisch. »Ansonsten würde ich gern für einen anständigen Abschluss sorgen.«

»Oh, äh, natürlich.« Ich kapierte, was Travis mir suggerierte. Er hatte den Teil unseres Deals erfüllt und wollte mich endlich los sein.

Travis hatte es ziemlich eilig. Er stand bereits neben mir, bevor ich überhaupt dazu gekommen war, die Füße aus dem Pick-up zu heben.

Seine blauen Augen waren auf mich gerichtet. Ich starrte ihn wie gebannt an. Er hatte eine Hand ausgestreckt und wartete darauf, dass ich meine hineinlegte.

Wärme schoss in meine Wangen und ich warnte mich, ihn auf keinen Fall anzufassen. Wenn ich das täte, würde er merken, wie stark ich zitterte. Das Ganze sollte kein peinliches

Ende nehmen. Er durfte keinesfalls mitbekommen, wie schwer mir der Abschied von ihm fiel.

»Wie habe ich mich gemacht?«, fragte ich Travis, als wir gemeinsam auf das Wohnheim zusteuerten. Es war doch weniger unangenehm geworden, als ich erst befürchtet hatte. Mein Körper hatte alle Kraftreserven mobilisiert, dass Travis meine Hand hielt, ohne dass meine Finger zitterten oder schwitzig waren.

Wobei ich es schräg fand, dass wir händchenhaltend nebeneinander liefen.

Travis drückte meine Hand. »Du bist die perfekte Datepartnerin. Du bist unkompliziert, witzig. Ich habe selten so viel Spaß gehabt.«

Ich nickte still, um nicht das Falsche zu sagen. Mir lag eine Antwort auf der Zunge, die ihm verraten würde, wie enttäuscht und traurig ich gewesen war, als er mich damals versetzt hatte. Wir hätten heute keine Pseudoverabredung gehabt und er hätte trotzdem gewusst, dass man mit mir feiern konnte. Tja, die Chance war dahin. Aber egal, die Uhr war sowieso nicht mehr zurückzudrehen.

Travis blieb stehen, fest hielt er meine Hand.

»Amy?«

»Ja?« Ich wandte mich ihm zu.

»Wie habe ich mich so gemacht?« Er zeigte an sich herunter. »Als Datepartner?«

Ein Grinsen machte sich in meinem Gesicht breit, weil ich die Frage witzig fand. »Soll ich zum Abschied dein Ego pinseln?« Travis war manchmal ein Scherzkeks. Er brauchte nicht so zu tun, als wüsste er nicht, welche Wirkung er auf Frauen hatte. Jede würde ihm die volle Punktzahl geben, wenn es welche für das beste Date zu verteilen gäbe.

»Wieso, hast du keinen Spaß gehabt?«

Ich hob überrascht die Augenbraue. Seine Stimme klang, als wäre er tatsächlich unsicher.

»Ähm, ich finde, dass es ein sehr schönes Date war, auch wenn ich keine Vergleichsmöglichkeiten habe.« Ich verzog das Gesicht. Irgendwie grinste Travis seltsam.

Er kratzte sich am Kinn, fast wirkte er verlegen. »Freut mich, dass es dir gefallen hat.«

»Das muss ich dir doch nun wirklich nicht sagen, dass du das super gemacht hast.«

Travis nickte bloß. Er löste seine Finger von meiner Hand.

Nachdem er die Tür geöffnete hatte, ließ er mir den Vortritt. Den ganzen Abend zeigte er mir den in jeder Situation zuvorkommenden Gentleman.

Die restlichen Meter liefen wir schweigend den Gang entlang. Vor meinem Zimmer blieben wir stehen.

»Ja, dann.« Ich schwenkte mit meinen Armen herum, weil sie in diesem Augenblick störend an meinem Körper baumelten.

Schließlich deutete ich zur Tür. »Dann werde ich mal reingehen und mir ein bisschen was aufschreiben. Zum Date. Ariana ist über Nacht nicht da, also kann ich das Licht anlassen.«

Ich stutzte und erschrak über mich selbst.

Was war das denn für eine dumme Bemerkung?

Ich warf Travis einen gequälten Blick zu. Er hatte die perfekte Steilvorlage bekommen. Eigentlich müsste er mit einem scherzhaften Kommentar antworten.

Wenn ich wiederum darüber nachdachte, wäre es okay für mich, weil wir dann auf unsere sonstige Gesprächsebene zurückkehren würden. Damit konnte ich besser umgehen. Ich sagte irgendetwas Dummes, er haute was Dummes hinterher.

Das war genau das, was uns bisher gefühlsmäßig voneinander fernhielt.

Ich wartete.

Keine Reaktion, nicht einmal ein Kichern.

»Danke für deine Hilfe, ich verkrümle mich mal«, sagte ich hastig.

Bevor ich dazu kam, die Tür zu öffnen, schnappte sich Travis mein Handgelenk und zog mich an seine Brust. »Wir haben das Wichtigste vergessen.«

»Haben wir?« Meine Augen wurden größer als die Teller, auf denen die einsamen Goldeier gelegen hatten.

Ich würgte meine Überraschung hinunter, als ich in Travis' Gesicht sah.

»Nach jedem Date gibt es einen Abschiedskuss.«

»D-das w-w…w…« Himmel, ich stammelte wirres Zeug auf die unerotischste Weise. Ich sollte definitiv meinen Mund halten, wenn ich einen Kuss wollte.

War es nicht das, was ich mir von ihm erhofft hatte?

Travis lächelte. Er senkte sein Gesicht und flüsterte an meinen Lippen: »Amy, halt einfach den Mund, weil ich diese Aufgabe keinesfalls vermasseln will.«

Seine Augen fesselten mich, mein Puls schoss zum Himmel, überall spürte ich Gänsehaut.

Travis schob seine Hand in meinen Nacken, die andere wanderte meinen Rücken hinauf und blieb zwischen meinen Schulterblättern liegen. Er zog mich noch näher zu sich heran. Seine Lippen glitten abwärts, warmer Atem kitzelte meine Haut. Ich neigte seitlich den Kopf und genoss Travis' Zärtlichkeiten.

Langsam verteilte er sanfte Küsse. Erst auf meinem Hals, dann die Kinnlinie entlang, zur Wange hinauf.

Vor meinem Mund verharrte er und starrte mich mit aufgerissenen Augen an.

Was war plötzlich los mit ihm?

Um Travis zu zeigen, wie sehr ich diesen Kuss wollte, rieb ich mich sanft an ihm und wartete voller Sehnsucht auf den mich in höhere Sphären schraubenden Wahnsinnskuss.

»Verdammt, Amy.« Travis schüttelte den Kopf.

Ungläubig glotze ich ihn an, als er sich von mir löste und einen Schritt zurückwich.

Er legte den Kopf in den Nacken.

Schwer atmend fuhr er sich durchs Haar. Sein Adamsapfel hüpfte, als er hart schluckte. »Tut mir leid«, presste er hervor. Als er mich wieder ansah, war sein Blick voller Reue. »Es geht nicht. Gute Nacht, Amy.«

Ich runzelte die Stirn. Das war doch wohl ein Witz von der ganz üblen Sorte.

Es geht nicht, gute Nacht, Amy? Keine Erklärung, warum er mich hier sprichwörtlich im Regen stehen lässt? Will er mich verarschen?

»Macht das Spaß, mir deine Lippen wie dem Esel die Rübe vor die Nase zu halten und sie mir am Ende doch zu verwehren?« Ich warf die Arme in die Luft. »Was treibst du für Spielchen?«

Es lag mir fern, mich wie eine Zicke zu verhalten, aber ich war über alle Maßen frustriert.

Ich fuchtelte mit dem Finger wild in der Luft herum, bevor ich ihn Travis in die Brust stach.

»Du hast die Aufgabe vermasselt. Durchgefallen, abgelost, verkackt. Nenn es, wie du willst.«

Ich wirbelte herum. Zitternd hielt ich die Schlüsselkarte vor das Türschloss. Eine Träne lief mir über die Wange. Hastig wischte ich sie weg.

Ich stürzte ins Zimmer und schaltete das Licht an.

Mein Gesicht glühte vor Enttäuschung und Scham.

Ohne nachzudenken, knallte ich Travis die Tür vor der Nase zu.

Was hatte ich verbrochen, dass er dermaßen fies zu mir war?

Travis McCants konnte sich spätere Entschuldigungen sparen, oder damit sein Klo tapezieren. Ich war so was von fertig mit ihm.

22. Amy

Ich bin nervös

Ich saß auf meinem Bett und fixierte einen Fleck auf der gegenüberliegenden Wand. Stille war um mich herum, sodass ich mich atmen hörte.

Schritte näherten sich. Jemand klopfte an der Tür. Das konnte nur Ariana sein. Vermutlich schlief sie lieber in ihrem eigenen Bett und hatte deshalb die Pyjamaparty verlassen. Außerdem wäre es nicht das erste Mal, dass sie ihre Schlüsselkarte vergessen hatte.

Glücklicherweise wurde die Eingangstür nie verschlossen, obwohl ich persönlich darüber keineswegs erfreut war. Aber vermutlich wurde sie offengelassen, weil sonst die Schussligen – solche wie Ariana – die Leute von der Rezeption oder den Hauswart zu den gottlosesten Zeiten aus dem Bett klingeln würden.

Bevor ich mich aufrappelte, presste ich die Augen zusammen und zählte bis drei. Ich musste mich sammeln, eine Fassade aufbauen, damit ihr nicht auffiel, wie unglücklich mich die Situation mit Travis machte. Ich fühlte mich nicht in der Lage, einen Fragemarathon durchzustehen.

Seine Worte hatten mich unfassbar hart getroffen.

Es geht nicht. Ein knapper Satz, der eine Menge aussagte.

Natürlich ging es nicht.

Sah ich so naiv aus, dass ich die Gründe nicht wüsste?

Ich war nett und nervig. Das hatte ich oft genug um die Ohren gehauen bekommen. Übersetzt hieß das: Ich war eine langweilige Zicke.

Anderes Geschwafel war nur dummes Bla, Bla.

Am besten abhaken.

Ich sollte aufhören, den ganzen Mist zu analysieren, vor allem, weil das Klopfen energischer wurde.

Wenn Ariana noch heftiger die Fäuste gegen die Tür schlug, warf uns Mrs. Roenick von der Wohnheimverwaltung wegen massiver nächtlicher Ruhestörung aus dem Zimmer. Unter der Brücke zu schlafen, war keine erfreuliche Zukunftsoption.

Ich kickte die High Heels von den Füßen, zerrte die Lederjacke von den Schultern und warf sie hinterher.

»Au, aua, au«, jammerte ich, als ich zur Tür wankte, Travis dabei verfluchend. Seinetwegen hatte ich jetzt neben einem wunden Herzen auch nervende Blasen an den Füßen.

So ein Debakel aber auch.

Ich dumme Nuss hatte für ihn heiß aussehen wollen, weil ich mir bei ihm tatsächlich eine klitzekleine Chance ausgerechnet hatte.

Man konnte mir glauben, das war mir eine Lehre!

Nie wieder würde ich mich für einen Typen verkleiden und übertrieben hohe Absätze tragen. Es sei denn, ich bekäme eine großzügige Schmerzzulage bezahlt.

Ich legte die Hand auf die Klinke und warf einen letzten Blick auf meine Mörderschuhe. Okay, am Samstag musste ich sie ein letztes Mal tragen, danach konnte sie Ariana haben, falls sie ihr passten. Das Kleid und die Dessous dazu. Zum Wegschmeißen waren die Klamotten zu schade. Ich hatte keinen Bock mehr auf den überteuerten Fummel. Ganze zweihundert Dollar hatte er mich gekostet. Dafür musste ich im Hockey House bergeweise Gläser spülen.

Ich riss die Tür auf, drehte mich um und wankte auf meinen wunden Füßen zurück.

Ah, aua, au, das tat wirklich höllisch weh. Als Fakir wäre ich eine Null.

»Nimm in Zukunft deine Schlüsselkarte mit«, rief ich in den Raum und wappnete mich für einen Haufen Erklärungen.

»Es tut mir leid. Ich bin ein Idiot.«

Wie angewurzelt blieb ich stehen. O-kay. Es war nicht Ariana.

Und diese Erklärung hatte ich auch nicht erwartet. Mein Herz galoppierte los.

Nervös biss ich mir in die Wange. »Du bist ein Vollidiot.«

»Ja, ein riesengroßer Vollidiot, ein … Verdammt, mehr Begriffe fallen mir nicht ein.«

»Keine Sorge«, sagte ich und drehte mich langsam um. »Mir fallen ein paar Superlative ein.«

Travis schloss die Tür.

»Können wir noch einmal die Zeit zurückspulen?« Wärme schwang in seiner Stimme mit.

Egal wie wütend und enttäuscht ich über ihn war, in diesem Augenblick überlegte ich, ihm zu verzeihen.

»Wenn du hier bist, um deinen Abgang wiedergutzumachen, dann ist ein läppischer Kuss unzureichend, das ist dir hoffentlich klar.«

Travis nickte, er kam näher. Einen Moment hielt er inne. »Ariana ist die ganze Nacht weg?«

»Ja.«

Wieder schwieg er, ich wartete geduldig. Warum wollte er das wissen?

»Du willst alles von mir?«

Kurz hielt ich Luft an. »Ja«, antwortete ich mit belegter Stimme. Sein flammender Blick setzte meinen Unterleib in Brand.

Pure Lust fuhr mir zwischen die Beine und hinterließ ein erregendes Kribbeln, denn nun ahnte ich, worauf seine Fragen zielten.

»Okay«, sagte er heiser. »Dann bekommst du alles.«

Zwei Sekunden blieb er reglos stehen, bevor er anfing, sich bedächtig auszuziehen.

Meine Lippen prickelten, ich atmete zitternd ein und aus, als ich meine Augen wie Bühnenscheinwerfer auf ihn richtete.

Seine Schuhe kickte er zu meinen. Jackett, T-Shirt, Socken landeten auf den Boden. Die Gürtelschnalle klapperte, in Zeitlupentempo streifte er die Jeans ab.

Ich presste die Lippen zusammen. Speichel sammelte sich in meinem Mund. Mühsam würgte ich ihn hinunter.

Ich löste meine Augen von Travis' Gesicht und betrachtete ihn.

Sein Körper war perfekt, unfassbar perfekt. Glattrasierte Brust, wohlgeformte Muskeln, ein sexy Sixpack.

»Du hast nur eine Unterhose an.« Ich war verwirrt.

Travis Grübchen kam zum Vorschein. Sein Lächeln wirkte verlegen.

»Ich weiß, ich ziehe mich für dich aus.«

Aha, er zieht sich aus.

Er zieht sich aus?

Für mich?

»Oh!« Offenkundig hatte mein Hirn kurzzeitig einen Kurzschluss gehabt.

Travis griff nach seiner Boxershorts und hielt in der Bewegung inne. »Mach ich was falsch?« Er zögerte. »Willst du keinen Sex?«

»D-doch, aber …« *Boah, Mann, Amy, hör auf zu stammeln!* Ich war vorher nie sprachlos, wenn ein Kerl sich vor mir nackig gemacht hatte. Aber Travis war ein besonders heißes Exemplar von Mann.

»Willst du«, er schaute auf seine Boxershorts, »es beenden?«

Ich atmete tief durch.

»Willst du, dass ich es tue?«

Glücklicherweise kehrte meine Selbstsicherheit zurück.

Ich trat auf ihn zu und hakte meine Finger in den Saum der Boxershorts.

Travis' Bauchmuskeln zogen sich zusammen, sein Atem ging schneller. Gänsehaut überzog seine Oberschenkel, als ich langsam in die Hocke ging, ihm dabei den Stoff von den Hüften zog.

Meine Fingerspitzen glitten die Innenseite seiner Schenkel hinauf, als ich mich langsam aufrichtete.

Travis keuchte auf, als ich seine Hoden sanft massierte. Seine Gesichtszüge spannten sich an. »Du … du bringst mich um.« Er schnappte nach Luft.

»Ah, es gefällt dir«, schnurrte ich, meine Hand umfasste seinen harten Penis. Er war lang, dick. Gerade und wunderschön. Langsam bewegte ich die Faust hoch und runter.

Travis packte mein Handgelenk. Seine Wangen waren gerötet, intensiv sah er mich an.

Es war das erste Mal, dass ich Verletzlichkeit in seinen Augen sah.

»Ich habe mich noch nie vor einer Frau ausgezogen.«

»Und dich nie von ihr auf diese Weise anfassen lassen?«

»Nicht, wenn sie angezogen ist. Das hier ist für mich schwierig.«

Ich zog meine Hand weg. »Verstehe.«

»Wirklich, Amy?«

»Du willst mir beweisen, dass es dir ernst mit mir ist.«

»Ja.« Travis nickte. »Ich weiß, wie unangenehm das vorhin für dich gewesen ist. Ich wollte dir zeigen, dass das mit dir kein Spiel für mich ist.« Er lachte rau, seine geröteten Wangen wurden eine Nuance dunkler. »Ich bin total nervös und gleichzeitig scharf auf dich.«

Ich würde lügen, wenn ich behauptete, dass mich Travis' Worte unbeeindruckt ließen.

Meine Finger wanderten den schmalen Streifen Härchen zwischen seinem V-Muskel hinauf und hinab. Aus Travis' Mund entwich ein Stöhnen, reflexhaft schob er die Hüften nach vorn. »Himmel, Amy, wie lange willst du noch mit mir spielen?«

Ein letztes Mal neckte ich ihn, strich mit den Fingerspitzen über seine unteren Bauchmuskeln, berührte seinen Schaft, die Eichel, bevor ich die süße Qual beendete.

Ich stellte mich auf die Zehenspitzen, nahm sein Gesicht in meine Hände und zog es zu mir heran. Lächelnd flüsterte ich an seinen Lippen: »Jetzt kannst du mich ausziehen.«

23. Travis

Reiß dich zusammen

Amys Wangen hatten eine rosige Farbe angenommen, ihre Augen glänzten. Ihr war gar nicht bewusst, wie süß und sexy sie in diesem Moment aussah. Ich griff nach ihren Hüften und zog sie so dicht an mich heran, dass ihre weichen Brüste meinen Oberkörper berührten. Meine rechte Hand wanderte zu ihrem Nacken. Ich griff nach dem Zipper des Reißverschlusses. Langsam zog ich ihn hinunter. Dann schob ich ihr das Kleid von den Schultern.

»Wow«, platzte es aus mir heraus.

Ich trat einen Schritt zurück und ließ meine Augen über sie wandern. Sie war das Heißeste, was ich jemals in Dessous gesehen hatte. »Du bist unfassbar schön«, murmelte ich. »Weißt du das?«

»Findest du?« Amys Stimme klang kratzig.

Ich nickte, weil ich in dieser Sekunde kein Wort herausbekam. Als Nächstes erinnerte ich mich daran, was für ein dämlicher Hornochse ich manchmal war.

Wo sollte ich anfangen?

Ich hatte nach unserem Date keineswegs vorgehabt, Amy zur Tür zu bringen und sie zum Abschied zu küssen. Ich wollte ihr höchstens einen freundschaftlichen Kuss auf die Wange drücken und mich dann schnurstracks verpissen.

Aber irgendeine Sicherung war in meinem Hirn durchgebrannt und hatte für kurze Zeit in sämtlichen grauen Zellen das Licht ausgeschaltet.

Ich hatte mich auf einen Pfad begeben, den ich unbedingt meiden wollte. Aber dieser Abend war so einmalig gewesen. Deans und Haydens Turtelei hatte mich weichgekocht, sodass ich mit Amy das Gleiche wollte. Küssen, Sex, das volle Programm.

Doch als mir das schlagartig bewusst geworden war, hatte ich den Schwanz eingezogen und war abgehauen.

Keine Ahnung, wie lange ich im Auto gesessen und auf das Lenkrad gestarrt hatte. Zum wiederholten Mal hatte ich mich wie ein Arschloch verhalten. Aber ich war mit ihr, mir, mit uns und der Situation nicht klargekommen. Es hatte mir leidgetan, dass ich sie hatte stehenlassen. Verflucht, es war von mir nicht geplant gewesen, wieder Gefühle für sie zu entwickeln. Das war doch absurd, dass wir das mit uns die ganzen Jahre nicht auf die Reihe bekommen hatten.

Ich hatte hin und her überlegt und mich von Minute zu Minute immer mieser gefühlt. Amy hatte es nicht verdient, dass ich den Abend so enden ließ.

Mir war klargeworden, dass ich mich bei ihr für mein Verhalten entschuldigen musste. Ich war wieder ausgestiegen und zu ihr gegangen.

Dann war mir alles irgendwie entglitten.

Was für ein dummer Selbstbetrug das gewesen war. Hatte ich wirklich geglaubt, mich nach einem einfachen Sorry davonstehlen zu können? Dass sich Amy mit einem simplen Kuss abspeisen lassen würde?

Sie wollte mich, ich wollte sie. Meine Bedenken verflüchtigten sich aus dem Zimmer. Ich verdrängte meine Probleme, vergaß, dass das mit uns alles nur komplizierter machen würde, und riskierte den kalten Sprung ins Wasser.

Konnte man mir das verdenken?

Amy war schön und sexy, ich ein simpel gestrickter Mann.

Die Entscheidung war gefallen, die Konsequenzen blieben ausgeblendet.

Ich war nackt, mein Schwanz bereit und sie trug diese höllisch heißen, schwarzen Dessous und edlen Strümpfe, die mir den letzten Fetzen Verstand raubten.

Amy zog das Gummi aus dem Haar, fuhr mit den Fingern hindurch, bis es wie ein seidiger Schleier auf ihren Rücken fiel. Da stand ich nun bretthart vor ihr und schaffte es nicht, mich zu regen. Dabei wollte ich sie gekonnt aus den Dessous und den Strümpfen schälen.

Amy schloss die Lücke zwischen uns. Sie lächelte und kämmte sich das Haar nach vorn über die Schulter. »Willst du nicht den Verschluss öffnen?«

Meine Kiefermuskeln spannten sich an. Die Lust auf Amy machte mich ganz kirre. *Los, Alter, reiß dich zusammen.* Ich hatte schon Dutzende BHs geöffnet und besaß sozusagen Routine auf dem Gebiet.

Ich legte den Arm um Amys Rücken. Meine Fingerspitzen tänzelten über ihre Wirbelsäule, Gänsehaut überzog ihren Rücken. Auf dem Verschluss blieben meine Fingerspitzen liegen. Amy stieß einen Seufzer aus, sie zitterte, als ich geschickt ihre Brüste vom schwarzen Spitzenstoff befreite.

Dann machte ich es wie sie vorhin bei mir. Ich ging in die Knie und zog erst die Strümpfe, dann den Spitzenstring von ihren Beinen.

Ich küsste mich hoch und streichelte ihre Hüften, drückte meine Lippen auf ihren Venushügel, liebkoste ihren Bauch, strich hinauf durch das Tal zwischen ihren Brüsten. Mein Mund wanderte immer höher, liebkoste ihr Schlüsselbein, den Hals, das Kinn, bis ich ihre vollen Lippen erreicht hatte.

Zuerst hatten wir keine Eile. Wir küssten uns sanft, leicht glitt meine Zunge über ihre, umspielte sie, neckte sie, bis wir uns in einer nicht mehr zu stoppenden Leidenschaft verloren. Der Kuss wurde fester, schneller, feuchter, mit dem Wunsch nach viel, viel mehr. Amy schmeckte frisch mit ihrer eigenen

Süße. Ihr Geschmack war das Beste, wovon ich bisher gekostet hatte. Das hatte ich schon beim ersten Kuss bemerkt.

Behutsam löste ich mich von ihren Lippen. Ich legte eine Hand über ihr Herz, spürte den schnellen Takt unter der Haut.

»Fühlst du es rasen?«, fragte Amy.

Ich nickte. »Ja, so schnell wie meins.«

Mein Blick fiel auf ihr Bett. Was wir beide wollten, war klar. Deshalb gab es keinen Grund mehr, noch länger zu zögern. Ich schnappte mir Amy und hob sie in einer fließenden Bewegung auf meine Arme.

»Travis!«, rief sie und riss erschrocken die Augen auf.

»Was?« Ich lachte, biss ihr zärtlich in die linke Brust und trug sie die wenigen Schritte hinüber. Dann ließ ich sie behutsam auf das Bett gleiten.

Einen Moment saugte ich ihren Körper mit meinen Blicken auf. Amys Brustkorb hob und senkte sich schnell, aber sie zeigte keine Scheu, lächelte und ließ sich von mir betrachten.

»Jesus, das alles wollte ich mir entgehen lassen«, flüsterte ich kopfschüttelnd.

»Das Kompliment kann ich nur zurückgeben«, wisperte sie, streckte die Arme aus und lockte mich zu sich. »Komm endlich her.«

Das Bett war nur für eine Person gemacht, weshalb ich ein Stück tiefer rutschte und mich seitlich auf einen Ellenbogen abstütze, um Amy nicht zu erdrücken.

Anerkennend wanderten meine Augen über ihre Brüste. Sie hatten die optimale Größe, um sie mit den Handflächen zu umschließen. Wunderschön, rund, fest, die Nippel rosa.

Amy hatte mit meinem Penis gespielt, also würde ich ihre Brüste genauso süß malträtieren.

Während ich die eine knetete, umschloss ich den Nippel der anderen mit dem Mund. Ich reizte ihn mit den Zähnen, der

Zunge, knabberte, saugte und leckte, bis er hart wie ein Kirschkern wurde. Danach schenkte ich dem anderen die gleiche Aufmerksamkeit.

Ich robbte näher an Amy heran, schob zwei Fingern in ihre Nässe. Sie keuchte, wölbte den Rücken, griff nach unten, und ich stöhnte auf, rang nach Luft, als ihre Finger meine Erektion umschlossen.

Wir sahen uns an, unsere Lippen prallten aufeinander, meine Zunge eroberte gierig ihren Mund. Der Kuss war fahrig, grob und nass.

Während ich weiter zwei Finger in ihr bewegte, massierte sie meinen steifen Penis mit leichtem Druck.

»Fuck, Amy, hör … hör auf«, presste ich hervor und ruckte mit dem Kopf zurück.

Schwer atmend ließen wir voneinander ab.

Wir wussten, wenn wir nicht die Notbremse zogen, würden wir schneller zum Ende kommen, als wir beide wollten.

»Kondom, Nachttisch«, keuchte Amy. Sie deutete hinter sich und ich verstand, dass ich es herausholen sollte.

Ich reckte mich, riss die Schublade auf und wühlte nach einem Tütchen.

»Scharf auf einen Ritt«, neckte ich sie.

Sie grinste, nahm mir das Kondom ab und ich packte ihre Hüften, rollte uns mit einem Ruck herum.

Amy positionierte sich auf meinem Schoß.

Sie saß aufrecht und leckte sich über die Lippen. Ihre Augen glänzten, als sie das Tütchen aufriss, mit einem Lächeln das Kondom wie eine Süßigkeit auspackte. Meine Augen hingen gebannt an ihren Fingern, während sie es mir gekonnt überrollte.

Ich presste die Lippen zusammen, meine Augen fielen zu, als sie sich langsam auf mich hinabsenkte.

Amy war warm, feucht und eng, eine dunkle Höhle, in der ich mich wohlfühlte, die meine Lust immens steigerte.

»Oh Gott, du füllst mich vollkommen aus«, seufzte sie und ein genussvolles Vibrieren drang aus ihrer Brust.

Dann fing sie an, mich zu reiten. Erst war es ein rhythmisches Schaukeln, dann bewegte sie sich schneller, härter. Ich riss den Mund auf, wirre Worte kamen heraus. Mein Stöhnen vermischte sich mit ihren Seufzern.

Sie veränderte leicht den Winkel, ihre inneren Muskeln zogen sich um mich zusammen und die Reibung ließ mich explodieren.

»F-fuck, Amy.« Ich schnappte nach Luft, meine Hüften bäumten sich auf. Ich hielt mich an ihrer Taille fest, pumpte und pumpte, spürte, wie meine Erlösung in ihre Enge schoss.

Wenige Augenblicke später folgte sie mir. Ihr Körper krampfte, ihr Augen starrten mich voller Erstaunen an. Ein zufriedener Laut entschlüpfte ihren Lippen, dann sackte sie erschöpft auf mir zusammen.

Schwitzend und schwer atmend lag sie auf mir.

Ich hielt sie fest, streichelte ihren Rücken und genoss die befriedigende Schwere meines Körpers … Bis zu dem Moment, als mein Hirn wieder seine Arbeit aufnahm.

Das Problem war, dass ein komisches Gefühl sich in meinem Bauch breitmachte. Ich fühlte mich, als hätte ich etwas Sündhaftes begangen. Nun schlug die ungeschönte Realität gnadenlos zu.

Das mit Amy war intensiv. Es hatte mich überrollt und verlangte die bis jetzt verdrängten Konsequenzen.

Ich lag neben ihr, den Kopf voller Fragen, Wünsche, Ängste. Es stand so wahnsinnig viel auf dem Spiel. Meine Karriere, meine Gefühle.

Ich war noch nicht bereit, darüber zu reden.

Amy sah mich an. Sie lächelte glücklich, ihre Lippen bewegten sich.

Hatte sie mir eine Frage gestellt?

Ich war in meinem Wirrwarr von Gedanken versunken.

Amy

Travis war in mir gewesen.

Wie oft hatte ich nachts im Bett gelegen und mir diesen Moment vorgestellt. Aber es war nicht annähernd so schön gewesen wie das, was wir gerade gemacht hatten. *Ich will es immer wieder tun. Mit ihm, nur noch mit ihm.* Ich lächelte entrückt. Liebe machte dumm, aber ich genoss meine Dummheit, die einen festen, muskulösen Körper hatte und sich so gut unter mir anfühlte.

Travis streichelte abwesend meinen Rücken, er wirkte mit seinen Gedanken irgendwo in der Ferne. Er zeigte keine Regung, als ich ihm das Kondom abzog und verknotete. Ich legte es auf den Boden, später würde ich es entsorgen.

Ich lag auf ihm, meine Arme auf seinem breiten Brustkorb verschränkt und schaute ihn an. »Woran denkst du?«

Travis erwiderte schweigend meinen Blick.

»Hey?«

Er blinzelte. »Äh, was hast du gesagt?«

»Ich habe gefragt, woran du denkst.«

»Sorry, Honey, ich war gerade woanders.«

Ich schmunzelte. Honey war jetzt passend. Zukünftig könnte er es immer zu mir sagen. Ich lachte leise und drückte einen Kuss auf seine warme Haut. »Macht nichts.«

Ich war beschwipst von den Gefühlen, die in jeder Zelle meines Körpers waren. Doch langsam verflüchtigten sie sich. Irgendetwas lief gerade verkehrt.

Forschend studierte ich Travis' Gesicht. Kurz begegnete er meinem Blick, wich aber wieder aus.

»Was ist los?« Mein Herz krampfte, aber ich musste die Frage stellen.

»Bist du dir sicher, Ariana bleibt über Nacht weg?«

»Sie hat es gesagt, aber eine Garantie gibt es nicht.«

Travis nickte. Sanft schob er mich ein Stück von sich hinunter. »Dann wäre es besser, wenn ich gehe.«

»Okay, wenn du das willst.« Ich biss mir auf die Zunge, um nicht zu fragen, ob er das mit uns bereute.

Scheiße, ich hätte ihn wegschicken müssen, nachdem er wieder aufgetaucht war.

Dummes, dummes Herz, warum lernst du nicht dazu, lässt dich immerzu von Gefühlen leiten?

Es fiel mir schwer, Travis zu beobachten. Er suchte seine Klamotten zusammen. Nachdem er sich angezogen hatte, bückte er sich nach dem Kondom. »Ich entsorge es.«

»Danke.« Ich fühlte mich entblößt und zog die Decke über die Brust. Travis setzte sich neben mir auf das Bett.

»Es war ein super Abend, wir hatten viel Spaß.«

»Ja, das finde ich auch.«

»Und die Nacht …« Travis lächelte. »Es war schön mit dir, Amy.« Er fuhr sich über den Mund, abwartend sah er mich an. »Treff dich nicht mit Kyle.« Seine Finger wanderten über meinen Hals. »Ich will mehr.«

»Mehr was?«

Er küsste mich. Warm und weich. »Mehr von dem, was wir gemacht haben, aber …« Er stand auf.

Ich hielt die Luft an, die Beklemmung in meiner Brust wollte nicht weichen.

An der Tür wandte mir Travis sein Gesicht zu, ernst sah er mich an. »Ich brauche Zeit.«

»Okay.« Ich atmete zitternd aus.

Dann ging er und ich fragte mich, warum er das mit uns hinausschieben wollte.

24. Amy

Hast du Zeit für mich?

Als Travis gestern gegangen war, hatte ich für mich entschieden, meine Gefühle für ihn zu unterdrücken. Sie durften mich nicht beherrschen, solange er sich zu mir nicht bekennen wollte. Mein Studium stand an erster Stelle und dafür brauchte ich einen klaren Kopf. Glücklicherweise hatte ich mit Travis nur das Soziologieprojekt zusammen, an dem ich entweder allein oder gemeinsam mit Kyle arbeitete. Während des Footballtrainings hatte ich vorrangig mit dem Special Team zu tun, so konnte ich mich auch dort von Travis fernhalten.

Außerdem redete ich mir ein, zwischen ihm und mir wäre alles so, als hätte es den gestrigen Tag nicht gegeben, als hätte ich einen Reset-Knopf gedrückt.

Irgendwie war ein Misstrauen in meinem Herzen, das dafür sorgte, dass ich die Kontrolle über meine Gefühle für Travis behielt.

Das hatte ich ähnlich auf der Highschool praktiziert und das würde mir weiterhin auf dem College gelingen.

Also stopfte ich meine Soziologieunterlagen in den Rucksack, um mich auf den Weg zum Stuart zu machen. Der Speisesaal war meistens gut besucht, weshalb ich früher losging, um für Kyle und mich einen freien Tisch zu ergattern.

Zwanzig Minuten später hatte ich ihm eine Nachricht geschickt, dass ich hinten am Fenster saß. Ich hatte mir einen Kaffee und einen Naturbagel geholt und mich für den Stuhl entschieden, der mich ungestört nach draußen blicken ließ. Ich wollte keine Menschen um mich herum sehen, weshalb ich dem Speisesaal den Rücken zuwandte.

Nachdem ich meinen Schreibkram auf dem Tisch platziert hatte, fing ich an, erste Stichpunkte für unser sokratisches Gespräch aufzuschreiben. Das lenkte mich ab und ich brauchte mir keine Sorgen machen, dass meine Gedanken zu Travis schwenken könnten.

Während ich in die Ausarbeitungen vertieft war, nahm ich Bewegung am Tisch wahr.

»Hey Amy.«

Ich hob den Kopf und sah direkt in Kyles grüne Augen, die auf mich gerichtet waren.

Sein Lächeln erstarb, anscheinend stand mir im Gesicht geschrieben, dass mich etwas belastete.

»Hast du eine schlechte Nacht gehabt?«, fragte er mitfühlend. Er schob sein Tablett auf den Tisch und setzte sich mir gegenüber.

»Ein bisschen Unwohlsein, mehr nicht«, wich ich aus.

»Oh, was ist dann mit morgen?«

»Morgen?« Ich zwickte mir in den Nasenrücken. »Stimmt ja, Samstag sind wir verabredet.«

»Du versetzt mich hoffentlich nicht?« Kyle nickte mir zu. »Mir ist unsere Verabredung wichtig.«

»Ah, okay.« Mir fiel keine bessere Antwort ein.

Warum musste gestern alles so kompliziert geworden sein?

Wie konnte ich Kyle beibringen, dass sich etwas Entscheidendes geändert hatte und ich das Date nicht mehr wollte? Vor allem, weil er mir zu verstehen gab, dass er sich darauf freute, wobei das mit seinem Verhalten die vergangenen Tage nicht zusammenpasste.

»Es bleibt also dabei?« Kyle legte seine Hand auf meine und zuckte zurück. »Bist du krank? Deine Finger sind eiskalt.«

»Ich bin nur müde, passend zum Wetter«, sagte ich und zeigte zum düsteren Himmel. »Wegen Samstag geht klar.«

Kyle müsste auffallen, dass sich meine Begeisterung in Grenzen hielt, aber seine Augen blitzten vergnügt auf. Er tätschelte meine Hand. »Ich freue mich.«

Jetzt müsste ich antworten, dass ich mich ebenso freute, aber die Worte weigerten sich, meinen Mund zu verlassen, weshalb ich als Antwort nur nickte.

Wenn ich nachher allein war, würde ich mir darüber Gedanken machen, welche Worte passend wären, ihm zu sagen, dass ich nicht mehr als Freundschaft wollte. Das wäre ihm gegenüber nur fair. Dahingehend hatte ich genug eigene Erfahrungen gesammelt. Ich wusste, wie es sich anfühlte, versetzt zu werden oder über eine Textnachricht mitgeteilt zu bekommen, dass man es sich anders überlegt hatte. Irgendwie wartete ich auf solch eine Absage von Travis.

Tat ich ihm damit Unrecht?

Vielleicht.

Aber wie er sich nach dem Sex von mir verabschiedet hatte, war für mich mit einem Schlag ins Gesicht zu vergleichen und hatte monstermäßig wehgetan.

Zum Glück hielt sich Kyle mit weiteren Fragen zurück, sodass wir uns unserem Projekt widmen konnten. Ich brauchte jetzt wirklich Ablenkung.

»Ich habe mir überlegt, dass es passend wäre, wir führen das Gespräch über Liebeskummer«, schlug Kyle vor und holte einen Zettel hervor, den er auseinandergefaltet auf den Tisch legte.

»Du hast dir Notizen gemacht?«

»Mm-hm, ich hatte während der Wettkampfpausen Zeit, um einige Dinge aufzuschreiben. Liebeskummer ist ein Thema, das die meisten Leute interessiert.«

Wem sagte er das? »Du hast recht. Das wäre ein gutes Gesprächsthema.« Ich biss in meinen trockenen Bagel und kaute lustlos auf dem Bissen herum. Eigentlich war diese Form von Ablenkung nicht das gewesen, was ich mir vorgestellt hatte. *Was soll's.* War ich nicht die geborene Expertin für Liebeskummer? Jaja, war eine Suggestivfrage, klar war ich das.

»Okay.« Kyle rieb sich die Hände. »Fangen wir an.« Er ging mit einer Menge Enthusiasmus heran, mehr, als ich ihm zugetraut hatte. Ich dachte, ich wäre die übermotivierte Streberin in unserem Team. »Von welcher Form Liebeskummer sprechen wir in der Soziologie?«, fragte er.

»Ich würde ihn als Erfahrung des Leidens definieren«, bemerkte ich und trank einen Schluck Kaffee. Ich war nicht nur die berühmte Dr. Ruth des Liebeskummers, sondern auch die Expertin fürs Leiden.

Kyle wiegte den Kopf, dann nickte er. »Ja, das drückt es treffend aus.«

»Gut, ich schreib's auf«, sagte ich, nahm einen Stift zur Hand und kritzelte die Antwort auf die erste Seite meines Schreibblocks. »Aber«, fuhr ich fort und deutete mit dem Stift auf den Stichpunkt, »bevor alles ausufert, sollten wir uns auf den Verlassenen einer gescheiterten Beziehung beschränken.«

»Klasse Idee«, stimmte Kyle zu, woraufhin ich den Gedanken auf dem Blatt ergänzte. Als ich aufblickte, sah ich direkt aus dem Fenster.

Keine zehn Meter von mir entfernt stand draußen eine Frau. Ich kannte sie, es war Kate Hamid.

Die ersten zwei Sekunden dachte ich mir nichts dabei. Doch unerwarteterweise tauchte Travis auf und sie winkte ihm zu. Ich erstarrte. Abrupt war mir klar, was das bedeutete.

Für jeden Außenstehenden erkennbar, waren die beiden verabredet.

Die Welt um mich herum verschwamm und meine Augen fokussierten sich auf den Punkt, der mir den Boden unter den

Füßen wegriss. Gott sei Dank saß ich, sonst würden mir vermutlich die Beine wegknicken und ich würde eine harte Landung auf den Holzfußboden hinlegen. Und das wäre absolut peinlich.

Als Travis vor ihr stand, zog er sie in eine Umarmung und drückte ihr einen Kuss auf die Wange. Er machte sich nicht die Mühe, sich umzuschauen, ob er beobachtet wurde. Brauchte mich einerseits auch nicht wundern, weil er nicht ahnte, dass ihn zwei Augen wie ein Feldstecher ausspähten. Die beiden blieben in der Nähe des Fensters stehen. Travis und seine heimliche Flamme unterhielten sich angeregt. Schade, dass ich keinen verwanzten Käfer über sie fliegen lassen konnte, um das Gespräch zu belauschen.

Moment mal.

Ich blinzelte.

Heimliche Flamme?

Was für einen Schwachsinn dachte ich gerade?

Wenn er sich mit ihr auf dem Campus traf, dann war ich wohl sein schmutziges Geheimnis.

Kyle bemerkte meinen Blick und drehte sich um.

»Ach nee«, rief er aus und sah mich überrascht an, nachdem er sich mir wieder zugewandt hatte. Mit dem Daumen zeigte er über die Schulter. »Da ist Travis.«

»Ja, habe ich bemerkt«, murmelte ich.

Kyle winkt ab. »Er scheint für unser Liebeskummerthema kein Experte zu sein.«

»Bei dem Thema steht er auf der anderen Seite. Er ist eher der, der verlässt«, antwortete ich tonlos und biss ernüchtert in meinen Bagel.

Ich hätte es wissen müssen, dass er sich kein bisschen geändert hatte, dass er der gleiche Mistkerl war wie damals auf der Highschool.

»Alles in Ordnung mit dir?«, erkundigte sich Kyle. Mein Schock war mir anzusehen. Nun verstand ich, warum Travis davon gesprochen hatte, dass er noch Zeit brauchte.

Der Grund war, dass er sich nicht mit irgendeiner anderen traf. Kate Hamid gehörte zu den begehrtesten Frauen auf dem Campus.

Sie hatte dunkle Locken, eine traumhafte Figur und ein immer perfekt geschminktes Gesicht. Sie war auf jeden Fall eine Artistin im Bett. Sie hatte die entsprechenden Voraussetzungen, denn Kate war wie Ariana im Cheerleaderteam.

Als ich nach Travis' Einladung im Stadion gewesen war, hatte ich sehen können, wie gelenkig die Cheerleader-Mädels waren. Deshalb hatte ich ausreichend Fantasie, um mir bildhaft vorzustellen, wie Kate ihre langen Beine um Travis' Hüften schlang. Vermutlich war sie dabei so grazil wie eine Schlangentänzerin.

»Amy?«

»Hm?« Ich spreizte die Hand und rieb mir mit Daumen und Zeigefinger die Augen, um Herr über meine Gefühle zu werden.

Kyle musterte mich prüfend. »Was ist los?«

Räuspernd ließ ich die Hand sinken. »Hast du Wasser dabei?« Ich sah ihn bittend an, denn mein Mund war trocken. Kaffee war das ungeeignete Getränk, um Abhilfe zu schaffen.

»Nein.« Er schüttelte den Kopf und deutete zum Servicebereich. »Wenn du willst, dann hole dir eins.« Ohne auf meine Antwort zu warten, stieß er den Stuhl zurück und sprang auf.

Ich zwang mich zu einem Lächeln. »Das wäre nett, wenn du das für mich tust.« Ich angelte nach meiner Geldbörse im Rucksack, doch Kyle winkte ab.

»Hey, Freundschaftsdienst, lass stecken.«

»Danke«, rief ich ihm hinterher. Ich war froh, dass er für ein paar Minuten nicht am Tisch saß, weil ich jetzt testen konnte, ob Travis mich verarschte oder ob meinerseits ein Missverständnis vorlag. Zugegebenermaßen bestand die Möglichkeit, dass meine Sinne getrübt waren und ich etwas sah, was so real nicht stattfand.

Ich griff nach meinem Handy und schrieb ihm eine Nachricht.

Hast du Zeit für mich?

Gespannt wartete ich auf seine Reaktion.

Als er sein Handy hervorholte, hielt ich den Atem an. Er schaute drauf, aber anstatt dass er mir eine Antwort schickte, schob er es in die Jeans zurück.

Angestrengt überlegte ich, was ich noch tun könnte, um ihn zu einer Antwort zu bewegen.

Verdammt, ich brauchte Klarheit. Und mir war bewusst, dass ich mich wie eine Stalkerin benahm, aber es gab Ausnahmesituationen, die durchgeknallte Handlungen rechtfertigen. War doch so, oder?

Können wir uns treffen?

Himmel, für die Frage schämte ich mich. Ich fühlte mich erbärmlich.

Travis schaute wieder auf sein Handy. Er behielt es in der Hand. Tippte er? Einige Sekunden vergingen.

Ein Vibrieren ließ mich zusammenfahren. Ich hatte eine Nachricht erhalten.

Ich las einmal, zweimal … Meine Finger verkrampften sich um das Handy.

Sorry, Amy, bin mit Tito verabredet, komme später zu dir. Bist du nachmittags auf deinem Zimmer?

Aha, er behauptete, er wäre mit einem Kumpel verabredet.

Neben meinem Schmerz biss mich die Wut in den Bauch.

Das waren keine entlastenden Indizien für den Angeklagten, meine Sorge hatte sich bestätigt.

Travis hinterging mich, er machte mit mir das gleiche Scheißspiel wie damals.

Nur heute war es nicht Dawn, jetzt war es Kate. Irgendwann käme vielleicht noch eine Lindsey, Anna oder sonst wer dazu. Die Mädels standen auf ihn, er genoss es.

Und was ich außerdem präsentiert bekam, war das Sahnehäubchen auf dem Verrat. Mir ging der Mund auf und ich formte ein erbostes O.

Kate übergab ihm drei Plastikpäckchen. Travis hielt sie in der Hand, als wäre es normal, öffentlich Kondome zugesteckt zu bekommen.

Sie lachten beide, bevor sie sich mit neuen ekelhaften Wangenküsschen verabschiedeten und in verschiedene Richtungen verschwanden.

War ja klar, was sie heute noch vorhatten. Ich war nicht dumm und zählte eins und eins zusammen. Sie hatten sich auf eine Sexorgie verabredet und damit es nicht an Kondomen mangelte, hatte Kate ihm welche zugesteckt. Okay, Sexorgie klang ein bisschen übertrieben, aber trotzdem … Ekelhaft, das war wahrhaftig das Letzte!

Gab es noch offene Fragen, brauchte ich weitere Erklärungen?

Fünf Minuten. Es waren höchstens fünf Minuten, die mein Herz in tausend Stücke zerspringen ließen.

Ich hatte aus meinen Fehlern nicht gelernt.

Zum wiederholten Mal war ich auf Travis hereingefallen.

Leider konnte ich nicht einfach aus dem Speisesaal stürzen, weil ich mit Kyle am Liebeskummer-Gespräch arbeiten musste.

Meine Augen schweiften zum Servicebereich. Kyle hatte an der Kasse das Wasser bezahlt und war auf dem Weg zu unserem Tisch.

»Hier.« Er drückte mir die Flasche in die Hand.

»Danke.« Ich kämpfte mit dem Verschluss. Meine Finger zitterten, ich bekam die Flasche nicht aufgedreht.

»Gib her«, sagte Kyle. Er nahm mir das Wasser ab und schraubte den Verschluss auf. Verständnisvoll sah er mich an. »Lass uns das Thema an einem anderen Tag ausarbeiten.«

Ich zwang mich, ruhig zu atmen. »Wenn das machbar für dich ist.«

»Ich hole dich morgen gegen vier Uhr ab, okay?«

»Um vier?«, fragte ich verwundert.

»Ja, ich habe abends was vor.«

»Ach so, verstehe.«

Die Uhrzeit war merkwürdig, aber ich war viel zu sehr mit Travis' Verrat beschäftigt, als mir noch darüber den Kopf zu zerbrechen. Es war für mich kein Problem, weil ich von Kyle nichts wollte.

Wenn wir uns nachmittags trafen, konnte ich mir wenigstens bequeme Jeans mit einem Sweatshirt anziehen und müsste kein zweites Mal die Dateklamotten tragen. Ich hatte keine masochistischen Neigungen.

Kyle beugte sich nach vorn und gab mir einen Klaps auf den Oberarm. »Du weißt ja, ich freue mich auf Samstag.« Er zeigte auf die Flasche und machte ein ernstes Gesicht. »Bevor wir aber verschwinden, trink vom Wasser.« Er kreiste mit dem Finger vor meinem Gesicht. »Du bist ganz schön blass um die Nase.«

»Ich trink ja schon«, murrte ich und kam seiner Aufforderung nach. Dabei packten wir unseren Kram zusammen. Ich war froh, dass wir abhauten.

Die nächsten Kurse ließ ich sausen. Ich bekäme heute sowieso keinen Lernstoff in den Schädel gehämmert. Stattdessen wollte ich mir lieber einen Becher Ben&Jerry's organisieren und mich später mit *The Perfect Date* in mein Zimmer verkriechen.

Hinweis für mich: *Wenn du dir so einen Film reinziehst, dazu heulend fette Kalorien mampfst, schlummert doch ein kranker Masochist in deinen Genen.*

Genau, ich hatte eine masochistische Ader. Und um das Ganze abzurunden, würde ich mir danach *The Kissing Booth* reinziehen – beide Teile. Da war der Typ Footballspieler und Collegestudent.

Sozusagen eine homöopathische Therapie. Heilung meines gebrochenen Herzens mit Liebesfilmen und Kalorienbomben.

25. Amy

Alles okay

»Hast du keine Kurse mehr?«, fragte mich Ariana, als ich ins Zimmer kam. Sie saß auf dem Bett und fasste ihre Haare zu einem hohen Zopf zusammen.

»Warum bist du hier?«, wich ich ihrer Frage aus.

»Bei mir ist einer ausgefallen, bin auch gleich wieder weg.«

»Wann kommst du zurück?«

»Schätze spät, erst gegen zehn, ein paar Mädels vom Team wollen noch was trinken gehen.«

»Ist Kate dabei?«, rutschte mir die Frage von der Zunge.

»Kate Hamid?«

»Hm.« Da ich merkte, dass mir vor Verlegenheit das Gesicht rot anlief, ging ich eilig zum Schreibtisch. Ich stellte den Rucksack auf den Stuhl und holte mein Handy und die Unterlagen heraus.

»Warum willst du das wissen?«, fragte Ariana und zupfte sich ein paar Strähnen zurecht.

»Ich habe sie zufällig vor dem Stuart gesehen. Mit Travis.« Ich bemühte mich, meine Stimme gleichgültig klingen zu lassen, als mein Blick zu ihr huschte und ich ergänzte: »Läuft was zwischen den beiden?«

Es war mir sonst wurscht, wer was mit wem hatte, und ich hatte Ariana noch nie so eine Frage gestellt. Darum war es eine logische Reaktion, dass sie eine Augenbraue hochzog und mich überrascht ansah.

Sie stand vom Bett auf. Grinsend stieg sie in ihre Nikes. »Seit wann interessiert dich das?« Sie wackelte mit den Augenbrauen. »Findest du ihn nach eurem Probedate jetzt doch heiß?«

»Nein.« Ich winkte ab. »Er war bei ihr, nur deshalb frage ich.«

Ariana zog sich die Jacke an, schob den Gurt ihrer Umhängetasche über die Schulter und kam zu mir. »Sie sind *friends with benefits.*«

Ich hatte das Gefühl, die Worte fegten wie ein Sturm durch meinen Kopf. Ich tastete nach dem Schreibtisch, hielt mich an der Kante fest, weil mir die Knie drohten wegzuknicken.

Wenn ich jetzt noch einen klitzekleinen Beweis gebraucht hatte, dass Travis mit mir spielte, dann hatte ihn mir meine Mitbewohnerin gegeben.

»Hey Amy.« Ariana sah mich besorgt an. »Ist dir schlecht?« Ohne mich aus den Augen zu lassen, berührte sie meinen Arm. »Oder schockt dich das, was ich gesagt habe?«

Ich stellte den Rucksack auf den Boden und ließ mich auf den Schreibtischstuhl fallen. »Das hat nichts mit Travis zu tun, ich habe Bauchschmerzen.« Etwas anderes logisch Klingendes fiel mir nicht ein.

Ariana streichelte meinen Rücken. »Dafür ist Travis bekannt. Er hält nichts von Beziehungen. Kate ist nicht die Einzige auf seiner Kontaktliste.«

Kontaktliste? Ich kniff die Augen zusammen, damit Ariana mein entsetzter Blick entging.

»Brauchst du ein Schmerzmittel, Amy, einen Tee? Kann ich sonst irgendwas für dich tun?«

»Alles okay, du kannst mich allein lassen.« Ich sah sie an und rang mir ein Lächeln ab.

Ihr Gesichtsausdruck blieb besorgt. »Sicher?«

Ich tätschelte meinen Schreibblock. »Ich habe mich um ein Soziologieprojekt zu kümmern, das lenkt mich ab.«

Wenn ich geplant hatte, mich mit Eis und Romanzen ins Bett zu verkriechen, um meinen Liebeskummer erträglicher zu machen, hielt ich es jetzt für eine bessere Idee, mich mit Arbeit einzudecken.

Keine beschissene Sekunde würde ich mit Gedanken an Travis verschwenden.

Er hatte einen Lebensstil, der mit meinem inkompatibel war. Wenn er Bock auf Sex hatte, suchte er in seiner Kontaktliste nach einer Gespielin. Deshalb das Treffen mit Kate.

Nie im Leben würde ich in dieser verfickten Kontaktliste landen. Gestern war ich noch davon überzeugt, dass ich ihm gegenüber zu viele Vorurteile hatte. Dass er tatsächlich so tickte, zog mir die Beine weg.

26. Travis

Das bleibt unter uns

Als ich am Morgen allein und halbnackt in meinem Bett aufwachte, hatte ich noch Amys Duft an meinem Körper. Um genauer zu sein, hing der Geruch von unserem phänomenalen Sex in meiner Nase. Ich ließ die Augen zu und schob die Boxershorts ein Stück hinunter. Stöhnend streichelte ich meine Morgenlatte. Ich bildete mir ein, dass es Amys Hand wäre, die mich verwöhnte. Schade, dass sie nicht hier war. Wir hätten noch einmal einen Besuch im *Le Clement* nachspielen können. Ich wäre ihre französische Köstlichkeit und sie meine. Hmm, eine leckere Vorstellung.

Ich schloss die Finger um mein bestes Stück und fing an, schneller zu reiben. Damit ich die Bettwäsche nicht einsaute, strampelte ich die Decke weg.

Ich hatte mir schon oft einen runtergeholt, aber dass ich dabei genussvoll an eine ganz bestimmte Frau dachte, war Premiere. Lieber würde ich mich in ihr bewegen, anstatt es mir selbst zu besorgen.

Ich konnte immer noch nicht glauben, dass wir im Bett gelandet waren und das gemacht hatten, was ich mir schon während der Highschool erträumt hatte.

Ich rieb härter, drückte die Eichel, die Lust schoss wie ein glühender Strahl meine Wirbelsäule hinunter. Ich stand kurz davor, meine Beine versteiften sich, ich zog die Zehen hoch.

»Jesus.« Ich stieß einen befreiten Laut aus, die Lust spritze aus mir heraus und verteilte sich auf meiner Faust und meinem Bauch.

Mannomann, die Frau machte mich fertig.

Ich brauchte mir nichts mehr vormachen.

Der ultimative Beweis, dass ich Amy verfallen war, klebte auf meinen Fingern und meinen Bauchmuskeln.

Plötzlich holte mich mein Handy in die Realität zurück. Es vibrierte auf meinem Nachttisch.

Ich tastete danach und las auf dem Display, dass Kate mir geschrieben hatte.

Du hast Sexschulden bei mir.

Ich zerrte die Boxershorts von den Beinen und schüttelte grinsend den Kopf. Typisch Kate. Doch leider würde ich ihr sagen müssen, dass ich meine Schulden anders abstottern müsste. Als Angebot hätte ich Gutscheine oder Freikarten für eins unserer Footballspiele. Sie bekäme alles, nur ich stand nicht mehr zur Verfügung. Für keine Frau mehr, außer für Amy. Auch wenn noch Dinge zu klären waren, würde ich nur noch mit ihr schlafen wollen, und wenn die Ergebnisse …

Stopp, keine Gedanken daran verschwenden.

Ich zwang mich, die Untersuchung aus dem Kopf zu bannen.

Erst einmal wollte ich mich bei Amy melden und ihr sagen, warum ich mich mit uns zurückhielt, ohne ins Detail zu gehen. Dass ich CTE haben könnte, würde ich ihr keinesfalls verklickern. Noch hatte ich keine Ergebnisse. Also, aus welchem Grund die Pferde scheu machen?

Können wir uns elf Uhr treffen? Ich muss mit dir reden, schrieb ich Kate zurück.

Sie war einverstanden. Wir verabredeten uns vorm Stuart. Die Zeit passte gut. Ich hatte einen Freiblock und war anschließend mit Tito in der Bapst Library verabredet. Er brauchte Hilfe bei einer betriebswirtschaftlichen Frage, die er für ein Seminar beantworten musste. Ich konnte ihm helfen, weil ich vergangenes Semester das Thema gehabt hatte und wusste, welche Literatur er dafür benötigte.

Ich legte das Handy auf den Nachttisch zurück, schwang mich aus dem Bett und ging ins Bad.

Nachdem ich die Zähne geschrubbt hatte, stellte ich mich unter die Dusche. Ich ließ das heiße Wasser auf meinen Körper prasseln. Ich wusch mir die Sauerei ab, leider verlor ich damit auch Amys Duft. Aber ich würde mir bald die nächste Dröhnung holen. Eventuell schon heute, wenn sie Lust auf ein Treffen hatte.

Nachdem ich mich abgetrocknet hatte, warf ich die Kaffeemaschine an. Curtis hatte freitags vor mir einen Kurs, sodass ich mein Müsli allein löffeln musste.

Fünf Minuten später saß ich auf dem Sofa und schaufelte mein Frühstück in den Mund.

Dann packte ich meinen Studienkram zusammen, stopfte das Handy in die Jeans und verließ das Apartment.

»Oh mein Gott, Travis, du bist verliebt!«, reagierte Kate verblüfft, nachdem ich ihr gestanden hatte, dass es eine Frau gab, mit der ich mir mehr vorstellen konnte.

Ich schüttelte abwehrend die Hand. »Bin ich nicht.«

»Bist du doch«, widersprach sie und knuffte mich in den Arm. »Los, sag es mir. Wer ist es, kenne ich sie?«

»Du musst nicht alles wissen«, wiegelte ich ab.

Kate musterte mich intensiv. Mit einem wissenden Lächeln tippte sie mir auf die Brust. »Wenn du mir erklärst, dass du auf unser nettes Arrangement verzichten willst, dann gibt es nur diese Erklärung. Also erzähl mir keinen Blödsinn.«

Im nächsten Augenblick vibrierte mein Handy. Ich zog es heraus und sah, dass mir Amy eine Nachricht geschickt hatte. Kate reckte den Hals. »Hat *sie* dir geschrieben?«

»Nein«, brummte ich und schob es zurück. Kate war zu neugierig und über Amy würde ich mit niemandem reden.

»Wenn ich dich richtig verstehe, bietest du mir Geschenke an, damit ich auf deine Liebesdienste verzichte«, neckte mich Kate.

»So ungefähr.«

»Na gut.« Sie grinste mich spitzbübisch an. »Ich nehme natürlich gern zwei Freikarten. Aber nur, wenn ihr in die Playoffs kommt.«

»Einverstanden.« Ich zwinkerte ihr zu. »Du lässt dich nicht lumpen.«

»Dann habe ich auch für dich ein Geschenk.« Kate griff in ihre Jackentasche, als mein Handy erneut vibrierte. Ich dachte im ersten Moment, es wäre Tito, aber Amy hatte mir wieder eine Nachricht geschickt. Diesmal antwortete ich ihr lieber, sonst könnte sie noch denken, ich wimmelte sie ab. Ich las, dass sie mich sehen wollte. Kein Problem, ich schrieb ihr, dass ich verabredet war und sie später besuchen würde.

Offenkundig hatte sie die gleiche Sehnsucht nach mir wie ich nach ihr. Und vermutlich wollte sie Erklärungen für mein gestriges Verschwinden haben. Die schuldete ich ihr definitiv.

»Nun zeig mal dein Geschenk, das du unbedingt loswerden willst«, neckte ich Kate.

»Hier, deine vergessenen Kondome.« Sie johlte auf, als sie mir die drei Päckchen in die Hand drückte. »Ich habe gedacht, wir brauchen sie heute.«

»Du bist einmalig.« Ich grinste sie belustigt an und konnte nicht kontrollieren, dass mir die Hitze ins Gesicht schoss. Kate hatte gedacht, wir würden heute Sex haben, und mich gleichzeitig an mein peinliches Versagen erinnert. Ich war beschämt.

»Keine Sorge, das bleibt unter uns«, sagte sie. Dann fing sie an zu lachen. »Oh, Travis, wenn du rot wirst, siehst du so süß aus.«

»Stimmt nicht.«

»Doch.« Kate lachte weiter.

Ich stieg in ihr Lachen ein und gluckste: »Manchmal sollte man dir den Mund zukleben.«

Sie drückte mir einen Kuss auf die Wange. »Versprich mir, dass wir Freunde bleiben.«

»Das werden wir«, sagte ich mit einem Nicken, dabei sah ich ihr in die Augen.

27. Amy

Wir müssen reden

Ich entwarf einen detaillierten Plan für Kyles und mein Gespräch über Liebeskummer, als es an der Tür klopfte.

»Amy?«

Ich atmete zitternd aus. Travis stand draußen. Seine Stimme beschwor Bilder in meinem Kopf hervor, die ich nicht sehen wollte. Die Erinnerung, wie er und Kate vertraut miteinander umgegangen waren, versetzte mir einen schmerzhaften Stich mitten ins Herz.

Nach einem Räuspern stand ich auf und öffnete ihm die Tür.

»Komm rein«, sagte ich, bevor ich mich wieder an den Schreibtisch setzte.

Es war besser, wir redeten jetzt, als wenn ich mich länger quälte. Auf seine Anfrage, ob er nachmittags vorbeikommen könnte, hatte ich nicht reagiert. Mir hatte die Kraft gefehlt. Aber jetzt so zu tun, ich wäre nicht zu Hause, wäre lächerlich.

Als ich die Tür zuklappen hörte, schloss ich einen Augenblick die Augen. Nachdem ich einmal tief Luft geholt hatte, richtete ich den Blick auf sein Gesicht.

»Warum hast du mir nicht geantwortet?«, überfiel mich Travis. Er kam auf mich zu, aber mein Gesichtsausdruck schien ihm zu signalisieren, mir nicht zu nahe zu kommen. »Hey, was hast du?« Er fuhr sich durchs Haar und sah mich forschend an.

In meinem Kopf kämpften zwei Stimmen. Die eine flüsterte: *Er ist hier, freu dich.* Die andere zischte: *Lass dich von ihm nicht einlullen, er spielt nur mit dir.*

»Ich habe viel zu tun«, wich ich seinen Fragen aus.

Er lächelte. »So viel, dass du keine fünf Sekunden hast, um mir auf meine Nachricht zu antworten?« Travis plumpste auf mein Bett. Er lehnte sich vor, streckte die Hand aus und griff nach meinem Arm. Ich wehrte mich nicht, als er mich auf dem Drehstuhl zu sich heranzog.

»Wir müssen reden, Amy.«

»Wenn du meinst.« Schon spürte ich einen zweiten Stich, mein Herz zog sich zusammen. Travis war hier, um mir zu sagen, dass er das mit uns beenden wollte.

Mein Handy klingelte.

Ich wandte mich dem Schreibtisch zu. »Sorry, ich muss da kurz rangehen.« Es war Kyle. Keine Ahnung, warum er mich sprechen wollte, aber der Anruf war eine willkommene Unterbrechung, um mir Zeit zu verschaffen, mich auf das, was ich gleich zu hören bekam, zu wappnen.

»Hi Kyle, ich sitze gerade an unserem Thema«, rief ich übertrieben gut gelaunt. Travis durfte keinesfalls mitbekommen, dass mir kotzübel war. Wenn man abserviert wurde, tat es weh, bei ihm war das ein Trip in die Hölle. Doch ich war viel zu stolz, um ihm einen Einblick in meine Gefühlswelt zu geben.

»Wäre es schlimm, wenn ich dich schon um drei abhole?«, wollte Kyle von mir wissen. Er klang zerknirscht. »Ich hoffe, du kannst es einrichten.«

Ich warf Travis ein verkrampftes Lächeln zu und registrierte, dass sich seine Augen verengt hatten.

»Kein Ding, bekomm ich hin«, sagte ich eilig und senkte den Kopf, weil mir auf der Zunge brannte, Travis gegenüber zuzugeben, dass es von meiner Seite aus kein Date war. Er sollte denken, dass ich seine Bitte ignorierte. Mir war natürlich klar, dass es mein verletztes Herz war, das mich dummes Zeug quatschen ließ.

Travis rieb sich den Nacken, nachdem ich das Gespräch beendet und das Handy auf seinen Platz zurückgelegt hatte.

»Ja, das …« Ich suchte nach Worte, um das Schweigen, das jäh zwischen uns herrschte, zu unterbrechen.

Travis sah mich ernst an. »Ich habe angenommen, das mit Kyle ist Geschichte.« Er presste die Lippen zusammen und nickte kurz. Leise schob er nach: »Ein Irrtum meinerseits.«

Mein Blick schweifte durch das Zimmer, dann wieder zu ihm. »Wir hatten Sex, er war toll, keine Frage.«

»Und den willst du nicht wiederholen?«

Da war sie wieder, diese Unverbindlichkeit, die ich jedes Mal zum Kotzen fand, wenn Typen glaubten, das würde mir reichen.

»Nein.« Ich schüttelte den Kopf. *Ich will dich, Liebe und den ganzen Scheiß. Aber du willst mich nur in deiner Kontaktliste haben.* Ich lächelte gequält. Nie im Leben würde ich ihm meine Wünsche gestehen. Travis war der Letzte, dessen mitleidiges Grinsen ich brauchte.

»Dann habe ich etwas missverstanden, ich dachte …« Travis fuhr sich über den Mund.

»Was dachtest du?« Irgendwo flammte ein klitzekleiner Hoffnungsfunken auf.

Travis winkte ab. »Unwichtig.« Er lachte hart auf und deutete zum Nachtisch. »Du hast einen kleinen Vorrat an Kondomen, mehr muss ich nicht wissen.«

Autsch. Er hatte mich unter der Gürtellinie getroffen.

»Du hältst mich für eine …«

»Sprich es nicht aus, Amy«, fuhr mich Travis an. Sein Kiefer bewegte sich angespannt.

Er zog einen Mundwinkel zu einem halbherzigen Lächeln hoch. »Ich respektiere dich, Amy. Nie würde ich schlecht über dich denken.«

Seine Augen ruhten auf meinem Gesicht, als er die Hand hob. Sie schwebte in der Luft und ich vergaß zu atmen. Ich glaubte, seine Fingerspitzen würde gleich meine Wange berühren. Doch anstatt sie über meine Haut glitten, stieß Travis einen Seufzer aus und ließ die Hand fallen.

Er stand auf. »Wir sehen uns Montag beim Training«, sagte er müde.

»Ja«, flüsterte ich. »Für dich steht heute noch eine kurze Einheit an.«

Freitags wurden ohne Pads einige spezielle Spielzüge und Lösungsszenarien geübt, die für das Wochenendspiel wichtig waren. Da ich noch keinen Platz im aufgestellten Kader hatte, brauchte ich bei dieser Trainingseinheit nicht dabei sein.

»Wir machen ein paar Two-Minute-Drills.« Er hob die Schultern. »Kennst du ja von früher, die letzten zwei Minuten können ein ganzes Spiel entscheiden.«

»Und sie werden viel zu selten geübt.«

»Du sagst es.« Travis wandte sich ab.

Ich schaute ihm hinterher. Er hatte keinen letzten Blick für mich übrig, sondern verließ wortlos das Zimmer.

Als die Tür ins Schloss fiel, zuckte ich zusammen. Ich lauschte seinen schweren Schritten, wieder fiel eine Tür zu.

Puh, nicht nur die letzten zwei Spielminuten auf einem Spielfeld waren schwierig.

Travis Abgang hing mir wie ein schwerer Klumpen im Magen.

Wild rieb ich mir das Gesicht. Ich musste aufhören, an ihn zu denken. Genauso sollte ich darauf verzichten, seinen Besuch einer Analyse zu unterziehen. Es spielte keine Rolle, ob ich etwas anderes gesagt oder mich anders verhalten hätte. Das Ergebnis wäre das Gleiche. Er war weg und ich war mit meiner Sehnsucht allein.

Es brachte mir nichts, Travis hinterherzutrauern. Ich musste endlich von ihm loskommen.

Er hatte mich gefragt, ob ich den Sex mit ihm nicht wiederholen wollte. Hätte ich mich dazu bereit erklärt, hätte mich alles nur tiefer hinabgezogen.

So sehr ich mich nach ihm und seinen Berührungen sehnte, so sehr ich den Sex mit ihm mochte, wäre es für mich unerträglich, eine von vielen zu sein.

Ich war nicht mehr bereit dazu, mit Männern zu schlafen, wenn sie nichts als ein kurzes Vergnügen mit mir wollten.

Bisher konnte ich das gut verdrängen, aber seit vergangener Nacht funktionierte das nicht mehr.

Ich rollte mit dem Drehstuhl zum Schreibtisch, Tränen tropften auf meine Notizen. Schluchzend riss ich das durchfeuchtete Blatt vom Block, knüllte es zu einer Kugel zusammen und pfefferte sie gegen die Wand.

Ich hatte es satt, das Liebeskummer-Gespräch aus der Sicht der Verlassenen führen zu müssen. Ich wollte den Schmerz nicht mehr ertragen, der mich innerlich zu zerreißen drohte.

»Okay, es reicht«, sagte ich zu mir und fasste einen Entschluss. Ablenkung mit Unikram hatte nichts gebracht und mein Gejammer war keine Hilfe für mein wundes Herz. Stattdessen brauchte ich eine wirksame Medizin. Es war höchste Zeit, mich in meine Bettdecke zu kuscheln und den Romanzeabend einzuläuten.

Vorher schlüpfte ich in meine Sneakers und angelte nach meinem Rucksack. Mir fehlte noch ein großer Becher Ben&Jerry's.

28. Amy

Ich weiß deinen Enthusiasmus zu schätzen

Als ich am nächsten Morgen aufwachte, hatte ich erwartet, dass ich mich wegen des gestrigen Tages mies fühlen würde. Doch überraschenderweise ging es mir verhältnismäßig gut.

Man könnte meinen, dass mich ein perfekter Tag erwartete. Der Himmel leuchtete blau, als hätte man ihn gephotoshopt. Die Sonne schien warm und ich spürte ein leichtes Kribbeln im Bauch. Das war zwar schräg, aber die Gedanken an Kyle brachte mich dazu, Travis vorerst aus meinem Hirn zu katapultieren, bevor er sich dort wieder hineinschlich.

Leider gab es in einem kleinen Wohnheimzimmer wenig Möglichkeiten, um sich abzulenken, wenn man so aufgeregt war wie ich.

Bereits um sieben Uhr stand ich auf, holte mir einen Kaffee aus der Gemeinschaftsküche und überlegte, wie ich die nächsten acht Stunden über die Runden bringen konnte.

Zuerst tippte ich das Grundgerüst für das Liebeskummer-Gespräch in den Laptop, anschließend schickte ich Kyle die Datei. Kommende Woche konnten wir uns zusammensetzen und unsere Gemeinschaftsarbeit fertigstellen.

Mein Eifer war kaum zu bremsen. Sobald ich den Laptop ausgeschaltet hatte, bekam ich den ultimativen Putzanfall.

Mit einem Besen bewaffnet wirbelte ich durch das Zimmer, anschließend wischte ich den Boden. Ich staubte die Möbel ab und entsorgte den Müll. Nachdem das Zimmer nach Zitrone roch, faltete ich meine Wäsche neu, sortierte sie nach Farben und fing an, zusammengerollte Strümpfe zur Pyramide in meinem Schrankfach zu stapeln. Als ich zu Arianas Wäsche schielte, rief sie: »Untersteh dich.«

Sie hatte mich während meines Herumgewusels amüsiert beobachtet. Doch anstatt mir zu helfen, hatte sie an ihrem Schreibtisch gesessen und ihre Nägel lackiert.

»Ich weiß deinen Enthusiasmus zu schätzen, aber erwarte bitte keine Unterstützung bei deinem Putzwahn«, hatte sie zwischenzeitlich gegluckst.

Ihre Hilfe hätte ich sowieso abgelehnt, weil wir gemeinsam doppelt so schnell fertig gewesen wären und ich dann vermutlich andere Studenten angebettelt hätte, bei ihnen weiterputzen zu dürfen.

Es war ein komisches Gefühl, mit Kyle verabredet zu sein.

Obwohl es mit Travis vorbei war und ich Kyle sagen wollte, dass mir klargeworden war, dass ich nicht mehr als Freundschaft für ihn empfand, konnte ich gegen meine innere Anspannung nichts machen. Ich schaute auf die Uhr, noch über eine Stunde musste ich mir die Zeit vertreiben.

Glücklicherweise kam Ariana auf die Idee, mir meine Nägel anzupinseln.

Das war eine Premiere. Ich hatte noch nie bunte Nägel gehabt.

Also, warum nicht auch ausnahmsweise das ausprobieren?

Wo ich voller Eifer geputzt hatte, legte Ariana ihr Engagement in meine Nägel.

»Oh, Amy, das sieht so toll aus!«, rief sie begeistert. »Du kannst viel mehr Farbe für dein Äußeres verwenden. Das steht dir. Genau wie bei deinem Date mit –«

»Das war eine Ausnahme«, ging ich dazwischen.

»Ach, rede nicht. Du bist mehr Frau, als du zeigen willst«, betonte sie und holte ihr Schminktäschchen, um auch noch mein Gesicht vollzukleistern.

Skeptisch betrachtete ich meine Fingernägel. »Pink steht mir?« Ich seufzte. »Hmm. Ich weiß ja nicht.«

»Natürlich steht dir das. Außerdem wollte ich dir doch Schminktipps geben. Zuerst machen wir ein bisschen Rouge –«

»Stopp!«, warf ich dazwischen, bevor Ariana sich auch noch voll ambitioniert meinem Gesicht widmete. Ich klang nur halb so panisch, wie ich tatsächlich panisch war. »Kyle und ich gehen nur …« Ich kaute auf meiner Lippe herum und überlegte, wo man nachmittags seine Zeit vertreiben konnte. »Äh, irgendwohin.«

»Und was ziehst du an?« Sie ließ ihren Finger vor mir auf und ab wandern. »Du suchst dir hoffentlich ein anderes Outfit aus.«

Ich hob gleichgültig die Schultern. »Was hast du an meiner blauen Jeans und dem grauen Sweatshirt auszusetzen?« Immerhin war es bereits fünf Minuten vor drei Uhr und Kyle würde gleich vor der Tür stehen.

»Du kannst dich auch zu einem Nachmittagsdate hübsch anziehen. Ich leihe dir was, mein Schrank ist voll. Was hältst du von einem kurzen Rock und einem taillierten Rollkragenpullover?«

»Nichts«, lehnte ich kopfschüttelnd ab. »Ich fühle mich in meinen Klamotten wohl.«

»Du fühlst dich wohl«, äffte mich Ariana augenrollend nach. »Das ist doch Bullshit.«

Bevor unsere Diskussion weiter ausarten konnte, wurden wir von einem Türklopfen unterbrochen.

Triumphierend sah ich sie an. »Zu spät.«

Mein Herzschlag legte an Tempo zu. Ich atmete einmal tief durch, verzog meinen Mund zu einem Lächeln und öffnete die Tür.

»Hi Amy«, begrüßte mich Kyle. Neugierig lugte er hinein. Seinen linken Arm versteckte er hinter dem Rücken.

Fragend schaute ich ihn an.

»Ist deine Mitbewohnerin auch da?«

»Ja.« Ich schaute verwundert zu Ariana. Sie reagierte mit einem Achselzucken. Höflich trat ich beiseite und ließ ihn hinein. Dabei musterte ich Kyle unauffällig und registrierte erleichtert, dass er genau wie ich seine Alltagsklamotten trug. Blaue Jeans, Turnschuhe und eine graublaue Jacke. Ein Glück hatte ich mich von Ariana nicht breitschlagen lassen, mich umzuziehen. Ich wäre sonst eindeutig overdressed.

Kyle lächelte Ariana an. »Hi, ich bin Kyle, wir sind uns schon einmal begegnet.«

»Ja, ich erinnere mich.« Ariana lächelte leicht errötend. »Amy und ich haben dich beim Geh-Sport getroffen.«

»Ja, so war es.« Kyle nickte eifrig. Ich fand fast eine Spur zu eifrig.

Komisch, dass er Ariana darauf ansprach.

Komisch, dass sie rot angelaufen war.

»Wollen wir los?«, wandte ich mich schnell an Kyle.

»Na klar«, antwortete er. Lächelnd zauberte er Pralinen hinter dem Rücken hervor. »Für dich.«

»Oh, danke.« Verblüfft nahm ich die Schachtel entgegen und legte sie auf meinen Schreibtisch. Ich fand seine Geste nett, wobei das schlechte Gewissen sich meldete und mir in den Bauch zwickte. Ich naschte gern Pralinen. Trotzdem musste ich Kyle vorsichtig beibringen, dass dieses Date ein einmaliges Treffen bleiben würde.

Schwupp, und schon tauchte Travis wieder ohne Einladung auf. Er schlich sich auf Zehenspitzen an meinem inneren Auge vorbei, um sich wieder einen Platz in meinem Schädel zu suchen.

Na warte, du hinterhältiger Mistkerl!

Ich riss sämtliche Türen in meinem Hirn auf und fand eine dunkle Kammer. Travis riss den Mund auf, doch bevor ihm ein protestierender Laut entwich, schubste ich ihn hinein und schmiss die Tür zu. Wenigstens die nächsten Stunden wollte ich vor ihm Ruhe haben.

»Amy?«, hörte ich Ariana fragen.

»Ja?« Ich blinzelte verwirrt.

Sie und Kyle sahen mich verwundert an. Vermutlich hatten sie sich gefragt, weshalb ich wie ein einbetonierter Mast dagestanden und den Schrank angestarrt hatte. Ich konnte ihnen schlecht vermitteln, dass ich gerade einen kleinen Kampf mit dem imaginären Travis in meinem Kopf geführt hatte. Wenn man das Ganze logisch betrachtete, war mein Verhalten ein bisschen verrückt.

»Äh, sorry, war gerade mit meinen Gedanken woanders«, entschuldigte ich mich und deutete mit dem Daumen zur Tür. »Lass uns abhauen, Kyle.« Entschlossen tapste ich los.

»Ohne Strümpfe und Schuhe?«, hörte ich Kyle irritiert hinter mir fragen.

Seufzend warf ich einen Blick auf meine Füße und spürte, wie sich mein Kopf in einen Feuermelder verwandelte. Mannomann, ich machte mich gerade echt zum Horst. Und das nur, weil der nicht anwesende Travis mal wieder meine Gefühlswelt durcheinanderbrachte.

Kyle und Ariana prusteten los.

»Deine Fußnägel sind hübsch anzusehen, aber draußen ist es ein bisschen kalt«, scherzte Kyle und zwinkerte Ariana zu. Warum eigentlich in ihre Richtung?

Ich verschwendete daran keinen weiteren Gedanken und grummelte lieber über seinen Witz. *Du bist ein echter Charmebolzen, Kyle Marpet.* Aber wenigstens gefielen ihm meine pinken Zehen.

Nachdem ich komplett angekleidet war, verabschiedeten wir uns von Ariana und verließen das Zimmer.

Ich hatte gedacht, wir würden unseren Nachmittag in einem hübschen Café verbringen, aber dort waren wir nicht gelandet.

Kyle zog es vor, mit mir den Nachmittag im Pine Tree Preserve zu verbringen. Zuerst hatte mich sein Vorschlag überrascht, doch dann hatte ich zugestimmt. Ich war gern dort. Das vier Hektar große Waldgebiet war wunderschön und gehörte zum Campus. Hier gab es Wanderwege, die von hohen Bäumen gesäumt wurden, Farne, Wiesen und Felsen, die mit Flechten und Moos bewachsen waren.

Die Zeit verging schnell, wir hatten Spaß. Mit Kyle redete ich über Gott und die Welt. Er konnte zuhören und war witzig.

An einem Hotdogstand blieben wir hängen.

Neben dem Stand gab es eine Parkbank, die wir in Beschlag nahmen. Ich verdrückte zwei Hotdogs und trank Eistee. Kyle verschlang vier von den Teilen, dazu leerte er zwei Limos.

»Nachschub?«, fragte er und zeigte zum Stand.

»Gott, nein, ich bin satt«, sagte ich lachend und wischte mir an einer Serviette den Mund ab.

Kyle kratzte sich grinsend am Kinn. »Keinen zweiten Eistee oder eine Cola zur Abwechslung?«

»Ich bin wirklich pappsatt«, betonte ich abwinkend.

»Wenn du nichts mehr willst.« Er schaute auf die Uhr. »Es ist erst halb fünf. Soll ich dich zurückbringen oder drehen wir noch eine Runde?«

Ich stupste ihn mit dem Ellenbogen an. »Ich bin dabei, wenn du nicht in Eile bist.«

»Nein, überhaupt nicht«, stimmte er zu. Er reichte mir die Hand und zog mich von der Bank hoch. »Dann los.«

Es war ein milder, später Nachmittag.

Der Herbst war angekommen und färbte die Blätter. Ich genoss es, neben Kyle den Waldweg hinunter zu schlendern.

Eine Weile liefen wir still nebeneinander. Kyle hatte die Hände in den Hosentaschen vergraben, ab und zu spürte ich seinen Blick auf mir ruhen.

Als er sich räusperte, dachte ich: *Ein Glück!* Einer von uns beiden musste den Anfang machen. Ich hatte schon die Befürchtung, uns wären die Gesprächsthemen ausgegangen. Außerdem brauchte ich einen Einstieg, um mit ihm über uns zu reden.

»Amy, darf ich dich mal was fragen?« Kyle blieb stehen. Da ich nicht stehenblieb, umfasste er mein Handgelenk und stoppte mich.

»Jederzeit.« Fragend hob ich die Augenbraue. Kyle wich meinem Blick aus. »Worum geht's? Schieß los«, drängte ich.

»Bekomm es nicht in den falschen Hals.« Kyle dämpfte die Stimme. »Ich wollte dich diskret danach fragen.«

»Nun sag schon.« Langsam wurde ich ungeduldig. Er bekam meine volle Aufmerksamkeit und es gab für ihn keinen Grund, um den heißen Brei herumzureden.

»Na gut.« Die Befangenheit stand ihm im Gesicht geschrieben.

Sein linker Mundwinkel zuckte nervös, schließlich fasste er sich ein Herz und spukte seine Frage aus: »Ist Ariana Single?« Hoffnungsvoll sah er mich an.

Ich schluckte. »Was?«

Kyle presste die Lippen zusammen. Er schaute zum Himmel, bevor er mir wieder sein Gesicht zuwandte. »Ich will nicht, dass du dich ausgenutzt fühlst.« Er stieß einen Seufzer aus. »Mir gefällt Ariana.«

»Du hast mich nur eingeladen, weil du hoffst, über mich an Ariana ranzukommen?« Ich musterte ihn. Wow, das war überraschend, obwohl es wiederum genügend kleine Hinweise gegeben hatte.

Er hatte nach Ariana gefragt. Spätestens als er mich abgeholt hatte, hätte ich bemerken müssen, dass er mehr Interesse an ihr als an mir zeigte. Na ja, komisch hatte ich es schon gefunden, aber nicht in diese Richtung gedacht.

Kyle lief rot an, betreten sah er zu Boden. »Bist du sauer?«

Hatte ich ein Recht darauf? Immerhin erging es uns ähnlich. Mein Herz schlug für Travis, seins für Ariana. Wären es andere Umstände, hätte ich allen Grund, ihm sein Verhalten übelzunehmen.

»Und warum hast du es mir nicht schon früher gesagt?«

Kyle grinste mich unschuldig an. »Ich stelle mich sonst nie so bescheuert an, wenn es um Frauen geht.«

»Ariana ist hübsch und deshalb gehen dir die Muffen. Du hast Schiss, einen Korb zu bekommen.«

Kyle wippte mit den Fußballen auf und ab. »Ähm, ja, du bringst es auf den Punkt.«

»Lass mich raten.« Ich grinste wissend, denn seine zerknirschte Miene brachte mir eine zweite Erkenntnis. »Ich nehme mal an, du hast noch nie eine Abfuhr kassiert. Darum hast du doppelt Schiss.« Keiner kannte sein Dilemma besser als ich.

»Ariana ist deine Mitbewohnerin.« Er nickte mir zu, den Gedanken zu beenden.

»Und wir sind befreundet«, ergänzte ich.

»In diesem Fall kannst du mir helfen.«

»Ich werde sie nicht wie ein Teenager fragen, ob sie deine Freundin sein will«, wiegelte ich ab. Das wäre mir tatsächlich zu dumm, wenn er mich um so was bitten würde.

»Nein.« Kyle schüttelte heftig den Kopf. »So einen Quatsch meine ich nicht.«

»Wie soll ich dir sonst helfen?«

»Nächsten Samstag ist eine Verbindungsparty der Sigma Kappa Phi. Nur geladene Gäste.«

»Ich werde nie auf solche Partys eingeladen.«

»Dann ist es überfällig, dass du zwei Karten bekommst.« Kyles Augen blitzen auf, schlagartig hatte er ein meilenbreites Grinsen im Gesicht. »Tada.« Aus der Jackentasche zauberte er zwei schwarze Karten mit goldener Schrift.

Meine Augen wuchsen zu riesengroßen Glupschern. »Ich würde lügen, wenn ich behaupte, ich wäre noch nie scharf auf diese Einladung gewesen«, gab ich ehrlich zu.

»Ich hatte sowieso vorgehabt, dich einzuladen. Aber dann dachte ich, dass ich es mit meiner Bitte verbinden könnte.« Kyles Augenbrauen sprangen auffordernd hoch und runter.

Lachend ging ich darauf ein. »Da dachtest du: Hey, wenn Amy diese exklusive Einladung von mir bekommt, dann kann sie gleich Ariana mitnehmen.«

»So ungefähr«, bestätigte er.

Ich griff nach den Karten, doch Kyle riss ultraschnell den Arm hoch. »Ah, ah, ah«, hielt er mich grinsend zurück. »Erst brauche ich dein Ja.«

»Jaja, natürlich helfe ich dir.« Immerhin hatte er das willkommene Bestechungsmaterial. Bevor er auf andere Ideen kommen konnte, sicherte ich mir die Karten und verstaute sie in der hinteren Hosentasche meiner Jeans. Die Einladungen fühlten sich glatt und stabil an, sodass sie nicht knicken würden, bis ich daheim war.

Kyle schlang einen Arm um meine Schultern und drückte mich an sich. »Du bist die Beste, Amy.«

Ich tätschelte seinen Rücken. »Wir sind mehr als ein Projektteam, klar mach ich das für dich.«

Ich atmete auf, dass Kyle kein Interesse an mir hatte.

Gleichzeitig wünschte ich ihm, eine Chance bei Ariana zu haben. Vielleicht spielte das Schicksal auf der Verbindungsparty glücklich Roulette und führte beide zusammen. Ich würde versuchen, Einfluss darauf zu nehmen.

29. Amy

Es war bloß Sex

Heute war Sonntag. Eigentlich hätte ich frei gehabt, aber Henry brauchte mich hinter dem Tresen, weil er privates Zeug zu regeln hatte. Sein Glück, dass ich nichts vorgehabt hatte und kurzfristig einspringen konnte.

Ich gab einen leisen Seufzer von mir. Ich dachte an Travis. Es war schwer, ihn auszublenden.

Seit Jahren war ich in ihn verknallt und nach unserer gemeinsamen Nacht hatte ich mir mehr erhofft.

Es hatte nach mehr ausgesehen.

Für mich hatte es nach mehr ausgesehen.

Aber ich hatte wie damals meine rosarote Brille auf der Nase gehabt.

Dass Kyle etwas für Ariana empfand, hatte mich nicht wirklich verwundert.

Dass Travis mit mir Sex gehabt hatte und wenige Stunden später gleich mit der Nächsten weitermachen wollte, das hatte mich geschockt.

Diese Erkenntnisse hatten mich gestern nicht losgelassen. Seit Schichtbeginn waren sie wieder fast ununterbrochen präsent. Sie rotierten und rotierten in meinem Kopf, als wären sie ein Tiger, der im Käfig seine Kreise zog.

»Hey Amy, wann bekomme ich mein Budweiser?«

Budweiser?

Mein Kopf ruckte hoch.

Ich hielt gefühlt eine Stunde die Flasche in der Hand, anstatt sie über den Tresen zu reichen.

»Sorry, Jozy.« Ich lächelte ihn an und reichte ihm flink das Bier über den Tresen. Jozy war mit mir im Special-Team der

Footballmannschaft. Er war Punter und hatte wie ich die Ehre, den Ball mit dem Fuß zu treten.

Er zog die Stirn in Falten. »Alles okay?«

»Ja, alles gut.« Ich lächelte. »Ich habe dir noch gar nicht gratuliert. Ihr habt Samstag gewonnen.«

»Travis' Pässe waren auf den Punkt gezielt. 28:21.«

»Ihr habt Notre Dame nur wenig Chancen gelassen.«

»War ein krasses Spiel, das kann ich dir sagen.« Jozy lachte kopfschüttelnd. »Und wenn du dabei gewesen wärst, dann hätten wir ihnen noch eine größere Packung verpasst.« Er nahm einen Schluck. »Wann spielst du?«

»Vermutlich nächsten Samstag, so ist der Plan.«

»Streng dich beim Training an.«

Jozy zeigte mir den nach oben gestreckten Daumen, dann drehte er mir den Rücken zu und schlenderte zu seinen Kumpels zurück, die sich im Billardraum vergnügten. Es war das erste Mal, dass er mit einer Handvoll Spieler hier aufgetaucht war. Da es Ersatzspieler waren, kannte ich sie nur flüchtig.

Aber es war auffällig, dass immer öfters Footballspieler auftauchten. Zweifelsfrei hielten sie nach einer neuen Lokalität Ausschau. Wenn Chip Corelly seinen Laden erstmal geschlossen hatte, würde auch Travis bald zu unseren Stammgästen gehören.

Na toll, und schon war er wieder zurück.

Verdammt, wieso musste ich ständig an ihn denken? Der Trick, mir einzubilden, ihn in eine meiner stockdusteren Gehirnkammern zu sperren, misslang mir heute.

Nächsten Samstag war ich auf der Sigma Kappa Phi-Party eingeladen. Vielleicht dachte ich dort nicht so oft an ihn. Vielleicht hörte ich auf, ihn zu vermissen. Ich wünschte mir die Leere in meinem Herzen zurück. Die tat zumindest nicht weh.

Normalerweise ging ich nicht auf Partys, aber diese war eine, auf der man einmal gewesen sein musste, weil sie als legendär galt und die heißesten Typen dort abhingen. Wer dorthin eingeladen wurde, war eine Collegegröße.

Jetzt bloß nicht missverstehen. Es war mir absolut egal, wer angesagt war und wer nicht. Jedoch konnte es nicht schaden, wenigstens einmal im Heiligtum der Sigma Kappa Phi-Verbindung gewesen zu sein. Jedenfalls nicht für mein armes, angeknackstes Ego. Außerdem war ich neugierig, was auf dieser Party abging.

Darum, dass ich dort auf Travis stoßen könnte, brauchte ich mich nicht sorgen. Die Stammspieler des Footballteams trafen sich nach jedem Spiel im Corelly's Pup. Entweder feierten sie ihren Sieg oder sie betranken sich und leckten ihre Wunden, wenn sie ausnahmsweise ein Spiel verloren hatten.

Ob ich bis nach Mitternacht auf der Party bleiben würde, konnte ich noch nicht einschätzen, aber zumindest so lange, bis ich meine Ariana-Kyle-Verkupplungsmission erfüllt hatte.

Außerdem würden mich die Party und ein netter Kerl von Travis ablenken, damit er sich endlich aus meinem Schädel verpisste.

Ich ließ frisches Wasser ins Spülbecken, um die ersten Gläser zu spülen und ins Regal zu räumen. Der Blick auf mein Handy verriet, dass es schon elf Uhr war. In einer Stunde endete meine Schicht. Ich hatte mit Henry geklärt, dass ich Mitternacht einen Abgang machte. Wenn er den Laden länger öffnen wollte, müsste er sich endlich bequemen und jemanden zusätzlich einstellen. Ich hatte es aufgegeben, mir den Mund fusselig zu reden, weil er doch nur auf Durchzug schaltete. Wenn ich vom Headcoach die Zusage fürs Stipendium hatte, müsste er notgedrungen in den sauren Apfel beißen und eine neue Kraft anheuern.

Ich starrte ins Spülbecken und grinste in mich hinein, als ich mir Henrys Gesicht vorstellte, wie er mich verblüfft anglotzen würde, wenn ich ihm mit voller Symbolkraft die Schürze gegen die Brust drückte. »Tja, mein lieber Ex-Chef, jetzt musst du jemanden einstellen, denn ich bin weg«, würde ich feierlich verkünden.

»Hey Amy.«

Nein!

Ich hatte es geschafft, wenigstens fünf Minuten keinen sinnlosen Gedanken an ihn zu verschwenden, und schon musste er mir mit seinem widerlich anbetungswürdigen Körper und mit seinem scheißguten Aussehen vor die Linse kommen und sich gleichzeitig in mein Gehirn zurück katapultieren. Meine grauen Zellen kramten seinen ersten Besuch im Hockey House hervor und wedelten aufgeregt mit ihren Ärmchen, um mir zu demonstrieren, dass sie alles abgespeichert hatten.

So ein Mist. Knurrend ballte ich die Fäuste.

Warum musste dieser miese Verräter hier auftauchen, während ich mir auf witziger Weise meinen Abgang bei Henry ausmalte?

»Feierabend, kannst gleich wieder den Rückwärtsgang einlegen und deinen Hintern auf die Straße befördern, Travis.« Ich zeigte ihm meine giftigste Miene, die mir in dieser Sekunde zur Verfügung stand.

»Wann schließt ihr?«, fragte Travis, setzte sich und lächelte kackfreundlich, was mich nur wütender machte.

»In«, ich schaute demonstrativ auf die Uhr, »einer halben Stunde. Lohnt sich für dich nicht.«

»Ihr macht kurz nach halb zwölf den Laden zu?«

Ich knurrte zum zweiten Mal und presste zwischen meinen zusammengebissenen Zähnen hervor: »In fünfundfünfzig Minuten.«

Travis grinste, doch unerwartet legte er den Kopf schräg. »Du siehst nicht aus, als hättest du gestern das ultimative Traumdate gehabt. Alles okay?«

»Schmier dir deine Anteilnahme in die Haare.« Ich kniff ein Auge zu. »Warum bist du überhaupt hier?« Lauernd sah ich ihn an.

»Weiß nicht.« Travis hob die Schultern. »Ich war bei dir, du warst nicht zu Hause, und zufällig finde ich dich hier. Ich wollte mit dir und mit zwei Gläsern Cola auf den Sieg unserer Mannschaft anstoßen. Sekt darfst du während der Arbeitszeit keinen trinken, oder?«

»Ich will mit dir gar nichts trinken.«

»Dann trink ich ohne dich.« Travis lächelte schmallippig. Der Kerl war ein Buch mit sieben Siegeln.

Warum war er hier?

Ergötzte er sich an meiner Niederlage, weil Kyle auf Ariana stand?

Hatte sie ihm das heute während des Spiels verklickert?

Ariana hatte mir versprochen, den Mund zu halten.

»Du amüsierst dich, weil Kyle nichts von mir will?«, platzte es aus mir heraus. Meine Finger zitterten vor Anspannung, ich brauchte Ablenkung, weshalb ich den Verschluss einer Colaflasche aufdrehte, ein Glas auf den Tresen stellte und ihm eingoss. Auf Eis und Zitrone musste er verzichten. Ich hatte bald Feierabend. Also machte ich für ihn nur das Notdürftigste.

»Ihr hattet doch ein Date?« Travis behielt mich über den Rand des Glases im Blick, während er von der Cola trank.

»Wenn du es genau wissen willst: Wir hatten keins. Hat dir das Ariana nicht erzählt?« Ich fokussierte mich auf Travis' Augen, in der Hoffnung, die Wahrheit herauszulesen.

»Nein.« Er schüttelte den Kopf, ohne seinen Blick von mir

zu lösen. Er stützte den Ellenbogen auf den Tresen und rieb sich mit den Fingern die Nasenwurzel. »Sollte sie?«

»Natürlich nicht.« Ich verdrehte die Augen. Wer wollte schon, dass so eine Schlappe die Runde machte? Ich definitiv nicht. *Danke, Ariana, dass ich mich auf dich verlassen konnte und du es für dich behalten hast.*

Nachdem ich von unserem Nicht-Date zurückgekehrt war, hatte ich ihr erzählt, dass Kyle kein größeres Interesse an mir hatte. Wir waren Freunde und das war okay für mich. Vorsichtig hatte ich nachgebohrt, ob sie ihn attraktiv fand. Ariana hatte Mitgefühl gezeigt und versucht, vor mir zu verbergen, dass er ihr gefiel. Doch ihre aufleuchtenden Augen und ihr Herumgedruckse hatten sie verraten. Er hatte bei ihr eine Chance und würde sie hoffentlich nutzen.

»Kyle und du.« Travis beobachtete mich eindringlich und beschrieb eine vage Geste in der Luft. »Ihr wart verabredet, ihr habt euch getroffen.«

Ich starrte ihn ungläubig an. War das seinerseits nur Neugier?

»Wir haben uns im Pine Tree Preserve rumgetrieben und Hotdogs gegessen, das war alles. Kein Date. Er steht nicht auf mich.« Ungewollt war das Geständnis aus meinem Mund geflutscht.

Travis bedachte mich mit einem kleinen Lächeln. »Dann ist er ein Vollpfosten.«

»Da steht er nicht allein da.« Die Bemerkung war schneller aus meinem Mund gerutscht, als ich mir auf die Lippe beißen konnte.

Logisch, dass mich Travis nach meinem bissigen Kommentar misstrauisch ansah. »Wie meinst du das?«

»Hey, komm«, stöhnte ich. »Du bist keinen Deut besser, bist immer nur am Rummachen.« Ich griff symbolisch mein

Handy und hielt es ihm vor die Nase. »Du schaust in deine Kontaktliste, schwupp«, ich schnippte mit den Fingern der anderen Hand, »schon hast du jemanden zum Flachlegen.« Hart auflachend legte ich das Handy weg. »Du bist der Letzte, der andere einen Vollpfosten nennen sollte.«

So, jetzt war es raus. Ich konnte meine verletzten Gefühle nicht verbergen, wenn er vor mir saß und so tat, als wäre er einer von den anständigen Jungs.

Der Ausdruck seiner blauen Augen wandelte sich von mitfühlend zu verletzt. »So denkst du über mich?« Travis blies die Backen auf. »Wow, das ist … Okay, ich bin sprachlos.«

»Sei ehrlich«, setzte ich zu dem Gesagten noch das Krönchen drauf. »Wir beide wollten Sex. Du vielleicht zwei- oder dreimal, kann sein. Aber weißt du …« Ich tat so, als meinte ich meine folgenden Worte ernst: »Ich bevorzuge meine Devise: einmal Sex und Abgang.«

»Mehr war das für dich nicht?«

Herausfordernd funkelte ich ihn an. »Was dachtest du denn?«

»Ja, was dachte ich?« Kopfschüttelnd fuhr er sich über den Mund. »Das frage ich mich auch seit deiner Abfuhr.« Ein freudloses Lachen stieß er aus. »Du triffst dich mit einem anderen Kerl, nachdem wir beide im Bett waren.« Sein Blick könnte glühende Lava erkalten lassen. »Ist doch klar, wer von uns beiden die Schla–« Er presste die Lippen zusammen. Sein Mienenspiel verriet, dass er um seine Beherrschung kämpfte.

»Du … Du …« Mir fehlten die Worte. Ich spürte ein Ziehen in der Brust. »Ich respektiere dich, Amy. Nie würde ich schlecht über dich denken«, hatte er gesagt, als er bei mir gewesen war.

Lügner! Ich packte sein Glas.

Vor Wut bebend, kippte ich ihm die Cola ins Gesicht.

Was zur Hölle nahm er sich heraus?

Es tat mir nicht leid, dermaßen die Kontrolle über mich verloren zu haben. »Ich habe mehr erwartet.«

»Mehr erwartet?« Travis verzog den Mund. Die Cola tropfte ihm vom Gesicht. Schroff wischte er sie mit dem Ärmel fort. »Da sind wir schon zwei.« Er hielt einen Herzschlag inne. »Für mich war das mehr mit dir.«

»Oh, ja, natürlich«, heuchelte ich voll triefendem Sarkasmus. »Rede doch keinen Bullshit. Es war bloß Sex. Typen wie du haben Cheerleaderinnen, keine langweiligen Frauen wie eine Amy Tolan.« Ich zielte mit dem ausgestreckten Finger auf ihn. »Du weißt das, ich weiß das.«

Travis stöhnte augenrollend. »Das stimmt doch nicht, Amy, und das weißt du. Aber du willst das über mich denken, du willst nicht offen reden, sondern kippst mir lieber die Scheißcola ins Gesicht.« Er verengte die Augen. »Weißt du was?«

»Was?«

»Werde erwachsen.«

Ich atmete hektisch, meine Wangen brannten. »Du hast diese dämliche Kontaktliste. Ich weiß es von Ariana, versuche erst gar nicht, es abzustreiten.«

Die Hände in die Hüften gestemmt schob ich das Kinn vor und nahm ihn ins Visier. »Hast du deshalb Zeit gebraucht? Hast du erstmal prüfen müssen, ob du mich in deine bescheuerte Liste hineinquetschen kannst?«

Travis sah mich an. Lange. Schweigend. Regungslos.

Dann holte er seine Brieftasche hervor.

Er hielt einen Zwanziger zwischen den Fingern. Einen Augenblick schien er zu überlegen. Ich zuckte eine Millisekunde, als er den Arm nach oben bewegte. Ich dachte, er donnerte die Hand mit dem Schein auf den Tresen. Nichts dergleichen geschah, Travis schob ihn ruhig ein Stück unter das Glas.

Er beugte sich nach vorn. »Mach's gut, Amy.«. Kurz zögerte er, bevor er gedämpft ergänzte: »Du hast deine Fragen selbst beantwortet.«

Und mit der anhaltenden Ruhe rutschte er vom Barhocker und ging. Nur das Krachen der Tür verriet, dass in seinem Inneren ein Orkan tobte.

Ich erstarrte, mein Magen war flau. Ich hatte den Bogen überspannt. Plötzlich bereute ich meine Worte. Mein Verhalten. Ich hatte Travis wehgetan. Das würde er mir nicht vezeihen.

Wäre es besser gewesen, ich hätte ihm gesagt, dass mir unsere Nacht viel bedeutet hatte?

Hätte ich ihm sagen sollen, dass ich ihn mit Kate gesehen hatte?

Dass ich während unseres Treffens Kyle nur hatte gestehen wollen, dass ich nichts für ihn empfand?

Ich konnte keine meiner Fragen mit einem festen Ja beantworten. Ich hatte zu großen Schiss vor Zurückweisung.

30. Travis

Kein Fumble

Ich stand vor der Bank in der Umkleide und zerrte über die Pads mein Football-Übungstrikot und die Hose. Mein Gehirn war wie in Watte gepackt. Aus der Ferne bekam ich Curtis' Lachen mit. Er gestikulierte wild, während er sich mit Steve über das vergangene Samstagsspiel gegen Notre Dame unterhielt.

Es hatte einige strittige Situationen gegeben, über die Curtis und Steve diskutierten. Weder wir noch der Gegner hatten sauber gespielt. Es wurde gehalten, gezogen, unterhalb der Gürtellinie von hinten geblockt. Ein typisches Spiel bei Notre Dame. Im gegnerischen Stadion herrschte immer eine höllisch geheiße, pulsierende Stimmung. Mit wüstem Gepöbel der gegnerischen Fans.

Aber mich bewegte nicht, was auf dem Spielfeld und der Tribüne passiert war. Mich bewegte das gestrige Zusammentreffen mit Amy. Es war eskaliert und ich war gegangen. Es hatte mich Überwindung gekostet, sie im Hockey House aufzusuchen. Ich hatte mit ihr über uns, den Sex und unsere Gefühle füreinander sprechen wollen. Hatten wir bestens hinbekommen. Zwischen Amy und mir herrschte nun eine dermaßen dicke Luft, dass man sie mit einem Messer zerschneiden könnte.

Wäre es sinnvoll, noch mal mit ihr zu reden?

Wollte ich das zwischen uns klären?

Ich hatte mir in meiner naiven Fantasie vorgestellt, ich könnte meinen gesundheitlichen Zustand verdrängen und Amy fragen, ob wir es miteinander versuchen wollten. Als Paar, alles ganz offiziell.

Woher dieser Wunsch gekommen war, im Hockey House mit ihr darüber sprechen zu wollen, konnte ich nicht beschreiben, es war einfach so gewesen.

Vermutlich hing es mit dem fantastischen Sex zusammen, den wir gehabt hatten, der mir aber eine Ladung neuer Probleme vor die Füße gekippt hatte.

Dass ich die Kontrolle über mich verloren hatte und mir beinahe ein mieser Vergleich herausgerutscht war, obwohl ich nicht so über sie dachte, hatte mir selbst einen Schrecken eingejagt.

Unfassbar, wohin mich meine Gefühle für sie trieben.

Das durfte mir nie wieder passieren. Ich musste mich auf meine Ziele fokussieren.

Deshalb beschloss ich, mir solche Wünsche zu verkneifen und meine Gefühle für Amy zu ignorieren. Es würde nie eine gemeinsame Zukunft geben.

Beim Training musste ich mich auspowern, Amy aus dem Kopf bekommen, klar denken.

Die Nacht mit ihr, ihr atemberaubendes Gesicht, als sie mich intensiv und heiß geritten hatte.

Ich in ihr –

»Travis?«

»J-ja?« Noch halb benommen richtete ich meinen Blick auf Curtis.

»Geht's dir gut?« Er grinste mich an. »Du guckst ziemlich«, er kreiste den Finger vor seiner Stirn, »crazy.«

»Alles okay.« Ich räusperte mich, Unbehagen breitete sich in meinem Bauch aus. »Hab gerade an irgendwas gedacht.«

»Hör auf zu denken, wir sind die Letzten.«

»Echt?« Ich blickte mich um und stellte fest, dass wir allein waren. Zum Glück hatte Curtis auf mich gewartet. Vermutlich hätte ich hier noch eine Weile sinnlos herumgestanden.

Eilig stieg ich in meine Footballschuhe und holte das restliche Equipment aus der Sporttasche.

Curtis wartete an der Tür. Er gab mir einen Klaps auf die Schulter. »Auf dem Platz werde ich dafür sorgen, dass du wieder voll fokussiert bist.« Er wieherte los und ich schüttelte schmunzelnd den Kopf. Aber er hatte recht, fokussieren war das Stichwort.

Auf dem Spielfeld befolgte ich Coach Gibbs Anweisungen.

Trotzdem bekam ich es nicht auf die Reihe, Amy vollständig zu verdrängen. Das hing offenbar damit zusammen, dass sie schlechter als unsere grottigen Kicker die Bälle schoss. Coach Paterno stampfte sie verbal metertief in den Boden. Sein Gemotze drang bis zu meiner Übungsgruppe herüber. Kopfschüttelnd raufte er sich die Haare. »Was für eine Scheiße zeigst du mir, Tolan?«, brüllte er sie an. Und das nicht nur einmal.

Amy tat mir leid, aber ich musste mich auf mein Training konzentrieren und riss mich von der Szenerie los. Amy war stark und Coach Paterno war bekannt dafür, dass er öfters auf dem Platz ausrastete. Ein halbes Dutzend gute Schüsse und er würde sich wieder einkriegen, war ich mir sicher.

Nach dem Vorfall mied ich es, Amy auch nur einen Blick zuzuwerfen. Diese Strategie wollte ich auch zukünftig beibehalten, bis wir wieder an dem Punkt vor dem Sex angekommen waren, unsere Gefühle sich ausreichend abgekühlt hatten.

Meine Aggressionen konnte ich auf dem Spielfeld auslassen, ohne unkontrolliert gewalttätig zu sein. Das würde mein Inneres wieder ins Gleichgewicht bringen.

Während der Pause standen Coach Gibb und der Offensive Coordinator Ely zusammen. Sie besprachen einen Spielzug, wie ich an den Bewegungen erkannte. Coach Elys Stift flog kreuz und quer über das Papier, das er auf seinem Klemmbrett liegen hatte. Schließlich nickten sie sich zu und kamen zu uns herüber. Ich saß mit einem Teil der Mannschaft am Rand des Spielfelds. Wir tranken schweigend unser Wasser. Das Training war intensiv, sodass wir unsere Kraft nicht mit nutzlosem Gequatsche verschwendeten. Erwartungsvoll sahen wir ihnen entgegen.

»Travis, Curtis, Tito und Steve, kommt zu uns«, rief Coach Gibb. Ich nahm schnell einen Schluck aus meiner Flasche, bevor ich mich aufrappelte.

»Schaut her«, forderte Coach Ely uns auf und zeigte auf sein Klemmbrett. »Wir treten die nächsten Spiele gegen die härtesten Abwehrmannschaften an. Ihr müsst besser als sie sein, schnelle Läufe, präzise Pässe.«

»Welchen Spielzug trainieren wir?«, erkundigte ich mich.

»Black 24 Down«, antwortete Coach Ely und tippte mit dem Stift gegen meine Brust. »Du gehst nach dem Snap durch die Mitte. Wir simulieren eine ungeschützte Situation für dich, bei der du schnell agieren musst und keine Zeit hast, einen Move hinzulegen oder den Angriff abzublocken.«

»Black 24 Down, alles klar«, wiederholte ich.

»Gut, Travis.« Der Coach wandte sich Steve zu. »McCants wird von dir gesackt. Ramm ihn weg.« Sein Blick schoss wieder zu mir. »Doch du, Travis, verhinderst es, suchst Curtis und passt vorher zu ihm.« Er tippte Curtis an. »Du läufst nach links und fängst den Ball.« Er ließ die Augen über unsere Gesichter wandern. »Noch Fragen?«

»Was ist die oberste Priorität?«, wollte Curtis wissen. »Kein Fumble, oder?« Er grunzte hinter seiner geschlossenen Faust.

»Spaßvogel.« Coach Ely reagierte mit einem Kopfschütteln. Das passte zu Curtis. Wir schmunzelten über seine alberne

Frage. Logisch war die oberste Aufgabe, den Ball nicht zu verlieren. Er musste im Spiel bleiben, weshalb er mir nicht aus der Hand rutschten durfte.

Während ich den Spielzug gedanklich durchging, entdeckte ich Amy. Sie hatte ihre Wasserflasche in der Hand und setzte sich auf eine Bank in der Nähe des Spielertunnels.

»Hey Travis, dein Hintern zu mir«, rief Coach Ely.

»Sorry«, antwortete ich und joggte zu ihm und den anderen herüber.

Nachdem wir unsere Positionen an der Line of Scrimmage eingenommen hatte, pfiff Coach Ely an.

Tito übergab mir den Ball. Ich wollte passen, aber ich konnte nichts dagegen tun, mein Blick verfing sich erneut bei Amy und ich wurde von Steve umgehauen.

»Scheiße«, murmelte ich und sah den Ball über den Rasen eiern.

»Boah, Travis«, stöhnte Coach Ely. Missbilligend sah er mich an. Seinen Blick konnte er sich sonst wohin stecken. Immerhin stand ich beim Verkacken in der ersten Reihe. Zum Glück war mir das nicht bei einem Saisonspiel passiert.

»Konzentration, das Ganze noch mal«, rief der Coach.

Ich sprang auf und positionierte mich hinter Tito. Der Coach pfiff an. Diesmal machte ich keinen Fehler. Steve prallte mit seiner Körpermasse gegen mich, aber ich passte rechtzeitig zu Curtis.

»So will ich es sehen. An die Linie, Positionen einnehmen«, rief Coach Ely. Er gönnte uns keine Verschnaufpause.

Wir wiederholten immer wieder den Spielzug. Von den vielen Tackles, die ich mittlerweile eingesteckt hatte, drehte mir der Kopf. Ich atmete abgehackt, mein Körper badete im Schweiß. Die müden Augen, die klitschnassen Gesichter meiner Kumpels verrieten, dass wir alle erschöpft waren.

Ich schloss einen Atemzug die Augen, als Coach Elys Pfiff in meinen Ohren klingelte und er uns kompromisslos aufforderte: »An die Linie!«

Diesmal wurde ich übel von Steve umgehauen, dabei verlor ich das Gleichgewicht und schlug dumpf mit dem Rücken auf den Boden auf. Hundertdreißig Kilogramm Körpermasse prallten auf mich drauf, Steves Kopf donnerte gegen meinen. Überall sah ich flirrende Punkte. Ein unkontrollierbarer Schmerz jagte durch meinen Schädel.

Was zum Teufel … Fuck!

Zur Hölle, fuck … Das tat weh, höllisch weh.

Die Lippen fest zusammengepresst, blieb ich liegen. Kein Schmerzenslaut durfte meinem Mund entweichen. Niemand sollte nur annähernd erahnen, wie mies ich mich gerade fühlte.

Mein Hirn fuhr Karussell, der Puls hämmerte in meinen Ohren. Der Schmerz in meinem Kopf schien keinen Ausgang zu finden. Ich kniff die Augen zu, krallte panisch die Finger ins Gras. *Mir geht es gut, mir geht es gut, meinem Schädel geht es gut,* wiederholte ich wie ein Mantra.

Ich öffnete die Augen, alles war verschwommen.

Wo war unten, wo oben?

Alles lief plötzlich in Slow Motion ab, die Geräusche um mich herum klangen gedämpft.

War ich in einer Blase?

So schlimm wie diesmal war ich noch nie neben der Spur gewesen.

Mir geht es gut, mir geht es gut. Langsam sah ich klarer, die Geräusche wurden lauter, die Bewegungen schneller.

Steve stand auf. Über mein Gesicht gebeugt sah er mich mitfühlend an. »Mann, Travis, alles in Ordnung mit dir?«, hörte ich ihn fragen. Seine Miene spiegelte seine Sorge wider. »Sorry, Alter, das war heftig. Es tut mir leid, wirklich leid.«

»Ja, jaja, alles in Ordnung«, murmelte ich. Er streckte mir seine Hand entgegen, doch ich schlug sie unmissverständlich weg. Wenn ich Hilfe annahm, zeigte ich Schwäche. Die Angst, dass ich aufflog, trieb mir den kalten Schweiß auf die Stirn und ich erschauderte.

Mit zusammengebissenen Zähnen kämpfte ich mich allein hoch und stemmte die Fäuste in die Hüften. Der Schmerz wütete wie ein Tsunami in meinem Kopf, ich hatte ein widerliches Druckgefühl im Bauch.

»Schluss für heute«, rief Coach Ely. Er zog die Augenbrauen zusammen und betrachtete mich eingehend. »Dein Kopf, alles okay?«

Angestrengt schluckte ich die nächste Schmerzwelle hinunter. »Nur ein bisschen schwindelig«, wimmelte ich ihn ab. Es kostete mich meine restlichen Kraftreserven, um ihn anzulächeln. Es wäre mein Untergang, wenn er mir misstraute. Wenn ich ausfiel, fiel mein Marktwert.

»Wenn's schlimmer wird, geh zum Doc.«

»Ja, mach ich«, sagte ich schnell, damit er mich in Ruhe ließ.

Ich wartete, bis er und die anderen gegangen war.

Doch leider hatte ich die Rechnung ohne Coach Gibb gemacht.

Bevor ich abhauen konnte, hielt er mich zurück.

»Was war das eben?«

»Nichts.«

»Du hast Kopfschmerzen, dir ist schlecht, oder?«

»Mir wird übel von Ihren Fragen, Coach«, versuchte ich einen flachen Witz.

»Du schwankst, als wärst du betrunken.«

»In diesem Leben werde ich kein Artist mehr.«

»Travis, hör mit dem dummen Gequatsche auf.« Genervt starrte er mich an. »Schau dich doch mal an. Du siehst aus, als hätte dich ein Zug überrollt. Du bist leichenblass. Der Schmerz in deinem Kopf bringt dich fast um.« Er packte mein Kinn und zwang mich, ihn anzusehen. »Junge, mir kannst du nichts mehr vormachen.«

Energisch wand ich mich aus seinem Griff. »Ich bin müde, Coach«, mehr kam nicht über meine Lippen. Ich wollte so schnell wie möglich auf irgendein Klo verschwinden, mich über die Schüssel hängen und danach duschen.

»Du bleibst in der Umkleide.« Sein forschender Blick hielt mich gefangen. »Wenn alle weg sind, reden wir.«

Ein Seufzer drang aus meiner Brust. Der Coach nagelte mich fest. Für mich gab es keine Chance, dem Gespräch zu entgehen. Wenn er reden wollte, dann setzte er seinen Willen durch. »Ich warte, Coach«, sagte ich daher resigniert. Ich spürte seine Augen auf mir ruhen. Schwer atmend schleppte ich mich davon.

Amy

»Was ist mit dir los?« Coach Paterno schob mich beiseite. »Du bist unkonzentriert«, schimpfte er weiter und funkelte mich böse an. »Meinst du, ich gebe dir für Samstag grünes Licht, wenn du mich mit dieser schlechten Leistung verarschst?«

»Ich weiß auch nicht, was mit mir los ist«, sagte ich zerknirscht. Was nur die halbe Wahrheit war.

Der Streit mit Travis saß mir immer noch in den Knochen und ich war nervös, weil er ständig zu mir herüberschaute. Ich hatte ein schlechtes Gewissen und gleichzeitig das Gefühl, dass er von mir eine Entschuldigung wegen meines Attentats mit der Cola erwartete.

»Ich will Einsatz sehen, knallharte Schüsse und Präzision, verstanden, Tolan?«

Er umklammerte meine Schulter und drückte sie auffordernd. »Zeig mir, warum du hier bist.«

Aus dem Augenwinkel sah ich Jozy, der mich aufmunternd anlächelte. *Bleib stark, du schaffst das*, suggerierte mir sein Blick. Jozys Mitgefühl tat gut, weshalb ich zurücklächelte, nachdem der Coach mich losgelassen hatte.

Die nächste halbe Stunde riss ich mich zusammen. Ich ignorierte Travis' Augen und ich ignorierte das verkorkste Wochenende.

»Na, endlich hast du es«, lobte mich Coach Paterno. Er grinste zufrieden. Nicht einen Ball hatte ich ins Aus gekickt, jeder traf zwischen die Torstangen. Sogar die Vierzig-Yards-Schüsse waren kein Problem. Ich war stolz auf mich, ich hatte es wieder drauf.

»Heißt das, ich spiele Samstag?«, vergewisserte ich mich.

Der Coach zuckte mit den Schultern. »Ich wüsste nicht, was dagegen spricht.« Dann drehte er sich um. Beim Gehen rief er mir über die Schulter zu: »Schluss für heute, sammle die Bälle zusammen.«

Als ich auf dem Weg zur Umkleide war, überlegte ich, wann der günstigste Zeitpunkt wäre, mich bei Travis zu entschuldigen. Fast alle Coachs hatten das Training beendet. Nur Coach Ely, Coach Gibb und einige Spieler waren auf dem Platz geblieben. Travis war auch dabei.

Es sollte ein spezieller Spielzug geübt werden. Ich entschied, auf dem Platz zu bleiben und auf Travis zu warten. Wenn sie mit ihrer Übung fertig waren, könnte ich die Chance nutzen, ihn um ein kurzes Gespräch zu bitten.

Mein Verhalten tat mir leid und wenn ich das zwischen uns geradebiegen wollte, käme ich um eine Entschuldigung nicht herum. Wenn die anderen gegangen waren, wäre ein günstiger Moment.

Ich hatte mich auf die Bank am Spielfeldrand gesetzt und beobachte eine Weile die Spieler. Die Übung war hart und am Anfang hatte ich geschmunzelt, weil ich Travis offensichtlich mit meiner Anwesenheit irritierte. Ihm war beim ersten Übungsdurchlauf der Ball aus der Hand gerutscht, als er von Steve einen Hit kassiert hatte.

Die nächsten Male zuckte ich nur zusammen. Es war furchtbar mit anzusehen, wie hart Travis von Steve rangenommen wurde. Mir taten meine eigenen Knochen weh, obwohl ich bei dem ganzen Spektakel nur zuguckte. Für keine Millionen Dollar würde ich Travis' Platz einnehmen wollen.

Coach Ely war erbarmungslos. Kaum war die Übung beendet und Travis lag unter Steve begraben, brüllte er: »An die Linie!«

Doch dann …

Die Jungs keuchten, der Schweiß glänzte auf ihrer Haut. Für jeden war erkennbar, dass sie fix und fertig waren.

Coach Ely war das egal. Rücksichtslos pfiff er in seine Pfeife, damit die Jungs den Spielzug wiederholten.

Travis schleppte sich zur Linie und wartete auf den Snap.

Schon stürmte Steve los und rammte ihn mit seiner geballten Muskelkraft weg. Beide stürzten zu Boden.

Ich stieß einen Schreckenslaut aus, mein Herz stolperte, als ich mit ansehen musste, wie mit einem lauten Rums ihre Köpfe zusammenstießen.

Ich schlug die Hand vor den Mund. »Oh nein.«

Travis blieb liegen, sein Körper krampfte. Steve wälzte sich von ihm herunter und streckte ihm Hand entgegen. Doch Travis schlug sie weg. Er verweigerte jegliche Hilfe und kämpfte sich stattdessen ächzend und schnaufend allein hoch.

Obwohl Travis gegenüber den Coachs behauptete, dass alles in Ordnung wäre, war ich mir sicher, dass er log. Sein

Gesicht war kalkweiß, der Blick desorientiert. Er zeigte ein müdes Lächeln, dahinter erkannt ich seinen Schmerz, irgendwo saß er in seinem Kopf. Ich konnte es sehen, weil ich Travis schon ewig kannte. Er gab ihn nicht zu, aus meiner Sicht ein Fehler, und ich machte mir Sorgen.

Schließlich waren nur noch Coach Gibb, Travis und ich auf dem Platz.

Als die beiden an mir vorbeigingen, stand ich auf. »Travis.«

Ohne mich anzusehen, stapfte er mit versteinerter Miene an mir vorbei.

Hilflos sah ich Coach Gibb ins Gesicht.

Er schüttelte den Kopf. »Nein, lass ihn«, sagte er ruhig.

Dann verschluckte sie der Spielertunnel, ich blieb schweigend zurück.

Ich trank meine Wasserflasche leer und überlegte, ob es für Travis okay wäre, wenn ich auf ihn wartete.

Ich würde ihm keine nervenden Fragen stellen. Aber er sollte wissen, dass mir unser Streit leidtat und ich für ihn da war, wenn er jemanden zum Reden brauchte. So wie auf der Highschool. Damals hatte ich sein Vertrauen besessen.

31. Amy

Das richtige Timing

Höchstens eine Minute später folgte ich Coach Gibb und Travis in den Spielertunnel. Was für ein Zusammenprall das gewesen war.

Ich erinnerte mich an die früheren Spiele und fragte mich, ob Travis häufiger solche krassen Angriffe einstecken musste. Damals hatte er schon einige schwere Gehirnerschütterungen gehabt.

Wie lange brauchte sein Kopf, bis sie auskuriert waren?

Komisch, dass ich mir erst heute diese Frage stellte. Den Zusammenprall mitanzusehen, hatte mich erschüttert.

In der Frauenumkleide holte ich meinen Spindschlüssel heraus.

Ich plumpste auf die Bank, beugte mich nach vorn und öffnete die Schnürsenkel. Dann kickte ich die Football-Schuhe von den Füßen und zerrte mir die Sportklamotten mit den Pats herunter.

Was mit Travis passiert war, ging mir nicht aus dem Schädel.

Ich hatte mitbekommen, dass der Coach zu ihm in die Männerumkleide kommen wollte, damit sie miteinander redeten.

Wusste er über Travis' Gesundheitszustand Bescheid?

Mir brauchte niemand was vormachen, ich hatte so ein komisches Gefühl, dass mit Travis' Kopf irgendetwas nicht stimmte.

Ich ging unter die Dusche, wusch mir den Schweiß und den Dreck vom Körper. Die Haare hatte ich zu einem hohen Dutt zusammengefasst. Heute waren sie nur an den Spitzen feucht.

Erneut holten mich die Erinnerungen aus unserer Highschoolzeit ein.

Travis hatte mir früher seine Geheimnisse anvertraut, seine Versagensängste, den Druck, den er sich gemacht hatte, um ein Sportstipendium zu bekommen. Ihm immer zuzuhören, war anstrengend gewesen. Ich hatte ihn manchmal gefragt, was sein Plan B wäre, aber den hatte er schon damals nicht gehabt. Travis liebte Football und seine Familie.

Er hatte tolle Eltern, die alles für ihn und seinen Traum getan hatten, damit er eine Profikarriere anstreben konnte.

Glaubte er, ihnen etwas schuldig zu sein?

Ich trocknete mich ab, löste den Dutt und fasste meine Haare zu einem lockeren Zopf zusammen. Mit den Bodenfliesen spielte ich einen Abzählreim, während ich zum Spind tapste. Einerseits mussten wir reden, andererseits wollte ich ihm nicht auf den Keks gehen. Jedenfalls nicht nach dem Geschehen.

Warte ich auf ihn? Warte ich nicht.

Warte ich auf ihn? Warte ich nicht …

Ich seufzte, als ich vor meinem Platz stand. Das Schicksal hatte entschieden, dass ich ihn ansprechen sollte. Mit meiner Entschuldigung im Gepäck.

Wie lange die beiden reden würden? Und wie war Travis danach drauf? Abweisend, aufgeschlossen, ließ er mich am Ende stehen?

Ich packte meine Sachen zusammen, warf die Sporttasche über die Schulter und trat nach draußen.

Als ich über den Gang lief und um die Ecke bog, ging die Tür zur Männerumkleide auf.

Coach Gibb und Travis kamen heraus. Die Tür fiel ins Schloss. Sie redeten, den Rücken mir halb zugewandt. Uns trennten höchstens zehn Meter. Statt dass ich weiterlief, presste ich mich mit dem Rücken an die Wand. Ich traute mich kaum zu atmen, aus Angst, von ihnen entdeckt zu werden. Wenn einer der beiden sich zu mir umdrehte, würde ich in Erklärungsnot geraten.

»Dieser Dr. Hernandez wird die Untersuchungen durchführen?«, fragte Coach Gibb.

Hernandez, Hernandez, Hernandez?

Ich kramte in meinem Hirn nach diesem Namen. Ich wusste nicht woher, aber ich war mir sicher, dass er mir schon einmal zu Ohren gekommen war.

Travis nickte langsam. »Es dauert noch ein paar Wochen, aber dann habe ich Klarheit.«

»Und dann reden wir, wieder unter vier Augen?«

»Versprochen.«

»Wir finden eine Lösung.« Der Coach gab Travis einen Klaps auf die Schulter. »Kommst du mit?«, fragte er und zeigte den Gang hinunter.

Ich hielt die Luft an, weil Travis den Kopf schüttelte. »Ich habe was im Spind liegen gelassen, gehen Sie ruhig vor.«

»Dann sehen wir uns morgen, ich werde dich beim Training schonen.« Der Coach nickte Travis zu, dann eilte er zum Ausgang.

Travis dagegen verschwand in der Umkleide, meine Chance, ihn endlich anzusprechen.

Travis

Überrascht schaute ich nach vorn. »Sorry, darf ich reinkommen?« Amy steckte den Kopf in die Umkleide.

»Ja, klar.«

Sie zwängte sich mit ihrer Sporttasche herein und schloss hinter sich die Tür.

Ich packte meine Handschuhe ein, die ich vergessen hatte. Verwundert schaute ich zu ihr. »Du bist noch hier?«

»Wie geht's dir, alles okay?«, fragte Amy, während sie sich umschaute. Lächelnd deutete sie zur Bank hinter mir. »Können wir reden?«

Ich sah sie misstrauisch an. »Worüber willst du mit mir reden? Über das vorhin auf dem Platz?«

»Es geht mir nicht nur darum. Das gestern war daneben. Ich will mich für mein Verhalten entschuldigen.« Amy kräuselte die Nase, zögernd kam sie zu mir.

Wir setzten uns und ich sah sie von der Seite an. »Ach, du meinst deine kleine Attacke mit der Cola?«

»Ja, das war fies.«

»Ist vergessen, Amy«, sagte ich abwinkend, und das war die Wahrheit.

Nach dem, was heute auf dem Platz passiert war, hatte ich an unseren Streit nicht mehr gedacht. Mein Kopf war voll anderer Probleme. Mein Coach hatte von mir gefordert, endlich mit der Wahrheit herauszurücken.

Ich hatte ihm erzählt, dass ich wegen meiner Probleme Dr. Hernandez aufgesucht hatte und noch weitere Untersuchungen anstanden.

Daraufhin hatte der Coach mir den Grund verraten, warum sein Bruder in einem Pflegeheim lebte. Er war an CTR erkrankt. Darum war es ihm wichtig, dass ich mich durchchecken ließ. Seine Sorge hatte ich verstanden. Ich vertraute ihm, dass er nichts unternahm, das mir Ärger mit dem College bringen könnte. Ich brauchte das Stipendium, wenn ich den Abschluss schaffen wollte, und ich hatte ihm erklärt, dass meine Schwestern auf mich zählten. Wer außer mir konnte ihnen später die Studiengebühren bezahlen?

»Travis?«

»Hm?« Ich wischte mir mit der Hand über das Gesicht und blickte zu Amy.

»Gibt es nicht auch etwas, wofür du dich entschuldigen müsstest?«

Ich nickte. »Sorry für, du weißt schon.«

»Sicher?«

Ich sah sie verschämt an. »Das hässliche Wort mit S.«

»Ja, das war wirklich hässlich.« Grinsend stupste sie mich an. »Entschuldigung angenommen.«

Eine Weile schwiegen wir, bis ich es nicht mehr aushielt und mich räusperte.

»Früher haben wir uns alles erzählt.«

Amy wandte mir ihr Gesicht zu, doch ich mied ihren Blick. »Travis, stimmt was nicht?«

»Doch, doch, alles gut.«

Ich kratzte mich an der Wange. Über die nervenden Kopfschmerzen wollte ich mit ihr nicht reden. Es verband uns nichts mehr, dass ich ihr meine Geheimnisse anvertrauen würde.

»Erklär's mir, Amy«, wechselte ich abrupt das Thema. Ich drehte ihr meinen Oberkörper zu. Es gab eine Frage, die mich brennend interessiert. Ich betrachtete eingehend ihr Gesicht. »Wieso glaubst du, dass ich dich in meiner Kontaktliste einspeichern wollte?«

»Das …« Sie schluckte. »Das war wegen Kate.«

Ich blinzelte verwirrt. »Wieso wegen Kate? Sie ist eine gute Freundin. Sie war nie mehr für mich.«

»Ich habe dich mit ihr gesehen, nachdem wir miteinander geschlafen haben.«

»Du hast mir zwei Nachrichten geschickt.« Ich holte tief Luft. »Warst du im Stuart?«

Ich hatte mich schon gewundert, wieso sie diese verrückte

Idee gekommen war, dass ich sie nur dann kontaktieren wollte, wenn ich Lust auf Sex hatte.

»Ich habe gesehen, dass sie dir –«

»Stopp!« Ich lachte kopfschüttelnd. »Wieso spinnst du dir solche Sachen in deinem hübschen Kopf zusammen, anstatt mich darauf ganz normal anzusprechen?«

»Heißt das, ihr habt nicht?«

»Nein. Die Kondome hat sie mir zurückgegeben, weil ich das Arrangement mit ihr beendet habe. Wir sind Freunde und mehr läuft nicht zwischen uns … Jedenfalls nicht mehr.«

»Ich habe mich dann ziemlich albern benommen.« Amy wagte es nicht, mich in diesem Moment anzusehen.

»Das hast du«, konnte ich ihr nur beipflichten. Ich vermisste Amy, ich sehnte mich nach ihr, aber dass sie mir dermaßen misstraute, verursachte mir ein Ziehen in der Herzgegend.

»Wieso hast du mir nicht vertraut?«, wollte ich daher wissen. Ich stützte meine Unterarme auf die Knie und verschränkte die Finger. Nach vorn gebeugt sah ich sie von der Seite an.

Amy presste die Lippen zusammen. Ich wartete. Es war Zeit, dass wir die Missverständnisse zwischen uns aufarbeiteten, um eine Basis zu finden, normal miteinander umzugehen.

»Weißt du, damals hast du mich versetzt. Ich hatte mich auf unser Date gefreut. Das hat mir das Herz gebrochen.«

»Äh … Ich habe dich … Wann hatten wir ein Date?«

Ich lehnte mich zurück und rutschte ein Stück ab. Fassungslos starrte ich sie an.

Amy wand sich unter meinem Blick.

Zitternd schob sie eine Strähne hinters Ohr. »Nach der Highschool-Meisterschaft.«

Travis' Augen waren wie Scheinwerfer auf mich gerichtet. Er sagte nichts, doch ich spürte, dass er keine Ahnung hatte, wovon ich sprach.

»Amy, wir haben als Team gefeiert. Ich habe dich gefragt, ob du mitkommst.«

Ob ich mitkomme? Fuck.

Oh Mann, kam ich mir gerade bescheuert vor. Ich holte tief Luft. Ich musste ihm sagen, was mich damals fertiggemacht hatte. »Du hast mich nach dem Sieg geküsst und mich gefragt, ob ich mit dir feiern will, und dann bist du mit Dawn abgehauen.«

»Ja, das bin ich«, sagte Travis. Er wischte sich über den Mund und schaute mich irritiert an, bevor er den Blick auf die gegenüberliegende Wand richtete. »Dawn hat meine Hilfe gebraucht. Ich habe dir geschrieben, dass etwas Wichtiges dazwischen gekommen ist.«

»Es tut mir leid. Ich habe gedacht, du hast mich versetzt.« Das zu gestehen, war mir peinlich. Travis hatte mir keine Signale gesendet, ich hatte sein Verhalten völlig falsch interpretiert. Die Erkenntnis schmeckte bitter.

»Es gab Probleme mit Dawns Dad«, fuhr er achselzuckend fort. »Ich musste ihr helfen.«

Ich nickte. »Ich erinnere mich, das Schwein war gewalttätig.«

»Unfassbar, was er Dawn und ihrer Mom angetan hat.« Travis verzog verächtlich den Mund. »Das Arschloch durfte sich der Familie nicht mehr nähern. Die richterliche Auflage hat ihn einen Scheiß interessiert. Also habe ich ihm auf meine Art gezeigt, dass er sie ernst nehmen sollte.«

»Du hast ihn verprügelt?«

Travis hob die Schultern. »Soweit ich weiß, hat er danach nie wieder Dawn oder ihre Mom belästigt.« Im nächsten Moment sah er mich schmunzelnd an. »Weißt du, dass ich damals lange Zeit gehofft habe, dass du irgendwann mit mir ausgehen wirst?«

»Du …« Ich riss die Augen auf. »Wieso hast du mich nie gefragt?«

»Du hast mir ständig diese dämlichen Handynummern zugesteckt. Dawn war die Erste, die ich angerufen habe.«

Hätte ich das damals gewusst …

Ich biss mir auf die Zunge. Mir fehlte der Mut, den Gedanken auszusprechen. »Du hast dir nichts anmerken lassen«, sagte ich unverbindlich.

»Ich habe gedacht, ich bin nicht dein Typ.« Er lächelte mich an. Aber das war kein Lächeln, das versprach, wir hätten eine Chance.

»Wäre ich bloß aufmerksamer gewesen«, flüsterte ich resigniert.

Travis schüttelte den Kopf. »Nein, Amy«, sagte er mit einem schweren Seufzer. »Das mit uns soll einfach nicht sein.«

»Vermutlich«, stimmte ich leise zu. »Uns fehlt das richtige Timing.«

Es fiel mir schwer, mir einzugestehen, dass ich es mit Travis verbockt hatte. Ich fühlte mich von ihm abgewiesen, gleichzeitig war ein Fünkchen Hoffnung in meinem Herzen, dass wir zumindest wieder Freunde sein könnten. Travis war mir zu wichtig, um ihn komplett aus meinem Leben zu streichen.

Wir schwiegen und waren für eine Minute mit unseren Gedanken woanders.

Dann stand Travis auf und hielt mir seine Hand entgegen. »Ich bin müde, Amy, es wird Zeit, dass wir verschwinden.«

Er zog mich hoch. Dicht stand er vor mir, mit seinen blauen Augen sah er mich intensiv an. Hinter den Rippen galoppierte mein Herzschlag.

Travis hob die Hand. Seine Fingerspitzen glitten über meine Wange, wanderten weiter zu meinem Kinn. »Es ist in letzter Zeit zu viel passiert, Amy. Ich muss erst einmal mit mir und meinem Leben klarkommen.«

Ich nickte zögernd und würgte die Enttäuschung hinunter. »Ich weiß«, flüsterte ich und sehnte mich nach seinen Berührungen.

Travis lächelte, seine Stimme klang warm. »Können wir Freunde sein?« Er neigte sich zu mir, seine weichen Lippen berührten sanft meine Wange. »Bitte, sag ja.«

»Mehr kannst du mir nicht geben?«

Ich biss die Zähne zusammen, bevor ich noch mehr unüberlegte Worte sagte. Auf keinen Fall wollte ich Schwäche zeigen.

Travis trat einen Schritt zurück. Er rieb sich den Nacken, sein Blick war gequält. »Frag nicht, Amy, aber mehr darf ich von dir nicht verlangen.«

Das Letzte, was ich vorhatte, war, ihn unter Druck zu setzen. Ich ahnte, dass seine Bitte mit dem Vorfall während des Trainings zusammenhing und dieser Dr. Hernandez eine Rolle spielte.

Er sollte mir vertrauen. Ich hatte tiefe Gefühle für ihn und war bereit, ohne eine Gegenleistung von ihm zu fordern, für ihn da zu sein.

»Wir sind Freunde, Travis«, sagte ich, auch wenn mein Herz einen Riss bekam.

Gemeinsam gingen wir zur Tür.

»Ich habe das Gefühl, als würden wir einen Resetknopf drücken«, sagte ich zu Travis.

»Wenn es den wirklich gäbe, Amy, würde ich so einiges in meinem Leben auf Anfang setzten.«

Auf dem Gang sah ich ihn forschend an. Es war für mich ein Rätsel, was er damit ausdrücken wollte. Ich hätte zu gern nachgefragt, aber ich unterließ es, weil mir sein Gesichtsausdruck verriet, dass er mir keine Antwort geben würde.

32. Amy

Liebe auf Garantie

Es war Samstagabend und die Sigma Kappa Phi-Party, auf die Kyle uns eingeladen hatte. Eigentlich müsste ich gut drauf sein, weil die Mannschaft gewonnen und ich meinen Einsatz nicht vergeigt hatte. Es war kein spektakuläres Spiel gewesen, aber wir hatten die Gegner mit 24:14 vom Platz gefegt. Drei Punkte hatte ich zum Sieg beigesteuert.

Der Headcoach und das Team waren mit meiner Leistung zufrieden gewesen. Ich hatte Erleichterung empfunden, dass ich niemanden enttäuscht hatte.

Aber jetzt befand ich mich in einem Ausnahmezustand und starrte ratlos in meinen Kleiderschrank.

Ich könnte mir das schwarze, enge Kleid anziehen. Es war das einzige sexy Kleidungsstück, das ich besaß.

Als ich Ariana das Kleid angeboten hatte, hatte sie abgelehnt, es von mir anzunehmen, falls ich es doch irgendwann tragen wollte. Aber das würde ich nicht, weil es mich nur an Travis erinnerte.

Natürlich könnte ich es heute aus Trotz anziehen, mir auf der Party einen Kerl suchen, der es mir hart und schnell besorgte.

Doch würde es mir wirklich helfen, über Travis hinwegzukommen?

Eher nicht.

Ein One-Night-Stand war nach dem ersten Betrachten verlockend, würde aber auf meiner Zunge einen üblen Nachgeschmack hinterlassen. Um den loszuwerden, müsste ich mir die Kante geben. Demnach wäre das keine sinnvolle Option.

Ich heftete meinen Blick auf den Inhalt des Schrankes.

Es fiel mir schwer, mich darauf zu konzentrieren, weil ich mich erinnerte, worüber Travis und ich am Montag gesprochen hatten.

Er hatte mir gestanden, dass er mich damals hatte daten wollen. Bei dem Gedanken stieß ich zittrig den Atem aus. Hätte ich ihm doch bloß nie die Handynummern der Mädels zugesteckt.

Warum war mir nie aufgefallen, dass er mehr für mich empfunden hatte?

Na, denk mal nach, Amy.

Das war eine dumme Frage, die ich mir stellte. Selbstverständlich kannte ich den Grund.

Es waren meine Komplexe, die sich in meinem Hirn festgesetzt hatten.

Ich wandte mich dem langen Spiegel der Innenseite der Schranktür zu. Sorgfältig ließ ich meine Augen über meinen Körper wandern. Mir sah eine große, schlanke Frau entgegen. Weder sexy noch besonders hübsch.

Weshalb sollte Travis etwas anderes sehen, wenn er mich betrachtete?

Zugegebenermaßen, während unseres Dates und im Bett hatte er mir gezeigt, dass er mich begehrenswert fand. Ich hatte mich bei ihm wohlgefühlt und ihm vertraut.

Doch dann kam die Sache mit Kate. Meine Komplexe waren wieder in den Vordergrund getreten, woraufhin ich einen gewaltigen Fehler begangen hatte.

Obwohl Travis mir keinen Anlass gegeben hatte, ihm zu misstrauen, hatte ich es getan, mich kindisch verhalten und ihn endgültig vergrault.

Nachdem wir uns ausgesprochen hatten, waren die nächsten Tage für mich quälend gewesen.

Am Mittwoch hatten Kyle und ich unser Gespräch über Liebeskummer geführt, das ich am Montagabend fertiggeschrieben hatte, um mich von Travis abzulenken. Dadurch hatten wir es früher als geplant vorgestellt. Professor Jones und das gesamte Seminar hatte unsere Ausarbeitung beeindruckt.

Danach war mir klargeworden, dass ich an meinem Selbstwertgefühl arbeiten musste.

Es gab genug Möglichkeiten, jemanden zu finden, in den man sich verlieben konnte.

Andererseits …

Was war daran schlimm, ein Single zu sein?

Und warum hatte ich immer Datingportale verteufelt?

Vielleicht war so ein Portal tatsächlich eine funktionierende Möglichkeit, Travis loszulassen und zu akzeptieren, dass er keine tiefen Gefühle mehr für mich hatte. Ich wollte seine Freundin bleiben, so, wie ich es ihm versprochen hatte, ohne mich in unerfüllbare Wünsche und Träume zu verstricken.

Wenn ich den Liebeskummer loswerden wollte, sollte ich mich auf das einlassen, worüber Kyle und ich im Seminar diskutiert hatten.

Noch bevor ich den Gedanken zu Ende gedacht hatte, schoss die Erkenntnis in den Kopf, was mir helfen könnte.

Alles in mir hatte sich bisher gesträubt.

Aber mal unter uns, wieso sollte ich nicht das Abenteuer wagen und Tinder ausprobieren?

Nichts sprach dagegen, weil es mir nicht darum ging, einen Partner zu finden. Liebe gab's nicht auf Garantie.

Jedoch würden ein paar harmlose Flirts und lockere Verabredungen mein Selbstwertgefühl streicheln. Vielleicht heilte auch irgendwann mein Herz.

Ich könnte mutig sein, die Chance packen und nach vorn

schauen. Gleich kommenden Montag würde ich mich bei Tinder anmelden.

Einige Minuten später lag mein halber Kleiderschrank auf dem Bett und ich wühlte zwischen T-Shirts, Jeans und Hemden nach einem geeigneten Outfit.

Während ich kritisch ein schwarzes Baumwollhemd musterte und überlegte, ob ich darunter ein T-Shirt mit blauen Jeans anziehen sollte, ging die Tür auf.

»Können wir los?«, rief Ariana und kam herein.

Sie schlenderte zu mir, schob die Klamotten beiseite und setze sich auf mein Bett. »Willst du im Wald Bäume fällen?« Die Augenbraue hochgezogen sah sie mich an. »Wir gehen auf eine Party.«

»Na und?«

»Du musst dein schwarzes Kleid anziehen.«

Ich warf das Hemd auf das Bett und stemmte die Hände in die Hüften. »Man muss nur eins im Leben: sterben.«

»Boah, bist du sarkastisch. Man muss auf einer Party Spaß haben, aber dafür sollte man sich stylen.«

Sie ließ ihre Hand vor mir hoch und runter wandern. »Du hast eine hübsche Figur. Lange Beine, tolle Brüste.« Ariana deutete zu meinen Haaren. »Und erzähle mir nicht, du willst Vögel bei dir einziehen lassen. Sollen die da oben im Nest Eier ausbrüten?«

»Meine Haare sind wegen des Footballspiels fettig, der Dutt bleibt.«

»Deine Haare haben eine Woche kein Shampoo mehr gesehen. Das ist der Grund.«

»Ich lasse trotzdem den Dutt und ziehe das Hemd an.«

»Ist es wegen Kyle? Soll ich lieber hierbleiben?«

»Was?« Ich starrte verwirrt. »Wieso? Nein, du machst wohl Witze! Du musst mitkommen. Kyle hat uns beide eingeladen.«

»Wenn du aber was von ihm willst, dann will ich dir die Tour nicht vermasseln.«

»Mir ist Kyle egal.« Ich schaute Ariana an. »Er gefällt dir, ist doch so?«

Verlegen klimperte mich Ariana mit ihren Wimpern an, ihre Wangen färbten sich rosig. »Ja … schon, er ist … süß«, druckste sie herum. »Wir sind Freundinnen und wenn du mies drauf bist, dann meldet sich bei mir das schlechte Gewissen, weil ich mich auf die Party freue.«

»Und auf Kyle.«

»Ja, irgendwie schon.«

Ich lächelte, weil Kyle und Ariana es packen würden.

»Dich stört nicht, dass –«

»Nein, wieso?«, unterbrach ich sie. Abwinkend verzog ich das Gesicht. »Dass ich nicht mit einem Dauergrinsen herumlaufe, hat nicht im Geringsten mit Kyle oder dir zu tun. Ich hatte eine anstrengende Woche und will abschalten. Auf der Party haben wir Spaß.« Ich neigte mich zu ihr und streichelte ihren Arm. »Du siehst umwerfend aus und ich will uns den Abend nicht verderben.« Um überzeugend zu wirken, zwang ich mich zu einem Lächeln. Wobei Ariana in ihrem weinroten Glitzerkleid, das ihre Kurven betonte, absolut heiß aussah.

»Wenn du dich schon nicht sexy anziehen willst, dann schminke dir wenigstens die Blässe weg«, meinte Ariana und warf mir einen amüsierten Blick zu.

Ich reagierte mit einem gestöhnten Augenrollen. »Wenn dich das glücklich macht, klatsche ich mir dein Zeugs ins Gesicht.«

Ariana stupste mich mit ihrem hochgestreckten Fuß an. »Wieso gehen wir nicht vorher ins Corelly's Pub und stoßen auf den Sieg an? Das Footballteam feiert bestimmt. Und ich habe gesehen, wie gut du gekickt hast.« Sie lächelte. »Nach jedem von dir erzielten Punkt habe ich mit den Pompons gewedelt.«

»Du willst … Ist das dein Ernst?«

»Meinst du nicht, dass die Jungs erwarten, dass du dich dort blicken lässt?«

Ich schüttelte den Kopf. »Keine gute Idee. Die Jungs feiern lieber unter sich.«

»Wem gehst du aus dem Weg?«

»Äh … Wie kommst du darauf?« Ich glotzte sie perplex an.

Ariana rappelte sich vom Bett auf und stellte sich neben mich. »Amy?«

»Ich spiele eine Saison. Sie sind ein Team, das zusammenbleibt.« Ich zuckte mit den Schultern, eine bessere Ausrede fiel mir nicht ein.

»Wenn du das glaubst.«

Sie drehte sich um und holte ihre Schminke. Ich dagegen atmete erleichtert auf. Bevor ich mir mehr gefährliche Fragen einfing, hielt ich lieber den Mund, nahm nacheinander Wimperntusche, Lipgloss und Rouge entgegen, um mein Gesicht aufzupeppen.

Ariana startete den letzten Versuch, mich zu überzeugen, das Kleid anzuziehen, aber ich blieb stur und schlüpfte in mein ausgewähltes Outfit.

Neckend zupfte Ariana am Kragen meines Baumwollhemds. »Wenn der richtige Typ aufkreuzt, wirst du dich freiwillig in Schale werfen.«

»Schon möglich«, antwortete ich und dachte an meine Vorsätze für die nächste Woche.

Während ich in meine Sneakers schlüpfte, wühlte Ariana in ihrem Schrank, bis sie die High Heels fand, die sie anziehen wollte.

Als Kyle anrief, sagte ich ihm, dass wir gleich herauskommen würden. Problemlos hätten wir die fünfzehn Minuten zum Verbindungshaus laufen können. Aber Kyle wollte bei Ariana Eindruck schinden und spielte den Gentleman. Er wartete in seinem Auto vor dem Wohnheim. Irgendwie süß.

Während Ariana Handy und Geldbörse brav in ihre Clutch steckte, stopfte ich unter ihrem missbilligenden Blick alles in meine Jeans. Hinter uns schloss ich die Tür.

Nachdem wir unsere Einladungen den beiden Verbindungsstudenten gezeigt hatten, die am Eingang die Türsteher mimten, fragten mich Ariana und Kyle, ob ich bei ihnen bleiben wollte.

Die beiden kamen sich schneller als erwartet näher, sodass ich abwinkte und erklärte, ich würde mich erst einmal allein umsehen. Lächelnd warfen sie sich erste verliebte Blicke zu, sodass ich mich beruhigt verdrücken konnte.

Auf der Party nahm keiner von mir Notiz. Aus den Boxen dröhnte *Levitating* von Dua Lipa und DaBaby. Überall standen Partygäste mit roten Bechern herum, lachten und bemühten sich, die Musik zu übertönen. Ich spazierte durch das zweistöckige Haus. Außer mir schien jeder in Feierlaune zu sein.

Ich quetschte mich an vielen Leuten vorbei, um zu einem abgelegenen Raum zu gelangen. Die Tür war aus den Scharnieren gehoben. Ich lehnte mich an den Türrahmen und sah mich um. Da das Licht gedämpft war, hatte ich die Augen zu Schlitzen zusammengekniffen.

Na, wenn das nicht der perfekte Ort zum Verweilen war.

Hier war die Musik von angenehmer Lautstärke und ich entdeckte eine provisorisch errichtete Bar.

Yeah, das ist mein Raum.

Ich fand schnell einen Hocker. Das Seidentuch, das darauf wie ein Platzhalter lag, zog ich herunter und warf es auf den Tresen. *Mein Hocker, mein Thron.* Entschlossen hievte ich menen Hintern auf die Sitzfläche.

Nachdem ich das Angebot in der Getränkekarte studiert hatte, bestellte ich beim Barkeeper eine Margarita.

Vor mich hinstarrend schlürfte ich den Cocktail und knabberte Erdnüsse. Es war meine erste Margarita, erstaunlicherweise schmeckte das Zeug. Ich nahm mir vor, mit ihr heute Abend eine intensive Freundschaft einzugehen.

»Sorry?«, wurde ich von der Seite angequatscht. Ein Kerl berührte meinen Arm. Dicht stand er neben mir. Viel zu dicht.

Was für eine blöde Anmache, dachte ich genervt.

Nur weil ich mich dazu entschieden hatte, allein an der Bar zu sitzen, bedeutete es nicht, dass ich scharf auf irgendwelche Typen war und nur darauf wartete, abgeschleppt zu werden. Immerhin hatte ich mich hierher zurückgezogen, um den Abend mit meiner neuen Freundin Margarita zu verbringen.

Ich verdrehte die Augen und sah den Störenfried mit finsterer Miene an. »Sehe ich so aus, als hätte ich Bock auf dich?«

»Bist du immer so abweisend?«, fragte mich der Kerl, der – zugegebenermaßen – gar nicht mal so übel aussah. Er musterte mich kopfschüttelnd.

Ich sah mich demonstrativ um. »Ich erkenne hier niemanden, der dich gebeten hat, mich anzuquatschen.« Provokant hob ich eine Augenbraue. »Du kannst einen Abgang machen.«

Schnaubend lehnte er sich vor, streckte die Hand zum Tresen aus und streifte meine Brust.

Der spinnt doch wohl!

Ich lief auf Hochform an. Wenn mir das männliche Geschlecht auf den Zeiger ging, fuhr ich ungeniert die Krallen aus.

»Hast du nicht kapiert, was ich gesagt habe?«, blaffte ich ihn an. Hart packte ich seinen Arm und riss ihn zurück. »Mach einen Abgang. Hopphopp.«

»Bist du immer so drauf?«, fragte die Nervensäge, ohne Anstalten zu machen, abzuhauen.

Okay. Ich atmete langsam ein und aus.

»Mir ist klar, dass du glaubst, ich sitze allein an dieser Bar, weil ich auf einen Kerl wie dich warte, weil ich unbedingt jemanden zum Vögeln brauche.« Ich rutschte auf dem Hocker herum. »Schau, wie rollig ich bin.« Ich blieb wieder ruhig sitzen. »Aber nicht deinetwegen.«

»Aha«, war alles, was er sagte. Dämlich grinste er mich an.

Was für ein aufdringlicher Idiot.

Unbeirrt redete ich weiter. »Du gehörst zu den Typen, die ganz harmlos eine Frau ansprechen, aber dreckige Hintergedanken haben. Du kommst hier an«, ich deutet auf den freien Hocker neben mir, »wirst dich gleich ungefragt auf diesen Platz setzen und mich fragen, ob du mir einen Drink ausgeben darfst. Vermutlich eine Piña Colada. Obwohl …« Kopfschüttelnd kräuselte ich die Nase. »Du willst mir etwas Stärkeres spendieren, damit ich auch für all deine Fantasien bereit bin.« Ich hob den Finger. »Einen Mai Tai mit viel Rum wirst du mir ausgeben wollen.« Verneinend wackelte ich mit der Hand. »Den will ich aber nicht, denn ich verbringe den Abend mit meiner Freundin.«

»Mit wem?« Er klang belustigt.

Ich prostete ihm zu und nahm einen Schluck. »Mit der Margarita.«

»Dem Cocktail?«, kam seine schlaue Antwort.

»Du sagst es. Also glaub mir, du beißt bei mir auf Granit.«

»Weil ich nicht deine Kragenweite bin?« Der Typ machte keine Anstalten, sich davonzumachen. War er als Baby vom Wickeltisch gefallen?

»Bist du nicht.« Ich schüttelte zur Bekräftigung meiner Antwort den Kopf.

»Was für ein Pech für mich.« Jetzt lachte er.

Dafür bekam er von mir ein zustimmendes Nicken geschenkt. Hatte der Sturz doch keine zu schlimmen Folgen gehabt.

Ich schielte zu ihm. Er stand immer noch einfach so rum, betrachtete mich und lachte weiter. Das war ganz schön befremdlich.

»Was zur Hölle ist so lustig?« *Junge, zieh Leine.*

Er deutete mit der Hand an mir herunter. »Du sitzt an der Bar, mit diesem wirren Nest auf dem Kopf, in einem Outfit, das jedem Farmer Konkurrenz macht, und bist davon überzeugt«, er zeigte auf sich, »dass ich dich anmache.«

Was bildete der Kerl sich ein? Ich starrte ihn sprachlos an.

»Ich habe dich nur angesprochen, um an das zu kommen, das neben deiner Freundin Margarita liegt« Sein Arm schnellte nach vorn, fast hätte er den Cocktail umgestoßen.

Verwirrt folgten meine Augen seinen Fingern. Er griff nach dem Tuch und wedelte damit vor mir herum. »Sorry, aber offensichtlich hast du meine Absichten völlig missverstanden.«

Ich schluckte. »Scheint so zu sein«, murmelte ich und dachte an Travis. Dafür hatte ich bekannterweise Talent. Unsicher sah ich den Typen an.

»Weißt du«, fuhr er fort und deutete mit dem Seidenstoff hinter sich, »draußen wartet meine Freundin, die ihr Tuch vergessen hat.« Mitleidig lächelte er mich an. »Mach dir keine unnötigen Sorgen, ich bin mir sicher, dass dich kein Kerl belästigen wird.«

Ich schnappte nach Luft. Was nahm der Kerl sich heraus? Ich war kurz davor, ihm eine passende Antwort auf seinen frechen Spruch zu geben, aber schon hatte er mir den Rücken zugekehrt.

Fassungslos starrte ich ihm hinterher, als er den Raum verließ.

Schließlich wandte ich mich dem Tresen zu, leerte das Glas und winkte dem Barkeeper heran. »Noch einen«, rief ich ihm zu. Der Frust musste dringend hinuntergespült werden.

Glücklicherweise war zwei Stunden später mein beschämender Auftritt vergessen und ich fand das Leben wieder schön.

Ich hatte mir den vierten oder fünften Margarita bestellt, nippte genüsslich an meinem Drink, als Ariana und Kyle bei mir auftauchten.

»Hier steckst du«, sagte Ariana und bedachte mich mit einem ernsten Blick. »Wir haben dich überall gesucht.«

Ich ignorierte ihren Vorwurf.

»Cheers«, kommentierte ich lediglich und hob mein Glas.

»Was machst du?«, fragte sie unnötigerweise.

»Was wohl, feiern?«

»Und was genau?« Misstrauen gesellte sich zu ihrem Blick.

»Den Sieg unseres Footballteams.«

»Bist du doch sauer, nicht beim Team zu sein?«

Ich schüttelte den Kopf, stellte das Glas ab und versuchte, meinen leicht benebelten Blick auf ihr Gesicht zu fokussieren. »Ich bin auf Travis sauer.«

»Wusste ich's doch«, seufzte sie und kramte in ihrer Clutch herum.

Keine Ahnung, was sie vorhatte.

Aus dem Augenwinkel bekam ich mit, dass sie Kyle mit sich aus dem Raum zog. Besser so. Sie versaute mir nur meine Bombenlaune.

Die nächsten Minuten verrannen. Ich winkte den Barkeeper heran, mir einen neuen - keine Ahnung, den wievielten – Cocktail zu mixen. Vermutlich waren es inzwischen zu viele Drinks.

Mein Blick schweifte umher, als ich im Türrahmen einen großen, muskulösen Kerl entdeckte, der mir irgendwie bekannt vorkam. Ich tastete wiederholt nach dem Schälchen mit den Erdnüssen, irgendwo fand ich wieder eine einzelne Nuss und steckte sie mir in den Mund. Dabei kniff ich ein Auge zu, um den Typen zu begutachten, der zu mir an die Bar kam und sich links neben mich setzte. Es war nicht der eingebildete Arsch von vorhin.

»Ein Bier«, bestellte eine mir bekannte Stimme und ich grinste dümmlich.

»Travis, du hier?«

Er sah im weißen T-Shirt, der schwarzen Lederjacke, den hellblauen Jeans und mit den leicht verwuschelten Haaren zum Niederknien schön aus. Erst recht sein Lächeln war entzückend. *Wie ich sein Grübchen liebe.*

»Ariana hat mich angerufen.« Er drehte mir seinen Oberkörper zu.

»Und warum?«

»Weil du traurig bist, dass wir im Pub ohne dich den Sieg feiern.«

Ich wedelte ablehnend mit der Hand. »Stimmt nicht.«

Blind suchten meine Finger im Schälchen eine neue Nuss. Ich tastete herum und fand eine.

Travis griff nach meiner Hand und zog sie weg. »Iss nicht die Dinger, die überall auf dem Tresen herumliegen.«

»Igitt.« Geschockt streckte ich die Finger und glotzte angewidert auf den Tresen. Travis schob das Schälchen dichter zu mir herüber. Ich mochte keine Sekunde darüber nachdenken, welche Nüsse ich mir bisher in den Mund gesteckt hatte.

»Wie viele Drinks hast du schon hinter dir?«, wollte er wissen.

Ich verzog den Mund und schlürfte mein Glas leer. »Ich trinke mich die Karte hinunter.«

»Und was war dein Letzter?«

»Ich glaube Nummer neun, ein Margarita.«

Travis riss die Augen auf. »Bist du irre? Du holst dir doch glatt eine Alkoholvergiftung!«

Ich kicherte über sein Gesicht. »Ist doch nur Spaß. Ich trinke immer das Gleiche.«

»Auch nicht viel besser«, brummte er. Ich fand es süß, dass er sich Sorgen machte. Ich fand ihn süß, viel süßer als meinen Cocktail. *Ich will ihn küssen.*

»Du musst nicht so panisch reagieren. Ich habe alles im Griff.«

Schon hob ich die Hand, um mir den … Wie viele Cocktails hatte ich noch mal? Um mir eine neue Margarita zu bestellen.

Ich nahm das Glas, schwenkte es in der Luft und rülpste meinen Wunsch dem Barkeeper entgegen. »’tschuldigung.«

Der Barkeeper sah mich mitleidig an, als er Travis seine Bierflasche hinstellte. Das hatte auch lange genug gedauert, was aber keinesfalls verwunderlich war, weil das Haus voller feierfreudigen Studenten war. Mittlerweile hatten viele den Weg in diesen abgelegenen Raum gefunden. Schade, vorhin war es gemütlicher gewesen.

»Ich möchte noch eins der leckeren Bonbonwasser«, sagte ich.

Der Barkeeper hob eine Augenbraue. »Sicher?«

»Nein«, antwortete Travis für mich. »Sie will ein Wasser.«

Keine zehn Sekunden später schob der Barkeeper das gefüllte Glas zu mir herüber.

Ich nippte am Wasser. »Du musst nicht hier sitzen. Fahr zum Team zurück und feiere den Sieg.«

»Du bist traurig, weil wir dich nicht extra eingeladen haben, Amy. Ich lass dich nicht allein.« Er lächelte mich erneut mit seinem verteufelten Grübchenlächeln an. »Es tut mir leid, mein Fehler.« Er trank vom Bier, sein Blick bewies, dass er ein schlechtes Gewissen hatte.

»Deswegen bin ich nicht traurig«, widersprach ich. »Ich bin traurig, weil ich dir nie gesagt habe, dass ich …« Bevor ich mich verriet, biss ich mir auf die Lippe. Ganz so hackevoll war ich nun doch nicht.

»Dass du?« Travis hielt mich mit seinen Augen gefangen.

»Egal«, winkte ich ab. »Ich werde mir morgen Dates über Tinder suchen.«

»Was?« Travis starrte mich an. »Du verabscheust Tinder.«

»Deinetwegen nicht mehr.« *Verdammt.* Nun hatte ich mich verraten.

Travis fuhr sich durchs Haar. »Als du und Kyle im Seminar euer Gespräch über Liebeskummer vorgetragen habt, hast du gegen Tinder plädiert.«

»Aber ich will es trotzdem ausprobieren«, entgegnete ich trotzig.

»Weil du nur oberflächliche Dates magst«, fügte Travis hinzu. Seinen Sarkasmus hörte ich trotz meines berauschten Zustandes heraus. »Tinder ist nichts für dich.«

»Natürlich ist es das«, beharrte ich auf meine Meinung, »Tinder passt zu mir. Und überhaupt …« Ich machte eine bedeutsame Pause. »Kann dir doch egal sein, was ich vorhabe.«

»Stimmt.« Er nickte. »Es sollte mir egal sein.«

Ich warf ihm einen nachdenklichen Blick zu und fragte mich, warum er hier saß und nicht einfach abhaute, um mit dem Team Spaß zu haben.

Es war ja nicht so, dass ich ihn ungern bei mir hatte. Ich hätte mir nur gewünscht, er wäre hier, weil er hier sein wollte. Weil ich ihm wichtig war.

Ich räusperte mich. »Es tut weh, dass wir nur Freunde sein können.« Meinen Vorsatz, die Gefühle für Travis zurückzuhalten, schaffte ich aufgrund der Menge des Alkohols in meinem Blut nicht mehr. »Wenn ich nicht so viel getrunken hätte, würde ich es dir nicht sagen.«

»Ich weiß, Amy, aber ich kann dir nicht geben, was du dir wünschst. Das wirst du auch bei Tinder nicht finden. Warte auf den Richtigen.«

»Der bist du, und das weißt du.« Sein Mund wirkte immer verlockender und ich leckte mir über die Lippen. *Mannomann, bin ich dicht.*

Er rieb sich das Kinn. »Ich wünschte, es wäre so.« Er nahm einen Schluck Bier. »Aber ich bin es nicht.«

Travis stellte die Flasche ab. Ich spürte seine Augen auf mir ruhen. Bildete ich mir das ein oder war sein Blick genauso voller Sehnsucht wie meiner?

»Kann es sein, dass du befürchtest, etwas zu tun, was du nicht tun willst?«

Er sah mir auf den Mund. »Ja.«

Ich konnte dem Drang nicht widerstehen. Ich hatte es schon einmal getan und ich war so weit ohne Hemmungen, dass ich es wieder tun wollte.

Ich wandte mich ihm zu, krallte meine Finger um die Kante des Tresens, damit ich mit dem Hocker nicht umkippt. Dann neigte ich mich nach vorn und drückte meine Lippen …

»Huch.« Ich knallte mit dem Oberkörper gegen Travis' Schulter und küsste in die Luft. Um meine Koordination war es gerade nicht gut bestellt.

Travis schob mich zurück, sein Gesichtsausdruck zeigte wenig – eher keine – Begeisterung für mein Attentat.

Himmel, ist das peinlich.

Er zückte seine Brieftasche. »Ich zahle«, rief er dem Barkeeper zu. Seine vorhin noch sanfte Miene würde ich heute nicht mehr zu Gesicht bekommen. »Ihre Rechnung übernehme ich«, sagte er zum Barkeeper, als er angeschlendert kam.

Am liebsten wollte ich mich beschweren, aber Travis machte eine abwehrende Handbewegung. »Ich bringe dich nach Hause.«

»Ich brauche dich nicht.«

Ich schämte mich, Travis gestanden zu haben, dass ich mir mehr als Freundschaft wünschte, und dass ich versucht hatte, ihn zu küssen. Ich hatte keine Kontrolle über mich und das lag an seiner Nähe.

Nachdem Travis seine Brieftasche weggesteckt hatte, strich er mir über den Rücken und half mir vom Hocker.

»Ich wette, dass du morgen einen krassen Kater hast und dich an heute Abend nicht mehr erinnern wirst.«

Ich nickte. Wenn er wüsste, wie sehr ich das hoffte.

Kyle und Ariana wollten auf der Party bleiben. Es waren zwei Cheerleaderinnen aufgetaucht, sodass ich mir keine Sorgen machen musste, Ariana allein zu lassen. In meinem betrunkenen Zustand war ich sowieso nur eine Last. Und wenn Travis nicht gekommen wäre, würde ich mir vermutlich weiterhin die Kante geben.

Mein schöner Abend allein auf dem Barhocker war mit Travis an meiner Seite ein Desaster geworden.

Vor dem Verbindungshaus sah ich mich um. »Wo ist dein Auto?«

»Über Uber habe ich mir eine Fahrt bestellt. Wir haben im Pub schon heftig gefeiert.«

Travis schob seine Hände tief in die Jeanstaschen. Mit einer halben Armlänge Abstand stand er neben mir.

Travis

»Dann fahr wieder zurück, ich finde allein den Weg«, sagte Amy. Den ganzen Abend lallte sie schon, aber das auf eine absolut niedlichen Weise. Eigentlich wirkten betrunkene Leute peinlich. Amy dagegen war einfach nur süß. Wahrscheinlich würde ich sie immer süß finden. Sogar der Rülpser gegenüber dem Barkeeper hatte bei mir keine unangenehmen Empfindungen ausgelöst.

Und wenn sie dachte, ich würde sie in ihrem Zustand allein lassen, hatte sie sich geirrt.

Als Ariana mich angerufen und mir die Leviten gelesen hatte, dass wir ohne Amy im Corelly's Pub den Sieg feierten, hatte sich sofort ein unangenehmes Gefühl in meinem Bauch breitgemacht.

Es war unfair, Amy aus dem Weg zu gehen, doch es fiel mir immer schwerer, mich in ihrer Nähe gelassen zu verhalten.

Ganz ehrlich, das mit der Freundschaft war eine beschissene Idee. Wir hatten viel zu tiefe Gefühle füreinander.

Doch wenn ich kein egoistischer Mistkerl sein wollte, durfte ich sie in keine Beziehung drängen, die ihr am Ende nur schaden würde.

Im Moment benahm ich mich normal.

Aber wie lange noch?

Was würde passieren, wenn die Diagnose schlussendlich

CTE lauten sollte?

Ich hatte vor Kurzem von Fällen gelesen, bei denen die Erkrankten irgendwann anfingen, ihre Frauen zu schlagen, weil sie die Kontrolle über ihre Aggressionen verloren hatten.

Niemals würde ich Amy Gewalt antun wollen.

Deshalb musste ich vorbauen und sie von mir fernhalten. Wenn man in einer Beziehung war, gab es nicht nur Harmonie, sondern auch Streit. Ich mochte mir nicht ausmalen, zu was ich dann fähig wäre.

Würde ich sie anbrüllen, die Hand erheben?

Deshalb kam eine Beziehung für mich nicht in Betracht.

Als Amy versucht hatte, mich zu küssen, war Panik in mir aufgestiegen, weil ich den gleichen Wunsch verspürt hatte.

Jedes Mal, wenn wir zusammen waren, war da ein Knistern zwischen uns, dann prickelte es in meinem Bauch.

Ich vermisste Amy. Ich sehnte mich nach ihrem Duft, ihrer weichen Haut, ihrem Geschmack.

Und dass sie diesen Tinderscheiß machen wollte, hatte ein ekelhaftes Ziehen in meiner Brust ausgelöst.

Ich war eifersüchtig, weshalb ich erst versucht hatte, ihr den Blödsinn auszureden. Aber welches Recht hatte ich dazu, mich in ihren privaten Mist einzumischen?

Ich sollte erleichtert sein, wenn sie jemanden fand, der sie von mir ablenkte.

Still gingen wir nebeneinander die Straße hinunter. Ich hatte den Arm um ihre Taille gelegt, weil sie beim Laufen einen leichten Rechtsdrall hatte. Amy schmiegte sich an mich. Sie zu berühren, machte mich nervös. Ich verbat mir, sie enger an mich zu ziehen. Wenigstens half die kühle Nachtluft, einen klaren Kopf zu behalten.

Plötzlich schweiften meine Gedanken wieder zu Amys Kuss.

Amy hatte mich wieder überrumpelt und zum Glück war sie dermaßen betrunken, dass sie meinen Mund nicht getroffen hatte. Vermutlich hätte ich den Kuss erwidert und dann … Wären wir weitergegangen?

Ein Schmunzeln breitete sich ungewollt auf meinem Gesicht aus. Sollte Amy sich morgen an den Kuss erinnern, würde sie sich vermutlich wünschen, im Erdboden zu versinken. Ich nahm an, dass sie das Meiste vergessen würde. Was wusste ich, wie viele Drinks sie intus hatte?

»Du hast übrigens gut gespielt«, sagte ich, um das Schweigen zwischen uns zu beenden.

»Es war okay, ich kicke sonst besser.«

»Klar.« Ich grinste.

»Klar.« Sie grinste zurück.

Wir betraten die Welch Hall. Schweigend folgte ich ihr zu ihrem Zimmer. Davor blieben wir stehen.

Ich verspürte den Wunsch, sie an meinen Brustkorb zu ziehen, ihr Gesicht zu heben und ihr einen Kuss auf die Lippen zu drücken.

Nichts dergleichen tat ich. »Gute Nacht, Amy.«

»Warum gibst du uns keine Chance?«, flüsterte sie.

Ihre Frage schmerzte mich. Ich schloss die Augen. »Warum, ja, warum.« Betrübt sah ich sie an. »Weil es einfach nicht geht. Bitte, Amy, akzeptiere endlich, dass ich dir nur Freundschaft bieten kann.« *Dabei bekomme ich nicht einmal das auf die Reihe.*

»Okay«, sagte sie. »Ich werde deine Entscheidung respektieren.«

Sie lächelte zaghaft, holte die Schlüsselkarte heraus und hielt sie ans Schloss. Das Klicken war mein Startsignal und ich machte mich schnellstmöglich vom Acker.

33. Amy

Es gibt noch andere Kerle

»Und wie war gestern dein Date?«, fragte mich Ariana, als wir zusammen beim Mittagessen im Mac saßen.

Ich schob mir einen Kartoffelchip in den Mund. »Furchtbar«, nuschelte ich beim Kauen. »Der Typ erinnerte mich an Willy Wonka.«

Vor zwei Wochen hatte ich mein Zusammentreffen mit Travis auf der Verbindungsparty gehabt.

Am nächsten Morgen hatte ich mit höllischen Kopfschmerzen und flauem Magen im Bett gelegen. Aber mir war nicht nur wegen des ausschweifenden Alkoholkonsums übel gewesen. Meine Güte, ich hatte mich absolut unmöglich vehalten.

Wie hatte ich mich nur dazu hinreißen lassen können, Travis zu küssen? Und dann war ich dermaßen betrunken gewesen, dass ich nicht einmal seinen Mund getroffen hatte. Und als wäre das alles nicht peinlich genug, hatte ich ihm einen Einblick in meine Gefühlswelt gegeben. *Ihm*, dem ich gesagt hatte, dass es für mich ausreichend wäre, seine dumme Freundin zu sein.

Verdammt, es reichte mir nicht aus, es war eine beschissene Quälerei.

Seitdem ging ich Travis aus dem Weg und versuchte mein Glück bei Tinder. Mit mäßigem … Nope, so konnte ich meine beiden Dates nicht bezeichnen.

Um es mit einem Satz zu sagen: Diese Dates waren grottenschlecht gewesen. Ich hatte nicht mal den Hauch von Erfolg gehabt.

Im Gegensatz zu Ariana.

Seit der Verbindungsparty waren sie und Kyle zusammen. Sie schwebten beide auf Wolke sieben. Ich gönnte ihnen ihr Glück, obwohl ich wiederum ziemlich unglücklich war.

Zwei Typen hatte ich über Tinder kennengelernt. Zwei absolute Fiaskos.

Abgesehen davon, dass die Kerle mir falsche Bilder geschickt hatten, waren sie grässliche Typen.

Der erste Idiot hatte gedacht, ich würde ihn entjungfern, und der gestern war ein schräger Nerd. Er wollte mit mir für eine Marsmission trainieren. Er dachte, wir würden als Adam und Eva den Planeten besiedeln. Der wollte tatsächlich, dass wir gemeinsam Klingonisch lernten.

Hallo, wozu das denn?

Wenn wir beide den Mars besiedelten, dann würde uns Klingonisch nicht die Bohne helfen, dort klarzukommen.

Okay, ich war ein bisschen introvertiert. Aber ich gehörte nicht zu den Einsiedlern, die für den Rest ihres Lebens auf menschlichen Kontakt verzichten wollten.

Gab es auf Tinder nur durchgeknallte Typen?

»Hey Amy, erkläre mir das bitte genauer«, holte mich Ariana jäh aus meinen Gedanken zurück. »Wen hast du getroffen, Willy Wonka?« Sie sah mich verwundert an.

Ich schluckte den mittlerweile zu Brei zerkauten Kartoffelchip hinunter. »Willy Wonka, der Typ aus *Charlie und die Schokoladenfabrik*. Die gleiche bescheuerte Frisur, das gleiche breite Grinsen. Und dünn ist der …« Ich rollte mit den Augen. »Da bekommst du Angst, ihn anzufassen. Dem brechen glatt die Arme ab.«

»Es kommt doch auf die inneren Werte an«, sagte Ariana vorwurfsvoll.

»Na klar«, antwortete ich gelangweilt. Ariana war in einer besseren Lage. Sie hatte einen hübschen Kerl als Freund, darum konnte sie große Sprüche von inneren Werten heraushauen.

»Willy Wonka will mit mir den Mars besiedeln«, bemerkte ich trocken.

»Oh.« Ariana blinzelte.

»Ich soll Klingonisch lernen.«

»Klingonisch? So reden doch die Typen in *Star Trek*?«

»Du sagst es. Die Außerirdischen würde ich nie auf dem Mars treffen. Reine Zeitverschwendung.«

»Willy Wonka ist Zeitverschwendung.«

»Ich habe mich von Tinder verabschiedet.« Ich schob mir den nächsten Kartoffelchip in den Mund.

Als ich mich abgemeldet hatte, war das ein befreiendes Gefühl gewesen. Es machte keinen Sinn, mir Dates zu suchen, um über Travis hinwegzukommen. Ähnlich hatte ich im Soziologieseminar meinen Standpunkt vertreten und er hatte sich bewahrheitet. Aus meiner Sicht halfen Datingapps nicht, um die verlorene Liebe zu vergessen. Jedenfalls waren das meine Erfahrungen der vergangenen beiden Wochen gewesen.

Nach den Reinfällen hatte ich mir vorgenommen, es ohne diesen Blödsinn zu schaffen. Andere Mütter besaßen auch hübsche Jungs.

Warum sollte keiner für mich dabei sein?

Ich hatte Geduld, ich würde warten, bis der Richtige auftauchte.

»Besser so.« Ariana nickte. Sie trank einen Schluck von ihrer Sprite. Mit der Dose zeigte sie auf mich. »Tinder ist nichts für dich, Amy. Du sollst dich verlieben, keinem Trottel helfen, seinen Jungfrauenstatus zu verlieren, und mit niemandem den Mars besiedeln. Ich würde dich vermissen.«

Ich hob meine Coladose, wir stießen grinsend an. »Du sagst es«, bestätigte ich. »Shit.« Ich zuckte zusammen.

Flink stellte ich meine Dose auf das Tablett und rutschte im Sitz tiefer. Ariana runzelte die Stirn und beobachtete mich misstrauisch, während ich kurz davor war, unter den Tisch zu gleiten und mich dort zu verstecken.

»Amy, was hast du?«

»Auf zwei Uhr.«

Ariana drehte sich um.

»Nicht gucken!«, zischte ich. Wenn sie länger zum Eingang starrte, würde ich mich tatsächlich verstecken.

Sie wandte sich wieder mir zu. Grinsend reckte sie den Hals. »Wieso sehe ich nur noch deinen Kopf? Läufst du ein?«

»Haha, echt witzig.« Außerdem zu spät. Hilflos bewegte ich meine Mundwinkel und übte mich an einem kläglichen Lächeln. Ich zog mich ächzend hoch, wappnete mich, um dem Grauen tapfer entgegenzusehen. *So ein Mist, weshalb müssen wir am gleichen College studieren?*

»Hi.« Meine Mundwinkel waren festgefroren. Keine Ahnung, wie irre ich grinste. Nach Arianas Blick zu urteilen, ziemlich irre.

Sie nippte an ihrer Dose. Als sie den Typen an unserem Tisch wahrnahm, spuckte sie vor Schreck ihre Sprite zurück. Ich hörte sie kichern, ihre Schultern hopsten hoch und runter. Aufgrund meiner Beschreibung, wusste sie, wer sich zu uns gesellt hatte: Die peinliche Jungfrau, mein erster Tinder-Reinfall.

Ariana machte eine abwehrende Handbewegung, aber hörte mit ihrem Gekicher nicht auf.

Ja, lach nur. Ich warf ihr einen finsteren Blick zu.

»Hi Amy, du hier?«, sagte Satchel. Kein Scherz, er hatte diesen komischen Namen. Seine Eltern waren Woody-Allen-Fans und hatten ihn wie dessen Sohn benannt. Er grinste mich breit an. Offensichtlich freute er sich, mich zu sehen.

»Was machst du hier?«, fragte ich und würde mir die nächste Sekunde am liebsten die Hand gegen die Stirn klatschen.

Was machte ein Student mittags in einem Speisesaal?

»Ich habe Mittagspause, deshalb wollte ich eine Kleinigkeit im Mac essen.« Er fummelte an seiner gelben Fliege und strich sich fahrig über das akkurat gescheitelte rotblonde Haar. Er war der einzige Einundzwanzigjährige, den ich kannte, der eine Fliege zu einem Oxford-Hemd und Jeans trug.

»Ja, klar, dafür kommt man hier her«, sagte ich trocken und warf Ariana den nächsten bösen Blick zu, weil sie ihr Gekicher nicht unter Kontrolle bekam.

»Schön, dich zu treffen.« Er warf mir einen Hundeblick aus seinen blassblauen Augen zu und sagte im vorwurfsvollen Tonfall: »Ich war mir sicher, du rufst an.« Ungefragt stellte er meine Tasche auf den Boden und schob sein mageres Hinterteil auf den Stuhl. Ich war ein höflicher Mensch, weshalb ich meine Klappe hielt.

»Du hättest anrufen können«, gab ich den Ball zurück. Ich kämpfte mit meinen Mundwinkeln, lächelte eine Spur freundlicher und fragte mich, ob meine Signale nach dem Date unzureichend gewesen waren, dass er geglaubt hatte, ich würde mich bei ihm melden.

»Hätte ich tun sollen.« Seufzend hob er die Schultern.

Unerwartet tauchte die nächste Überraschung auf. Ich stieß einen Schwall Luft aus. *Das ist doch langsam ein Joke der ganz miesen Sorte.*

Ich schloss stöhnend die Augen, nachdem sie einen Augenblick zum Eingang geschweift waren.

Als nun Travis mit Curtis, Steve und Tito den Speisesaal betrat, überkam mich das Gefühl, das Schicksal hätte sich gegen mich verschworen. Mein Herzschlag setzte eine Sekunde aus, Hitze schoss in mein Gesicht. Ich registrierte aus dem Augenwinkel Travis' überraschten Blick. Er sagte etwas zu Curtis, dann steuerte er auf unseren Tisch zu. Seine Kumpels begaben sich in Richtung des Servicebereichs.

Ich hatte vorgehabt, Satchel auf die netteste Art beizubringen, dass ich kein weiteres Treffen mit ihm wollte.

Doch nun …

»Amy, du hier?« *Wie einfallsreich.* Travis presste die Lippen zusammen. Finster hatte er sich neben mir aufgebaut und musterte die sommersprossige Jungfrau an unserem Tisch. Wenn Blicke töten könnten, wäre hier ein blutiges Gemetzel.

Ein bisschen Schadenfreude kribbelte in meinem Bauch.

Da guckst du, es gibt noch andere Kerle in diesem Universum, die sich für mich interessieren, rief ich Travis mit meinem Blick zu. Aber er ignorierte mich und hatte nur Satchel im Visier.

Kopfschüttelnd starrte ich auf meine Tüte Kartoffelchips. Das war so klar, dass Kerle das Bedürfnis hatten, sich wie Platzhirsche aufzuführen und ihre Reviere abzustecken. Dabei war er es gewesen, der mich hatte abblitzen lassen.

»Wollen wir uns heute Abend auf ein Bier oder so treffen?«, nahm Satchel den Faden wieder auf. Er kratzte sich am Kinn. »Das andere kann warten … Du weißt schon.« Er nickte mir zu, wackelte dabei seltsam mit dem Kopf, als wenn ich telepathische Kräfte hätte. Ich verzog den Mund und tat so, als hätte ich keine Idee, worauf er anspielte.

Ha, als ob er und ich … Never, selbst wenn er der letzte Schwanzträger auf dieser Welt wäre.

Während ich mich dumm stellte, prustete Ariana los und schlug die flache Hand auf den Tisch. Das Besteck auf den Tellern klirrte.

Ehrlich, Leute, ich fand das Ganze keineswegs komisch, eher befremdlich.

In diesem Moment kamen Travis' Freunde von der Kasse und hatten ihre Tabletts gefüllt.

»Hey Travis, ich habe was für dich geholt«, rief Curtis zu uns herüber.

Travis nickte mir zu. »Viel Spaß, Amy, du kennst dich ja nun mit Dates aus.«

Ups. Das klang gerade ziemlich angepisst.

Ich wollte Satchel keine Hoffnungen machen, außerdem überkam mich der Wunsch, Travis zu erklären, dass das alles gerade einen falschen Anschein hatte.

»Ich habe kein Date«, murmelte ich.

»Nein?«, kam es vorwurfsvoll aus Satchels Mund.

»Nein, sorry.« Ich lächelte gequält.

»Triff dich, mit wem du willst, Amy«, sagte Travis. Er ahnte offenbar, dass die Antwort eher ihm galt. »Bye, man sieht sich«, brummte er, nickte uns zu und wir starrten ihm hinterher. Fluchtartig hatte er uns verlassen.

Satchel hatte eine beleidigte Miene aufgesetzt.

Er sprang vom Stuhl auf, verabschiedete sich rasch, bevor er ebenso das Weite suchte.

Schlagartig hatte ich zwei Kerle in die Flucht geschlagen. Den einen wollte ich nicht, der andere zeigte mir zum x-ten Mal, dass er kein Interesse an mir hatte. Ich sollte das endgültig kapieren.

»Was war denn mit Travis los?«, fragte mich Ariana eine Minute später.

Achselzuckend führte ich die Coladose an den Mund. »Weiß nicht«, nuschelte ich zwischen zwei Schlucken.

Am Abend ließ ich die Erlebnisse im Mac Revue passieren. Auch wenn Tinder keine Hilfe gewesen war und ich keine Lust auf weitere Dates mit irgendwelchen Typen hatte, musste ich Travis aus meinem Herzen reißen.

Ich lag im Bett und dachte daran, wie gründlich er Satchel gemustert hatte. Irgendwo flüsterte ein Stimmchen, dass es ihm ein Dorn im Auge war, wenn andere Jungs sich für mich interessierten. Ich ignorierte das, weil ich die Hoffnung aufgegeben hatte, dass wir irgendwann zusammenkommen würden. Ich zog die Decke bis zum Hals und gab mir ein Versprechen: *Ich werde Travis vergessen und nach vorn schauen.*

Es war mein abschließender Gedanke. Nach einem herzhaften Gähnen schlief ich ein.

34. Amy

Eine Notlüge

Bis zum Dienstag vor Thanksgiving hatte ich mich vollkommen auf das Studium, den Sport und auf meine Arbeit im Hockey House fokussiert.

Ein paar Schichten hatte ich behalten. Henry hatte mich bekniet, als ich ihm sagte, dass ich pausieren wollte, und ich war zu gutmütig, ihn im Stich zu lassen.

Wenn die Saison vorbei war, würde ich sowieso wieder hundertprozentig einsteigen. Mir war die Eingebung gekommen, dass ich keinesfalls riskieren sollte, dass er einen Ersatz fand, der dann zukünftig alle meine Schichten übernahm.

Ich brauchte die vielen Beschäftigungen, um mich von Travis abzulenken. Ich würde sonst ständig an ihn denken und analysieren, weshalb ich ihm gegenüber dies und das getan oder gesagt hatte. Ich würde nach meinen Fehlern suchen, die ihn dazu gebracht hatten, sich von mir zurückzuziehen. Mein Herz bekäme ich so nie repariert.

Nachdem das letzte Team seine Performance im Seminar abgeliefert und sein Referatsthema vorgestellt hatte, hatte Professor Jones gesagt, dass unsere Anwesenheit in seinem Kurs nicht mehr notwendig wäre. Bis Januar bekamen wir Zeit, uns nur noch auf die Hausarbeit zu konzentrieren.

Also saß ich jede freie Minute in der Bapst Library und arbeitete daran.

Während des Footballtrainings und der Spiele konnte ich Travis nur bedingt ausweichen, aber sonst mied ich sämtliche Orte, wo er regelmäßig auftauchte. Die letzten Wochen war ich weder im Mac noch im Stuart gewesen. Meine Nahrungsmittel bezog ich aus diversen Kühltheken, weshalb ich mich auf Zuhause freute, wo ich mal wieder etwas Warmes außer Kaffee und Tee in den Bauch bekam. Ständig lappige Sandwiches in mich hineinzustopfen war inzwischen eklig geworden. Außerdem hatten die Salate einen merkwürdigen Beigeschmack, der mir sonst nie aufgefallen war. Wenn man ständig dieses Zeug aß, verging einem irgendwann der Appetit.

Ich hatte nur noch einen Gedanken: Ich wollte endlich nach Hause. Diese Sehnsucht hatte ich vorher noch nie so intensiv gespürt. Vermutlich war ich wegen der ganzen Liebeskummergeschichte dünnhäutig geworden.

Als Ariana mich daraufhin gefragt hatte, ob es an ihr lag, dass ich mich zurückzog, hatte ich geantwortet: »Sorry, ich bin urlaubsreif.« Hayden hatte ich ebenso vernachlässigt und mich nicht mehr bei ihr gemeldet. Wenn es mir besser ging, würde ich mich auch bei ihr entschuldigen müssen. Ich hatte wenig Freunde und sollte sie nicht mit meinem Verhalten vor den Kopf stoßen.

Vor den Kopf stoßen. Das erinnerte mich an einem gewissen Montag, als Travis den Zusammenstoß mit Steve hatte und der Name Hernandez gefallen war. Mir fiel immer noch nicht ein, woher ich den Namen kannte.

Am Mittwochmorgen packte ich meine Reisetasche für die vier freien Tage. Am Nachmittag verabschiedete ich mich von Ariana, warf mein Gepäck in den Kofferraum meines kleinen Fords und brauste davon.

Wie Travis kam ich aus der kleinen Stadt Taunton. Anderthalb Stunden Fahrzeit über die I-95 Nord lagen vor mir.

Mein Weg nach Hause führte mich an meiner alten Highschool vorbei und ich warf einen Blick auf den Footballplatz. Damals spielte ich für die Tigers, heute für die Eagles.

Als ich vor dem kleinen roten Backsteinhaus meiner Eltern parkte, merkte ich, dass der Dezember nahte. Die Bäume waren kahl und der Wind, der von der Ostküste zu uns kam, wehte ziemlich kalt.

»Amy«, rief meine Mutter. Sie stand auf der Straße und hatte mich offenbar kommen sehen.

Wärme breitete sich in meinem Bauch aus. Ich lächelte ihr entgegen. »Hi Mom«, sagte ich und stellte die Tasche auf den Boden.

»Endlich habe ich dich hier«, erwiderte Mom.

Sie fackelte nicht lange, riss mich in eine Umarmung und verteilte Küsse auf meinem Gesicht, dann drückte sie mich fest an ihren Busen. Eine rührende Geste, die mir zeigte, dass ich willkommen war. Genau das Gefühl brauchte ich. Mein Herz machte einen Satz.

»Bist du schnell durchgekommen, gab es irgendwo Stau?«, überfiel sie mich. Sie schob mich ein Stück von sich. Ihre Augen wanderten an mir hoch und runter. »Dünn bist du geworden, Amy, du isst zu wenig.«

Ich lächelte. Auf ihren kleinen Vorwurf ging ich nicht ein, weil ich wusste, dass sich der Umstand die nächsten vier Tage ändern würde. Mom kochte super. »Die Fahrt war entspannt, es gab keine Staus«, erzählte ich und griff nach dem Schultergurt meiner Tasche. Wie auf Kommando knurrte mein Magen.

Mom sah mich schmunzelnd an. »Heute früh hat Mr. Pineda frische Steaks und einen Truthahn geliefert. Die Steaks habe ich in meine Spezialkräutermischung eingelegt.«

Sie ging voraus und öffnete die Tür.

»Ist Dad zu Hause?«, erkundigte ich mich und schnupperte in die Luft.

Mom winkte ab. »Er macht Überstunden. Inventur. Aber zum Abendessen wird er pünktlich zu Hause sein.« Dad leitete einen Supermarkt, weshalb er schon früher öfters länger gearbeitet hatte. Mom machte eine ausladende Handbewegung. »Schau dich in Ruhe um, Amy. Wir haben vergangenes Wochenende renoviert.«

Ich nickte. Deshalb roch es nach Farbe. Mir gefiel die kleine Veränderung. Das Parkett war neu, die Wände freundlich hell gestrichen. »Nicht mehr so düster«, kommentierte ich. »Gefällt mir.«

Mom setzte eine entschuldigende Miene auf. »War Zeit, uns von der altmodischen, dunklen Tapete zu verabschieden. Parkett ist auch besser als Teppich. Und sieh mal, sogar die Beleuchtung ist neu.« Sie zeigte mir, wie man das Licht hell und dunkel dimmen konnte. Meine Eltern hatten endlich einmal an sich gedacht und sich eine Veränderung gegönnt.

»Was ist mit meinem Zimmer?« Ich sah mich um. Wenn das Haus auf Vordermann gebracht worden war, erwartete mich vielleicht ebenso eine Veränderung.

Mom ging voran. »Dein Dad hat dein Zimmer in Beschlag genommen, es stört dich hoffentlich nicht.«

»Nein«, winkte ich ab. »Solange ihr ein Bett für mich habt, ist es okay.« Ich wusste, dass er einen eigenen Platz hatte haben wollen. Ein Arbeitszimmer, das er gleichzeitig für sein Hobby verwenden konnte. Er sammelte Modellautos in verschiedenen Größen, die vorher in irgendwelchen Kartons gelagert hatten, weil wir zu wenig Platz hatten.

Wir stiegen die Treppe zum Obergeschoss hinauf.

»Äh … Na ja, das Zimmer ist kleiner, aber gemütlich«, druckste Mom herum, bevor sie die Tür zu ihrem ehemaligen Bügelzimmer öffnete.

Ich trat ein, stellte die Tasche auf das Bett und schaute mich um. »Cool, Mom. Hier fühle ich mich wohl«, sagte ich und meinte es so.

In meinem neuen Zimmer hatten Mom und Dad den Wänden einen weißen Anstrich verpasst, der Boden war mit grauem Holz ausgelegt. Ein hoher Ficus stand neben dem Fenster. Außer dem Schreibtisch und dem dazugehörenden Stuhl waren alle meine Möbel untergebracht.

»Du bist nicht sauer, dass wir dich hierher umquartiert haben?« Mom sah mich leicht zerknirscht an. Ihr Ich-habe-schnell-ein-schlechtes-Gewissen-Syndrom kam mit den Worten durch.

Ich ging zu ihr, drückte meine Lippen auf ihre Wange und lächelte. »Es gefällt mir, ehrlich.«

»Na dann«, sie stieß die Luft aus, »bin ich beruhigt.« Sie kräuselte die Nase. »Falls du doch lieber …« Sie machte eine vage Geste. »Wir könnten wieder –«

»Ich bleibe in dem Zimmer«, unterbrach ich sie. Sanft schob ich sie zur Tür, weil ich ein paar Minuten für mich brauchte. »Ich würde gern duschen und habe einen Mordshunger.«

»Oh, Amy, ich hätte dir ein Stück frisch gebackenen Lemoncake anbieten sollen.«

»Mom, wir essen doch, wenn Dad nach Hause kommt.«

Als ich allein war, steckte ich mein Handy in die Dockingstation und drückte auf Play.

Ich leerte meine Tasche, zog mich aus und nahm eins der großen Handtücher, die Mom in meinem Schrank deponiert hatte. Nachdem ich es mir umgewickelt hatte, suchte ich das Bad auf.

Nach dem Abendessen werkelte Mom in der Küche herum, während Dad und ich uns auf die Couch vor dem Fernseher fläzten und uns ein Footballspiel anschauten. Das würden wir auch morgen machen. Es gab immer zu Thanksgiving Footballspiele. Das war in der NFL Tradition.

Bevor Mom sich verabschiedete, um zu ihrem Bingoabend zu fahren, verteilte sie Schälchen Mousse au Chocolat an Dad und mich.

»Lecker«, sagte Dad und deutete mit dem vollen Löffel in meine Richtung. »Die bekomme ich nur, wenn du nach Hause kommst.« Stöhnend schob er sich den Löffel in den Mund. Ich grinste, weil sich Dads Bauchumfang mittlerweile verdoppelt hatte.

Meine Eltern waren erst Anfang vierzig. Mom war wie ich schlank und wir hatten beide blonde, lange Haare. Dad hatte seine Tolle zwischendurch verloren. Es gab Fotos von früher, da hatte er einen Wuschelkopf. Aber das war, als meine Eltern noch nicht verheiratet gewesen waren.

»Ich habe gestern Linda im Target getroffen«, sagte Dad beim Löffeln.

»Travis' Mom?« Ich blickte ihn achselzuckend an. »Aha.«

»Er hat zwei Footballspiele über Thanksgiving, ein Freundschaftsding, sagt sie.«

So? Ich runzelte die Stirn. Davon hörte ich das erste Mal.

Dad beugte sich zum Tisch und stellte das leere Schälchen ab. Nachdenklich sah er mich an, nachdem er sich zurückgelehnt hatte. »Du spielst doch auch diese Saison im Team, wolltest du lieber bei uns zu Besuch sein?« Dad hob die Hände. »Verstehe mich bloß nicht falsch, ich freue mich, dass du hier bist.«

»Und weil du denkst, ich darf nicht dabei sein, hast du Mom nichts gesagt.«

»Du hast das Footballspielen nach der Highschool aufgegeben. Den Grund habe ich nie verstanden. Jetzt bist du wieder im Team, mit Travis.«

»Ich habe ein Schulterproblem, nichts Ernstes. Der Teamdoc meint, ich soll die vier Tage pausieren«, sagte ich und kreuzte hinter dem Rücken zwei Finger. Ich zwang ein Lächeln in mein Gesicht. »Kennst doch Mom, wenn sie es wüsste, würde sie sich sorgen.«

Es war eine Eingebung, diese Ausrede zu gebrauchen. Wenn Travis seine Eltern anlog, musste das einen wichtigen Grund haben und ich hatte eine Ahnung.

»Sorry, wenn ich dich komisch darauf angesprochen habe.« Dad sah mich zerknirscht an »Ich war mir unsicher, ob du Ärger hast. Wenn aber –«

»Nein, Dad, es läuft prima«, wiegelte ich ab. Ich kratzte den Rest Mousse aus dem Schälchen und schob ihn mir in den Mund.

»Ansonsten gefällt dir weiterhin das Studium?«

»Ja, es war die richtige Entscheidung, ans Boston College zu gehen. Die Dozenten sind gut und ich lerne viel für später.«

Dad zog die Augenbrauen zusammen. Seine blauen Augen hatte er auf mein Gesicht geheftet. »Mit Travis kommst du zurecht?« Vor Dad hatte ich meine heimliche Schwärmerei nicht verstecken können. Wir hatten nie darüber gesprochen, worüber ich froh war. Er würde mich keinesfalls über Travis ausfragen, aber ich wusste, dass ich jederzeit mit ihm reden konnte. Wie mit Mom.

»Travis hat mich ins Team geholt, wir sind Freunde«, wich ich aus.

»Und ansonsten? Lässt du es manchmal krachen?«

Ich verdrehte die Augen. »Ja, ich bin eine normale Studentin, die ab und zu feiert und Jungs trifft.«

»Aber geschützt, Amy.«

»Dad!« Niemals würde ich ihm verraten, mit wem ich bisher geschlafen hatte.

Er gluckste. »Deine Mom und ich, wir haben früher viel gefeiert und Sex gehabt, auch heute noch.«

»Hör auf«, echauffierte ich mich. »Das will ich nicht im Detail wissen.« Ganz klar, Dad wollte mich aufziehen, aber ich würde mir eher die Zunge abbeißen, als meinen Eltern meine Sexgeheimnisse zu verraten oder mir ihre anzuhören. Davon bekäme ich nur komische Bilder im Kopf.

Als im Fernsehen Werbung lief, nahm ich unsere Schälchen und stibitze eine weitere Portion von der leckeren Mousse, die Mom in einer großen Schüssel im Kühlschrank lagerte.

Genussvoll verdrückten wir das Dessert.

»Linda hat mich gefragt, ob du sie am Wochenende besuchen möchtest. Sie würde sich freuen.«

Schnell stopfte ich mir einen Löffel voller Mousse in den Mund. »Mal sehen«, nuschelte ich.

»Amy, Travis hat viele Spiele. Er kommt wie du nur ab und zu nach Hause. Tue ihr den Gefallen.«

Ein Wunsch, der verständlich war, dessen Erfüllung mir trotzdem schwerfiel. Ich atmete geräuschvoll aus. »Okay, ich geh am Samstag zu ihr.« Wenn ich bei ihr wäre, würde ich eventuell erfahren, wer Dr. Hernandez war. Somit auch ein triftiger Grund für mich, sie aufzusuchen. Ich hatte zwar einmal nach Dr. Hernandez' Namen gegoogelt, aber das hatte nichts gebracht, weil ich zu wenig Anhaltspunkte hatte, nach wem ich konkret suchte. In Taunton gab es keinen Arzt mit seinem Namen.

Als das Spiel vorbei war, streckte sich Dad und drückte gähnend die Faust gegen den Mund. »Ich bin müde, Amy.«

Ich warf einen Blick auf die Wanduhr. Es war fast halb elf und Moms Bingoabend schien kein Ende zu finden. Morgen brauchte sie mich in der Küche, damit wir gemeinsam den Truthahn für Thanksgiving vorbereiteten. Dads Eltern würden zum Essen kommen. Die ganze Familie Tolan lebte in der Stadt. Moms Eltern wohnten in Oregon, mit dem Auto war man zwei Tage unterwegs, weshalb wir sie selten sahen. Die Flugkosten waren einfach zu happig.

Dad schaltete den Fernseher aus. Wir verließen das Zimmer. Ich folgte ihm nach oben und schaute ihm hinterher, bis er im Schlafzimmer verschwand.

Beim Zähneputzen versuchte ich mir das Treffen zwischen Travis' Mom und mir vorzustellen.

Was würde sie mich fragen?

Worüber könnten wir reden?

Sie bekäme genauso wie mein Vater eine Notlüge aufgetischt. Mir blieb keine Wahl. Travis hatte Probleme, aber seine Eltern schienen davon nichts zu wissen, und ich würde nicht diejenige sein, die sie darauf stieß. Ich wusste nichts Konkretes und außerdem wäre das Travis gegenüber unfair.

35. Amy

Kein schlechtes Gewissen

»Es ist schön, dich nach so langer Zeit wiederzusehen«, sagte Travis' Mom und goss Kaffee ein. Lächelnd schob sie den großen Teller zu mir herüber. »Nimm ein Stück vom Pacon Pie«, forderte sie mich auf und hob entschuldigend die Schultern. »Thanksgiving ist einfach zu viel übrig geblieben.«

»Danke, gern.« Ich streckte die Hand aus und nahm mir ein Stück. Erinnerungen kamen auf. Travis war früher verrückt nach diesem Kuchen gewesen. Seine Mom hatte den Pie hauptsächlich für ihn gebacken.

Ich war öfters hier gewesen, hatte mit ihm in seinem Zimmer gesessen und Berge von dieser Köstlichkeit verdrückt. Niemand backte so gut wie Linda McCants. Es war nicht verwunderlich, dass sie sämtliche Kuchenwettbewerbe in Taunton gewann.

Umso erstaunlicher, dass sie nie ihren Kreationen erlegen war. Travis' Mom war eine hübsche Frau mit einer tollen Figur, ohne eine graue Strähne in ihrem blonden Haar, mit glatter Haut. Travis' Vater hatte ich kurz Hallo gesagt, als ich ins Haus gekommen war. Er war Angestellter in einem kleinen Finanzunternehmen und hatte außerhalb etwas für seinen Boss erledigen müssen. Auch er war eine attraktive Erscheinung. Ein Wunder, dass man die Familie nie für Werbeplakate gebucht hatte.

Nachdem Travis mit Dawn zusammengekommen war, hatte ich mich nicht mehr bei ihm zu Hause blickenlassen.

Deshalb fühlte es sich heute merkwürdig und gleichzeitig vertraut an, im Wohnzimmer der Familie zu sitzen und Pecon Pie zu essen.

»Entschuldige, Amy, wenn ich deinen Dad einfach angesprochen und gefragt habe, ob du mich besuchen kommst. Schade, dass Travis keine Zeit hat«, sagte sie. Es war ihr anzusehen, dass sie traurig war, dass ich statt ihm an ihrem Tisch saß.

»Ja, ist wirklich schade, dass er …« Ich räusperte mich. »Dass er verhindert ist.« Ich hatte keine Ahnung, wie ich seine Abwesenheit umschreiben sollte. Ich fühlte mich unwohl in meiner Haut. Fehlte nur noch, dass mir wie bei Pinocchio eine lange Nase wuchs. Unbewusst berührte ich sie. Puh, alles normal.

Kauend sah ich mich um. Ich war früher unglaublich gern hier gewesen, obwohl die McCants wie meine Familie nicht zu den reichsten Leuten unserer Stadt gehörten und alles einfach in dem Haus war. Die Möbel kannte ich noch von früher, es hatte sich kaum etwas verändert. Nur wie bei meinen Eltern hatten die Wände einen neuen Anstrich bekommen. Lindgrün. Ich mochte die freundliche Farbe.

»Du spielst mit Travis im Footballteam?«, wollte seine Mom wissen.

»Ja, aber nur diese Saison. Travis hat das arrangiert und ich freue mich, wieder Football zu spielen.«

»Warum bist du dann hier, anstatt bei den Freundschaftsspielen?« Fragend sah sie mich über den Rand ihrer Tasse an, als sie am Kaffee nippte.

Oha, jetzt kam ich um die Notlüge nicht herum.

»Ich habe mich leicht an der Schulter verletzt.«

Schnell stopfte ich mir Kuchen in den Mund, um mich auf das Kauen zu konzentrieren. Ich schielte zum Teller. Vier Stücken lagen noch drauf.

Ich hoffte, nicht den Kuchen in mich hineinschaufeln zu müssen, um mich ihren unangenehmen Fragen zu entziehen.

Ich war keine gute Lügnerin. Mir rann bereits der Schweiß über den Rücken.

»Die linke oder die rechte Schulter?« Sie sah mich aufmerksam an.

»Links.«

»Machst du eine Therapie?«

Himmel, ich redete mich irgendwann um Kopf und Kragen. »Mm-hm.«

»So schade das mit deiner Schulter ist, zumindest konntest du Thanksgiving nach Hause kommen«, fuhr Travis' Mom fort. Sie steckte sich ein Stück vom Kuchen in den Mund, den sie gerade auf ihrem Teller platziert hatte. »Ich bin froh, dass Travis endlich vorsichtiger geworden ist und seine Verletzungsstatistik sich gegen null bewegt.« Sie klang vergnügter als die Minuten davor.

Ich dagegen horchte auf. »Inwiefern?«

Plötzlich waren Geräusche an der Eingangstür. Ich erkannte die Stimmen der Zwillinge.

»Hi Mom«, riefen sie wie aus einem Mund.

»Ella, Rose«, rief Travis' Mom und winkte die hübschen Mädels heran. »Kennt ihr noch Amy?«

»Ja, klar.« Ich hatte keinen Dunst, wer von beiden die Antwort gegeben hatte. Ich hatte sie schon früher schwer unterscheiden können. Mittlerweile müssten Ella und Rose auf der Highschool sein.

»Hi«, begrüßte ich die beiden.

»Können wir was vom Pie bekommen?«, fragte die eine. Sie streckte ihre Hand schon zum Kuchen aus. Ich überlegte, war das Rose?

»Natürlich, Ella, greift zu.« Travis' Mom hielt den Teller entgegen.

Ohne Zögern griffen die Mädels zu, dann drehten sie sich

um und stürmten hinaus.

»Denkt an den Test am Montag«, rief Travis' Mom ihnen hinterher.

»Ja-ha«, riefen die Mädels im Chor, bevor sie die Treppe hinauf polterten.

»Die beiden sind fleißig, wollen unbedingt eine Tierarztpraxis eröffnen, wenn sie mit dem Studium fertig sind.« Sie lachte. »Travis hat sich in den Kopf gesetzt, ihnen Harvard zu finanzieren, wenn er in der NFL spielt. Als ob das notwendig ist.« Sie winkte ab. »Die beiden können genauso hier in Taunton ihren Abschluss machen. Travis könnte sie mit kleinen Dingen unterstützen. Bücher, Geld. Es gibt so viele Möglichkeiten.«

Ich nickte. »Dann müssten die Mädchen nicht in eine andere Stadt ziehen.«

»So ist es.« Travis' Mom strich sich seufzend eine Strähne aus der Stirn. »Klingt vielleicht egoistisch, aber ich würde die Zwillinge lieber hierbehalten. Travis soll sein eigenes Leben führen. Er ist nicht für ihre Ausbildung verantwortlich. Das ist die Aufgabe von mir und seinem Dad.«

»Travis weiß, was sie für ihn getan haben. Er will ihnen danken.«

»Der Junge hat Talent, das mussten wir fördern.« Sie runzelte nachdenklich die Stirn. »Damals war ich kurz davor, ihm das Footballspielen auszureden.« Wie von selbst kam das Gespräch zu dem Thema zurück, bevor die Mädels bei uns aufgeschlagen waren.

»Wieso sollte er aufhören?«, fragte ich. Mein Pulsschlag legte zu.

»Die vielen Gehirnerschütterungen. Sie haben in mir Panik ausgelöst.« Sie schüttelte den Kopf. »Er war damals in Behandlung. Travis hatte mich angefleht, ihn spielen zu lassen.

Er liebt den Sport. Der Neurologe hat uns gesagt, dass er Travis das Footballspielen nicht verbieten kann. Trotzdem soll er auf seine Gesundheit achten. Alle Verletzungen müssen ausgeheilt sein, bevor er weiterspielt. Egal, ob der Kopf, die Wirbelsäule«, sie machte eine Geste in meine Richtung, »oder die Schulter.«

»Und bei wem war er in Behandlung?«, hakte ich nach. Ich wartete mit einem nunmehr rasenden Puls auf die Antwort, weil ich ahnte, wer es war, bevor sie dessen Namen aussprach.

»Dr. Hernandez, er hat eine Klinik für Neurologie in Boston.«

Ich hielt den Atem an. »Eine Klinik?«, stieß ich hervor.

»Hm, er ist ein guter Arzt.«

Ich nickte langsam. »Ja, verstehe.« Sofort kamen mir Travis' Worte ins Gedächtnis, die er zu Coach Gibb gesagt hatte: »Es dauert noch ein paar Wochen, aber dann habe ich Klarheit.« Mir fiel es wie Schuppen von den Augen, wo er seine freien Tage verbrachte. Ich konnte es mir zusammenreimen. Der Vorfall während des Trainings, das Gespräch zwischen ihm und dem Coach. Er ließ sich untersuchen.

Doch auf was?

Ich spürte unerwartet ein Gefühl in meinem Bauch, dass Travis mehr für mich empfand, als er zugegeben hatte.

Wenn ich herausbekommen wollte, ob ich mit meiner Vermutung richtig lag, mussten wir uns aussprechen. Jetzt. Sofort. Ohne um den heißen Brei herumzureden.

Ich brauchte Klarheit, was ihn bedrückte, mit welchen Sorgen er sich herumschlug.

Wenn seine Probleme harmlos wären, würde er darüber reden und sich nicht heimlich von einem Neurologen untersuchen lassen.

Mein Entschluss nahm klare Formen an.

Diesen sturen Kerl würde ich mir vornehmen und ihm so lange auf den Keks gehen, bis er endlich mit der Wahrheit herausrückte.

Die nächste halbe Stunde unterhielten wir uns über das College und unsere Familien. Travis' Mom erzählte mir, dass sie sich kommende Woche einer neuen Herausforderung stellen würde. Natürlich war es ein Kuchenwettbewerb und es ging um das Thema Flaggen. Sie erzählte voller Enthusiasmus.

Unauffällig schaute ich auf meine Uhr, während ich ihren Ideen, wie sie an die Aufgabe herangehen wollte, lauschte.

Schließlich sagte ich, dass ich losmüsste, weil ich noch etwas vorhatte.

»Ach, Amy, ich habe mich einfach gefreut, dich wiederzusehen. Du musst unbedingt vorbeikommen, wenn du wieder in Taunton bist.«

»Das mache ich gern«, gab ich zurück.

Sie zeigte auf das letzte Stück Kuchen. »Soll ich es dir einpacken?«

Ich überlegte. »Doch, ich nehme es gern mit.« Nicht für mich, aber das behielt ich für mich.

Sie lachte. »Dann kann ich meiner Familie morgen den zweiten Kuchen auftischen. Es ist noch ein Apple Pie übrig.«

Bevor ich das Haus verließ, verabschiedete ich mich von den Zwillingen, die tatsächlich über ihren Lehrbüchern hockten.

Travis' Mom brachte mich über die Straße zu meinem Auto und zog mich zum Abschied in eine Umarmung.

Als ich hinter dem Lenkrad saß, holte ich mein Handy heraus und rief Mom an.

»Sei nicht sauer, aber ich komme erst spät nach Hause«, erklärte ich.

»Was hast du vor?«, wollte sie wissen.

Ich schaute auf das eingepackte Stück Kuchen auf dem Beifahrersitz. »Einen Freund besuchen, esst nachher ohne mich.«

Diesmal brauchte ich kein schlechtes Gewissen haben, weil es die Wahrheit war und weil ich ein vages Gefühl hatte, dass Travis mich brauchte.

»Ich stelle dir dein Essen in den Kühlschrank, du kannst es dir in der Mikrowelle aufwärmen.«

»Okay. Danke, Mom, grüß Dad von mir.«

Nachdem ich aufgelegt hatte, suchte ich über Google nach Dr. Hernandez' Adresse.

Es war erst halb fünf abends, sodass ich noch vor sechs Uhr an der Klinik eintreffen würde.

36. Travis

Nur die Harten kommen in den Garten

Ich hatte nie etwas anderes gewollt als Footballspielen.

Seit ich auf der Highschool gewesen war, hatte ich mir in den Kopf gesetzt, ein Profispieler zu werden.

Ich hatte nur ein Bild vor Augen: Ich stand mit meinen Spielern im Huddle zusammen und erklärte ihnen den Spielzug. Dann positionierte sich das Team mit vorgebeugtem Oberkörper, die Hand im Gras abgestützt an der Line of Scrimmage, ich dahinter. Angespannt warteten alle auf meine Ansage und den Snap.

Damit mein Traum wahr wurde, musste ich immer der Beste sein. In meinem Highschoolteam, in Massachusetts, auf dem College. Ich war der Beste, dafür gab ich immer mehr als hundert Prozent. Entweder trainierte ich oder ich hämmerte mir die Spielzüge ein und entwickelte Strategien.

Und wenn ich der Beste bleiben wollte, musste meine Mannschaft besser als die anderen Teams fighten. Meine Gesundheit spielte dabei eine untergeordnete Rolle, weil Verletzungen mich nur aufhielten, mein Traum sonst zerplatzen könnte.

Außerdem wollte ich einen Haufen Kohle verdienen, um meiner Familie zu danken. Mom, Dad und meine Schwestern sollten sich ihre Träume erfüllen. Bei uns war das Geld immer knapp gewesen. Was wir hatten, wurde in meine Karriere gesteckt.

Und jetzt?

Scheiße. Ich spürte diese beschissene Nässe, die mir in die Augen trat. Ich schluckte mein Selbstmitleid runter. Gejammer half mir in diesem Moment kein bisschen.

Als ich noch ein kleiner Hosenscheißer war, hatte ich manchmal geflennt.

Aber später hatte es nur eine Situation gegeben, bei der mir das Scheißpipi über die Wangen gelaufen war. Das zweite oder dritte Spiel auf der Highschool, so genau wusste ich es nicht mehr.

Ich hatte den Ball gehabt und war dreißig Yards gesprintet. Niemand hatte mich stoppen können. Der Touchdown war zum Greifen nah gewesen. Doch an der Endzone hatte mich ein Linebacker wie der Eisberg die Titanic empfangen. »Komm zu Daddy«, hatte er mir zugebrüllt.

Wir waren zusammengekracht und für einige Sekunden war um mich herum stockfinstere Nacht gewesen. Als ich zu mir gekommen war, war ich voller Panik gewesen, weil in meinem Kopf alles durcheinander gewirbelt war.

Nicht der Schmerz hatte die Tränen gebracht, sondern die Situation, die mich komplett überfordert hatte. Ich hatte alles verzerrt gesehen, in meinem Kopf hatte es nur ein ohrenbetäubendes Rauschen gegeben. Das war eine plötzliche, neue Härte im Spiel, die ich vorher nicht gekannt hatte.

Zusammenstöße hatte es schon früher gegeben, aber die waren im Vergleich dazu Pillepalle gewesen. Der Zusammenprall unserer Schädel dagegen hatte mir meine erste heftige Gehirnerschütterung eingebracht.

Heute steckte ich das weg. Zähne zusammenbeißen und durch. Der Leitspruch meines ersten Coaches beim Flagfootball auf der Elementary School war gewesen: *Nur die Harten kommen in den Garten.*

Man wurde an seinen Wunden und ramponierten Helmen gemessen. Jeder Kratzer hatte mir Anerkennung gebracht. Dahingehend hatte sich meine Einstellung bis heute nicht geändert.

Nach diesem krassen Zusammenprall hatte ich mir die Nässe weggewischt, durchgeatmet und mir geschworen: »Du heulst nie wieder.«

Noch einmal wäre ich beinahe schwach geworden und musste gegen das verfickte Pipi ankämpfen. Das war, als mich Coach Gibb im September das erste Mal auf meine Gehirnerschütterungen angesprochen hatte. Er hatte den Stein ins Rollen gebracht, weshalb ich hier jetzt desillusioniert im Bett lag.

Heute Nachmittag hatte ich die abschließenden Ergebnisse der Untersuchungen erfahren. Sinnbildlich hatte man meinen Kopf auseinandergenommen. Begonnen mit einer Anamnese, gefolgt von Tests, Tests, Tests. Weiter mit Blutuntersuchungen, EEG und Scans meines Hirns – das volle Programm.

Jetzt hatte ich Gewissheit. Dr. Hernandez wollte morgen früh den Bericht schreiben und ihn mir in die Hand drücken.

Vor einer Stunde hatten wir das Gespräch unter vier Augen geführt.

Seine Miene war ernster als sonst gewesen. Er hatte sich einen Stuhl genommen und ihn neben meinem Bett platziert.

Ich war von den vielen nervenaufreibenden Untersuchungen erschöpft, weshalb ich im Jogginganzug auf dem gemachten Bett gelegt hatte. Trotz meines schlaffen Zustands hatte ich die Ergebnisse erfahren wollen. Gleichzeitig hatte ich ein flaues Gefühl im Magen gehabt, so ähnlich, als wäre ich verliebt. Nur waren es keine glücklichen Schmetterlinge gewesen, sondern widerliche Motten, die wild herumgeflattert waren.

»Es tut mir leid, dir keine guten Nachrichten zu übermitteln«, hatte Dr. Hernandez gesagt. Daraufhin hatte ich die Arme vor der Brust verschränkt. Meine Augen waren auf sein

Gesicht geheftet gewesen. Ich war dem Ergebnis nicht ausgewichen.

Dr. Hernandez hatte tief Luft geholt. Es war jetzt keine vage Vermutung mehr. Die unerbittliche Realität hatte ich vor den Latz geknallt bekommen.

»Wie ich vermutet habe, hast du CTE. Tut mir leid, Travis, dir kein anderes Ergebnis mitteilen zu können«, hatte der Doc gesagt.

Der Name der Krankheit hämmerte ununterbrochen in meinem Schädel: Chronische Traumatische Enzephalopathie.

Ich war am Arsch.

Bevor ich von Dr. Hernandez allein gelassen wurde, hatte er mir wiederholt den Rat gegeben, mit dem Football aufzuhören. Ich könnte die Kurve kriegen und ein einigermaßen normales Leben führen. Ohne große Beeinträchtigungen.

Als ob ich mich so leicht mit so einem billigen Rat abfertigen ließ.

War das einer seiner dämlichen Ärztewitze?

Ich hatte hart aufgelacht, den Kopf geschüttelt und »Never!« gebrüllt.

Verdammt, es gab für mich keinen Plan B.

Weil das so war, weigerte ich mich, das niederschmetternde Ergebnis anzunehmen. Es war meine fucking Entscheidung. Und darum tat es nichts zur Sachen, ob ich dabei draufging, irre oder ein sabbernder Pflegefall wurde.

Okay, ich war keinesfalls naiv und mir war klar, dass ich so wie bisher nicht weitermachen konnte. Darum würde ich alles daran setzen, weniger Gehirnerschütterungen zu riskieren, den Gegner verdreschen, schneller rennen, noch präzisere Pässe werfen. Aber ich würde niemals die Pads abstreifen und den Helm abnehmen.

Sorry, Coach Gibb, die Wahrheit behalte ich für mich.

Football war meine große Liebe und alles andere musste sich dahinter anstellen.

Meine Augen schweiften zum Tisch. Dort stand das Abendessen auf dem Tablett. Kurz nachdem Dr. Hernandez gegangen war, hatte es mir die Stationsschwester gebracht. Der Appetit war mir nach der Unterredung vergangen, der Krankenhausfraß schmeckte sowieso nicht.

Das Einzige, was ich jetzt herunterbekäme, wäre von meiner Mom –

Ich hatte den Gedanken noch halb im Kopf, als ein Klopfen mich aufschreckte. Mein Blick schweifte zur Tür.

»Ja?« Um diese Zeit kam nie eine Krankenschwester vorbei.

Amy

Im Rodrigo Hernandez Hospital wollte mir die Dame am Empfang keine Auskunft geben, auf welcher Station Travis lag. Als sie wegen eines Telefonats abgelenkt war, schlich ich mich wie ein Einbrecher an ihr vorbei und stürmte zur Notfalltreppe. Hätte ich auf den Fahrstuhl gewartet, hätten mich höchstwahrscheinlich die Sicherheitsleute gekascht.

Uff, ich keuchte schlimmer als meine Grandma, als ich im obersten Stockwerk angekommen war und zur Station stolperte.

Man sollte mir nicht die Frage stellen, warum ich unbedingt bis zur letzten Stufe hochflitzen musste, anstatt mich langsam nach oben durchzuarbeiten. Ich hatte keine Ahnung, welcher Teufel mich geritten hatte, gefühlte hunderttausend Stufen zu überwinden.

Vermutlich war es die Panik, erwischt zu werden. Wobei die Gefahr weiterhin bestand, wenn die Stationsschwestern mich als Fremdkörper identifizierten.

Ich begab mich zum Stationszimmer in der fünften Etage. Verwundert sah mich die ältere Frau im weißen Kittel an. »Sie wünschen?«

»Ich suche Travis McCants. Liegt er hier auf einem der Zimmer?«

»Sie sind?«

»Seine Freundin.«

Sie legte den Kopf schräg. »Ich dachte, er bekommt keinen Besuch.«

Ich nickte eifrig. »Doch, natürlich«, log ich. »Er erwartet mich.« Meine Nase kribbelte, nachdem ich das gesagt hatte. Ob sie doch zu wachsen anfing?

Die Frau lächelte. »Gehen Sie hinten den Gang runter, dritte Tür links.«

Ich war froh, dass es dermaßen leicht war, Travis zu finden. Ich folgte der angegebenen Richtung und klopfte.

Nachdem Travis' Stimme zu mir gedrungen war, huschte ich ins Zimmer.

Ich überfiel ihn gleich, statt nur meinen Kopf hineinzustecken. Das Überraschungsmoment war mein kleiner Vorsprung, bevor er auf die Idee käme, mich rauszuschmeißen.

Travis musterte mich überrascht. »Woher weißt du, dass ich hier bin?«

Eine Sekunde sagte ich nichts. Weiß Gott, was ich erwartet hatte, dass er im Jogginganzug auf dem Bett lag, erleichterte mich.

»Ich war heute bei deiner Mom. Sie hatte mich eingeladen und dachte, du hast über die Feiertage Footballspiele.«

»Ich wollte nicht, das herauskommt, wo ich bin.«

»Ich habe zufällig bei einem Gespräch mitbekommen, dass du bei einem Dr. Hernandez Untersuchungen hast.«

»Das Gespräch mit Coach Gibb?« Travis runzelte die Stirn.

»Du hast uns belauscht?«

»Nein.« Ich lächelte entschuldigend. »Es war unbeabsichtigt.«

Ohne auf eine Aufforderung zu warten, setzte ich mich auf den Stuhl, der neben seinem Bett stand und angelte aus meinem Rucksack das eingewickelte Stück Pecon Pie.

»Hat mir deine Mom mitgegeben, ich dachte, du freust dich, wenn ich ihn dir gebe.«

»Weiß sie, dass du hier bist?«

»Nein. Ich war zu Besuch, sie hat meinen Dad darum gebeten. Sie ahnt nichts.«

»Danke, dass du mir den Kuchen mitgebracht hast.«

Travis lächelte und verlor ein bisschen den Ernst aus seinem Gesicht, als er den Pecon Pie auspackte und hineinbiss. »Mm-hm, lecker. Mom backt den besten Kuchen«, nuschelte er mit vollem Mund.

Ich warf einen Blick auf den Tisch. »Warum hast du dein Abendessen nicht angerührt?«

»Nein.« Travis schluckte den Bissen hinunter. »Mir ist vorhin der Appetit vergangen.«

»Schlechte Nachrichten?«

Bei seinem Blick spürte ich ein beklemmendes Gefühl in der Brust.

»Amy, was willst du hier?«

»Ich will die Wahrheit wissen.«

»Welche Wahrheit?« Entweder war Travis verwirrt oder er tat nur so.

»Über deinen Gesundheitszustand und …« Ich schluckte schwer. »Ob er der Grund ist, dass du mich von dir stößt.«

»Amy, ich rede mit niemandem darüber.«

»Du tust lieber so, als wäre alles okay.«

»Willst du wirklich wissen, was für Scheißprobleme ich ha-

be?«, reagierte Travis scharf.
Wütend zerknüllte er das Papier um den Kuchenrest und pfefferte ihn auf den Tisch. »Was denkst du denn, was los ist? Ich bin am Arsch. Ein Wrack.«

Ich hatte den Eindruck, dass es wichtig war, ruhig zu bleiben, Travis dazu zu kriegen, mit mir zu sprechen. Er musste seine Sorgen jemandem anvertrauen. Ich sah ihm an, dass sein Geheimnis ihn quälte.

»Ich weiß, dass Football bei dir an erster Stelle steht, gefolgt von deiner Familie. Ich habe kein Recht, dir zu sagen, was richtig und was falsch ist. Aber warum stößt du mich von dir?« Ich warf die Arme in die Luft und atmete zitternd aus. »Warum gibst du mir keine Chance, für dich da zu sein?«

Travis sah mich schweigend an. Sein Gesichtsausdruck verriet mir, dass er erkannte, worum es mir ging. Er sollte wissen, dass ich Verständnis für seine Lage hatte.

»Kennst du Iron-Mike?«

»Mike Webster, der Center?« Ich hatte gehört, dass er früh verstorben war. Er hatte unter einer schweren Krankheit gelitten. Mir wurde heiß.

Travis fuhr sich schwer atmend mit beiden Händen durchs Haar. »Versprich mir, niemandem zu erzählen, was ich dir verrate.«

Gänsehaut überzog meine Arme. »Ich versprech's.«

»Ich wurde die letzten drei Tage von Dr. Hernandez und seinem Team untersucht. Ich habe Chronische Traumatische Enzephalopathie, die gleiche Krankheit wie Mike Webster. CTE zerstört mein Gehirn. Ich weiß nicht, wie lange ich noch der bin, den du vor dir siehst. Ich kann mit der Ungewissheit einigermaßen klarkommen, aber ich kann sie dir nicht zumuten.«

»Du denkst, ich käme damit nicht zurecht?«

»Amy, darum geht es –«

»Oh doch«, unterbrach ich ihn wütend. »Genau darum geht es.« Ich wedelte vor ihm mit dem Finger in der Luft. »Du entscheidest für mich, ob ich damit klarkomme. Du entscheidest, ohne zu überlegen, ob ich nicht die Entscheidung selbst treffen will.«

Travis sprang vom Bett. Seine Augen funkelten, als er sich zu mir beugte. »Was willst du?«

»Dich, du Idiot.« Ungebremst schoss die Wahrheit aus meinem Mund. Ich hatte keinen Bock mehr, meine Wünsche zu unterdrücken.

Travis wich zurück. »Ich kann dir nur Freundschaft bieten und das ist schon verdammt viel.«

»Ich dachte, ich kann damit umgehen, aber ich schaffe das nicht, du bedeutest mir zu viel«, verzweifelt knetete ich meine Finger. »Ja, du hast die Krankheit.« Ich machte eine vage Geste durch den Raum. »Du hast dich untersuchen lassen, jetzt hast du Gewissheit. Ich kann damit umgehen. Du glaubst, dass dir die Krankheit das Recht nimmt, mit einer Frau zusammenzusein. Das stimmt nicht.« Ich hielt inne, leise ergänzte ich: »Und es ist egal, wer es am Ende ist.«

Ich stand auf. Vorsichtig ging ich auf ihn zu. »Du hast verdammt großen Schiss, dich auf jemanden einzulassen.«

»Was ist mit dir?«

Ich lächelte. »Ich nicht.« Langsam hob ich die Hand. Meine Fingerspitzen berührten sein stoppeliges Kinn. Er zuckte leicht zurück, aber entzog sich mir nicht. »Ich habe keine Angst, nicht mehr. Ich habe die ganze Highschool-Zeit meine Gefühle für dich unterdrückt. Ich wollte mit dir schon so viele Jahre zusammen sein.«

Travis starrte mich an. Er zog meine Hand von seinem Gesicht. »Du hast nie was gesagt.«

Ich hob die Schultern. »Weil ich dumm war.« Meine Augen wurden feucht, ich wischte darüber. Ich wollte endlich sagen, was ich für ihn empfand. »Wenn ich geahnt hätte, dass du mich magst, hätte ich dir damals keine einzige Handynummer gegeben. Als du mit Dawn zusammengekommen bist, ist das für mich die Hölle gewesen.«

Travis rieb sich das Kinn, dabei sah er mich schmunzelnd an. »Ich war seit der neunten Klasse auf dich scharf. Du hast mir einen krassen Schlag mit deiner kleinen Faust verpasst und ich war hin und weg von dir.«

Ich lachte. »Ja, du hast mich verarscht. Dieses blöde ›Kick it, Honey‹.«

Plötzlich veränderte sich seine Miene. Die Mauer, die ich anfing einzureißen, zog er wieder hoch.

Eine Weile sah er mich schweigend an.

Seine Miene war ernst, als er schließlich sagte: »Du hast es selbst gesagt, Amy, unser Timing ist schlecht.«

»Du willst, dass ich gehe, du gibst uns keine Chance?« Entsetzt starrte ich ihn an.

»Es geht nicht, tut mir leid.« Er senkte den Blick, seine Stimme brach. »Geh, bitte.«

Zitternd griff ich meinen Rucksack.

Travis drängte sich an mir vorbei. Er öffnete die Tür, trat beiseite und ließ mich hinaus.

Ich presste die Lippen zusammen. Ich hatte alles auf eine Karte gesetzt. Umsonst. Mein Herz sank mir bis in die Kniekehlen.

Ich fuhr mit dem Fahrstuhl hinunter, trottete am Empfang vorbei, der in diesem Augenblick unbesetzt war. Kalte Abendluft schlug mir entgegen. Meine heißen Wangen, die brennenden Augen, konnte sie nicht kühlen.

Mühsam schleppte ich mich zum Auto.

Der Rucksack rutschte von meinen Schultern und plumpste auf den Boden. Ich starrte ihn an.

Das kann es doch nicht gewesen sein?

Ich bückte mich und holte das Handy heraus. Erst zögerte ich, dann scrollte ich nach Travis' Nummer. Mein schmerzhafter Herzschlag hämmerte gegen die Rippen, ich presste das Handy ans Ohr, um den Schmerz zu überlagern.

Als das Freizeichen ertönte, rieb ich mir die Nase, ein Seufzer entwich meinem Mund.

»Amy?«, hörte ich ihn leise fragen.

»Travis, ich … Entschuldige, wenn ich dich anrufe, aber ich kann so nicht fahren.« Mühsam unterdrückte ich ein Schluchzen.

»Amy, es geht nicht.«

»Warte«, ging ich dazwischen und wischte zittrig die ersten Tränen weg. Bloß nicht heulen, befahl ich mir. »Ich …« Mir brach die Stimme. Tief durchatmend riss ich mich zusammen. »Ich weiß, dass das alles für dich schwer ist und dass du mit dir und deinen ganzen Problemen genug zu tun hast, aber … verstehe bitte, ich kann wirklich so nicht fahren. Ich will dich auch nicht anbetteln, aber wenn … wenn du uns doch wenigstens eine Chance gibst.«

»Amy, das Ganze bringt doch nichts«, seufzte er. »Wir sollten -«

»Nein, Travis, lass es uns nur versuchen, mehr verlange ich nicht.« Ich legte all die Liebe, die ich für ihn empfand in meine Worte. »Rede mit mir, Travis.«

Ich hörte ihn atmen. »Ich kann dir meinen ganzen Scheiß nicht zumuten.«

»Doch, das kannst du«, sagte ich. »Ich warte hier, eine Stunde. Bitte komm runter, lass uns reden.« Dann drückte ich ihn weg.

Uff, das war das schwerste Telefonat, das ich jemals geführt hatte. Diese eine Stunde war der Strohhalm, an dem ich mich festhielt. Ich hoffte, Travis würde über uns nachdenken.

Ich stand am Auto gelehnt und wartete. Ab und zu warf ich einen Blick aufs Handy. Die Minuten vergingen. Eine halbe Stunde war vorbei. »Travis, komm zu mir«, flüsterte ich, den Blick auf den Eingang geheftet.

Die Zeit war verstrichen. Ich weigerte mich, den Umstand zu akzeptieren. Weitere zwanzig Minuten vergingen. Nichts.

Er war nicht gekommen. Die Absage ging mir unter die Haut. Die Hoffnung war dahin. Travis hatte sich entschieden, ich musste mir die endgültige Niederlage eingestehen.

Ich hob den Rucksack auf, steckte das Handy ein und holte die Autoschlüssel hervor.

Als ich die Fahrertür öffnen wollte, hörte ich jemanden rufen. »Amy!«

Ich stutzte. Das war doch mein Name?

»Amy!«

Als ich Travis' Stimme erkannte, wirbelte ich herum.

Er vergewisserte sich, dass die Straße frei war, dann kam er zu mir herüber gesprintet.

Als er vor mir stehenblieb, holte er tief Luft. Ich sah in seinen blauen Augen die gleichen Gefühle, die ich für ihn hatte.

»Ich bin echt froh, dass du nicht losgefahren bist.« Er stieß ein erleichtertes Lachen aus und rieb sich kopfschüttelnd den Nacken. »Gott, Amy, ich habe auf dem Bett gesessen und die Wand angestarrt. Mein Herz wollte zu dir, aber mein Körper bewegte sich keinen Millimeter.« Die Worte sprudelten aus ihm heraus. »Dann kam die Schwester und fragte, ob du fort bist.« Voller Hektik stieß er den Atem aus. »Fort, du bist fort. Wie ein Vorschlaghammer hat das Wort in meinem Kopf gedröhnt.

Dass du gegangen bist, hat eine schreckliche Panik in mir ausgelöst. Ich bin aufgesprungen und losgerannt.« Er strich mit den Fingern über meine Wange. »Du hast recht, Amy, wir brauchen diese Chance.«

Ungläubig runzelte ich die Stirn. »Du meinst es ernst?«

»Nichts habe ich jemals ernster gemeint.« Travis betrachtete mich. »Es tut mir leid, dass ich dich habe warten lassen.«

Ich schnappte nach Luft, als er mein Gesicht umfasste. »Wir versuchen es. Ich will, dass wir es miteinander versuchen.« Travis sah mich an, bevor er seine Lippen fest auf meine drückte. Entschlossen schob er seine Zunge in meinen Mund, dabei drängte er mich gegen mein Auto. Er küsste mich. Lange, intensiv.

Ich hätte ihn am liebsten weitergeküsst, aber er löste behutsam seine Lippen von meinem Mund.

»Ich muss zurück, Amy, aber ich würde dich gern morgen zum Frühstück treffen. Was hältst du vom Stuart? Dort können wir über uns reden.«

»Wann?« Ich ließ ihn nicht aus meinem Blick. Dass er vor mir stand, war fast zu schön, um es zu glauben. Er hatte lange genug dagegen angekämpft. Ich räusperte mich. »Wann kommst du?«

Travis hob die Schultern. »Ich weiß nicht. Ich musste den Pick-up verkaufen.«

Einen Moment hing Schweigen zwischen uns, dann kapierte ich seine Worte.

»Du hast die Untersuchungen bezahlen müssen?« Ohne Zögern packte ich seinen Arm. »Dann hole ich dich ab.«

»Du musst nicht extra kommen.«

Ich beschloss, ihm sein Mitspracherecht zu entziehen. »Wann soll ich hier sein?«

Travis zog den linken Mundwinkel hoch und gab mir einen

Nasenstüber. »Du bestimmst?«

»Yep.«

»Dann komm um neun. Ich beeile mich.« Lächelnd drückte Travis meine Hand.

Bevor er zurückging, zog ich ihn an mich, um ihn ein letztes Mal zu küssen. Der Kuss war schön, aber viel zu kurz. Ich bekam nicht genug von seinen Lippen. Travis konnte sich darauf gefasst machen, morgen würde ich mir von ihm eine Menge Küsse holen.

37. Travis

Ich habe einen Mordshunger

Nachdem ich den Wisch mit dem Befund erhalten und ihn weggesteckt hatte, wollte ich nur noch meine Tasche schnappen. Dieser sterile Ort mit dem typischen Krankenhausgeruch löste Beklemmungen in mir aus.

»Kommst du klar, soll ich dir ein Taxi rufen?«, fragte Dr. Hernandez. Wir standen vor seinem Büro und er streckte mir zum Abschied die Hand entgegen. Ich schüttelte sie kurz.

»Danke, nicht nötig«, sagte ich, nickte ihm zu, um schnellstmöglich das Weite zu suchen.

Ich rannte wie vom Teufel getrieben aus der Klinik und kam erst vor Amys Auto zum Stehen. Das Abschlussgespräch, die mahnenden Wort des Docs, hatten mir meine Vorfreude auf Amy genommen.

Im Nachhinein bereute ich es, die Untersuchungen gemacht zu haben. Bisher konnte ich meinen gesundheitlichen Zustand verdrängen, jetzt steckte der Beweis zentnerschwer zwischen den Klamotten, die ich die letzten Tage getragen hatte.

Anstatt mich auf den Beifahrersitz niederzulassen, öffnete ich die Fahrertür. »Darf ich fahren?«, fragte ich Amy. Wenn sie mich kutschierte, hätte ich keine Ablenkung, dann würden nur die letzten Tage in meinem Kopf kreisen. Ich hatte keine Lust, an den ganzen Scheiß zu denken. Wobei ich andererseits wusste, dass ich die Krankheit nicht verdrängen konnte, zumindest nicht vor Amy.

»Ja, kein Ding«, sagte sie und kletterte heraus.

Ich schlug die Beifahrertür zu, als sie saß. Dann umrundete ich den Wagen, warf meine Tasche auf die Rückbank und setzte mich hinter das Lenkrad.

Meine Hände zitterten, als ich den Motor startete.

»Travis, geht's dir gut?«, fragte mich Amy. Ich spürte ihren Blick, während ich auf die Straße starrte. »Bist du dir sicher, dass du fahren kannst?«

Ein Lächeln huschte über mein Gesicht. »Hast du tatsächlich Angst um deine alte Karre?«

»Muss ich?«

»Nein, alles okay.« Tatsächlich fühlte ich mich ein wenig besser, weil Amy bei mir war. Ich warf ihr einen schnellen Blick zu. »Danke, dass du gekommen bist.«

Die Stille lastete auf uns. Glücklicherweise waren es nur zehn Meilen, die wir nach Chestnut Hill fahren mussten.

Nachdem wir Boston verlassen hatten, setzte ich den Blinker und verließ die Straße, um auf einem Waldweg zu halten, wo man uns nicht bemerken würde.

»Was wollen wir hier?«, erkundigte sich Amy und schaute sich um.

»Wenn ich dem Doc glauben sollte – und das tue ich –, kann es sein, dass ich mich irgendwann verändern werde«, fing ich an, Amy zu erklären, was mich belastete. Wenn sie mit mir zusammen sein wollte, musste sie wissen, auf was für einen kranken Typen sie sich einließ.

»Ich werde reizbar, aggressiv, irgendwann dement und kann dann nicht mal eine Tasse halten, ohne dass meine Hand lächerlich zittert.«

»Wann?« Amy fragte ruhig.

»Weiß nicht, es gibt keinen Zeitpunkt, den man benennen kann.«

»Und was ist mit Medikamenten, die das aufhalten?«

»Man kann die Symptome lindern. Ich hatte zu viele Kopfverletzungen. Das Gehirn kann nicht geheilt werden.«

»Scheiße.« Amy stieß geräuschvoll die Luft aus. »Es tut mir leid, Travis.« Ihre Stimme klang traurig, stoisch streichelte sie mein Bein. Da ich keine Reaktion zeigte, zog sie die Hand weg, doch ich war schneller und legte sie zurück.

»Willst du wirklich mit einem kaputten Typen zusammen sein, der keinen Schimmer hat, wann es mit ihm bergab geht?«, fragte ich heiser. Mein Puls hämmerte in meinen Ohren. Ich hatte Schiss vor ihrer Antwort.

»Ich bin mir sicher, dass du die Krankheit aufhalten kannst, wenn du mit Football aufhörst, gleichzeitig weiß ich, dass es für dich keine Option ist.«

Ich sah sie an. »Damit beantwortest du nicht meine Frage.«

»Das ist meine Antwort. Ich will dich und ich würde dich nicht im Stich lassen, wenn Probleme auftreten. Es ist zu früh, um über die Dinge nachzudenken, die irgendwann in Erscheinung treten.«

»Was, wenn ich dir gegenüber handgreiflich werde?« Bei der Frage drehte sich mir der Magen um.

Amy schüttelte den Kopf. »Du würdest eher deine Faust in eine Wand rammen, als mir wehzutun.«

»Und wenn doch?«

Aus Amys Brust drang ein ergebener Seufzer. »Wenn, wenn, wenn, meine Güte, Travis. Dann trete ich dir vorher in die Eier. Du hast es mit keinem Weichei zu tun, sondern mit mir.«

Ich fuhr mir schmunzelnd über den Mund. »Kann ja auch sein …« Ich machte eine bedeutsame Pause. »Na ja, vielleicht sind wir dann auch nicht mehr –«

»Schluck sofort den Gedanken runter«, ging Amy bestimmt dazwischen. »Ich denke an heute, nicht an morgen, übermorgen oder an das, was in zwei, drei Jahren ist.«

Ich nickte. »Du hast recht.«

Merkwürdigerweise fühlte es sich gut an, mit Amy über meine Ängste zu sprechen. Ihre Reaktion bescherte mir Wärme im Bauch.

Ich drückte ihre Hand auf meinem Bein. »Bis gestern wollte ich mit niemandem darüber reden. Aber ich bin froh, dass du mir zuhörst.«

Ich senkte den Blick auf meine Hand, die ihre bedeckte. Plötzlich vernahm ich ein Klicken. Amy hatte den Gurt gelöst. Sie beugte sich zu mir, unsere Blicke verhakten sich ineinander. Sie legte ihre Lippen auf meine, ihre Zunge glitt in meinen Mund und wir küssten uns. Jesus, die Frau war der Hammer, das Beste, was mir dummen Sack passieren konnte.

Meine Hüften schossen nach vorn, als ihre Finger mich im Schritt streichelten. Reflexartig öffnete ich die Beine. »Amy, was tust du?«, stöhnte ich an ihren Lippen. Hitze schoss ungebremst in meinen Unterleib.

Ich griff in ihre weichen Haare, die Amys Gesicht wie einen Vorhang umschlossen. Ich presste die Lippen hart auf ihren Mund. Mein Kuss wurde fordernder, ich war scharf auf Amy, ihren süßen Duft, ihren frischen Geschmack.

Keuchend schob ich sie zurück. »Ich habe einen verdammten Hunger.«

Amy starrte mich atemlos an. »Auf Pancake und Rührei?« Sie lachte ungläubig und stöhnte im nächsten Augenblick auf, als ich ihre Brust grob umfasste. »Ich habe einen Mordshunger auf dich. Können wir den erst stillen und danach was essen?«

»Bei dir oder bei mir?«

»Ich habe sturmfreie Bude.«

Amy biss mir ins Kinn. »Ich bin dabei.«

Kaum war die Tür zugeflogen, machte ich mich an ihrer Jeans zu schaffen. Eine Hand lag in ihrem Nacken, mit der anderen öffnete ich den Knopf, danach den Reißverschluss, während wir uns leidenschaftlich küssten.

Amy zog mein Sweatshirt hoch. Wir stoppten den Kuss, verschlangen uns mit Blicken, während wir uns gegenseitig die Klamotten vom Körper zerrten und in mein Zimmer taumelten. Amy fiel rücklings aufs Bett. Ich schwang mich ohne Zögern auf sie.

Gierig leckte ich über ihren Bauch. Ich bewegte mich mit Mund, Zähnen und Zunge immer tiefer, reizte ihre Haut mit Bissen und Küssen, dabei stützte ich mich seitlich ab, meine freie Hand rieb abwechselnd ihre harten Nippel.

Amy wand sich unter mir, ihre Nägel trieb sie in meinen Rücken. Sie war so feucht, dass ich das Gefühl hatte, meine Eier würden vor Lust im nächsten Moment explodieren. Wenn ich länger wartete, würde ich abspritzen, ohne in ihrer Enge versunken zu sein.

Nachdem ich eilig ein Kondom übergestreift hatte, hielt mich Amy fest umschlungen. Tief stieß ich in sie, alles verschwamm vor meinen Augen. Das Gefühl, mich in ihr zu bewegen, ihre leisen Seufzer zu hören, war unglaublich, so vertraut, so richtig, so musste es sein.

38. Amy

Kneif die Arschbacken zusammen

»Müssen wir dahin?«, quengelte ich. »In deinem Bett ist es viel gemütlicher. Draußen ist es kalt und es hat vorhin geschneit.«

Travis knabberte lachend an meiner linken Brustwarze, er schien gegenüber meinen Brüsten einen Fetisch entwickelt zu haben.

Mir ging es ähnlich mit seinen tieferen Regionen.

Zugegebenermaßen hatte ich eine Affinität für seine glattrasierten Hoden. Er liebte es, wenn ich sie knetete, an ihnen leckte und saugte.

Waren wir versaut?

Um ehrlich zu sein, wir hatten sehr viel Sex.

Wenn wir keinen hatten, waren unsere Telefonate schmutzig und heiß. Ich schwebte auf Wolke sieben, das Leben war schön, wobei ich das, was weniger schön war, verdrängte. Wie ich es am Sonntag nach Thanksgiving im Auto zu Travis gesagt hatte, lebte ich im Hier und Jetzt. Ich hatte zwar mehrmals versucht, mit ihm über seine Zukunft und einen Plan B zu reden, aber er blieb hartnäckig bei seiner Entscheidung. Darum verbat ich es mir, ihn weiter zu drängen, mit dem Footballspielen aufzuhören. Ich würde ihm nie die Pistole auf die Brust setzten.

Dahingehend brauchte ich mir auch nichts vormachen. Bevor Travis sich von seinem geliebten Football trennen würde, bekäme ich eher den Laufpass von ihm.

Das Wissen war hart, aber bei einem Footballspieler wie ihm stand nun mal der Sport an erster Stelle. Vermutlich war es in vielen Beziehungen so, dass ein Partner zurückstecken musste. Entweder schluckte man die bittere Pille oder die Beziehung bekam einen Riss. Und den wollte ich keinesfalls riskieren.

Travis knabberte an meiner anderen Brustwarze. »Du willst dich nur drücken«, sagte er zwischen zwei zärtlichen Bissen, »aber es ist das letzte Mal, dass wir uns im Corelly's Pub treffen. Am Sonntag haben wir ein Spiel. Chip will morgen den Laden dichtmachen.«

»Schon Samstag, endgültig?«

Travis hob das Gesicht. »Ja, er haut ab.« Sein Blick war traurig.

»Du wirst den Laden vermissen.«

Travis lächelte wehmütig. »Vor allem werde ich Chip vermissen. Wir haben uns oft über Gott und die Welt unterhalten. Ich war nicht nur mein Bier bei ihm trinken.«

»Dann komm«, sagte ich und machte Anstalten, das Bett zu verlassen. Doch Travis packte meine Hüften und zog mich zurück.

»Schön hierbleiben.« Er grinste spitzbübisch. Seine Hüften kreisten fordernd und ich spürte seine Erektion.

»Du bist schon wieder scharf?«, fragte ich kopfschüttelnd und ein Schmunzeln stahl sich in mein Gesicht.

»Du verhütest, mein Schwanz genießt es.«

Wir waren beide sauber, hatten ständig und überall Lust, sodass es Quatsch wäre, weiterhin haufenweise Geld für Kondome auszugeben. Seit vergangener Woche nahm ich die Pille.

Als Travis langsam in mich glitt, seine Finger über meine Klit rieben, vermischte sich mein lustvolles Stöhnen mit seinem tiefen Grollen. Ich erschauderte vor Erregung, spürte Travis' galoppierenden Herzschlag an meiner Brust. Wellen der Lust schlugen über mir zusammen und ich war froh, dass wir allein waren. Curtis hatte sich schon beschwert, dass wir es wie die Karnickel trieben. Aber wir mussten uns mit ihm, Ariana und Kyle arrangieren. Aufgrund der beengten Wohnverhältnisse waren unsere Möglichkeiten begrenzt.

Travis' Bewegungen wurden schneller, sein schweißnasser Körper klatschte gegen meinen. Der Druck nahm zu. Er brüllte hemmungslos seine Lust heraus, versteifte sich und pumpte, während ich ebenso laut und zitternd kam.

Wir hatten keine Zeit, lange liegenzubleiben. Travis drückte mir einen flüchtigen Kuss auf den Mund. »Wer zuerst unter der Dusche ist«, rief er und stürzte kamikazeschnell aus dem Zimmer. Ich wälzte mich aus dem Bett und tapste auf nackten Sohlen hinterher.

Der Gedanke, dass ich ihn das erste Mal offiziell als Freundin ins Pub begleiten würde, war ein aufregendes aber genauso ein mulmiges Gefühl. Curtis wusste Bescheid, aber der Rest der Mannschaft schien nur was zu ahnen. Es lag nicht an Travis, dass wir erst heute als Paar auftreten würden, sondern an mir.

Ich hatte Bedenken, dass es die Mannschaft stören könnte, wenn der Quarterback und der Kicker eine Beziehung führten.

Ich bemerkte, dass Travis mich beim Training im Auge behielt und mich während des Saisonspiels letzten Sonntag beobachtet hatte.

Mir erging es ähnlich. Ich kämpfte gegen das beklemmende Gefühl an, dass er einen üblen Treffer am Kopf kassieren könnte. Dabei musste ich mich auf mein eigenes Spiel konzentrieren.

Travis hatte mir bereits gestern gesagt, dass er diese Heimlichtuerei nicht mehr wollte. »Kneif zum Teufel noch mal die Arschbacken zusammen und steh zu uns«, hatte er mir an den Kopf geknallt.

Dabei waren wir noch keine zwei Wochen zusammen.

Ich hatte ihn nicht verstanden und daraufhin gemeint, dass wir doch ruhig bis nächstes Jahr warten könnten, um unsere Beziehung an die große Glocke zu hängen.

Travis hatte mich angefunkelt. »Du spinnst ja«, war sein trockener Kommentar gewesen, und ich hatte »Okay« geseufzt. Vielleicht hatte er mit seiner Einstellung recht.

Dass das Corelly's Pub schließen würde, bemerkte man diesen Freitagabend. Es war gerammelt voll. Der ganze Campus schien sein letztes Bier hier trinken zu wollen.

Nachdem wir Chip begrüßt hatten, kämpften wir uns zu den Jungs durch, die in fröhlicher Feierlaune waren. Für sie war er nur der Kneipenwirt und sie hatten beschlossen, ab nächstes Jahr im Hockey House zu feiern. Travis war offenkundig der Einzige, der wirklich traurig war.

»Na aber hallo«, begrüßte uns Steve. Er hob seine Bierflasche und prostete uns zu.

Alle am Tisch starrten uns an.

Ich wäre am liebsten im Erdboden versunken, weil Travis sich zu mir neigte und mir vor versammelter Mannschaft einen Kuss auf den Mund drückte.

Ich japste nach Luft. »Spinnst du?«, zischte ich ihm zu.

»Nope.« Travis zwinkerte frech, bevor er sich dem Tisch zuwandte, an dem Totenstille herrschte. Der Krach um uns herum rückte für mich in weite Ferne.

»Falls es noch nicht die Runde gemacht hat«, fing er locker an rauszuhauen, »Amy ist meine Freundin. Sie ist damit für euch tabu.«

Ich hatte das Gefühl, mein Herz wollte einen Ausgang durch meine Kehle pressen. Es schlug mir bis zum Hals.

Ich hob hilflos die Arme, doch bevor ich irgendetwas dazu sagen konnte, rief Tito uns zu. »Na, endlich hört ihr mit eurem

Geheimnisscheiß auf.«

Mir klappte der Mund auf und Steve ergänzte lachend. »Hast du echt gedacht, Amy, dass man nicht gemerkt hat, dass ihr beim Training nur beim Blickficken seid?«

Super, ungebremst bekam ich den knallrotesten Kopf, den ich jemals hatte. Es fühlte sich an, als nahte mein Fiebertod.

»Bier?«, rief Steve.

Er nahm zwei Flaschen, drückte eine mir und eine Travis in die Hand. »Los, setzt euch, wir wollen feiern.«

Dass die Mannschaft locker damit umging, dass Travis und ich ein Paar waren, machte mich eine Weile sprachlos.

Ich hatte mir viel zu viele Gedanken gemacht, die gar nicht notwendig gewesen waren.

39. Travis

Hau ab!

Es war der Beginn des letzten Viertels. Das Spiel fand im gegnerischen Stadion statt. Wir führten mit sechs Punkten Vorsprung. Syracruse brauchte dringend einen Touchdown. Sie hatten eins der besten Special-Teams und eine Geheimwaffe, die sie jetzt einsetzten: Josh Dike, einen gefährlichen Kick Returner, der üblicherweise als Runningback auf dem Platz stand. Er machte ein starkes Laufspiel, haute jeden um, der sich ihm in den Weg stellte. Ich überredete den Headcoach, mich ausnahmsweise auf den Platz zu lassen, auch wenn ich kein Spieler unseres Special Teams war. Er sah ein, dass Amy Schutz brauchte. Sie war eine Königin der Weitschüsse, aber kein Blocking Dummie für Dike.

Ich war nervös, meine Kopfhaut prickelt. Wir positionierten uns nebeneinander hinter der eigenen 35-Yards-Linie, der Gegner verteilte sich auf dem gesamten Spielfeld seiner Hälfte. Aus dem Augenwinkel beobachtete ich Amy, die wie jedes Spiel eine klasse Leistung ablieferte.

»Kick it, Honey«, flüsterte ich.

Sie sah zu mir und lächelte zuversichtlich. Amy hatte für uns bereits ein Field Goal und Extrapunkte nach zwei Touchdowns erarbeitet.

Die Frau war irre gut. Sie hatte eiserne Nerven, die sie auch brauchte, um den Ball weit zu kicken.

Der Football wartete auf dem Kicking Tee.

Amy lief an und verpasste dem Ball mit ihrem explosiven, linken Fuß einen knallharten Tritt.

Was für ein genialer Schuss.

Der Ball flog und flog in einem großen, hohen Bogen bis

fast zur Endzone des gegnerischen Spielfelds, wo Dike auf ihn wartete.

Unser Special Team sprintete los. Syracruse hatte den Ball. Dike musste ihn bis zu unserer Endzone tragen, um sich die wichtigen sechs Punkte zu holen.

Bang. Bang. Es wurde übel geblockt und getackelt, alle standen unter Adrenalin.

Aber Dike behielt den Ball.

Er war ein Riese, der das Feld mit seinen schnellen Füßen pflügte, über gestürzte Spieler sprang, Haken wie ein Hase schlug.

Und plötzlich lief alles aus dem Ruder.

Unser Sieg war in Gefahr.

Amy war in Gefahr!

Scheiße! Ich bekam Panik.

Es gab nur noch einen Spieler, eine Barriere, die Dike überwinden musste: Amy.

Ich erkannte an ihrer Haltung, ihren vorgestreckten Oberkörper, dass sie es sich in ihren verdammten, sturen Schädel gesetzt hatte, diesen auf sie zu rasenden Muskelberg zu stoppen.

Sie war schon im Vergleich zu den anderen Kickern klein und dünn. Es war das erste Mal, dass der Gedanke mich überkam, dass ich sie niemals hätte überreden dürfen, in einer Männerdomäne zu spielen, wo es zu viel Muskeln, Kraft und Testosteron gab.

»Hau ab, Amy!«, brüllte ich und rannte zurück.

Hätte man meine Zeit gestoppt, hätte ich vermutlich den neusten Sprintweltrekord aufgestellt. Ich warf mich auf Dike. Unsere Helme krachten gegeneinander. Ein Donnern. Schmerz, der wie ein Orkan durch meinen Kopf fegte. Amys Schrei.

Mein Körper schlug auf dem Rasen auf. Ich lächelte dämlich, als der Ball zu mir eierte und auf Augenhöhe neben mir liegen blieb.

Plötzlich war alles schwarz.

Stille.

40. Amy

Erklär's mir, Amy!

Was war der schlimmste Moment in meinem Leben?

Als man Travis vom Platz getragen hatte. Seit drei Tagen lag er bewusstlos in Dr. Hernandez' Klinik. Travis' Mom hatte darauf bestanden, dass man ihren Sohn dort behandelte. Sie vertraute niemandem mehr, nicht, nachdem sie von Coach Gibb erfahren hatte, dass Travis schon mehrere Kopfverletzungen gehabt hatte und man mit schlimmen Schäden rechnen müsste.

Ich saß vor seinem Zimmer und rieb mir das Gesicht. Dr. Hernandez hatte die Erlaubnis gegeben, dass ich hier sitzen durfte. Das ließ ich mir auch von niemandem nehmen. Nur nachts verließ ich die Klinik, aß eine Kleinigkeit, um bei Kräften zu bleiben, und schlief im Wohnheimzimmer. Am Anfang hatte ich versucht, mich nachts auf dem Besucherklo zu verstecken, doch zwei Stationsschwestern hatten mich aus der Klinik gejagt.

Ich starrte auf die graue Tür, dahinter lag Travis, voller Schläuche, um ihn herum medizinisches Gerät. Er sah so fremd aus. Jedes Mal, wenn ich ihn sah, schüttelte es mich und ich bekam ein schlechtes Gewissen.

Ich hatte das Spiel retten und den Gegner mit allem, was ich hatte, aufhalten wollen, weshalb es zu Travis' Aktion gekommen war. Sonst würde ich vermutlich hier liegen.

Er hatte mich gerettet. Er hatte den Einzug der Mannschaft in die Playoffs gerettet.

Aber für was?

Dass er schwere bleibende Schäden davontrug?

Ich hatte panische Angst, dass er lange Zeit brauchen würde, bis er aus dem Koma erwachte.

Schritte näherten sich. Ich hob den Kopf und blickte in die Richtung. Travis' Familie kam. Seine Mom behandelte mich wie Luft, nur sein Dad und Travis' Schwestern wechselten ein paar Worte mit mir.

Ich stand auf. »Mrs. McCants.«

»Schweig, Amy!«, fuhr sie mich an. Ihr Blick war kalt, abwehrend hob sie die Hand. »Du warst in meinem Haus. Du hast gewusst, dass er diese … diese furchtbaren Traumata hat.« Von einer Sekunde zur nächsten wechselte ihre harte Miene und wurde weich. Zwei Tränen lösten sich aus ihren Wimpern. »Erklär's mir, Amy. Warum, verdammt, warum hast du nichts gesagt?«

»Linda, beruhige dich, Amy kannst du keine Vorwürfe machen«, ging Travis' Dad dazwischen. Er schlang seinen Arm um den Körper seiner Frau und drückte sie an sich.

»Es tut mir leid, Mrs. McCants, ich verstehe, dass sie wütend und verletzt sind.« Ich schluckte. »Wenn ich das alles«, ich machte eine vage Bewegung zur Tür, »geahnt hätte, dann …« Ja, was dann? Ich hatte keine Idee, was das Sinnvollste gewesen wäre.

Ich hatte nun mal in einer Zwickmühle gesteckt, egal, wem ich was gesagt oder was ich getan hätte, irgendjemand wäre enttäuscht von mir gewesen.

Wahrscheinlich wäre es besser gewesen, ich wäre einfach beiseite gesprungen und hätte den Gegner durchgelassen.

Vielleicht wären die Playoffs verlorengegangen und die Mannschaft samt Trainerstab wären auf mich wütend gewesen, aber Travis würde nicht hier liegen.

»Er ist wach!« Eine Schwester, die bei ihm war, eilte zur Tür hinaus. Sie winkte ab, als sie bemerkte, dass die Familie sofort ins Zimmer stürzen wollte.

Ich hielt mich zurück, obwohl ich von den Haarwurzeln bis zu den Fußnägeln angespannt war und mir nichts mehr wünschte, als Travis zu sehen, ihn zu berühren.

»Ich muss Dr. Hernandez rufen«, bestimmte die Schwester. Warnend hob sie die Finger. »Sie warten hier, bitte.«

Ich schaute vorsichtig zu Travis' Mom, die im gleichen Moment mich ansah. Ihren Blick zu deuten, gelang mir nicht, aber ich würde den Kontakt zu ihr suchen, wenn sich Travis' Gesundheitszustand stabilisiert hatte.

Leider durfte ich Travis nicht sehen. Er hatte eine Gehirnprellung und jede Aufregung musste von ihm ferngehalten werden. Nur seine Familie hatte von Dr. Hernandez die Erlaubnis erhalten, eine Minute bei ihm zu sein. Das war okay für mich, dass sie den Vorrang hatten, obwohl ich so gern wenigstens fünf Sekunden bei ihm gewesen wäre.

Einen Tag später hatte ich das Pech, dass mich die Grippe erwischt hatte und ich erst einmal Besuchsverbot bekam. Travis' Handy war leider konfisziert, sodass ich mich auch damit in Geduld üben musste.

41. Travis

Ich trage die Verantwortung

Inzwischen war Montag. Eine Woche lag ich schon im Krankenhaus. Meine Mom hatte sich zusammengerissen, aber ich sah den versteckten Vorwurf in ihren Augen, dass ich die letzten Jahre allen vorgegaukelt hatte, alles wäre okay. Aber sie liebte mich zu sehr, um ewig sauer auf mich zu sein.

Bis jetzt war meine Familie jeden Tag gekommen.

Ich hatte von Dr. Hernandez erfahren, dass er Amy einen Besuch verboten hatte, weil sie schwer erkältet war. Sie durfte erst kommende Woche vorbeikommen. Dabei hatte ich große Sehnsucht nach ihr und wollte sie endlich in meinen Armen halten, ihr sagen, dass ich froh war, dass ihr beim Spiel nichts passiert war.

Mom saß neben meinem Bett. Heute war sie allein gekommen.

»Travis, dein Dad, deine Schwestern und ich haben eine Entscheidung getroffen.«

»Welche?« Ich runzelte die Stirn.

»Du wirst keinen Cent in das Studium deiner Schwestern stecken. Sie bleiben in Taunton und studieren an unserer Universität Tiermedizin.«

»Mom«, protestierte ich. »Das ist doch wohl nicht dein Ernst!«

Mom streichelte meinen Arm, bemüht, mich wieder runterzufahren.

»Wenn du der Meinung bist, dir den Schädel während der Spiele kaputthauen lassen zu müssen, dann tue das. Aber ich will keinen müden Cent sehen. Es ist Geld, was du mit deiner Gesundheit verdienst. Wir wissen zu schätzen, dass du deine

Schwestern unterstützen willst. Aber der Preis ist zu hoch. Wir würden uns ewig Vorwürfe machen.«

»Mom, ich –«

»Ich muss noch was loswerden.« Mom sah mich ernst an. »Wir haben einen großen Fehler gemacht. Wir interessieren uns leider zu wenig für deinen Sport und hätten uns die Spiele ansehen müssen. Football ist brutal. Damals hat mich Dr. Hernandez gewarnt und ich habe nicht auf ihn gehört und jetzt allen möglichen Leuten – einschließlich Amy – Vorwürfe gemacht. Dabei trifft mich ebenso Schuld.«

»Mom, ich trage die Verantwortung«, widersprach ich. »Als Amy bei dir zu Besuch war, hat sie nicht von den vielen Verletzungen gewusst. Später musste sie mir versprechen, dass sie schweigt.«

»Amy war die ersten Tage hier, bis sie krank wurde. Gestern haben wir telefoniert und uns ausgesprochen. Ich trage ihr nichts nach.«

Ich nickte. »Gut so, Mom. Ich habe es dir bisher nicht erzählt, aber Amy ist meine Freundin.«

Mom lächelte. »Ich weiß.«

»Woher?«

Sie lachte. »Das habe ich ihr angesehen.«

Zehn Minuten später verließ Mom das Krankenzimmer. Ich war müde und hatte fast jeden Tag rund um die Uhr geschlafen.

Ich hatte einen Krankenhauskoller. Heute war Mittwoch. Ich war schon zehn Tage hier. Das Rumliegen und die Untersuchungen waren nervend.

Dazu dieses furchtbare Hemdchen.

Wenn ich aufs Klo musste und ich in dem Moment den Stationsschwestern den Rücken zuwandte, sahen sie meinen nackten Arsch.

Komisch, wie häufig sie ins Zimmer geschneit kamen und mir mein Bett aufschütteln wollten. Oder mich fragten, ob sie mir den Rücken mit so ’nem nach Latschenkiefer stinkendem Zeug einreiben sollten. Das hatte schon was Pornomäßiges.

Hallo, hatte der Doc nicht gesagt, ich bräuchte ganz viel Ruhe?

Wenn sie weiterhin so auf mein Hinterteil starrten, würde ich für jedes Gucken einen Dollar verlangen und als reicher Mann den Laden verlassen.

Wurde echt Zeit, dass Amy auftauchte. Sie sollte sich ausgiebig um meinen Körper kümmern. Ihre Hände wollte ich überall haben.

Als energisch an der Tür geklopft wurde, war ich kurz davor loszubrüllen: »Ich habe keinen Bock auf Massage und meinen Arsch bekommt ihr auch nicht mehr zu sehen.«

Als dann zwei Köpfe ins Krankenzimmer lugten, riss ich überrascht die Augen auf. Dass mich Coach Gibb besuchte, damit hatte ich gerechnet, und ich freute mich darüber. Dass Chip hier auftauchte, erwärmte mein Herz.

Amy

Als ich abends die Tür öffnete, sah ich Travis schlafend im Bett liegen.

Ich setzte mich neben ihn, nahm seine Hand und strich langsam über seine Finger.

Ich seufzte, Travis sah schlafend friedlich und wunderschön aus, obwohl seine stoppeligen Wangen leicht eingefallen waren.

Ich legte seine Hand auf die Bettdecke zurück, beugte mich über ihn und drückte sanft meinen Mund auf seine spröden Lippen. »Werde schnell gesund, ich vermisse dich.« Einen Augenblick hielt ich inne, biss mir auf die Lippe, dann flüsterte ich: »Travis, ich liebe dich.«

Seine Lieder flatterten, als wäre er dabei, aufzuwachen. Rasch zog ich mich zurück.

»Endlich bist du hier«, murmelte er mit geschlossenen Augen, dann grinste er spitzbübisch. »Und was hast du gesagt?«

»Ich?« Ein Kloß wuchs in meinem Hals, ich räusperte mich.

Travis blinzelte, aufmerksam sah er mich mit seinen glänzenden Augen an. »Ja, du.«

»Du sollst gesund werden«, wich ich aus. Mein Puls raste los und ich spürte, wie mein Gesicht rot anlief.

Travis' Mundwinkel zuckten. »Danach.«

»Ich …« Puh, nervös rieb ich die Hände aneinander. »Na ja, irgendwie vermisse ich dich auch.«

»Danach.«

»Danach habe ich nichts gesagt.«

»Sei ehrlich.« Sein Blick hielt mich gefangen.

»Ich …« Meine Güte, ich verdrehte die Augen. »Ich mag dich, weißt du ja.«

»Amy.« Travis streckte die Hand aus. »Komm her.« Ich beugte mich wieder über ihn und er zog mich zu sich heran.

Sanft küsste er mich und flüsterte: »Ich liebe dich.« Er gab mir einen zweiten Kuss. »Also, sag es endlich, Amy Tolan.«

Ein Grinsen breitete sich auf meinem Gesicht aus. Ich kräuselte die Nase. Ich brauchte einige Sekunden, dann sagte ich leise: »Ich liebe dich auch, Travis McCants.«

Er lachte rau. »Und das war so schwer?«

»Ja.« Ich kicherte und merkte, wie albern ich mich benahm.

Ich hatte es nicht so mit Liebesbekundungen, weshalb ich ehrlich zugab: »Es war schwer.«

Nachdem Travis sein Abendessen mit mir geteilt hatte – er bestand darauf –, brachte ich das Tablett zum Rollwagen auf den Gang.

Travis hatte zwischenzeitlich Boxershorts, Sweatshirt, Jogginghose und Socken angezogen. Seine Kumpels durften ihn noch nicht besuchen. Deshalb hatte Curtis mir für ihn neben zusätzlichen Kosmetikartikeln und Rasierzeug ein paar Klamotten mitgegeben. Rasch räumte Travis alles in den Schrank.

»Ich höre mit Football auf«, purzelten die Worte aus seinem Mund heraus, als ich auf dem Weg zum Stuhl war.

»W-was?« Perplex sah ich ihn an.

»Coach Gibb hat sich für mich eingesetzt. Ich bekomme eine Assistenzstelle als Quarterback-Coach. Er organisiert die Ausbildung dafür.«

»A-aber, warum?«

Travis setzte sich mir gegenüber auf das Bett. Er griff nach meinen Händen, sorgsam sah er mich an.

»Was auf dem Spielfeld passiert ist, was ich meiner Familie und dir angetan habe, hat mir zu denken gegeben. Es wird schwer für mich, auf eine Profikarriere zu verzichten. Trotzdem ist mir der Preis dafür inzwischen zu hoch.«

»Du verlierst dein Stipendium. Woher nimmst du das Geld, um dein Studium weiter zu finanzieren? Assistenztrainer verdienen wenig, solange sie keine Ausbildung haben.«

»Chip behält seinen Laden, bis ich das Studium beendet habe. Ich werde dort arbeiten und sein Geschäft später übernehmen.«

Ich lehnte mich zurück. »Ich weiß, dass ihr einen guten Draht zueinander habt, aber warum tut er das?«

»Er hat wie Coach Gibbs Bruder und ich CTE. Daher kennen sie sich. Sie sind heute bei mir gewesen, um mir ihre Vorschläge dahingehend zu eröffnen. Coach Gibbs Bruder und Chip waren zusammen in einer Mannschaft. Mit drei weiteren ehemaligen Spielern haben sie gegen die Bosse geklagt und gewonnen. Es ging um Pensionsansprüche, die sie rückwirkend kommendes Jahr erhalten.« Bevor Travis fortfuhr, schloss er die Augen und atmete tief durch. »Ich bin überrascht, wie viele Spieler an CTE erkrankt sind. Vor allem, dass die NFL schon eine Milliarde Dollar Entschädigung an kranke Spieler gezahlt hat, wie ich von Chip erfahren habe.«

Ich schüttelte den Kopf. »Unfassbar. Ich habe keine Ahnung gehabt.« Fragend runzelte ich die Stirn. »Was ist mit deinen Ansprüchen?«

Travis schnaubte ein müdes Lachen hervor. »Ich bin Student, kein Profi. Dazu kommt, dass Mom und ich von Dr. Hernandez gewarnt wurden. Ich kann keine Ansprüche stellen.«

Er legte zwei Finger unter mein Kinn und neigte sich nach vorn. »Ich will jetzt die nächsten Stunden mit dir genießen, anstatt über Probleme zu reden. Also küss mich, und dann will ich, dass du dich zu mir ins Bett legst.«

»Und wenn die Stationsschwester kommt?«

»Verstecke ich dich unter der Decke.«

»Ein cleverer Plan«, hauchte ich an Travis' Lippen. »Deinem Kopf geht es gut?«

»Ja, du bist hier.« Sein Atem kitzelte meine Wange, als er sich zu meinem Ohr neigte. »Aber wir müssen langsam machen.« Seine Lippen streiften mein Ohrläppchen.

»Ja, ganz langsam«, flüsterte ich und stöhnte auf, als er mit den Fingerspitzen meine Brustwarze rieb.

»Wie ich das vermisst habe«, raunte er, bevor er meine Hand zu seinem Schritt führte. »Und ich weiß, dass du ihn vermisst hast.«

Ich krabbelte zu Travis ins Bett, kuschelte mich an ihn, dann küssten wir uns langsam und voller Zärtlichkeit.

Zu mehr kam es nicht.

Travis' Augen fielen zu, sein Gesicht entspannte sich. Keine zwei Minuten später war er eingeschlafen.

Ich blieb bei ihm liegen, lauschte seinem langsamen Herzschlag und streichelte ihn.

Als die Stationsschwester kam, um nach ihm zu sehen, tippte ich mir mit dem Zeigefinger gegen die Lippen, um ihr das Zeichen zu geben, dass er schlief.

Leise rappelte ich mich auf. Ich zog behutsam die Decke über seinen Körper und hauchte ihm einen Kuss auf die Stirn. Auf Zehenspitzen schlich ich aus dem Zimmer.

Morgen würde ich ihn wieder besuchen. Travis hatte Zeit. Für sich und für uns. Es gab nichts, was ihn zur Eile zwang. Darauf würden wir beide achten.

Epilog

Es gab kein Huddle mehr

Drei Jahre später

Travis

Ich hatte weder Lust auf öffentlichen Rummel, noch mochte ich Pressetermine, aber so was gehörte in der NCAA wie in der NFL dazu. Mir wäre es lieber, die anderen ließen sich feiern und standen den Journalisten Rede und Antwort auf brisante Fragen.

Bevor ich mich zum Presseraum begab, ging ich ins leere Stadion. Ich stand am Spielfeldrand, sog tief die frische Luft ein und ließ meine Augen über die Tribüne und den Rasen wandern.

Ich war angekommen.

Als ich die kleine Bühne betrat und mich zwischen Headcoach Vince O'Neill und Offensive Coordinator Doug Ely hinter das Mikrofon setzte, ging ein Raunen durch den Presseraum. Die Pressefotografen hoben ihre Kameras, drückten auf den Auslöser. Klick, klick, Blitzlichter zuckten.

Man hatte angekündigt, dass das College einen jungen Quarterback-Coach engagiert hatte. Vermutlich hatte niemand damit gerechnet, dass er mit vierundzwanzig Jahren kaum älter als einige Spieler des Footballteams war.

Coach Gibb hatte einen Vertrag bei einem NFL-Team angenommen, sodass ich nachrücken konnte.

Ich sah, wie einige Journalisten miteinander tuschelten. Während ich ein letztes Mal meine Notizen durchging, spürte ich ein Augenpaar auf mir ruhen. Ich lächelte in mich hinein, weil ich ungesehen erraten konnte, zu wem es gehörte.

Ich hob den Blick. Es war Amy, die sich durch die vorletzte Reihe drängte, um einen Platz zu ergattern.

Sie hatte gesagt, dass sie mir moralischen Beistand geben würde, weil ich kein großer Redenschwinger war.

Der Headcoach klopfte auf das Mikro, sofort verstummte das Stimmengewirr.

Es wurden zuerst allgemeine Floskeln gesagt, Erfolge und Statistiken aufgerufen, bevor mich der Headcoach vorstellte und mir das Wort erteilte.

Mein Mund war staubtrocken. Ich trank einen Schluck Wasser. Dann räusperte ich mich und war mental für die Fragen bereit.

»Mr. McCants, was für ein Gefühl ist es, Quarterback-Coach einer Collegemannschaft zu sein?«, fragte mich eine Journalistin.

»Eine Ehre, wenn Sie mich so fragen. Ich danke Mr. O'Neill und Mr. Ely für ihr Vertrauen.«

»Sie waren ein herausragender Spieler. Wer hat Ihnen vorgeschlagen, die Coach-Laufbahn einzuschlagen?«, fragte ein Mann und zückte seinen kleinen Schreibblock.

»Der beste Coach, den ich kenne, der mittlerweile mein engster Freund geworden ist, Brant Gibb. Er hat mir beigebracht zu kämpfen und abzuwägen, welche Ziele ich verfolgen will.«

»Aber Sie waren ein riesengroßes Talent. Jedes NFL-Team wollte sie draften.«

»Das stimmt, doch mein Körper wollte das nicht. Er hat mich gestoppt.«

»Ist es ein Problem für Sie, auf den ganz großen Ruhm zu verzichten?« Die Frage kam aus der letzten Reihe.

Meine Augen schweiften zum Journalisten. »Welchen Ruhm meinen Sie?« Ich hob lachend die Hände. »Ich war nur ein Collegespieler. Wir spielen für den Spaß.«

»Warum das Boston College?«

Warum? Meine Augen blieben bei Amy hängen. Lautlos, mit minimaler Bewegung formte ich mit den Lippen: *Ich liebe dich.*

Sie lächelte und legte zur Antwort ihre Hand aufs Herz.

»Ich habe dem College eine Menge zu verdanken. Ich fühle mich hier zu Hause. Hier sind die Menschen, die ich liebe.«

»Stimmt es, dass Sie mit«, ein rothaariger Typ aus der zweiten Reihe schaute auf seinen Zettel, »Amy Tolan zusammen sind? Sie war Kickerin und hat damals die College-Meisterschaft mit dem Team gewonnen, während Sie krankheitsbedingt nicht dabei gewesen sind.«

Niemand hatte offenbar mitbekommen, dass Amy hier war, und stellte deshalb mir die Fragen.

Ich nickte. »Das ist richtig.«

»Sie war die einzige Frau im Team und spielte nur eine Saison?«

Ich nickte ein zweites Mal. »Auch das ist richtig.«

»Miss Tolan ist Inhaberin des Pubs des verstorbenen, ehemaligen Footballspielers Chip Corelly, korrekt?« Eine ältere Frau aus der dritten Reihe sah mich fragend an.

Mein Herz zog sich zusammen. Die Frage erwischte mich kalt.

Bei Chip hatten die Ärzte vor zwei Monaten Demenz diagnostiziert. Er hatte die Vorstellung nicht ertragen, sein Gedächtnis zu verlieren.

Ich hoffte, dass der Kelch an mir vorbei ging und ich den Absprung vom Profisport rechtzeitig geschafft hatte. Außer minimale Konzentrationsschwierigkeiten zeigten sich bei mir bisher keine Symptome. Mit der Einschränkung konnte ich leben und Dr. Hernandez zeigte sich optimistisch, was meine gesundheitliche Prognose für die Zukunft betraf.

Bevor ich der Frau antwortete, brauchte ich einen Moment, um mich zu sammeln.

Ich räusperte mich. »Ja, der Pub ist sein Vermächtnis. Ein Teil der Einnahmen geht in seine Stiftung.«

Chip hatte ehemalige, erkrankte Footballspieler und deren Familien unterstützt. Dabei spielte es keine Rolle, woran die Männer erkrankt waren, sondern um schnelle, finanzielle Hilfe. Amy hatte den Pub übernommen und führte in Chips Sinne die Stiftung weiter. Wir hatten beide diese Entscheidung getroffen, weil die Arbeit als Quarterback-Coach mich voll beanspruchte.

Die letzten Fragen rauschten an mir vorbei. Ich hatte Schweißperlen auf der Stirn und wünschte mir, so was nie mehr über mich ergehen lassen zu müssen. Ein Wunsch, den mir niemand erfüllen würde. Pressetermine gehörten zum Geschäft.

»Du warst toll«, sagte Amy.

Ich zog sie aus dem Raum, während die Journalisten noch mit Sponsoren und dem Headcoach Gespräche führten.

»Ich bin froh, dass du hier bist.«

»Vor allem, weil nach Chip gefragt wurde.«

»Das war wie ein Eimer kaltes Wasser.«

Amy schlang die Arme um meine Hüften. »Lass uns langsam verschwinden. Unsere Familien und Freunde sind im Pub. Sie warten auf den neuen Quarterback–Coach. Brant kommt ein bisschen später. Er hat ein Meeting.«

»Was ist mit Steve, Tito und Curtis? Sind sie schon eingetroffen?«

»Sie sind pünktlich in Boston gelandet.«

»Perfekt.« Ich freute mich, sie wiederzusehen.

Meine Kumpels hatten es in die NFL geschafft und lebten ihren Traum.

Ich zog Amy in eine Nische. Die fünf Minuten mussten sein.

Während ich sie küsste, wanderten meine Hände über ihre Hüften, weiter abwärts. Auf ihrem Hintern blieben sie liegen, sanft knetete ich ihn.

Ich war verrückt nach Amy.

Sie war an meiner Seite und hatte mir geholfen, den härtesten Fight zu gewinnen. Es waren keine leichten Jahre gewesen. Ich hatte lange gebraucht, meine neue Rolle zu akzeptieren.

Es gab kein Huddle mehr, bei dem ich Spielzüge ansagte. Nie wieder würde ich hinter den Jungs an der Line of Scrimmage stehen.

Aber ich hatte Amy, und wenn ich die Wahl hätte, sie oder eine Profikarriere, dann würde ich mich für Amy entscheiden.

– Ende –

Printed in Poland
by Amazon Fulfillment
Poland Sp. z o.o., Wrocław

84913074R00223